生誕二百年記念

手紙で読み解く
井月(せいげつ)の人生

酒におぼれ、ボロをまとい、村から村へと歩き回った
漂泊俳人は、いったい何がしたかったのか？

一ノ瀬武志　著

『親の日のあと先に成社日かな　井月』（季語は社日、春）

井月は、立ち寄った家でよく法事や慶事の句を詠んだ。親の日は、親の命日のこと。

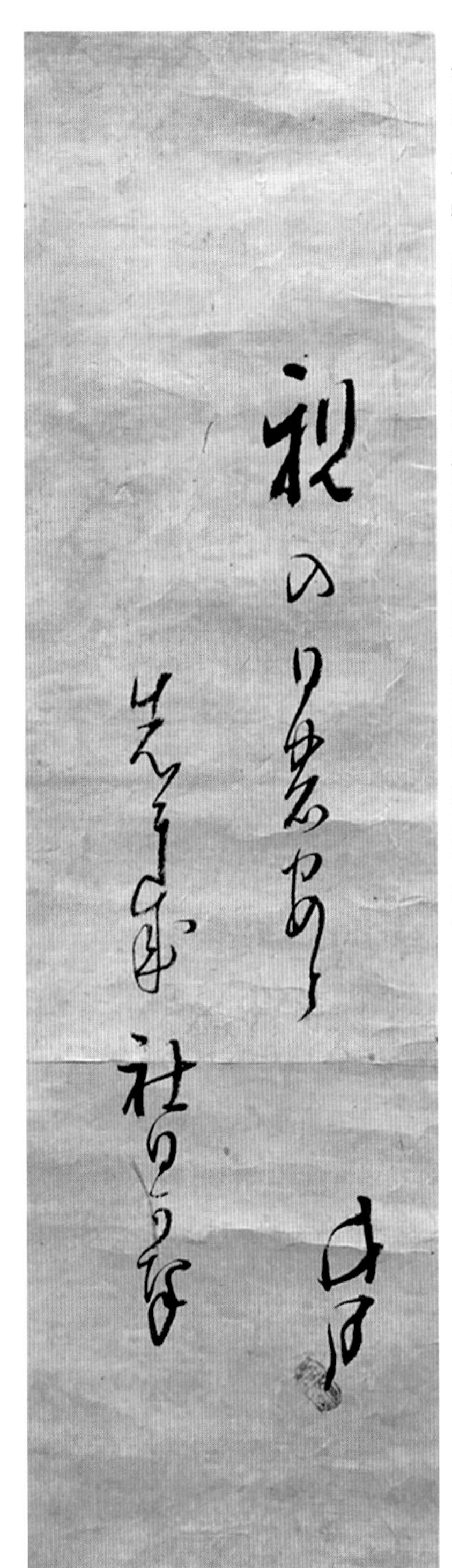

『繭自慢蚕祭りの手がらかな　井月』（季語は繭、夏）

養蚕が盛んだった時代、このような句を詠めば農家の人に喜ばれたのだろう。

『朝寒や毛落が本の賤しき　柳の家』（季語は朝寒、秋）
「賑しき」の誤記か。竹垣の根元のあたりも秋が深まった、という様子なのかもしれない。

『寒梅のひらくもしらず年の暮　井月』（季語は年の暮、冬）
井月の署名は、歳をとるほどに丸くなったという。これは角ばっているので若い頃か。

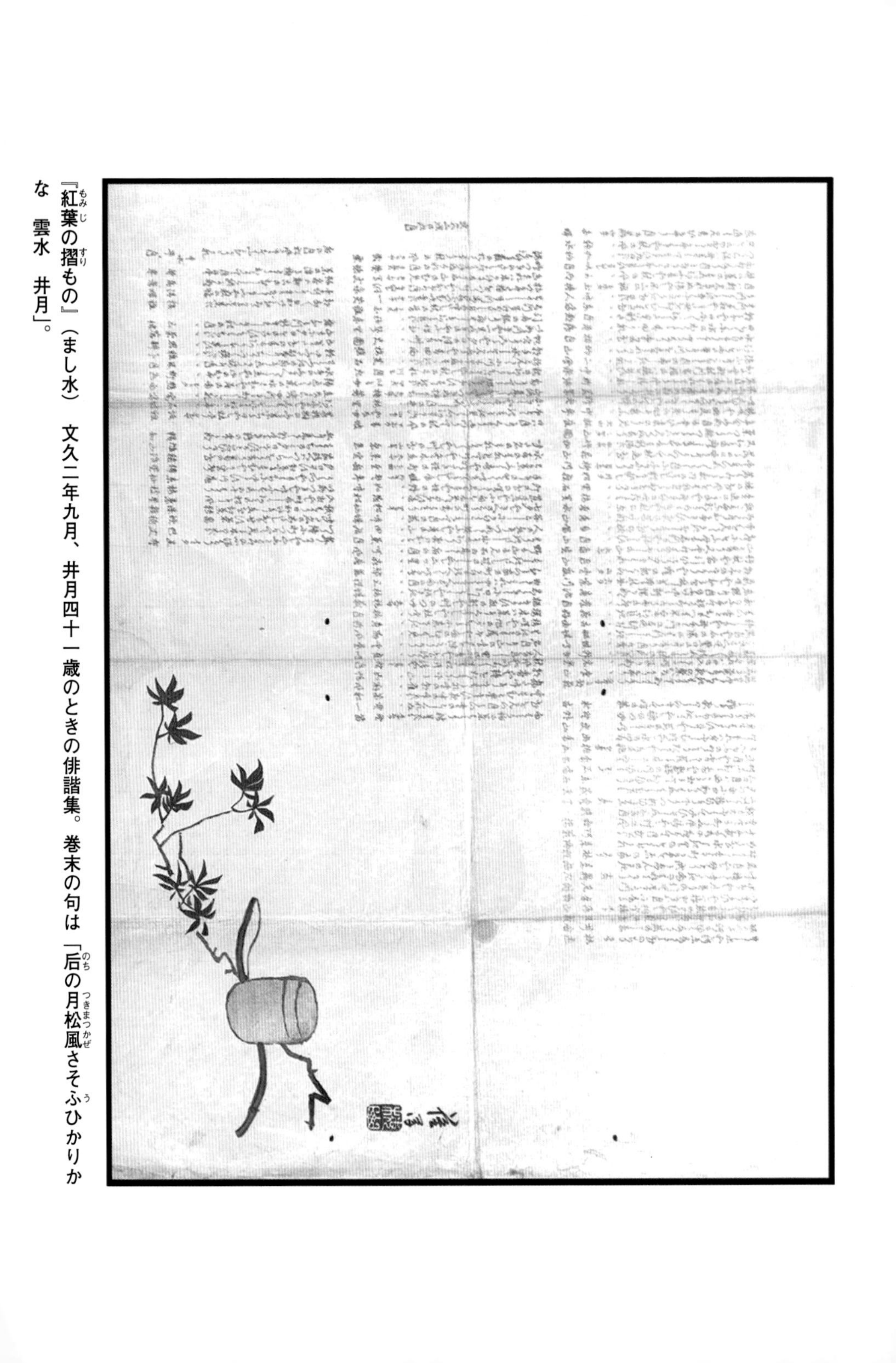

『紅葉の摺もの』（まし水）　文久二年九月、井月四十一歳のときの俳諧集。巻末の句は「后の月松風さそふひかりかな　雲水　井月」。

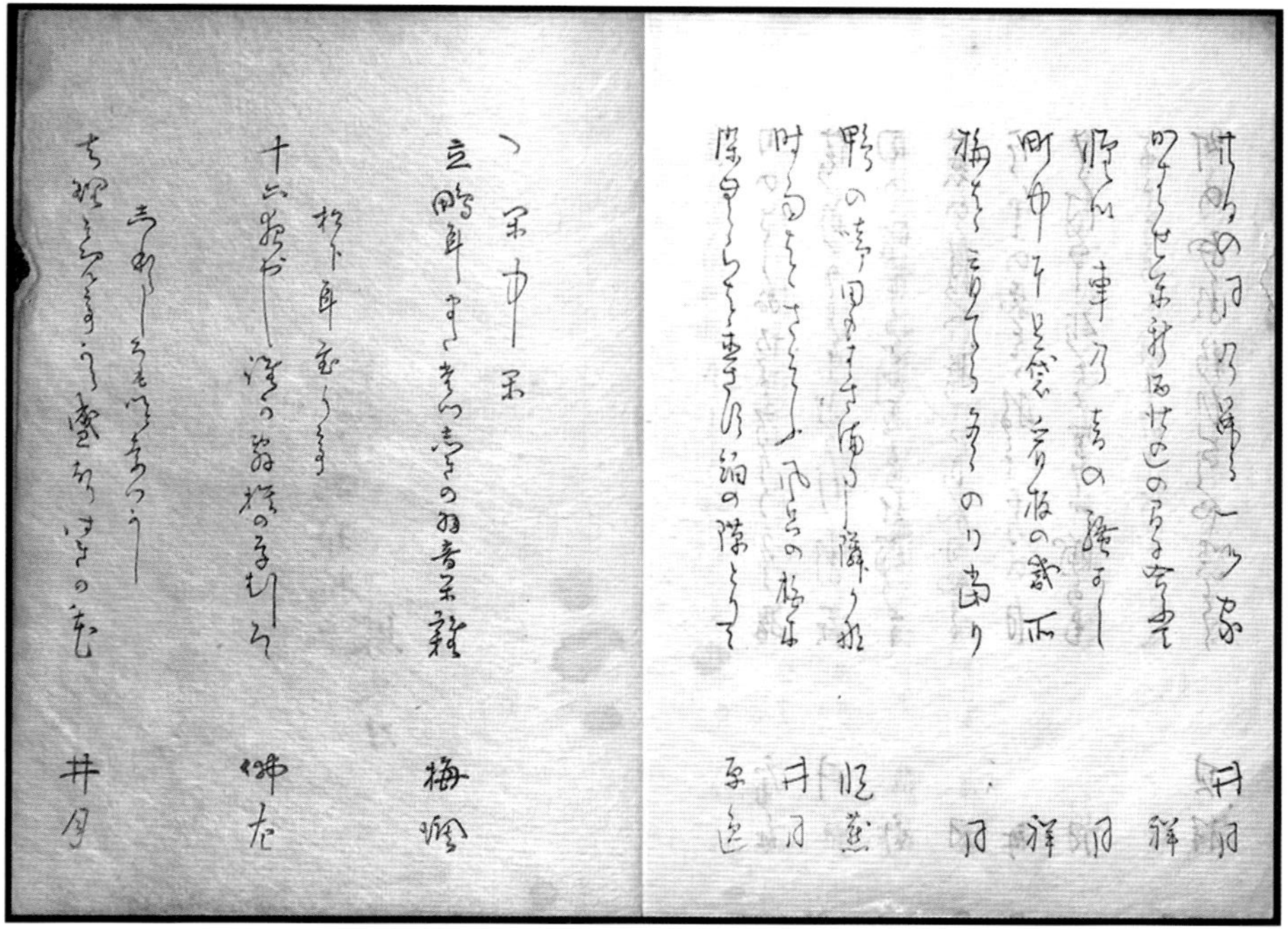

『家づと集』　元治元年九月、井月四十三歳のときの俳諧集。巻末の句は「ちりそめてから盛なりはぎの花　井月」。まさに人生の最盛期に作られた本である。

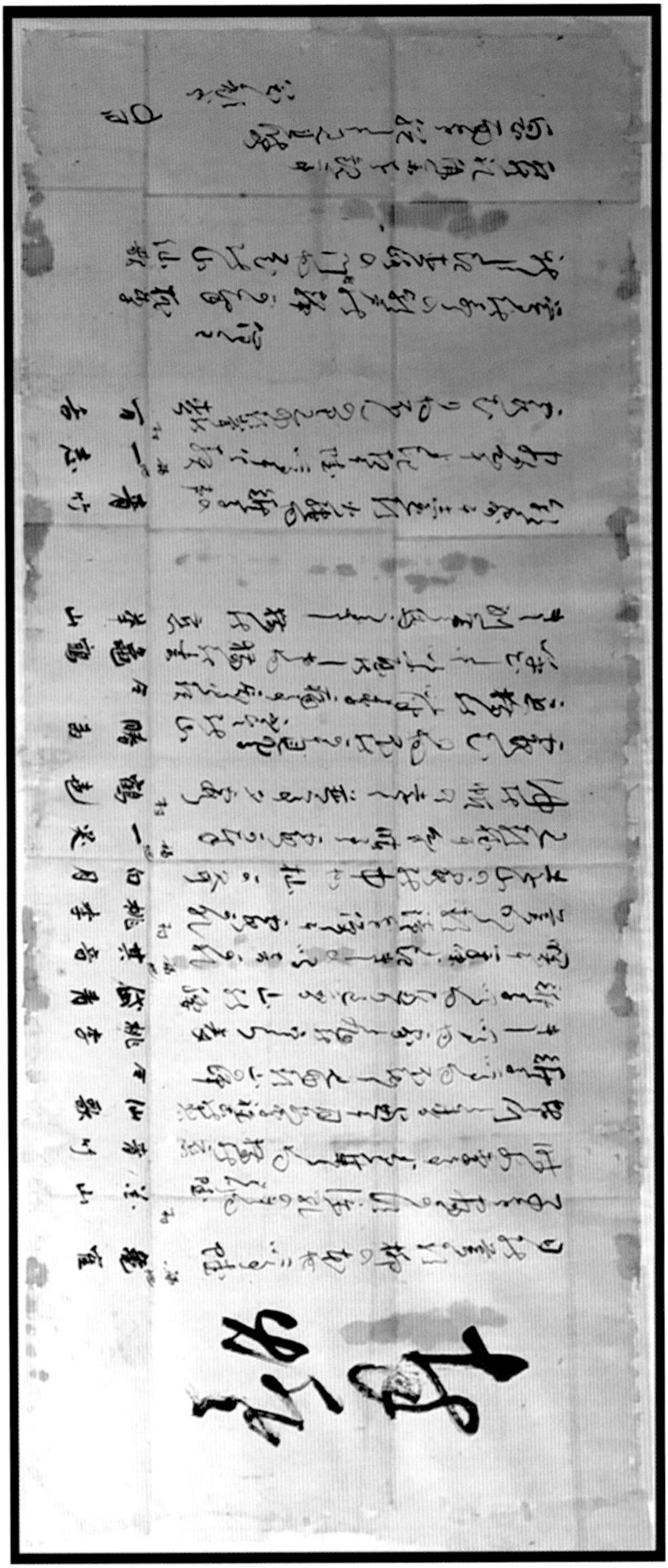

額灯（奉燈）

俳句を公募し、寺社の祭礼のときに奉納したものと思われる。木枠に貼り付けて、行灯のように内側で火を灯した。周囲がボロボロなのは、木枠から剥がした跡だろう。末尾の句は「籠礼仏参を観て　鬼面を脱して見れば笑顔哉　井月」

長野市の善光寺は、井月とゆかりが深い。『思ひよらぬ梅の花見て善光寺』『蝶に気のほぐれて杖の軽さかな』

長岡市は井月の故郷と言われながらも、関係資料がほとんど見つからない。金峯神社に句碑が立つ。『行暮し越路や榾の遠明り』

中川村四徳へ通じる折草峠。大変な山奥だが、井月が足しげく通った道である。『濃く薄く酔て戻るやもみぢ狩』

駒ヶ根市の火山峠。行き倒れになった井月は、ここを戸板にのせられて運ばれていった。『闇き夜も花の明りや西の旅』

伊那市美篶、井月終焉の地。ここで井月は看病してもらい、ひっそりと世を去った。『落栗の座を定めるや窪溜り』

伊那市美篶、井月の墓。いつ来ても酒が供えてある。ずんべらぼうの石は、井月のはげ頭を思わせるという。

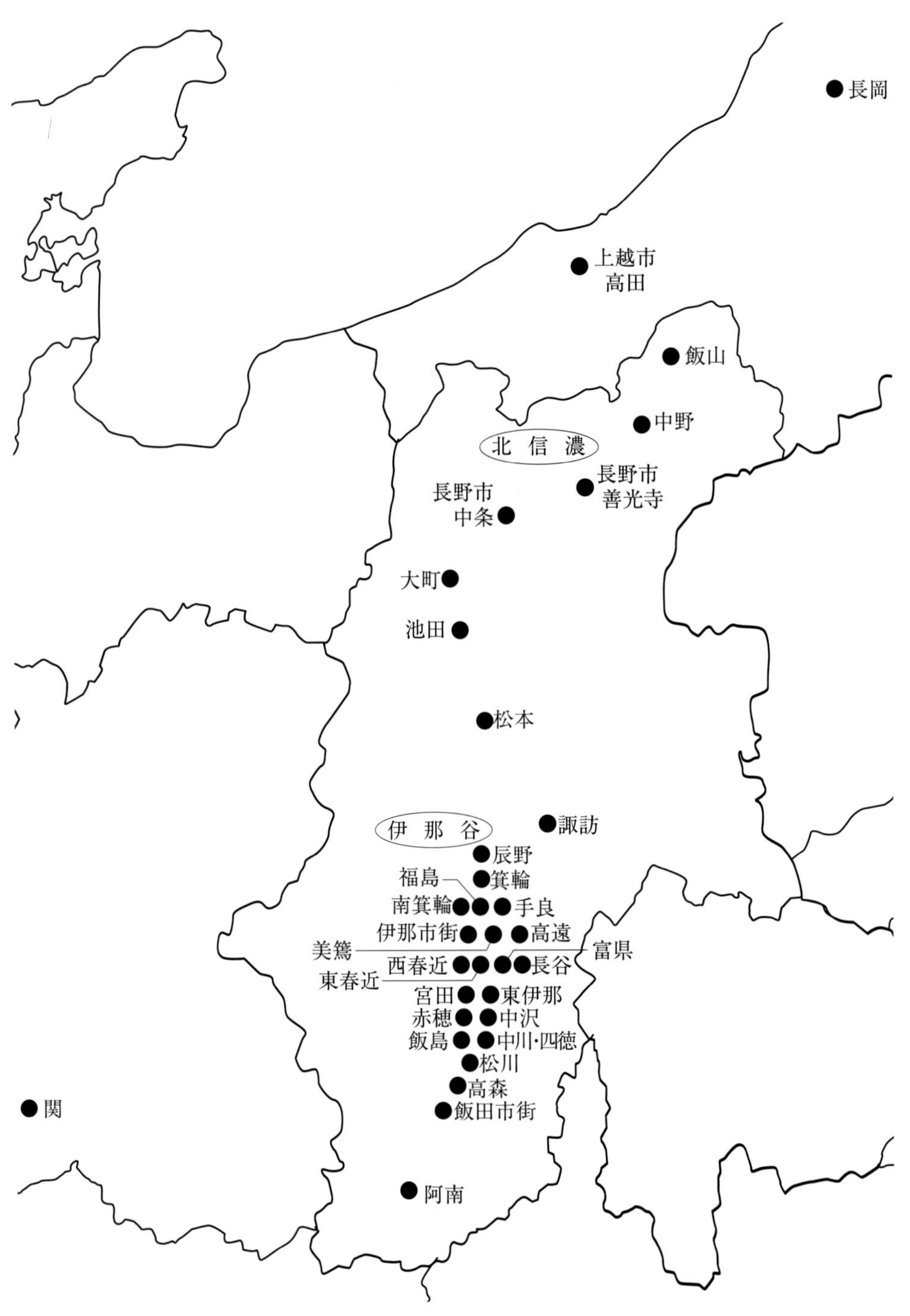
長岡
上越市
高田
飯山
中野
北信濃
長野市
善光寺
長野市
中条
大町
池田
松本
諏訪
伊那谷
辰野
福島
箕輪
南箕輪
手良
伊那市街
高遠
美篶
富県
西春近
長谷
東春近
宮田
東伊那
赤穂
中沢
飯島
中川·四徳
松川
高森
飯田市街
関
阿南

【目次】

巻頭ギャラリー

・引用文の一部に、現代では差別語とされ、使用は不適切とされる単語が含まれていますが、原本を尊重し掲載しています。ご了承下さい。
・カバー写真には、三重県伊賀市・宮崎屋の「芭蕉翁土鈴」を使用させていただきました。芭蕉翁記念館で手に入れたものです。

第一部　井月の手紙と雑文

はじめに

井月は、自分の家を持たず、人の家を泊まり歩いて暮らした「漂泊俳人」として知られています。本名は井上克三（勝蔵・勝造・勝之進）といい、越後の長岡の出身らしいのですが、若い頃のことはほとんど分かっていません。家を出て俳諧師になり、柳の家井月と名乗るようになりました。はじめは北信濃で活動していたようですが、やがて伊那谷にやって来て仲間をたくさん作り、『紅葉の摺もの』と『越後獅子』を出版。北信濃へ戻って『家づと集』を出版した井月は、これらの活動実績を手みやげにして、越後へ帰ったようです。

ところが戊辰戦争が勃発。長岡の街は新政府軍に焼かれてしまったのでした。

井月は再び伊那谷に現れ、草庵（＝芭蕉堂）を建てて暮らそうとしました。しかし建設計画は挫折。越後へ帰ると言って送別会を開きましたが、いつまでたっても帰らず、ずるずると伊那谷に居続けたのでした。

三角帽子をかぶり、銃や大砲で攻めかかる新政府軍の様子（筆者所蔵の古い絵葉書）

村から村への漂泊生活を続ける中で、物乞い同然の暮らしに転落していったのでしょう。汚い身なりでやって来ては、だらしなく酒を飲むので、次第に厄介者扱いされるようになりました。あっちの家に一泊、こっちの家に二泊、酒や食事をいただいては俳句を書いて置いていく、といった暮らしぶりでした。

そして、ついには行き倒れになって発見され、ひっそりとこの世を去ったのでした。

27歳	嘉永 元	北信濃の中野あたりで活動	
28歳	嘉永 2		
29歳	嘉永 3		
30歳	嘉永 4		
31歳	嘉永 5	北信濃の善光寺あたりで活動	
32歳	嘉永 6		
33歳	安政 元		
34歳	安政 2		
35歳	安政 3		
36歳	安政 4		
37歳	安政 5	伊那谷に現れる	伊那谷Ⅰ期
38歳	安政 6		
39歳	万延 元		
40歳	文久 元		
41歳	文久 2	飯田で『紅葉の摺もの』出版	
42歳	文久 3	高遠で『越後獅子』出版	
43歳	元治 元	北信濃で『家づと集』出版	
44歳	慶応 元		越後帰郷
45歳	慶応 2		
46歳	慶応 3		
47歳	明治 元	戊辰戦争で長岡を焼かれる	伊那谷Ⅱ期
48歳	明治 2		
49歳	明治 3	春近郷に草庵を望む	
50歳	明治 4		
51歳	明治 5	送別書画展観会	
52歳	明治 6		
53歳	明治 7		
54歳	明治 8		
55歳	明治 9	柳の家宿願稿	
56歳	明治 10		
57歳	明治 11		
58歳	明治 12	北信濃へ	北信濃歴訪／伊那谷Ⅲ期
59歳	明治 13	伊那谷へ戻る	
60歳	明治 14		
61歳	明治 15	再び北信濃へ	
62歳	明治 16	やはり伊那谷へ戻る	
63歳	明治 17	美篶に戸籍を作る	
64歳	明治 18	『余波の水くき』出版	
65歳	明治 19	東伊那で行き倒れになる	
66歳	明治 20	美篶で没す	

井月は明治二十年に六十六歳で没しましたので、逆算すれば文政五年の生まれと思われます（以降、本書ではすべて数え年で計算）。大まかな年譜を書いてみましたが、青少年期のことは、ほとんど分かっていませんので省略します。

伊那谷に現れた「伊那谷Ⅰ期」、芭蕉堂を建てようとした「伊那谷Ⅱ期」、北信濃歴訪を経て、物乞い同然になって暮らした「伊那谷Ⅲ期」、と区分してみました。Ⅰ期・Ⅱ期・Ⅲ期のものと思われる肖像画がありますので、見比べてみて下さい（『新編井月全集』17頁・30頁より引用）。

伊那谷Ⅰ期（玉斎 画）

伊那谷Ⅱ期（山圃 画）

伊那谷Ⅲ期
（空谷 画）

井月はとても無口で、多くを語らない人だったため、その人生は謎に満ちていますが、少なからず手紙が遺（のこ）っており、これを読めばかなり彼の実像に迫ることができると思います。でもその前に、『春近開庵勧請文（はるちかかいあんかんじょうもん）』という文書を読んでおきましょう。井月がどうして「芭蕉堂」を建てようと思ったのか、経緯がわかると思います。

春近開庵勧請文

（『井月全集』拾遺篇476頁、『新編井月全集』雑文篇468頁、『井月真蹟集』23頁）

爰に行脚井月杖を当国に曳て、さいつころ春近なる翠柏園に頭陀をおろす。あるじ山好是が為に大に席を設けて弥生の会宴ありしより、四方の好士此所に集ひ彼処に寄りて風流益行る。近辺の社中尤多きが中に、下牧の五声父の風雅を継で頗る隠徳仁恕の聞へあり。

【旅の俳諧師・井月は、ここ信濃に杖をひき、先ごろ春近郷の翠柏園に旅の荷を下ろしました。そこの主人・山好（殿島村の人、現在の伊那市東春近の内）が、井月のために盛大な「弥生の会宴」を開いて以来、趣味人たちがあちこちで集まって、風流がますます盛んに行われるようになりました。近辺には実に多くの社中があるなかで、下牧村（現在の伊那市西春近の内）の五声という人物は、父親の風雅を受け継いで、とても人が良く思いやりがあるとの評判です。】｛「風流」とは、趣味の道（俳諧）に遊ぶことをいう。「社中」は俳諧仲間の集まりのこと。「連」ともいう。｝

一日月に語りて曰く、我家近きほとりに一ツの空地有、是に一小庵を結び、新に祖翁の像を安置し、常に江湖慢遊の風子をさそひ、永く俳諧の道場たらしめむと※おもひども、力の足らざるをいかにせむ。幸なる哉、子が社中翁講の催ありとききぬ。此秋に当り蕉堂勧化の一念を発起して草庵開基の志あらば、彼の地を以て永く寄附せんと。

【ある日、五声は井月に言いました。「私の家の近くに、一つの空き地があります。ここに小さな草庵を建てて、新たに芭蕉の像を安置し、いつでも旅の俳諧師が来られるようにし、永く俳諧の道場にしたいと思うのですが、お金が足りないのをどうしたらよいでしょう。幸いなことに、あなたの社中では、翁講の催しがあると聞いています。この秋、芭蕉堂を建てるための寄付金集めを発起し、草庵を開く志があるのなら、この土地を永く寄付しましょう」と。】〔井月は「柳家連」という社中を組織していたらしい（『井月真蹟集』161頁や『井上井月真筆集』58頁・67頁に「柳家連」の印を確認できる）。「翁講」とは、芭蕉の命日（旧暦十月十二日）に行う追善供養のことだろう。「蕉堂」という呼び方はわかりづらいので、本書では「芭蕉堂」と表記することにした。〕

茲におゐて月雀躍としてよろこび、其地を計りみるに、凡百有余坪あり。草堂蝸廬の地には広しと

「柳家連」の印（『井上井月真筆集』58頁より引用）。読み方は「やなぎのやれん」だろうか、あるいは「りゅうかれん」だろうか。殿島や下牧など、あちこちに連（社中）があったのだろう。それら「井月先生が立ち寄る連」を総称して「柳家連」と呼んでいたのではなかろうか。

いへども、往来の都合煩はしき程にもなく、絶景佳境といふにはあらねど、西に駒峯あり東に天竜の流れを帯たり。眼に見ゆるものみな涼しと翁のすさび玉ひしかの岐阜川の景色には劣るとも、凩の日に笠の破れ繕ひ、時雨の夕に蓑の濡たるをほさむにはまた便りなきにしもあらずと、頓てことのよしをおのれにかたり、【そこで井月は、躍り上がるほど喜び、その土地を測ってみたところ、およそ百坪余りありました。「草庵を建てるには広すぎる土地ですが、行き来するには不便というほどでもなく、絶景の地とは言えませんが、西には駒ヶ岳があり、東には天竜川があります。目に見ゆるものみな涼し、と言って芭蕉が遊んだ岐阜川の景色には劣りますが、木枯らしの日に笠のやぶれを繕い、しぐれの夕べに濡れた蓑を干すためには充分な場所です」と、頭を下げて事の次第を私に語り、】〔「目に見ゆるものみな涼し」は、芭蕉の『十八楼の記』からの引用（『井月真蹟集』145頁、『井上井月真筆集』140頁）。岐阜川は長良川のことだろう。〕

山好五声にこころざしを同うして風流の礎に荷担し、一心帳の魁たれと、しきりに勧むることの切なるに、稲舟のいなとも言れず、されど四方の風士数多が中に、ひとりさし出て鳴呼なりと人々の指さし笑ひ玉はんも面なきことなめれど、そは私の一小事、【「山好・五声に賛同し、風流の礎となるべく加担し、先駆けとなって寄付金帳にご署名下さるように」と、しきりに熱心に勧めるので否とも言えず、しかしながら周りに風流人が数多くいる中で、私ひとりが出しゃばって、ああだこうだと人々に指をさされ笑い者になるのも恥ずかしいことですが、それは私ひとりの小事であります。】〔「一心帳」は、心を一つにした者たちが署名する帳面、といった意味か。〕

二三子が計る処は万代不朽のいさほにして、翁への追善これに増たる供養はあらじと、纔の楮幣を投じて勧進のいと口を開き、なを四方の君たちに乞ふてちからの足らざるを補ひ玉はれかしと、月にかはりてひたすら希ふものは兜が城の片ほとりに住る逸俳士雨香にぞ有ける。

【山好・五声・井月らが企てたことは、後世まで不朽の功績になり、これにまさる芭蕉の追善供養はないでしょうから、わずかばかりのお金を出して寄付の糸口を開き、なお皆さんに、われわれの力不足を補っていただきたいと、井月に代わってひたすらお願いします。高遠城のほとりに住む、はぐれ俳人・雨香。】〔雨香という俳人の名を借りてはいるが、この勧請文は文案・浄書ともに井月の作だという（『井月真蹟集』20頁）。〕

原文は□で囲み、意訳は【　】の中に、補足は〔　〕の中に記しました。ふりがなの振り方は、人によって多少違うかも知れません。俳号など固有名詞は、読み誤りの恐れがあるため、原則としてふりがなを振ってありませんが、およそ音読みをすればよいと思います（巻末の典拠一覧を参照）。なお、改行は原文のとおりではなく適宜おこなっています。

井月が伊那谷に定着するようになったのは、明治元年の冬からです（伊那谷Ⅱ期）。井月は四十代後半。俳諧の先生・書道の達人として、村人たちから尊敬を集めていたに違いありません。「井月先生のために寄付金を集めよう」と言えば、きっと賛同者がいたのでしょう。

ちなみに、五声はこのとき二十代前半だったはずです。俳諧師に土地を寄付しようなどと言い出すには、ちょっと若すぎるような気がしますが、家は造り酒屋で、酒好きの井月と意気投合したのでしょう。山好は、井月よりも四歳年下でした（文政九年の生まれ、明治三十七年の没だという）。門人として、あるいは歳の近い友人として、井月のためにあれこれと働いてくれた人物です。

〔文中、「おもへども」と書くべきところを「おもひども」と書いた箇所がある（※のところ）。『井月全集』発句篇８頁や『新編井月全集』発句篇39頁によれば、「ひ」と「へ」の仮名違は井月の筆に間々見受けられ、北国人たる一傍証だという。越後訛りだろうか。だとすれば、井月本人が文案を作った可能性が高い（高遠の俳人・雨香については、松本で店を開いていたことがあり、また諏訪の俳人・岩波其残と交遊があったというから、顔の広い人だったのだろう。『長野県俳人名大辞典』68頁）。〕

送別書画展観会のちらし

（『新編井月全集』30頁、『画俳柳川　菊日和』55頁）

ところが、芭蕉堂建設の計画は行き詰まってしまいました。明治四年、新政府は「戸籍法」を制定し、明治五年に実施したのです（壬申戸籍）。戸籍のない井月を、村に住まわせるわけにはいかなくなったのでしょう。そこで井月は、越後へ行って戸籍を持ってくることになり、盛大な送別会が開かれました。そのちらしを読んでみましょう（伊那谷Ⅱ期）。

柳廼家送別　書画展観会　九月八日九日

【柳の家 井月を送別するため、書画展観会を九月八日～九日に行います。】〔何年なのか書かれていないが、「明治五壬申秋送別会」の印が押された書画が何枚か発見されているので（『井月真蹟集』113頁・129頁・131頁、『井上井月真筆集』40頁・91頁）、明治五年に開催されたと考えてよいだろう。「九月八日九日」の部分は印刷ではなく肉筆（『画俳柳川　菊日和』53頁）。ちらしが刷り上がったあとで書き込んだらしい。〕

補助

五声・巴水・米花・山好・稲谷・沽哉・庭泉・良盛・蔵六・軒柳・市雪・我蝶・菊の家・一瓢・飛山・鵠斎・歌丸・吐月・松花・可明・圭雅・南春・工尺・有孝・貫一・中皐・春庭・三子・亀雀・耕斎・春雀・蘭堂・鶯娯・啓賀・万来・有丈・柳台・墨草・筍苞・柳川・玉斎・禾圃・文軽・李山・布精・昌寿・富山・山石・玉月・如雲・吉扇・有実・竜洲・二竜斎・三友・文交・永眠・雨香・升女・梅園・鳳雲・亀石・笹直・桃秀・山圃
雀子・山雪・揺扇・里丈・裳水・梅芝・鶯雅・松風・魯暁・峰雲・梅枝・鳳良・竜賀・呉竹・附石・胡外・一風・星月・梅竹・牧雄・蝸石・碧堂・一盃・与雄・若翠・狄仙・玉椿・月松・栗園・原ケ島・素雄・白岱・如帆・柳春・いし女・桂月・吉平・海雀・自友・露雀・松月・里鶏・星一・現章・池月・有隣・南枝・曳尾
諸先生席上揮毫

〔参加予定者百十三人の名前が、円形に書かれている。「補助」は、井月を援助してくださる人、という意味なのだろう。「席上揮毫」とは、当日その場で書画を書いてもよい、という趣向だったのだろう。〕

四方之君子不論晴雨早天より御賁臨御取持之程偏奉希上候 但各御さし合の御方は展観御望可被下候

【みなさま、天候に関わらず早朝より来ていただき、お取り持ちをお願いします。た

だし、それぞれご都合が悪い方は、展観をご希望下さい。】

会幹　中村其楽　中村源造　中村小平　中村如渕
会主　中村新六

〔中村新六の屋敷は大久保村、現在の駒ヶ根市東伊那の内。高遠藩の川奉行を務めた名家だった。寛政年間に河童から妙薬の製法を教わったという言い伝えがあり（『漂泊の俳人　井月の日記』133頁）、現在では駒ヶ根市のPRキャラクター「こまかっぱ」の伝説になっているが、このちらしの中村新六は、むろん寛政年間の人ではないので、何代か後の人物だろう。〕

ただの送別会ではなく、書画展を開いたようです。人がたくさん来れば餞別がたくさん集まるだろうし、書画が売れれば売上金を井月のために寄付してもらおう、という目論見だったのでしょう。

果たして、この送別書画展観会はうまくいったのでしょうか。ちらしには会費のことが書かれていませんが、大丈夫でしょうか。それではいよいよ、井月の手紙を読んでいきましょう。

上は「送別書画展観会のちらし」（『新編井月全集』30頁より引用）。下は「明治五壬申秋送別会」の印（『井上井月真筆集』91頁より引用）。

書簡一「心の目算忽ち変じて」

（『井月全集』書簡篇291頁、『新編井月全集』書簡篇506頁、『井月の句集』152頁）

五声に宛てた手紙。送別書画展観会のあとと思われます（伊那谷Ⅱ期）。

炎暑之時節益無御障事務御精勤且風雅無御油断御弄詠之旨千万目出多久奉寿候。御渾家御清栄是又珍喜不斜奉南山候。

【炎暑の時節、ますます支障なくお仕事に励まれ、またご趣味のほうも怠りなく俳句をお作りになっていること、とてもめでたく喜ばしいです。ご一家のご清栄もまたひとかたならず、ご長寿をお慶び申し上げます。】〔南山は「南山の寿」のことで、長寿を祝う言葉。〕

扨其後者乍存御無沙汰多罪申訳一言無御座万謝此事に候昨年貴館を発し上部社中へ投じ候処殊の外取扱よろしく、毎日夜席を設け俳酒盛大凡出席三十人近きに及ぶ。

【さてその後は、わかっていながらご無沙汰の罪、申しわけの言葉もなく、謝らなければなりません。昨年あなたの家（下牧村、伊那市西春近）を出発したあと、上穂（伊那街道の宿場、現在の駒ヶ根市赤穂）の社中に来たところ、とても待遇が良く、毎晩宴席を設けて俳諧も酒も盛大で、出席者は三十人近くに及びます。】

翁の掟にも女の弟子は取べからざるの禁はあれども、未熟凡夫の心よりしては中々遁すべからずとこそ。上部三美人の随一某といふもの元来俳諧に志し深く、手跡は亀の家蔵六ぬしの門に出て発句短冊ぶり甚美事、閉月羞花沈魚落雁の粧ひとは斯る君をや申らめ。

【芭蕉の掟にも「女の弟子を作るな」というのがありますが、未熟な凡人の気持ちとしては、なかなか逃したくありません。上穂三美人と呼ばれる中でも随一の、なにがしという女性は、もともと俳諧の志が深く、書道は亀の家蔵六に学び、俳句の短冊の書きぶりはとても見事で、月も花も魚も雁も、みな恥じ入ってしまうような容姿とは、このような女性を言うのでしょう。】〔この女性は、駒ヶ根市赤穂の小町屋に住んでいた「生駒屋のおりよ」という。「亀の家蔵六」は寺子屋の師匠。三重県松坂の出身で、井月よりも五歳年下（『長野県上伊那誌 人物篇』389頁）。明治維新後は松崎量平という名で学校教師を務めた（『赤穂小学校百年史』11頁・56頁）。〕

社中何れもうつゝをぬかし正体を失ひ、春宵一刻は先此時なりと千金をこそ投うたず共、責て井月に四五円の恵みもあらば適貴公子にも増るべきに、未だ不学の少年争か仁義信徳の深切を知らんや。

【社中の者は皆、うつつをぬかして酔いつぶれ、「一刻千金」の春の宵は、まずこのときとばかりに大金こそ費やさなくても、せめて井月に四～五円も恵んでもらえば、立派な貴公子にも勝るでしょうに、まだ勉強の足りない少年が、どうして仁義信徳の親切を知っているでしょうか。】〔「不学の少年」は、自分自身を謙遜して言っているのか。それとも誰かを非難して「仁義を知らない少年め」と言っているのか。〕

柳の家が為体寒中の薄衣范雎が須賈にまみへしに彷彿たり。心の目算忽ち変じて意正に茫然たり。外に一少策を設け又々齟齬す。子供の手まり唄に帯に短し襷には長しと申如く、彼是聊か取集めたる年玉も卞和が泣し璞よりもの憂く、躊躇定りなく愚略行はれず費用嚢中を払ふに至る。

【私のありさまといえば、寒中に薄衣を着て、范雎が須賈に会いに行ったときの様子を思い起こさせます。心に描いていた計画が急に変わってしまい、まさに茫然とした思いです。ほかに少し策を講じましたが、またまた上手くいきませんでした。子どもの手まり唄に「帯に短し、たすきに長し」というのがあるように、かれこれ少しばかり取り集めたお年玉は「卞和が泣きし璞」よりも心もとなく、躊躇していて計画が行われず、費用が無くなってしまいました。】〔范雎・須賈は『史記』に出てくる人物。「ほかに一少策を設け」は、送別書画展観会を開いてお金を集めようとしたことか。「卞和が泣きし璞」は『韓非子』の一節で、宝玉の原石を見つけたのに信じてもらえない、と泣く様子。〕

> 茲に於て亀の家のあるじも其本乱れて末おさまらずとの金言を吐き、既に殿島連の実意少きを詰て書を那須氏に投じ説諭を山好に勧むといへども、是も兎角の中なれば更に其甲斐なし譬ひ詮議して暫く許す共終に悠々たる行路の心とは宜哉。桓鮑貧時交　今人捨而如土とは誰も御存じの詩文ながら思ひ合する事斯の如し。

【ここで亀の家蔵六も、「そのもと乱れて末おさまらず」という名言を用い、殿島村の門人たちの思いやりの無さを手紙に書いて那須氏に送り、門人たちを諭すよう山好に勧めてくれましたが、これも何やかやで、さらに効果がありませんでした。たとえ詮議して、しばらく許したとしても、ついには通りすがりの人のように心が離れてしまうでしょう。「管鮑貧時の交わり今人捨てて土の如し」という、誰もが知っている詩文を引き合いに出すのは、このようなことでしょう。】〔なにか殿島村でトラブルがあったらしい。もはや門人たちは井月の言うことを聞かないので、学校の先生にトラブルの仲裁を頼んだのだろう。那須氏は那須　環という医者で、俳号は竜洲。井月より九歳年下（『長野県上伊那誌　人物篇』306頁）。医業のかたわら塾を開いていて、明治五～六年には短期間だが学校教師をしていた（『東春近村誌』740頁）。「たとえ詮議して」は、唐の詩人・張謂による一節をもじったもの。「管鮑貧事の交わり」は、唐の詩人・杜甫による一節。あんなに良くしてくれた殿島村の門人たちが、今は友情を土くれのように捨ててしまった、と言っているのだろう。〕

時に君の御袴の光りにて所々方々漂泊今に昇堂の時を失ひ、夫に色々何とか少しもよき芽も出可申哉と心は矢竹に思ひ足は石亀のごとくじたんだを踏むといへ共、未だ天運循還の辰至らざるにや漸く生て在る而已のすがた甚だ醜く、【さて、あなたから頂いた立派な袴をはいて、あちこちを泊まり歩いていますが、いまだにうかがう時期を失い、それにいろいろ何とか少しでもよい目が出ないかと、心は矢のようにあせり、足は石亀のように地団駄を踏んでいますが、いまだに運がひらけないのでしょうか、ようやく生きているだけの姿は甚だ醜く、】〔井月は、いつも袴をはいていたという。それが彼のプライドだったのだろう。〕

そも先年中沢に会莚を開くも只に慰みの事にはあらず。貴君を始段々御贔負を被下候て勧進記帳旁本国へ罷越籍の送りを持参し、草庵開基の志よりして送別会興行の雑費不少終に借金の淵に首縊るとか申如く成行き、【そもそも先年、中沢郷で送別書画展観会を開いたのは、ただの遊興ではありませんでした。あなたをはじめ、いろいろとご支援下さって寄付金の記帳をしていただき、そのかたわら本国（＝越後）へ行って戸籍の送り状を持参し、芭蕉堂を開こうという志でしたが、送別書画展観会の雑費がかさんで、ついに借金に首をくくるとかいう状況になり、】〔中沢郷は、現在の駒ヶ根市中沢だけでなく、駒ヶ根市東伊那や伊那市富県までを含む、かなり広い地域を指す。ここでは東伊那の中村新六の屋敷のことを言っている。〕

武には弓折れ矢尽き農には水損干荒とか申如く俗に商人が棒を折りと申すが如く、外に取付便りもなく日夜心労の詮方なく露命を草葉の蔭に送り空敷天然の期を待より他念無御座候。上人の歌に世は捨て身はなきものと思へども花の咲く日は浮れこそすれ雪の降日は寒くこそあれと被申し如く、寒暑往来の秋に方り更に寸計の施すなし。【武士ならば弓折れ矢も尽き、農民ならば水害や日照りとかいうように、俗に商人が天秤棒を折るとかいうように、ほかに取りすがる頼りもなく、日夜の心労をどうすることもできず、露のような命を草葉の陰におくり、運がひらけるのを空しく待つよりほかにございません。西行法師の和歌に「世は捨てて、身は無きものと思えども、花の咲く日は浮かれこそすれ、雪の降る日は寒くこそあれ」とあるように、季節はめぐって秋が来ますが、さらに少しも手立てを講じることができません。】

昨冬は向寒の出立残暑と服を同うし、如何に中綿を用るといへども其功能河童の屁よりも利かず、追々厳寒に逼り終に命を中沢に落さんとせしも、曽倉なる竹村某が深き情により寒気凌防の実を得今日に及ぶといへども、帰郷の手段一策も無之、【昨年の冬は、向寒のころの出立なのに残暑のころと同じ服装で、いかに中綿を入れても、その効能はカッパの屁よりも効かず、追い追い厳寒が迫り、ついに中沢郷で命を落としかけ、曽倉という集落で竹村という人物の深い情けによって寒さを防ぐことができ、今日に至りますが、故郷（＝越後）へ帰る手立ては何もなく、】〔井月を助けたのは、本曽倉（駒ヶ根市中沢の内）の竹村熊吉氏（『井月全集』『新編井月全集』奇行逸話 二十）。俳号は松風、井月より三十歳年下。製糸業で成功し、のちに村会議員や村長などを歴任する（『漂泊の俳人 井月の日記』131頁）。〕

貴君へ御預け申置候勧進帳の上にて何程づゝか受納いたしたる其所彼所の言訳を立、将又半を分て旅費に当て肌寒の秋を待ず、少しも早く空蝉のもぬけし如く出立て、【あなたにお預けしておいた寄付金帳の上で、いくらずつか受け取ったあれこれについて言い訳を立て、あるいは寄付金の半分を旅費にあて、肌寒い秋を待たずに、少しでも早く蝉が殻を脱ぎ捨て飛び立つように出発し、】〔芭蕉堂建設のために集めた寄付金を、井月があれこれと使い込んでしまったようだ。だから門人たちとトラブルになったのだろう。〕

越路の雁の来る頃は遅くも帰る豆名月、君が手製の早稲酒の熟すころには望月や、きりゑ（原）駒を迎ふことといさみに勇み帰り咲、心の花を一覧に備へ申度、先は九牛が一毛とや大海の一滴とや、聊か心の及ぶ所申進候 恐々頓首百拝。【越後の雁の来るころ、遅くとも豆名月（旧暦九月十三日）には戻って来たいです。あなたの手作りの早稲酒が熟すのは、望月の駒迎えの頃（旧暦八月十五日）でしょう。望月や桐原の馬のように勇んで帰り、返り咲きの心の花をご覧にいれたく、まずは九牛が一毛とか、大海の一滴というように、少し考えていることを申し上げました。】〔七五調で調子よく書かれている。「望月」は北佐久郡にあった望月の牧のこと。「きりゑ」は「きり原」の誤りであろう、長野市東部にあった桐原の牧のこと。かつて八月十五日は「駒迎え」といい、朝廷に献上する馬を役人が出迎えたという。「恐々頓首」は文末の決まり文句。「恐れながら地面に頭をすりつけて拝みます」といった意味。ほかにも「恐惶頓首・謹言頓首・早々頓首・匆々頓首」などといった書き方をしている。〕

暑中　井月拝

五声雅兄　玉机下

〔「拝」は、へりくだって付ける文字。ほかにも「九拝」と書いたものがある。「雅兄」は敬称の一種。井月は相手によって「様・君・殿・先生・雅君」などと書き分けている。「玉机下」は脇付けといって、「あなたの足元へお手紙を差し上げます」という意味。ほかにも「玉下・足下・豹皮下・尊下・玉褥下・貴下・玉几下」といった書き方をしている。なお、この手紙の末尾には、井月の俳句があったようなので（『井月の句集』巻頭写真、『伊那路』2002年5月号・竹入弘元先生の記事）、以下に補っておく。〕

初茄子魚の権威に争歟

垢離取て馬は帰るよ雲の峰

祇園会や拾はれし子の美しき

六月や朝から白き物を着る

涼しさや銭を掴まぬ指の先

秋試〔まだ秋ではないが、試しに作ってみたという意味か。〕

秋立や声に力を入る蝉

ぬり下駄に妹が素足やけさの秋

まぐろ切庖丁はみぬ西瓜かな

其願ひ梶の一葉とおもはれず

表から来るさし鯖の使かな

消やらぬうちに更るや高灯籠

親もちし人はめでたし墓参り

など申出候。御笑評被成下度候。〔俳句を批評して下さい、と言っている。〕

柳の屋拝〔柳の家ではなく、柳の屋と書くことがときどきあったようだ。〕

芭蕉堂建設のために集めた寄付金を、目的外に使ったら詐欺になってしまいます。それで門人たちとトラブルになったのでしょう。どうも井月は、そのへんがルーズだったようです。しかも送別書画展観会では赤字を出してしまいました。殿島にいられなくなり、中沢に行ったところ遭難しかけ、今は赤穂で暮らしている、といった流転の様子がうかがえます。

伊那市東春近渡場にある竜洲の筆塚（教え子たちが建てた記念碑）。筆の形で建てたところが洒落ている。「教子にをしへられてぞ水茎の跡はづかしく残しつる哉　六十六翁保高」。保高は竜洲の別号。水茎とは筆跡のことである。

書簡二「活計に道を失ひ住居不定」

（『井月全集』書簡篇294頁、『新編井月全集』書簡篇508頁）

宛名の現章（正しくは玩章）は、伊那市西春近赤木の人で、井月より十一歳年下（『井月全集』書簡篇311頁、『新編井月全集』書簡篇524頁）。内容からして、書簡一と同時に書いたものと思われます（伊那谷Ⅱ期）。

厳暑の節、益御励勤且御風雅の旨、珍喜不斜奉寿□。

【厳暑の節、ますますお仕事やご趣味に励まれていること、ひとかたならずお慶び申し上げます。】

陳者其後は打絶御疎音申何共多罪、折々御伝声も相窺候へども、活計に道を失ひ住居不定の仕合、此壱両年は下牧にも出向不申、夫と申も不如意勝に而、世上追々不融通と相成、今日の露命も無覚束、彼是取紛れ何茂様にも御不沙汰ニ成行、

【さてその後は、打ち絶えてご疎遠になってしまい、なんとも申し訳ありません。折々あなたからのご伝言は聞いておりましたが、生計の道を失い住居不定の境遇、ここ一～二年は下牧へも出向いておらず、それと申しますのも、思うようにならずに世の中がだんだん暮らしづらくなり、今日の命もおぼつかず、いろいろにまぎれて、どちら様にもご無沙汰になり、】〔下牧は、芭蕉堂を建てるための土地を寄付すると言ってくれた五声の所。「世上追々不融通」は、明治になって戸籍・地租などの制度ができ、井月にとって暮らしづらい世の中になった、という意味か。〕

不済次第と存候へども、万事時に外れ季に後れ候て、元来短才無能の拙義、此節の有さま只忘然たるごとく二御坐候。乍併一先憤発いたし候而、古郷へ籍を取に行、秋過には遅くとも罷帰、下牧

におゐて草庵開基仕度宿願に御座候。【支払いがたまり放題になっていることは存じておりますが、すべて時機を逸してしまい、もともと無能な私のことですから、このようなありさまになって、ただ茫然としております。しかしながら、ひとまず奮起して、故郷（＝越後）へ戸籍を取りに行き、秋を過ぎたころには遅くとも帰ってきて、下牧で草庵を開きたいというのが宿願でございます。】

何を申も○が先に立、咄しが後れ、遂々延引ニ相成、貴君様えも段々御配意を相懸不済次第ニ付、此度は五声君に預ケ置候勧化帳の内、金高の分、利足等勘定に廻し候へば、余程ニ可有之候間、右一勘定御願申、右の内何程か借用いたし候而、諸方無據分へ少々宛も分散いたし、【何にしてもお金が先に立ち、（芭蕉堂建設の）はなしが遅れ、ついつい延期になり、あなた様にもいろいろ御配慮をいただき、支払いがたまっているので、このたびは五声君に預けておいた寄付金帳のうち、金額のぶんの利息などを計算すれば、よほどあるでしょうから、その計算をお願いし、そこからいくらか借用して、あちこちやむをえない所へ少しずつでも分散して支払い、】〔お金のことを○の伏せ字でほのめかしている。〕

何れ帰杖迄は、下牧に而も御世話人第一の事故、万事御頼申置候心得ニ御坐候而、此度御文通も申上置候間、猶貴君ニも宜御含み被下候而、今暫く御勘弁の程、伏而奉願上候。【いずれ（越後から）帰ってくるまでは、下牧でもお世話人（＝五声）が第一ですから、すべてお頼みしておくつもりですので、このたび手紙も送ってありますから（書簡一）、なおあなたにもよろしくお含みいただき、今しばらくご勘弁のほど、伏してお願いいたします。】

先日は余り御無音ニ相成候間、暑中伺旁申訳迄呈寸楮候。書外期拝眉万謝可申述候。
恐々頓首

【過日はあまりにご無沙汰をしましたので、暑中見舞いのかたわら、申し開きのお手紙を差し上げました。書外、お目にかかった時におわびを申し述べます。】〔「書外〜」は文末の決まり文句。〕

暑中　井月拝
現章雅兄　玉机下

秋も未だ暑し裏の戸表の戸
香に誇る私はなし鳳仙花
朝皃の命は其日々々かな

など申出候。御笑評被成下度候。

〔俳句を三つほど書き並べて、批評してほしいと言っている。〕

井月の送別書画展観会がおこなわれたのは明治五年。この手紙には「一～二年ほど五声のところに行っていない」と書いてあるので、おそらく明治六～七年ごろの手紙と思われます。このあと五声は、明治八年か九年に二十七歳の若さで亡くなってしまいます（『漂鳥のうた』89～90頁）。もし五声が長生きしていれば、その後の井月の人生も変わっていたでしょう。

書簡三「御内々御願上候事（ごないないおんねがいあげそうろうこと）」

（『井月全集』書簡篇296頁、『新編井月全集』書簡篇510頁、『井月真蹟集』23頁、『井上井月真筆集』151頁）

宛名の権蔵（あるいは権造）は、殿島で学校設立の世話方（せわがた）などを務めた有力者でした（『東春近村誌』741頁に載っている久保村権蔵氏）。井月が「李太白権造社（りたいはくごんぞうしゃ）」などと神社の御札（おふだ）のように戯（ざ）れ書きした和歌もあり（『井月全集』和歌篇219頁、『新編井月全集』和歌篇348頁、『井月真蹟集』43頁）、拝みたくなるほどの支援をしてくれた人物だったのでしょう。与平は権蔵よりも年長で、やはり村の世話などをよくした人物らしいです。伊那谷Ⅱ期に書かれたものでしょう。

追々寒気相募候（おいおいかんきあいつのりそうろう）□益（ますます）御勇猛御精務（ごゆうもうごせいむ）の旨千万目出度奉存候（むねせんばんめでたくぞんじたてまつりそうろう）。

【だんだん寒さが募りますが、

ますますご勇猛にお仕事に励まれていること、とてもめでたく思います。】

扨いつぞや御暇乞の表として一苞差上置候所、其後何の御挨拶も無之、寔に御迷惑の儀には可有之存候へども倩相考候へし処、自然御配慮それ形りに相済候事も無覚束、是非とも此度は各様方の御世話ニ相成、帰国持籍仕度、

【さていつぞやは、お暇乞いのしるしとして手みやげを差し上げて置いたところ、その後なんのごあいさつもなく、誠にご迷惑の件があったと思いますが、いろいろ考えましたところ、自然とご配慮いただいて、それなりに済んだこともおぼつかなく、ぜひ今度は皆さまのお世話になって、故郷（＝越後）へ帰り戸籍を持ってきたいと思い、】〔「それなりに済んだこと」とは、芭蕉堂建設の寄付金を使い込んでしまった件か。それとも送別書画展観会で赤字を出した件か。〕

尤田原副長君へも右ニ付段々歎願筋も御座候処、御繁用御留守勝に而、延引相成候。何卒右懇願の次第不悪御汲取、よろしく御沙汰の程偏に御願申上候。恐々頓首

【もっとも、田原村（伊那市東春近の内）の副戸長さん（俳号は鶯娯）へも、この件についていろいろ嘆願したいこともございましたが、お忙しくお留守がちなので、また今度にしました。なにとぞこのお願いの件、悪しからずおくみ取りいただき、よいお返事のほど、ひとえにお願い申し上げます。】

十一月廿六日（じゅういちがつにじゅうろくにち）　井月拝（せいげつはい）

権蔵様（さま）　与平様（さま）　玉下（ぎょくか）

尚々是（なおなおこれ）は誠（まこと）に御心易（ごしんえき）に任（まか）せ御内々御願上候（ごないないおんねがいあげそうろう）事御承知被成下度候（ことごしょうちなしくだされたくそうろう）

【なおこれは、まことに親しさに任せての、内々のお願いであることをご承知ください。】

門人たちの信用を失って、以前のように大っぴらに「寄付金」だの「送別会」だのといってお金を集めることができないのでしょう。親しい人の所へお願いに回っている様子がうかがえます。田原村と殿島村が合併して東春近村になったのは明治八年。この手紙には「田原副長」とあるので、まだ合併していない頃に書かれたものと推測できます。

（『井月全集』書簡篇297頁、『新編井月全集』書簡篇511頁）

書簡四「直様今日高遠へ出向（すぐさまきょうたかとおへでむき）」

井月と連名で差出人になっている鳳良も、宛先である吉扇も、殿島の人です。

換舌〔口で言うかわりにお手紙で申し上げます、といった意味だろう。〕

日々快晴にて御同事大慶奉存候。【日々快晴にて、お変わりなく喜ばしく存じます。】

偖過日は毎度ながら頂戴難有仕合御厚礼禿筆に尽しがたく、其節申上置候衆評の義に付、鳳良子より御咄申上置候通り何か当日入用紙筆の類調進に付、御都合次第にて弐百疋程拝借仕度、直様今日高遠へ出向、夫々相求申度、右御返納は終会の節迄と御承知可成下候。余は拝眉万々。早々頓首【さて過日は毎度ながら頂戴し、ありがとうございます。お礼を書き尽くすことができませんが、そのときに申し上げておきました衆評の件について、鳳良氏からお話を申し上げておきましたとおり、なにか当日に必要な紙や筆などを調達しますので、ご都合次第で二百疋ほどお金をお借りしたく、すぐに本日高遠城下へ出向いてそれぞれ買い求めたく、お返しするのは会の終わりのときまでとご承知ください。そのほかについては、お目にかかったときにいろいろと。】〔「衆評」とは、互いに批評しながら句の良し悪しを決めてゆくこと。たぶん連句の会を開くのだろう。一疋は銭十文のこと。銭二十五文という説もある。〕

十日　鳳良　井月　拝

飯島吉扇君　俳当用〔「当用」は「さし当たっての要件を書きました」という意味だが、「俳用」は俳諧の要件、といったところか。それを合体させて「俳当用」としたか。〕

吉扇の家は、見事な牡丹の庭がある屋敷でした。「花王　翠簾ほしき吉扇亭の牡丹かな」という俳句も詠まれています（『井月全集』発句篇61頁、『新編井月全集』発句篇110頁、『井月真蹟集』57頁）。そこへ仲間たちが集まって、なごやかに連句の会を開く様子が想像できるでしょう。

銭の「二百疋」という数え方からして、江戸時代のような気もしますが、明治維新後も寛永通宝が通用していたといいますから、手紙が書かれた時期は特定できません。「高遠へ出向き」とありますが、当時は、ちょっといい買い物がしたければ高遠城下へ行ったのでしょう。

ちなみに、井月が高遠の市へ行くと言ったところ、「一文もなくて市へ行くのは」と人に笑われ、そのときにすかさず詠んだという和歌が伝わっています（『井月全集』『新編井月全集』奇行逸話三十二）。

「一文の銭がなくても千両と人にいはれて心せい月」〔「千両」は井月の口癖。「せい月」は井月と霽月（雨上がりの月）をかけてある。一文無しでも千両千両、井月の心は雨上がりの月のように澄み渡っています、といった意味だろう。〕

書簡五「せめて紙筆の用だけ御工風」

（『井月全集』書簡篇298頁、『新編井月全集』書簡篇512頁）

宛名の「柳君」は柳哉という人物で、書簡四の吉扇の息子。井月より四十四歳も年下で（『長野県上伊那誌 人物篇』22頁）、『孝経』（儒家経典の一つ）を井月に習ったという話が伝わっています（『井月全集』後記398頁、『新編井月全集』後記603頁）。

なお柳哉は、「井月は口で言うことにも遠慮して、家に居りながらこんな手紙を認めたことが多かった」と証言しています。

一寸記【ちょっと書きます。】

御繁忙の処恐入候得共、天機様と言、実に心中容易ならず、一ト先ヅ退散仕度、夫レニ付此程より申上候通り、来月十二日ヲ目的、何を申も〇の事せめて紙筆の用だけ御工風偏奉希上候也。【お忙しいところ恐れ入りますが、空模様といい、実に心穏やかではなく、ひとまず退散したく、つきましてはこのほどより申し上げていたとおり、来月の十二日までに、何といってもお金の

こと、せめて紙や筆を買えるだけの御工夫を、ひとえにお願いします。】

井月拝
柳君　足下

十二日とは、芭蕉の命日である十月十二日のことではないでしょうか。つまり「翁講の催し」（芭蕉の追善供養）のために、紙や筆を用意したい、という内容なのでしょう。

井月の社中である「柳家連」は、単に句会を開くだけの集まりではなく、芭蕉の顕彰活動を趣旨としていたものと思われます。「我道の神とも拝め翁の日」（『井月全集』発句篇100頁、『新編井月全集』発句篇162頁）という句も詠まれていますので、十月十二日は井月にとって特別な日だったに違いありません。

駒ヶ根市の火山峠には芭蕉の句碑があり、井月の門人が明治二〜三年ごろに建てたものだと伝えられています（駒ヶ根市教育委員会の立て看板による）。おそらくこれも、芭蕉の顕彰活動の一環として建てられたものなのでしょう。

〔なぜ、それほどまでに芭蕉を崇拝し、顕彰する必要があったのだろう。実は井月の生きた時代（幕末〜明治初期）は、「月並調」と呼ばれる俳諧の沈滞期であった。当時の宗匠たちの実態について、たとえば次のように言われている。

・明治初年、俳諧の宗匠という存在は、入花〔＝点料〕というテラ銭をとって俳諧興行に寄食するもので、それはバクチ打と違わぬ不逞の徒であるから、これはつぶすべきだという世論があった。（『伊那市史 現代編』901頁。「興行」は人を集めて催し物を開くこと）

また、「雑俳」と呼ばれる遊戯性が強い俳諧が盛んな時代でもあった。たとえば次のようなものである。

・前句付……出題された「七七」に対し、「五七五」を付ける（この五七五の部分が独立したのが川柳）。
・笠付………出題された「五」に対し、「七五」を付ける。
・折句………出題されたひらがな三文字を頭文字にして、「五七五」を作る。あるいは、出題されたひらがな二

火山峠の松の根元。「松茸やしらぬ木のはのへばりつき　はせを」

文字を頭文字にして、「七七」を作る。
・公募や懸賞という形で行われ、賞品が出されることもあった。
井月は、「芭蕉という原点に立ち返り、正風という正統の俳諧を広めたい」という志を持っていたのであろう。〕

書簡六「翁忌を御宝前にて御興行」

（『井月全集』書簡篇299頁、『新編井月全集』書簡篇513頁）

表書は吉扇（飯島吉之丞氏）宛てになっていますが、柳哉へ宛てた手紙で、連名になっている瓢哉も殿島の人（『井月全集』日記篇247頁や『新編井月全集』日記篇392頁に「上トノ（＝上殿島）」とある）。

一寸急用申上候【ちょっと急用を申し上げます。】

赤穂額面の儀に付、色々手間取、南北奔走移り替難義、夫故兼而の模様間に合兼、板行延引ニ者相成候へ共、【赤穂の奉納額のことでいろいろ手間取り、南北に奔走し、衣替えに難儀し、それでかねてからのことが間に合わず、板行が延期になってしまいましたが、】〔「額面の儀」は、門人たちの俳句を額に書いて、寺社などに奉納すること。「板行」は版木に彫って印刷すること。なにか句集のよう

なものを計画していたのであろう。〉

来月翁忌を御宝前にて御興行被下度、上部、赤木、下牧、表木社中申合出頭可仕候間、何分共御世話の程伏而奉希上候。【来月の芭蕉忌を、御宝前で開いていただきたく、上穂（駒ヶ根市赤穂）、赤木・下牧・表木（伊那市西春近）の社中も申し合わせて行きますので、なにとぞお世話のほど、伏してお願いします。】〈「御宝前」は神仏の前という意味だが、たぶん床の間に芭蕉の像を飾って、その前で連句の会を開いてほしい、という意味ではなかろうか。井月は陶器製の芭蕉像を持っていたという（『井月全集』『新編井月全集』奇行逸話 二十四、ただし『井月の句集』奇行逸話二十四には木像と書かれている）。〉

四五日の内ニハ是非共綿入ニさへ相成候へば、鳥渡参上、其節委細御咄し可申上候へ共、只今の場合は実轍鮒の魚（急）と御推察可成下候。書外拝鳳万縷と申縮候。恐々頓首【四～五日のうちには、ぜひとも羽織に綿を入れてもらうことにもなりますので、ちょっと参上します。そのときに詳しい話を申し上げますが、ただ今の場合は実に緊急のこととご推察ください。書外お目にかかったときに、と恐縮しております。】〈「轍鮒の魚」は「轍鮒の急」の間違いではなかろうか。〉

九月二十七日（くがつにじゅうしちにち）

尚々（なおなお）御社中様（ごしゃちゅうさま）へ尊君方（そんくんがた）より宜（よろしく）御鶴声（ごかくせい）の程（ほど）偏（ひとえに）奉願上候也（ねがいあげたてまつりそうろうなり）【なお、社中の皆さまへも、あなた方から宜しくお伝え下さいますよう、ひとえにお願いいたします。】

井月九拝（せいげつきゅうはい）

柳哉君（くん）　瓢哉君（くん）　御中（おんちゅう）

赤穂（あかほ）問屋（といや）原里亭客中（ていきゃくちゅう）〔赤須（あかず）と上穂（うわぶ）が明治八年に合併して赤穂村になった。つまりこの手紙は明治八年以降のものと推測できる（伊那谷Ⅱ期かⅢ期）。問屋とは、宿場町の中心的な業務をおこなった家（卸問屋（おろしどんや）のことではない）。原里は赤須宿の問屋の次男で、井月より三十二歳年下（『駒ヶ根市誌現代編　下巻』208頁）。〕

上殿シマ（かみとのじま）　飯島吉之丞殿（いいじまきちのじょうどの）　俳用（はいよう）

書簡五と同じく、芭蕉の追善供養のことが書かれていますが、参加者は殿島だけでなく、赤穂や西春近からもやって来るようです。井月の「柳家連」は、かなり広範囲にまたがる社中でした。

井月というと、「村々を泊まり歩いて、酒を飲んでは俳句を書き散らす放浪者」というイメージがありますが、決して放浪者ではなく、自分の社中を維持するために、村から村へと巡回して歩いていた、と見るのが妥当と思われます。

書簡七「歳旦摺も漸出来」

（『井月全集』書簡篇300頁、『新編井月全集』書簡篇514頁）

五声は、芭蕉堂を建てるための土地を寄付すると言ってくれた下牧の人。梅竹は五声の叔父。蝸石は五声の母の甥（つまり従兄弟）で殿島の人。伊那谷Ⅱ期に書かれたと思われます。

青陽の御慶千里同風芽出多久申納候。尊館御揃益御静祥被遊御重齢恐悦至極奉存候。右年頭の御祝詞為可奉申上捧愚札候。恐惶謹言

【青陽の春、千里同風（＝どこも平和で）おめでとうございます。そちら様ではご家族そろってますますご健康で歳を重ねられ、とても喜ばしく思います。以上、年頭の祝辞を申し上げるべく、お手紙を差し上げました。】

正月七日　井月

五声君　梅竹君　蝸石君　参人々御中

〔「人々御中」は、宛名が複数の場合に用いる脇付け。三人に

宛てた手紙なので「参」を付けたのだろうか。〕

尚々年内は何廉御懇命ヲ蒙り難有仕合候。歳暮鳥渡も伺□可仕心得罷在候処、彼是不如意紛れ勝、申訳も無之御疎音、平ニ御海恕可被成下候。

【なお、旧年中は何かと親切にしていただき、ありがとうございました。年の暮れにちょっとでも伺うつもりでしたが、いろいろ思うようにならず紛れがちとなり、申し訳ありません。ご疎遠になったこと、平にお許し下さい。】

一、歳旦摺も漸出来に相成、然ル処絵の具の内最第一の紅に差支、何共毎度御無心申上候事には御坐候へ共、御手製の生紅○程頂戴仕度、何卒御尊母様に宜奉願上候。御取次被下置候様偏奉希上候。恐々頓首

【歳旦摺もようやく出来ましたが、しかし絵の具のうち一番大事な紅色にさしつかえ、なんとも毎度お願い申し上げていることですが、お手製の生紅を○ほど頂戴したく、なにとぞお母上様によろしくお願いします。お取次ぎをして下さいますよう、ひとえにお願いします。】〔歳旦摺は、新年を祝う句集。そこにめでたい挿絵を入れるため、紅の絵の具を頂戴したい、というのだろう。○は直径五分（約十五ミリ）くらいの円だという。〕

再白、余りあら〳〵敷品には御坐候へ共、干柿一把備貴覧候。誠以（御？）年玉の印迄に御坐

候。御笑留被下候へば千両の至に御座候。尚近日以参万々可奉申上候。不具【追伸。あまりに粗末な品でございますが、干し柿を一把、ご覧に入れます。誠にもって、お年玉のしるしでございます。ご笑納下されば千両の至りでございます。なお、近日おうかがいしていろいろ申し上げます。】〔「千両」は井月の口癖で、うれしいという意味。「不具」は整わない文章ですみません、という意味。〕

「歳旦摺」とは、門人たちから新年の句を集めて印刷したもので、歳旦帖（歳旦帳）とも呼ばれます。旧年中にあらかじめ俳句を集めておいて、新年に配るものだったようですが、「漸出来」と書かれているので、おそらく印刷が新年にずれ込んでしまったのでしょう。紅の絵の具を頂戴したい、と書かれていますので、刷り上がった歳旦摺の挿絵に、手作業で彩色を施したのではないでしょうか。

〔いつの歳旦摺だろうか。『新編井月全集』626頁からの年譜には、次の五つが載っている。

・元治二年　井月版下翠山培樵画歳旦帖二種印刷（長野市中条にて。筆者は未見）

・明治二年　巳の春、鳳雲画井月字歳旦帖。井月句は「目出度さも人まかせなり旅の春」（『井上井月真筆集』118頁）

・明治三年　午の春、山圃画井月字歳旦帖『はるのつと』。井月句は「露ちるや若菜の籠の置所」（『井上井月真筆集』118頁、『伊那路』2001年1月号・竹入弘元先生の記事）

・明治四年　月松画井月字歳旦帖（筆者は未見）
・明治十一年　井月書鳳雲富士山画の歳旦帳、井月句は「上もなき老の白髪やふじの山」（『伊那路』2000年1月号・矢島太郎氏の記事）

ここに載っていない歳旦摺・歳旦帖が、まだあるのかも知れない。注目すべきは、井月が明治元年の冬に伊那谷に定着してから、すぐ明治二年の春に歳旦摺を発行している点である。戊辰戦争の悲しみに打ちひしがれている暇もなく、精力的に俳諧師として活動したのだろう。｝

書簡八「勧化の義に付明日帳ひらき」

（『井月全集』書簡篇302頁（ただし欠番）、『新編井月全集』書簡篇515頁）

書簡七にも出てくる蝸石へ宛てた手紙。やはり伊那谷Ⅱ期に書かれたと思われます。

取いそぎ候故略義ながら【急いでいるので、略式の手紙ですが、】

口上｛申し上げます、といった意味の書き出し。｝

昨日は御いとま乞も不申、一寸下へ参り今日罷帰り候。【昨日は、お暇乞いも言わずにちょっと下へ行って、今日戻ってきました。】〔井月は人の家に黙って上がり込み、また黙って出て行くことがあったという（『井月全集』『新編井月全集』奇行逸話 二十八）。「下」は下牧のことか。あるいは下殿島のことか。〕

段々御世話に預り、勧化の義に付明日帳ひらきいたし度、就ては右御寄進として銘酒五升御願申上度、もし樽の御都合にては三にても間に合せ可申候事。いろ〱さし行、（引？）御はなしも拝眉万々可申上候。此度の処よろしく御風察被成下度候。頓首

【いろいろお世話になり、寄付金の件について、明日「帳開き」をしたいと思い、つきましてはその御寄進として、お酒を五升お願い申し上げたく、もし樽のご都合によっては、三升でも間に合います。色々さしつかえがあって、お話もお目にかかったときに申し上げます。このたびのこと、よろしくお察し下さい。】〔「勧化」とは、芭蕉堂建設のための寄付金集めのことであろう。「帳開き」は、寄付金帳を開いて計算してみることだと思われる。もしかしたら、各地の門人たちに預けてある帳面を持ち寄って、どれだけ集まったか集計してみよう、ということかも知れない。その席で酒をふるまうのだろう。「さし行」は分かりづらいが、「さしあう（支障がある）」という意味か。〕

五（或は壬？）六日　井月

〔五月六日か。それとも「五日あるいは六日」という意味か。「壬」な

らば閏（うるう）の略字。明治三年の閏十月六日か。｝

蝸石雅兄（がけい）　当俳用（とうはいよう）　｛書簡四では「俳当用」だが、ここでは「当俳用」になっている。どちらでもよい合成語なのだろう。｝

酒の寄進を頼むなんて、なんともお祝いムードの手紙ですが、帳開きの結果はどうだったのでしょう。「いろいろさし行（ゆき）」と書いてありますし、思ったほどお金が集まらなかったのでしょうか。

さらにその後、戸籍の問題が生じました。事態を打開するため、送別書画展観会を開いてお金を集めるつもりが、かえって借金を作ってしまい、芭蕉堂建設の見通しは全く立たなくなってしまったと思われます。門人たちは騒ぎ始めたでしょう。「おれたちから寄付金を集めておいて、芭蕉堂が建たないなんて、詐欺ではないか。井月先生はどういうつもりなんだ」と。

｛旧暦では二〜三年に一度、閏月（うるうづき）があり、年月を特定するための重要な判断材料になる。井月の活動期（嘉永元年〜明治二十年三月）の閏月は以下の通り（公式には、明治六年から新暦に切り替わったのだが、井月は旧暦を使い続けたようだ）。

嘉永二年閏四月、嘉永五年閏二月、嘉永七年閏七月、安政四年閏五月、万延元年閏三月、文久二年閏八月、慶応元年閏五月、慶応四年閏四月、明治三年閏十月、明治六年閏六月、明治九年閏五月、明治十二年閏三月、明

治十四年閏七月、明治十七年閏五月

（『近代陰陽暦対照表』より。以降、旧暦は同書に基づく）

寄付金の帳開きは、井月が伊那谷に定着した明治元年の冬（旧暦では十月〜十二月）以降、送別書画展観会（明治五年九月八日〜九日）以前に行われたと思われる。該当する閏月は、明治三年閏十月しかない。『春近開庵勧請文』には「此秋に当り蕉堂勧化」という一文があるので、秋が終わって冬を迎えた頃に帳開きをしたとすれば、明治三年閏十月六日で季節は合致する。

壬ではなく壬ならば、年・月・日を表す十干かも知れない。壬が年を表すのなら明治五年が該当する（普通は十干と十二支をセットで用いるのだが、井月は書簡二十四の中で、「当丙」のように十干だけを使って年を表している）。月や日を表しているとすれば、該当する日が多すぎて特定が難しい。｝

書簡九「風流の上にて証文等」

（『井月全集』書簡篇303頁、『新編井月全集』書簡篇516頁）

五声・梅竹（下牧村、伊那市西春近）に宛てた手紙。親戚の蝸石（殿島村、伊那市東春近）に、なにやら借金を申し込んだようです。

口上
今朝は御繁忙の処御面倒の義御願申上、即御両所様名前にて書付の通、蝸石公に取替頼候処、風流の上にて証文等受取取替候義は如何。就ては拾両の所二人にて割合差出候事にては即金に差出し可申との事に付、何卒其思召にて、

【今朝はお忙しいところ、ご面倒なことをお願いし、すなわち、お二人（五声・梅竹）の名前で作った証文のとおり、蝸石氏にお金の立て替えを頼んだところ、「風流のことで証文などを受け取って立て替えるというのは、いかがなものか。ついては、十両を二人で割って差し出すというのであれば、即金で差し出します」とのことでしたので、なにとぞその思し召しにて、】〔ビジネスではなく趣味のことで証文など受け取れない、と蝸石は言ったのだろう。明治以降も一円のことを一両と呼ぶことがあったらしい。十両といえば大金である。〕

五声君は御記帳七両弐駄の廉も御座候へば、五両金御引請、残る五両の処梅竹君蝸石君にて御心得被下候様偏奉希上度、此段御承知被成下度候。乍併御内和の事にも御座候へば、拙者より割合ケ間敷義申には無御座候。

【五声君は寄付金帳に七両二分とご記帳されてもいますので、（十両のうち）五両を引き受けていただき、残り五両のところを梅竹君・蝸石君に引き受けていただきますよう、ひとえにお願いしたく、この件をご承知下さい。しかしながら、お内輪のことでも

ございますので、私から割合のようなことを言うつもりはございません。】〔「弐駄」がわからないが、七両二分、つまり七円五十銭のことか。五声・梅竹・蝸石は親戚どうし、つまり内輪の問題なのだから、よそ者の自分が口をはさむつもりはない、と言っている。〕

何れとも右金高相調申候へばよろしく候間、御両所様にて一筆蝸石君へ御遣し、右金子御取替に相成候様御計ひ被成下候様、幾重にも奉願上候。最早無余日御用先恐入候へども、此段御願迄如此御座候恐々頓首

【なんにせよ十両の金額が調えばよいので、お二人から蝸石君へ一筆書いて、右のお金を立て替えることになったと、取り計らって下さいますよう、重ねてお願いします。もはや日がなく、ご用先には恐れ入りますが、この件のお願いはこのとおりでございます。】〔「御用先」は、お金を用立てなければならない相手、という意味か。昔は、歳末に借金の取り立てが来た。この手紙は十二月十五日に書かれたものであり、あと半月しかないのに十両もの大金をそろえてほしい、という無茶な内容である。〕

師走十五日

尚々　何とも御手数ながらよろしく御鶴声被成下度候。

【なお、何とも御手数ですが（蝸石氏に）よろしくお伝えください。】

井月拝（せいげつはい）
五声君（くん）　梅竹君（くん）　当俳用（とうはいよう）

金額の大きさからして、明治五年に中村新六亭（大久保村、駒ヶ根市東伊那）でおこなわれた送別書画展観会の借金ではないでしょうか（伊那谷Ⅱ期）。書簡一にも「送別会興行の雑費不少（すくなからず）終（つい）に借金の淵（ふち）に首縊（くく）るとか」とあります。餞別や書画の売上金をあてにして、会費を集めずに酒や料理をふるまったのでしょうか。それで赤字を出してしまい、五声やその親戚たちが立て替えたのでしょう。ずいぶん迷惑な話だったと思われます。

また、芭蕉堂建設のための寄付金を、赤字の立て替えに流用しようとしている様子が読み取れます。のちのち大きな問題になったに違いありません。

書簡十「例（れい）の拝借金（はいしゃくきん）の処（ところ）は」

（『井月全集』書簡篇304頁、『新編井月全集』書簡篇517頁、『井月真蹟集』43頁、『井上井月真筆集』150頁）

再び蝸石（殿島村、伊那市東春近）へ宛てた手紙（伊那谷Ⅱ期）。

厳敷余寒先以御多福珍喜不斜奉存候。【余寒が厳しいですが、まずもってご多幸ひとかたならぬものと存じます。】

扨年内は殊の方諸方一統不融通、其御連中えも罷出候心得に候処、貴所様へ拝顔の節、参堂の由申上候処、【さて年内はことのほか、あちこちすべて思うようにならず、そちらのお仲間たちのところへも行くつもりでいたところ、あなた様へお目にかかるときに、お宅へうかがうと申し上げましたが、】

上穂市素見にて漸昼食蔵六方へ寄馳走に相成、黄昏頃もよりの衆と一所に罷帰申候故、尊家等え参上の心組も出来兼、夫には門屋に行違ひ等不都合、東西奔走月迫山好待入、夫故別而混雑、【上穂（駒ヶ根市赤穂）の市を見て回り、ようやく昼食を亀の家蔵六（赤穂の学校教師、書簡一に登場）の家へ寄って御馳走になり、夕方ごろ近所の人たちと一緒に帰ってきましたので、あなたの家などへ参上する心構えもできず、それに門屋（＝山好の家の屋号、実際に大きな門がある）で行き違いなど不都合があり、東西奔走し月末が迫り、山好が待っていて、それで特にゴタゴタし、】〔赤穂で遊んで、殿島（伊那市東春近）へ帰ってきたのだろう。どんな「行き違い」があったのか。『井月全集』

の編者・高津才次郎氏は、取材で何か耳にしたようだが、あえて記していない（『高津才次郎奮戦記』55頁）。高津氏は明治十八年生まれ、愛知県出身の教師（『長野県上伊那誌 人物篇』246頁）。伊那高等女学校に赴任したときに井月の書と出会い、井月研究に没頭した。〕

> 年は同所にて一昨日迄何方へも不参、注文の衣類今に不染大手違、今日とても冬の儘草庵に蝸居、御察可被成下候。何れ不遠参堂万々御礼可申上候。

【同所（殿島村）で年を越し、一昨日までどこへも行かず、注文していた衣類は大きな手違いがあって、いまだに染め上がらず、今日も冬の服装のまま草庵に引きこもっていますことをお察しください。いずれ遠からず、おうかがいしてお礼を申し上げます。】〔この「草庵」とは、書簡十七・十八に出てくる庵のことか。山好の家の近くにあったという。〕

> 一、例の拝借金の処は、段々御迷惑筋の処は御察申居候へ共、何とも小生以参外御両公様え拝顔ならでは分り兼候義に御坐候。

【例の拝借金の件は、いろいろご迷惑だったとお察し申しておりますが、なんとも自分はその場にいなかったので、ご両名さま（五声・梅竹）に会ってみないと分かりかねることでございます。】

一、旧冬銘酒五升御無心申上候処、御承知被下候ニ付、御寵親父公へも咄し置候処、今に相届不申、今日態々使差上申候間、何卒絶品の処御配慮被成下候様、重畳奉願上候。何事も尊顔万々可奉申上候　恐々頓首

【昨年の冬に、お酒を五升お願い申し上げたところ、ご承知下さったので、お父上さまにも話しておいたのですが、いまだに届かず、今日わざわざ使いの者をやりましたので、なにとぞ絶品のところをご配慮下さりますよう、重ねてお願いします。何事も、お目にかかったときにいろいろと申し上げます。】〔蝸石は、借金の立て替えの件で怒っていて、わざと酒の寄進の件を無視したのではなかろうか。酒の寄進については書簡八にも書かれており、同時期の手紙のようにも思えるが、寄付金の帳開きは送別書画展観会の前だろうし、借金の立て替えは送別書画展観会の後のような気がする。つまり書簡八と書簡十は、別の時期の手紙か。〕

正月七日　井月拝

〔送別書画展観会で借金をかかえてしまったのが明治五年。ならばこの手紙は明治六年の一月七日に書かれたか（新暦では二月四日）。〕

人の日や鳥かげさへもまつたより

〔「人日の今日（旧暦一月七日）、人間だけでなく鳥たちも、あなたからのお返事を待っていますよ」といったところだろう。〕

尚々、若君え破魔弓さし上度存居候処本文の次第、摺物の口画に注文いたし、御免の蒙り候。宜

敷御吹聴可被成下候。

【なお、息子さんへ破魔弓をさしあげたいと思っていましたが、本文に書いたとおりの状況です。摺り物の口絵に（破魔弓を載せるよう）注文いたしますので、許してください。よろしくご吹聴下さい。】〔蝸石のご機嫌をとるようなことが書いてある。「摺物」は、おそらく歳旦摺だろう。多額の借金をかかえた井月が、果たして歳旦摺を作ることができたかどうか疑問。「吹聴」は言いふらすことだが、みなさまにお伝えください、といった意味か。〕

無いそでをなをふる雪の歳暮かな

と申候。御評可被成候。

〔俳句を批評してほしいと言っている。昨年末に作った句なのだろう。歳の暮れでお金に苦労している、といった内容。「そでを振る」と「降る雪」が掛詞になっている。〕

柳の家拝

蝸石雅君　豹皮下

書簡九の拝借金の件で、蝸石に迷惑をかけたので、気を遣いながら書いた手紙なのでしょう。ずいぶん言い訳がましいことが書かれているように思えます。

書簡十一「もし御宿酒の御余りも」

（『井月全集』書簡篇306頁、『新編井月全集』書簡篇519頁）

酒井先生・杉浦先生という人物は、明治十七年閏五月十八日の井月の日記に出てくるので（『井月全集』日記篇225頁、『新編井月全集』日記篇380頁）、この手紙もそのときに書かれたものでしょうか（新暦に直せば明治十七年七月十日、初蝉の季節と合致する。伊那谷Ⅲ期）。

初蝉や詩仏は竹に筆採る

〔あいさつ代わりの俳句であろう。大窪詩仏は江戸時代の漢詩人で、墨竹画が得意だった。〕

御渾家様御容体は如何被為入候哉。前夜は毎度難有仕合、杉浦先生の坐下に有て、諸名家墨色拝見、【ご家族様一同、お体はお元気ですか。昨夜は毎度ながら、ありがとうございました。杉浦先生のおそばで諸家の掛軸を拝見し、】〔冒頭の俳句からすると、大窪詩仏の墨竹画を見せてもらったか。〕

且水を飲て酒に換よとの師命黙止がたく、もし御宿酒の御余りもやあらんかと、生徒両三輩に託し御迎ひ、此段恐惶々々頓首【なおかつ「水を飲んで酒に換えよ」と先生から命じられましたが、それには黙っていられません。「もし、おうちで余っている酒があれば……」と生徒の皆さんにお願いし、お迎え（するつもりですので）、この件、恐れながら（ご容赦を）。】〔ずいぶん意地汚いことが書いてある。学校の生徒に頼むことではないだろうに。〕

柳の家拝

酒井保定先生　玉下

日記によれば、まず井月は酒井先生の家でご馳走になり、そのあと杉浦先生の学校に行って泊まったようです。

酒井先生は東春近の原新田の人で、昭和四年に死去したようですが（『井月全集』書簡篇306頁、『新編井月全集』書簡篇519）、それ以上のことは分かりません。杉浦先生は、文久二年に三河の知多郡から来て寺子屋を開いていた杉浦智眼という人物（『東春近村誌』746頁）。年齢はわかりませんが、井月より若年の人で（『高津才次郎奮戦記』54頁）、維新後、殿島学校の支校の教師になりました（榛原支校か。『東春近小学校沿革誌』20頁によれば、榛原支校はとても狭く、明治十年以降は別の場所に校舎を建てて原榛支校と改名したらしい）。

井月は、学校教師たちと数多く交流があったようですが、なぜ自身が教師にならなかったのでしょう。井月ほどの教養人が教師をしないなんて、もったいないように思えますが、やはり酒の飲み方が悪くて、いまひとつ信用されていなかったのでしょうか。あるいは、教師として定住生活することを、井月が望まなかったのでしょうか。

なお、次のような句があります。あちこちの村に学校が出来ていく様子を、井月は温かく見守っていたのでしょう。

「文明開化　春の日やどの児の顔も墨だらけ」（『井月全集』発句篇7頁、『新編井月全集』発句篇38頁）

〔習字をする子どもたちの、元気の良さが目に浮かぶような句。〕

「学校教員の昇進を祝す　直なればこそのびつらめ今年竹」（『井月全集』発句篇64頁、『新編井月全集』発句篇114頁）〔若竹のようにまっすぐ成長する青年教師をほめたのだろう。〕

書簡十二「飯田版木相後れ」

（『井月全集』書簡篇306頁、『新編井月全集』書簡篇520頁）

宛名の山圃は、春近郷宮田村（伊那街道の宿場、現在の上伊那郡宮田村）の正木屋という酒屋の主人で、井月よりも十三歳年上。俳画を得意としていました。この手紙は明治三年に書かれたようです（伊那谷Ⅱ期）。

述辞〔述べさせていただきます、といった意味だろう。〕

御慶目出度申納候。旧臘は何廉御世話に相成千万難有仕合、当早春も御伺申上候筈の処、

【新年おめでとうございます。昨年は何かとお世話になり、ありがとうございました。この早春も、おうかがいするはずのところでしたが、】〔早春は、現在では二月～三月のことだが、旧暦では正月のことになる。〕

飯田版木相後れ、旁奔走のみに暇費に消光、いまだ春こゝろに相成不申、甚御疎遠申訳無御座、

昨冬も両度飯田へ参り、金子も弐両相渡し出精いたし候て、早春には出来いたし候様にと呉々頼

置候へ共、【飯田での版木作成が遅れ、そのかたわら奔走のみに時間を費やし、まだ春が来たような気持ちにならず、はなはだご疎遠になったこと、申し訳ございません。昨年の冬も二度飯田へ行って、お金も二両渡し、がんばって早春には出来るようにと、くれぐれも頼んでおきましたが、】

月迎いたし候而、諸方の注文混雑、殊に伊奈県の版木も相残り有候て、夫故延引いたし候趣 申述、是も無拠覚候へ共、【「新しい月を迎えて、あちこちからの注文が混雑しており、とくに伊那県の版木も残りがあって、それゆえ遅れています」という旨を（先方が）申し述べ、これも仕方なく思いますけれども、】〔伊那県は、慶応四年～明治四年まで存在した県で、飯島陣屋に県庁があった（現在の上伊那郡飯島町）。おそらく県の行政文書作成の依頼がたくさんあって、井月の依頼が後回しにされたのだろう。なお、「伊那」を「伊奈」と書くことは、当時普通に行われていたのだろうか。〕

愚生事にいたしては、只今頃は遅くも配呈いたし度存居候へ共、何を申も〇次第、旧冬先方より遣し候書付入御覧候。尤山好にも一見に備候へ共、□□□（?）所満足不仕、彼是遅々いたし困入候。【私としましては、今ごろは遅くとも配布したく思っていたのですが、何といってもお金次第、昨年の冬に先方より送ってきた書き付けをご覧にいれます。もっとも山好にも見せましたが、・・（?）・・満足できず、かれこれ遅くなって困っております。】〔一部不明のため意味が分かり

にくい。}

句数も八十五程に相成り、極細字にて手間取可申と存、それには一寸いたし候摺物出来に付入貴覧候。御笑可被成下候。【俳句の数も八十五ほどになり、極細の字なので手間取ると思われ、それについてはちょっとした摺り物ができたので、ご覧にいれます。お笑いになって下さい。】{極細字の印刷サンプルが出来たので見てほしい、ということか。}

何分遠方の処、愚生度々往来いたし候へば、雑費相嵩み候に付、此度板出来候上、先方より貴所様迄申遣候筈に付、夫より出向心得罷在候。便り御座候はゞ乍憚山好子迄一草御差出被下候様奉願上候。【なにぶん遠方の所を、私がたびたび行き来しますと、雑費がかさみますので、今度、版が出来たら先方よりあなたのほうへ連絡が来るはずですので、そうしたら私が出向くつもりです。連絡がございましたら、すみませんが山好氏まで一筆書いて差し出して下さいますよう、お願いします。】

且板下出来追々相加、夫には口画摺り上ケ校合も御座候事故貴所様迄差送り可申やう申置候間、相届候ハゞ宜敷御直し御遣し可被下候。【また版下が出来たら、追々それに加えて、口絵を摺り上げ、校正もございますから、あなたの所へ送るように申しておきましたので、届きましたら、よろしくお直しをなさって下さい。】

もし又物体出来の下摺不遣候はゞ、御序の節御催促可被成候様奉希上候。是も校合いたし不遣候てハ相叶不申、何れにいたし候ても廿日頃には遅くも出来の図りに御坐候。先は此段得貴意度、略儀ながら如此御座候恐惶謹言

【もしまた、全体ができた下摺りを送ってこなければ、何かのついでに催促なされますようお願いします。これも校正してやらなければなりません。いずれにしても二十日ごろには遅くとも版ができる予定でございます。まずはこの件につきまして、あなたのお考えをいただきたく、略儀ながら以上のとおりでございます。】

正月十三日　井月拝

山圃雅兄　尊下

元日や入来る人は皆長者

夜深しとおもふ間もなき雑煮かな

露ちるや若菜の籠の置きどころ

梅にその私はなし夜の門

黄鳥の初音や老に似ぬ自慢
などゝ申出候。御笑評可被成下候、〔俳句を批評してほしいと言っている。〕

（表書）
井上克三
山圃国輔様　要用書〔「要用書」は、どうしても必要なことを書きました、という意味。〕

井月が「井上克三」という本名を書いている、唯一の手紙です。俳号ではなく本名で手紙を差し上げないと、失礼だと思ったのでしょうか。山圃は宮田村の名士であり、俳画・随筆・漢学・剣道と多芸万能で（『宮田村誌 下巻』534頁）、武田耕雲斎率いる天狗党が伊那谷を通過するときに同行したという逸話を持つ人物。井月は最上級の礼を尽くしていたようです（『井月全集』『新編井月全集』奇行逸話 二十九。なお、『長野県上伊那誌 人物篇』451頁には「和宮御降下(嫁)の木曽助郷の運搬総指揮の役目を果す」とあるが、『宮田村誌 上巻』792頁には山圃が指揮をとったとは書かれていない。湯沢友右衛門という別人のことではなかろうか）。

この手紙は、明治三年に『はるのつと』という歳旦帖を作ったときのものでしょう（『井上井月真筆集』118頁）。その歳旦帖には、山圃が絵を描いており、八十四人の句が載っています（『伊那路』2001

年1月号・竹入弘元先生の記事)。山好は製作協力者だったのでしょう、『はるのつと』の巻末(井月のすぐ前)に名前が載っています。

〔明治二年の歳旦帖には山好が載っていない。つまり、井月と山好の出会いは、明治二年の歳旦帖発行以後、明治三年の歳旦帖発行以前、と考えられる。〕

書簡十三「生涯(しょうがい)の風流(ふうりゅう)を催(もよお)し大摺物(おおすりもの)」

(『井月全集』書簡篇309頁、『新編井月全集』書簡篇522頁、『井上井月真筆集』151頁)

宛名の埋橋(うずはし)氏は富県村貝沼(かいぬま)(現在の伊那市富県の内)の人で、井月の日記には粂江という名で登場します(『井月全集』日記篇255頁・拾遺篇463頁、『新編井月全集』日記篇399頁・418頁。粂衛ではなく粂江が正しいらしい)。俳号は信竜、井月より五歳年下でした(『伊那路』1995年10月号・埋橋正秋氏の記事)。井月の晩年、明治十七年の手紙と思われます(伊那谷Ⅲ期)。

廻章(かいしょう)飛舌(ひぜつ)〔廻章は回状のこと。この文書を社中で回覧してほしい、というのだろう。飛舌は「私の

舌を飛んで行かせます」といった意味か。〕

向寒の節各様御勇勝被成御座、珍重不浅目出度奉存候。

【向寒の節、それぞれご健勝であられ、ひとかたならずめでたく存じます。】

然ル処愚叟事春中より諸家の御玉吟を伺ひ、生涯の風流を催し大摺物を企候処、春去秋来てに今満願に至らざるは、全く金銭のたしなき故とこそ。因茲御懇意様方へ此度の一条は一世の曠鑒にして、ひたすら貴君方の補助に在ずんば、勲功覚束なく御取持の著明なるを希ふ者也を轍鮒の急をたすけ玉はれと上申候也。

【さて私事ですが、春より皆様の俳句を集めて、生涯の風流を催し「大摺物」を企画したところ、春が去り秋が来ても、いまだに実現に至らないのは、まったくお金が足りないからです。これにより、親しくしていただいている皆様へ。今回のお願いは一世一代の曠鑒（語義不明）であり、ひたすら皆様の補助がなければ成功おぼつかなく、はっきりとお取り持ちを願います。緊急のこと、お助けくださいと申し上げます。】

十月十二日

貝沼村耕地にて　井月九拝

埋橋様　御社中　御風君衆中

〔「貝沼村」は明治八年に合併して富県村になっており、「耕地」は字・小字という意味で書いたのではなかろうか。十月十二日は芭蕉の命日（翁忌・時雨忌）であり、社中で追善供養をするだろうから、そのときにこの手紙を皆さんで回し読みしてほしい、ということなのだろう。井月の日記によれば、明治十七年の十月十二日〜十三日は、井月は貝沼におらず、美篶・手良で追善供養をしていたようだ（『井月全集』日記篇235頁や『新編井月全集』日記篇404頁に「時雨忌、自費十銭」とあり、自分で追善供養の費用を出したか）。それで自分は貝沼に行かれないので、代わりに舌を飛んで行かせます、という意味で「飛舌」と書いたのだろう。｝

井月が生涯をかけた「大摺物」とは、『大奉書壱枚摺口画入諸家投吟集』という物々しいタイトルの俳諧集で、明治十七年の八月に原稿は完成したようですが（『井月全集』後記379頁、『新編井月全集』後記586頁）、お金がなくて印刷には至らなかったようです。その代わり明治十八年の晩秋、仲間たちの手によって『余波の水くき』という俳諧集を作ってもらっています（『井月全集』雑文篇268頁、『新編井月全集』雑文篇446頁）。

井月がなぜ、村から村へ歩き回って暮らしていたのかといえば、もちろん自分の社中である「柳家連」を巡回するためですが、もうひとつ、「俳句をもらい集めて俳諧集を作る」という目的があったのでしょう。

書簡十四「此度珍敷掛物持参被致」

（『井月全集』書簡篇311頁、『新編井月全集』書簡篇523頁）

手紙が書かれた時期はわかりませんが、宛名の若翠は火山村の人で井月より十七歳年下（『長野県上伊那誌 人物篇』222頁）。吐月は塩田村の人で、のちに村長を務めるほどの人物です（『長野県上伊那誌 人物篇』542頁に馬場伊三郎という名で出ている。明治二十七年に五十四歳で村長に就任しているから、井月より十九歳ほど年下か）。火山村も塩田村も、現在の駒ヶ根市東伊那。

口上
過日は参上、其節は御馳走に相成難有仕合奉存候。

【先日おうかがいし、その節はご馳走になり、ありがとうございました。】

扨此仁は野拙入魂の人にて、俳名は玩章と申候而風流の人に御座候。此度珍敷掛物持参被致候間御みせ申上度、当人を一寸差上げ申候。宜敷奉願上候。もし又行暮候はゝ、一宿私同様に奉願上候。同道仕度存候へ共、少々腹酒にて当人計り差上候間、呉々もよろしく奉願

希上候。書外期拝眉候。頓首

【さてこの人は、私と親しくしている人で、俳号は玩章といって風流の人でございます。このたび珍しい掛軸を持参されたので、お見せしたく、当人をちょっと行かせました。よろしくお願いします。また、もし行き暮れてしまったときは、私と同じように一晩泊めて下さいますようお願いします。一緒に行きたいと思っていたのですが、少々腹酒なので、当人だけを行かせましたので、くれぐれもよろしくお願いします。書外、お目にかかったときに。】〔つまりこの手紙は「紹介状」なのだろう。玩章は書簡二にも登場する、伊那市西春近赤木の人。「行き暮れる」は、旅の途中で日が暮れてしまうこと。「腹酒」は、酒を飲み過ぎて腹を壊したか。〕

霜月二十七日

乍略義御連名にてさし上候間、此段不悪思食可被下候。当人持参の掛物は御両所の内ならではとぞんじ候間、何分御取持御買入の程伏而奉希上候。代料の処は当人に御相談可被下候。

【略儀ながら、御連名にてお手紙を差し上げましたが、このことを悪く思わないで下さい。当人が持参した掛軸は、ご両人の内ならではと思いましたので、なにぶんお取り持ち・お買い上げのほど、伏してお願いいたします。代金については当人にご相談ください。】

柳の家　井月拝

若翠君　吐月君　尊下当用

つまり井月は、書画のセールスに手を貸していたということでしょうか。若翠も吐月も、伊那谷Ⅰ期のころからⅢ期まで、長く井月と付き合いがあった人物です（『紅葉の摺もの』から『余波の水くき』まで、井月のほとんどの出版物に名前が出ている）。書画を買ってくれと言われれば、嫌とは言えなかったでしょう。

書簡十五「御社中御弐句の程御取持」

（『井月全集』書簡篇312頁、『新編井月全集』書簡篇524頁、『井上井月真筆集』151頁）

宛名の有隣は、下牧（伊那市西春近）の人で、五声の弟です。五声は若くして亡くなったので、有隣のほうが井月との付き合いは長かったようです。伊那谷Ⅱ期かⅢ期に書かれたものでしょう。

換舌（かんぜつ）

大暑（たいしょ）の節益（せつますます）御風流奉南山候（ごふうりゅうなんざんたてまつりそうろう）。

【大暑の節、ますますご風流、ご長寿をお慶び申し上げます。】

陳者此度湯の宮舞台再建に付、角力評額面奉納仕度、郡内諸賢の玉吟相願ひ興行仕候間、其御社中御弐句の程御取持偏奉懇願上候。則ちらし差上候之間御配分被成下、沢山御投吟奉希上候也。恐々頓首

【さてこのたび、湯の宮（上伊那郡中川村四徳、現在も四徳温泉がある）の舞台を再建するにあたり、角力評額面を奉納したく、郡内の皆さまの俳句をお願いし、催したいと思いますので、そちらの御社中で二句のほどお取り持ちを、ひとえにお願いします。すなわち、ちらしを差し上げますので配っていただき、たくさんの投句をお願いします。】〔相撲の番付表のような序列をつけて、俳句を掲載するのだろう。書簡三十三にも「角力にならひ」とある。〕

旧六月十三日　催主拝

大草社中　催主拝

下牧村　有隣先生御社中

このような公募を企画するのも、俳諧師としての仕事だったのでしょう。たぶん投句料を徴収したと思われ、井月にとって良い収入源になったはずです。井月と大草（上伊那郡中川村の内）の社中が、共同で企画した公募なのでしょう。

下牧村は、明治八年に合併して西春近村になったので、それ以前に書かれたものと推測できます

が、しかし有隣が下牧の社中の代表のように書かれているので、五声が亡くなったあと（明治八〜九年以降）に書かれた手紙のような気もします。

有隣は、井月より三十一歳も年下でした（大正七年に六十六歳で没したという。『高津才次郎奮戦記』73頁。ただし大正四年に亡くなったという異説もある。『漂鳥のうた』89頁）。即興の才能がある人物だったようで、明治十五年三月一日、井月を相手に「両吟百二十句」を詠み（『井月全集』発句篇123頁、『新編井月全集』発句篇193頁）、さらに同じ日に井月と連句一編を詠んでいます（『井月全集』『新編井月全集』連句篇 三十七）。井月にとって有隣は、互角に俳諧を競い合うことのできる優秀な門人だったのでしょう。

また、有隣は西南戦争（明治十年）に従軍しており、井月は「軍務を解て再び古郷へ帰給ふ有隣子に謁して　命有て互に花を見る日かな」という句を詠んでいます（『井月全集』発句篇32頁、『新編井月全集』発句篇71頁、『井上井月真筆集』24頁）。有隣の生還を心から喜んだのでしょう。

書簡十六「我友は川のあなたぞ時鳥」

（『井月全集』書簡篇313頁、『新編井月全集』書簡篇525頁、『井上井月真筆集』152頁）

これも有隣に宛てた手紙だと言われていますが、もしかしたら五声・有隣の兄弟に宛てたものではないでしょうか。内容からして、五声が存命中の、明治ひと桁のころのように思われます（伊那谷Ⅱ期）。

演舌

｛かつては演説を演舌とも書いた。この文書は長くて、まさに大演説である。｝

益御風流嘸秀逸沢山の義と奉俳察上候。

【ますますご風流、さぞ秀逸な俳句をたくさん作られていることと拝察いたします。】｛「俳察」の字がおかしい。洒落て書いたか。｝

扨此程は毎度頂戴難有仕合、高謝短毫に不能御用捨可被成下候。此間中御配意被仰下候拙更衣の儀、薄々山好へも申聞候処、同様難有奉存旨、併厚思食、

【さてこのほどは、毎度頂戴し、ありがとうございます。お礼の言葉を上手に書くことができませんが、ご容赦ください。このあいだは、ご配慮をしていただいた私の衣替えの件、うすうす山好へも聞いてみましたところ、私同

様にありがたく思っている旨、あわせて厚く（感謝しているとの）思し召しで、】〔服を恵んでもらったのだろう。「この服はもしかしたら下牧から贈ってくれたのではないのか？」と、うすうす気が付いて、山好に尋ねてみた、という内容らしい。〕

当連至極愧入候得共、四点句勝にて六印以上の秀才微く、馬入庵一人御両公に随従　可　仕　心入には御座候へ共、摺物一会等々弊労に拘り居【当連は、とても恥ずかしいのですが四点句が多く、六点以上の秀才は少なく、山好ひとりが御両人のレベルについていけるといった様子でございますが、摺り物の集まり（仲間内で句集を作ろうということか）などに労を費やしてこだわっており、】〔「当連」は殿島の俳諧仲間のことだろう。「四点」や「六印」は句会での成績。山好は「馬入庵山好」と名乗っていたという（『井月全集』書簡篇305頁・313頁や『新編井月全集』書簡篇518頁・526頁には「馬の庵」と書かれているが、崩し字の「入」と「乃」は似ているので読み誤りであろう）。かつて殿島には「馬入村」という地名があったらしい（『伊那路』2011年11月号・池上正直氏の記事）。「御両公」は五声と有隣のことか。〕

鳥渡衣食の附はたよき程に不参、自他の所に混雑いたし、第三の変り夏季二句にて、此処雑の句にて随分面倒なれば思ふ様に不参、何れ先生方に御願申より外無之と奉　存　候。【ちょっと衣食の付け方は良くなく、自他のことで混雑しており、第三の変わりは夏が二句で、このところ雑の句で、ずいぶん面倒なので思うようにならず、いずれ先生方にお願いするほかないと思っています。】〔「附」は連句の付け方のこと。未払い金を意味する「ツケ」とかけていると思われる。殿島村での自分の暮らしぶりを、連句にたとえて冗談っぽく愚痴っているのだろう。「はたよき」は語義不明。「混雑」はいざこざのこと。「第三」「夏季二句」「雑の句」は、いずれも連句のルールに関する用語。季節が変わって暑い夏になり、このところいざこざが続いていて面倒だ、という文脈か。殿島村に居づらくなったので、下牧村のあなた方のところへ行ってお世話になりたい、ということなのだろう。年下の五声・有隣を「先生」と呼んで、持ち上げているようだ。〕

洒落は扨置、ひたすら拝むの処は、つれ〲草に吉田の兼好が書れし如く、善友三ツありとは彼の管鮑が交りなどを賞美の余りと存候。

【冗談はさておき、ひたすら拝むところは、『徒然草』に吉田兼好が書いたように、「よき友三つあり」というのは、管鮑之交などをほめたたえるあまりのことと思います。】〔文脈がわかりにくいが、「あなた方のような、よき友を拝みたい」と言った内容か。『徒然草』に、「よき友三つあり、一つには物くるる友、二つには医師、三つには知恵ある友」という一節がある。〕

折節ほと丶ぎすを聞て
我友は川のあなたぞ時鳥
右御評。〔俳句を批評してほしい、と言っている。「川のあなた」は、殿島から見て天竜川下流の向こう岸、五声と有隣が住んでいる下牧のことを言っているのだろう。〕

書抜覚の内【覚え書きの中から。】〔ここから、連句・漢籍・和歌・仮名草子・俳句・俳論、と多岐にわたって書かれている。井月の教養の幅広さがうかがえて興味深い。なお、ここから後のカギカッコは、段落の変わり目を表しており、片カッコが正しい（『井月全集』書簡篇314～315頁）。井月の自筆も片カッコになっている（『井上井月真筆集』152頁）。『新編井月全集』526～527頁では両カッコに変えられてしまっている。〕

「神輿かくにも一てうらきる
鏡山おはつが条に部屋かたもの丶一てうらと有。
御勘考【「神輿かくにも一ちょうら着る」という短句（七七）は、芝居の『鏡山お初』の中の「部屋方者のいっちょうら」から連想して付けたのでしょう。よくお考え下さい。】〔連句の付け方を解説しているのだろう。「部屋方者」は大奥女中に仕える小間使いのこと。〕

「越王勾践勇強の者を好まれければ、国中の人死を軽んじ、楚の霊王腰のほそき女を好まれければ、国中の婦痩ん事を欲して餓るもの多かりしと也。斉の桓公好んで紫の衣服を着られければ、国中紫色のみ流行して他の色を鬻がざりしと也。【越の王・勾践が勇ましい者を好んだところ、国中の者が死を軽んじるようになりました。楚の霊王が腰の細い女を好んだところ、国中の女たちは痩せたいと思い、飢えるものが多く出たといいます。斉の桓公が好んで紫色の服を着たところ、国中で紫色のみが流行して、他の色の服が売られなくなったといいます。】〔これらは古代中国・春秋時代の王のこと。漢籍からの引用であろう。〕

「蓬莱に聞ばや伊勢のはつ便り　翁
慈鎮和尚の歌に
此たびはいせにしる人おとづれてたより嬉しき花柑子かな
此古歌どりなり。【「蓬莱に聞かばや伊勢のはつ便り」という芭蕉の句ですが、慈鎮和尚の歌に「このたびは伊勢に知る人訪れて便り嬉しき花柑子かな」というのがあります。つまりこれは、古歌取り（本歌取り）なのです。】〔慈鎮和尚は、平安～鎌倉時代の僧侶・歌人。『越天楽今様』の作者として有名。〕

「池上太郎左衛門は諱を樽次と云々。大上戸なり。呑仲間に地黄坊底深杯いふ輩あり。盃の蒔絵に蛇、蜂、蟹なんどを画り。へびはのむ、蜂はさす、かには肴をはさむといふ意なるよし。

【池上太郎左衛門は、忌み名を樽次といい、大酒飲みでした。飲み仲間に地黄坊底深という者がいました。盃の蒔絵に蛇・蜂・蟹などが描かれていました。蛇はのむ、蜂はさす、蟹は肴をはさむ、という意味です。】〔江戸時代に書かれた『大師河原の酒合戦』という仮名草子の解説と思われる。樽次が率いる江戸方と、底深が率いる川崎方が飲み比べをした、という物語で、結果は川崎方の勝利。樽次が大事にしていた盃を、底深に取られてしまったという。なお、正しくは「池上＝底深、地黄坊＝樽次」で、井月の記憶違いであろう。「のむ」は酒を飲むこと、「さす」は酒を注ぐこと、「はさむ」は箸でおつまみを取ること。つまり、いかにも大酒飲みにふさわしいデザインの盃だった。〕

「木枯や脊中ふかるゝ牛の声
牛は追風をよろこび順風をおそるゝとぞ。

【「凩や背中吹かるる牛の声」という俳句について。牛は追い風を喜び、順風を恐れると言われています。】〔芭蕉の俳諧七部集の『続猿蓑』に出てくる風斤の句。しかし「追い風」と「順風」は同じではなかろうか。〕

俳諧正風起証と申は行脚米海が授也。御覧に入候。御とめ置御写し可然に而御座る。色々申上度

候へども、先はをしき筆とめ参らせ候。めで度、かしこ

【「俳諧正風起証」というのは、米海という行脚俳人が授けてくれました。ご覧に入れます。お手元に留め置き、書き写すのがよいです。いろいろ申し上げたいのですが、まずは惜しい筆を止めさせていただきます。】〔これ以上書くと、筆がすり減ってしまうのでやめておきます、といった意味か。「めでたし」はおとぎ話の結び。「かしこ」は女性の手紙の結び。ちょっとふざけて書いたのだろう。〕

けふ　井月拝
□□雅兄　□皮下

日付が「けふ」になっているので、手紙として差し出したのではなく、書いて置いていったのでしょう。まだ二十代の若き趣味人・五声と有隣に対して、井月があれこれ教養を指南した文書ではないでしょうか。殿島村の門人たちの、句会の成績の悪さを愚痴っているので、おそらく寄付金のトラブルで門人たちとの関係が険悪になった頃のものと思われ

天竜川にかかる殿島橋。東春近と西春近を結ぶ。「我が友は川のあなたぞ」と思いながら、井月は下流の向こう岸を見つめていたのだろうか。この橋は交通の要衝でありながら、増水によって何度も流された歴史があり、近年では平成十八年の豪雨で損壊した。現在は、歩行者自転車専用として使用されている。

ます。

そんな中でも、山好の実力だけは認めているようです。山好は、のちに井月を善光寺に置き去りにするというエピソードが伝わっていますが、本当は殿島村の門人の中で、最後まで井月の味方だったのかも知れません。

〔「俳諧正風起証」は、『伊那路』昭和57年2月号に宮脇昌三氏が掲載している。長いので全文引用はしないが、たとえば次のような俳論が綴られている。

・一、句の姿は青柳の小雨にたれたるがごとくにして、折々微風にあやなすもあしからず。附ごころは薄月夜に梅の匂ひるがごとし。情は心裏の花をも尋ね真如の月をも観ずべし。翁　文久三亥皐月　雲水　井月陳人

・此教示世に珍しき伝なれば尊むべし。なほ他言他見をゆるさず。文久三亥皐月　雲水　井月道人

「翁」と書くことで、芭蕉の教えであるという権威付けをしているのだろう。文久三年の旧暦五月は、井月が高遠で『越後獅子』を作っていた時期。「雲水」は修行僧という意味だが、ここでは行脚俳人のこと。「他言他見をゆるさず」と書いてあるので、師弟の間でのみ授受される秘伝の書なのだろう。だとすれば、これを授けてくれた米海という行脚俳人は、井月の師匠だったのだろうか。それとも単なる行きずりか。

別の資料だが、「伊予の行脚米海桃地氏、由緒ありて伝授之」と書かれた芭蕉句の解釈文に、「尾州一日市場、石田源助号豊屋素陽」と書かれているという（『井月全集』書簡篇316頁、『新編井月全集』書簡篇528頁）。井

月は東海地方を行脚し、素陽という俳人のところで米海と出会った、ということか。ただし一日市場ではなく、今市場の誤りだろう。『明治大正俳句史年表大事典』221頁によれば、素陽の住所は「尾張国丹波(羽)郡古知野町字今市場」であり、現在の江南市今市場町と思われる。なお素陽は文化九年生まれで、井月より十歳年上。

米海についてはわからない。今後なにか資料が出てくることを期待するほかないが、伊予の桃地氏といえば、芭蕉の母方に連なる一族だろうか。米海の句は『越後獅子』『家づと集』に載っている。素陽の句は『紅葉の摺もの』『越後獅子』『家づと集』『余波の水くき』に載っている。

「俳諧正風起証」とは直接関係しない資料だが、『伊予の俳人たち ―江戸から明治へ―』60頁によれば、「こうした秘伝書めいたものは、当時の俳人の多くが伝え持っており、俳諧の宗匠としての権威を保つための小道具としても利用されていた」という。井月も、そういった類のものを米海からありがたく頂いたのだろう。

のちに明治十二年の三月、井月は長野市中条の盛斎（書簡二十五・二十六に登場）という人に、この「俳諧正風起証」を書き写して贈っている（『井月全集』後記404頁、『新編井月全集』後記609頁）。これにより、井月の北信濃歴訪は明治十二年ごろと推定される。

書簡十七「開庵披露席上俳諧并書画会」

（『井月全集』書簡篇316頁、『新編井月全集』書簡篇528頁）

宛名の一匙・稲谷は、坂下の人（現在の伊那市中心部、かつて伊那街道の伊那部宿があった）。一匙は医師の赤羽文敬（文卿）氏（『長野県俳人名大辞典』44頁）。稲谷は俳人で、井月と同年か二歳年下（『長野県俳人名大辞典』699頁）。

換舌
益風流奉南山候。

【ますますご風流、ご長寿をお慶び申し上げます。】

陳者来ル十八日於殿島光久精舎不論晴雨開庵披露、席上俳諧并書画会興行仕候間被仰合早朝より御来臨御取持の程、伏而奉希上候。恐惶頓首

【さて、来たる十八日、殿島村の光久寺に於いて、天候に関わらず開庵披露を行います。その席で、俳諧ならびに書画会を催しますので、お申し合せの上、早朝より来ていただきお取り持ちのほど、伏してお願いします。】

弥生十五日
請あはぬこゝろをたのむ接木かな
姉だけにつれこしらへて市の雛
さゝやくや汐干見て居る遠眼鏡
きゝ分る酒も花まつたより哉
隙な日のさしあふ花の盛かな
井月草〔「草」は、取り急ぎ書いた粗末なものです、といった意味。〕
など申出候。御叱評可被成下候〔俳句を批評をしてほしいと言っている。〕

雲水井月拝

一匙先生　稲谷先生　玉机下
当日展観張出し御恵投可被成下候【当日、書画の展示・寄付をして下さい。】

「開庵披露」と書かれていますが、下牧に芭蕉堂が建ったのではありません。殿島に住まいを借り、草庵と呼んでいた時期があったようで（伊那谷Ⅱ期）、次のように伝えられています。

・山好、竜洲、吉扇などの取持により奥村藤兵衛の土蔵を仮住居として、明治三年より四年におよび、四年三月十八日に光久寺にて〔中略〕開庵披露が行なわれた。(『東春近村誌』936頁)〔明治三年ではなく明治四年の三月十八日だと特定できる資料がどこかにあるのだろうが、筆者は未見。〕

・上殿島区渡場の、現在の「中正館〔＝公民館〕」の近傍で〔中略〕、門弟山好の家から二町〔＝約二百十八メートル〕ばかりの所に小庵があって、そこで十日間ばかり門弟たちと寄り合って、井月が句会などをしたことがあるそうだ。三年前に六十五歳で死んだ、当時小娘だった井上いわという「あばたの子」が、頼まれて飯焚きをしていたことを覚えている。(『高津才次郎奮戦記』56頁)〔この記事が書かれたのは昭和二年。そこから逆算すると、いわという少女は明治四年の当時十二歳だったのだろう。〕

井月の歳旦摺に、「草庵に春を迎ひて」と題して「屠蘇と声かけて手間どる勝手かな(坐敷かな)」という句が載っているそうです(『井月全集』発句篇116頁、『新編井月全集』発句篇183頁)。はじめて草庵というものを持った井月が、正月の客をもてなしている様子でしょう。いつもなら客として気遣われる立場の井月が、今日は主人として客を気遣いながら、台所の心配までしているのであり、ちょっぴり新鮮で誇らしい気持ちが想像できます。「おいわちゃん、お屠蘇早くしてね」と台所に声をかける井月の姿なんて、ちょっと想像できませんが、ほほえましい感じがします。

｛明治二年・明治三年の歳旦帖（『井上井月真筆集』118頁）には載っていないので、明治四年の「月松画井月字歳旦帖」（『井月全集』後記403頁、『新編井月全集』後記608頁、筆者は未見）に載っているのだろうか。もしそうなら、開庵披露はそれより前、つまり明治四年ではなく明治三年の三月十八日に行われたことになる。あくまで仮説だが。

なお、明治四年三月十八日を新暦に直すと五月七日。桜の季節は過ぎており、手紙に載っている「きゝ分る酒も花まつたより哉」「隙な日のさしあふ花の盛かな」の句は少し不自然に思える。明治三年三月十八日ならば、新暦の四月十八日でちょうどよい。｝

開庵披露の書画会は、上手くいったのでしょうか。手紙には「御恵投」と書いてありますので、書画の売上金を井月に寄付して下さい、ということなのでしょう。ひょっとすると、この書画会は大盛況で、これに味を占めた井月は、明治五年の送別会にも書画展観会を企画したのではないでしょうか（しかし門人たちにしてみれば、そう何度も書画を提供できるはずもなく、書簡一に書かれているように、さんざんな結果に終わったのだろう）。

｛もしかしたら、『春近開庵勧請文』の冒頭にある「弥生の会宴」は、この開庵披露のことではなかろうか。開催日は三月十八日なので季節は合致する。

そう思って『春近開庵勧請文』を読み直してみると、「さいつころ春近なる翠柏園に頭陀（ずだ）をおろす。あるじ山好是（これ）が為に大（おおい）に席を設けて弥生の会宴あり」という一文は、旅の荷物をおろして草庵を開き、披露のための宴会をした、という意味に思えてくる。とすれば、「翠柏園」は井月が草庵に名付けた室号（しつごう）か。山好は「あるじ」と書かれているが、そこの主人というよりも、借主（かりぬし）だったということか。

なお、明治六年一月七日に書かれたと思われる書簡十にも「草庵」が出てくるので、おそらくそのころまで井月はこの草庵に出入りしていたのだろう。そのうちに殿島の門人たちとトラブルになり（書簡一）、居づらくなって出て行ったのだろうか。あるいは、戸籍がないという理由で追い出されたか。

井月の晩年の日記にも翠柏園が二度出ており（『井月全集』拾遺篇462頁・471頁、『新編井月全集』日記篇416頁・433頁、明治十七年十二月四日と、明治十八年三月十日）、ご馳走になったり泊まったりしている。追い出されたわけではなく、晩年まで時々宿泊に使っていたのかも知れない。」

書簡十八「諸方かけ廻り大繁多にて」

（『井月全集』書簡篇318頁、『新編井月全集』書簡篇530頁）

宛名の三子・里鶏は、福地村（伊那市富県）の人。書簡十七と同じ時期の手紙でしょう（伊那谷Ⅱ期）。

口上

隙な日のさしあふ花の盛かな

〔書簡十七にも載っている句だが、「さしあう」は、かちあう、さしつかえる、という意味。花見に忙しくて暇な日がない、といったところか。井月はこの句が気に入っていたのだろう、明治三年の俳額にもこの句を書いている（書簡二十のところで言及）。〕

先達而中申上置候通、来ル十八日弥開庵披露書画展観会興行仕候間、門屋仙右衛門山好方へ早朝より御来臨、御取持の程偏奉希上候。諸方かけ廻り大繁多にて、略義ながら書中にて御案内旁御頼申上候間、不悪御用捨可被成下候何分ニ而御さしくり御出の程、重畳奉願上候（ねがいあげたてまつりそうろう）。書外拝眉万々（しょがいはいびばんばん）と申縮候（もうしちぢみそうろう）。謹言（きんげん）【以前から申し上げて置いたとおり、来たる十八日、いよいよ開庵披露書画展観会を催しますので、門屋・山好の家へ早朝より来ていただき、お取り持ちのほど、ひとえにお願いいたします。あちこち駆け回り大忙しなので、略儀ながら手紙にて、ご案内ついでにお頼み申し上げますので、あしからずご容赦ください。なにぶんにてもご都合をつけて、おいでのほど、重ねてお願いします。書外お目にかかったときに、と恐縮しております。】〔書簡十七には光久寺と書かれている。まず山好の家に集まって、そこから光久寺へ向かうつもりなのだろうか。〕

弥生十四日（やよいじゅうよっか）　上殿（かみとのじ）しまより　井月拝（せいげつはい）

三子雅兄（がけい）　里鶏雅兄（がけい）　俳当用（はいとうよう）

土蔵とはいえ、草庵を持てるのがうれしかったに違いありません。開庵披露の準備のため、毎日忙しくも充実して暮らしている井月の様子が、伝わってくるような手紙です。

まかれた井月

（『井月全集』『新編井月全集』奇行逸話 二十五）

ここで、山好が井月を置き去りにしたエピソードを読んでみましょう。井月の右腕として働いてくれていた山好が、本当にこんな非情なことをしたのでしょうか。

・厄介な井月を国元へ送り帰すべく、お詣に同伴するといって東春近村の飯島山好が善光寺まで行き、翌朝宿屋を立つ時、酒の中毒でか震える手先で草鞋の紐をぐず〳〵結えて居る間に、山好は、茲まで来れば越後へ帰るだろうと思って、こっそりまいて帰村した。〔伊那から善光寺までは、約百二十キロメートル。越後の長岡まであと半分の距離である。〕

・所が翌年の五月頃、携行した竹袋や印章類は失くして又ひょっこり南へ戻り、中箕輪村松島で昼食を済し、その夕方嚢中僅に三百を持って東春近村の随布亭に姿を現し、「はい御免よ」「先生か」「ハイ私じゃ千両、千両」「越後へ行ったそうだが」「それが行かんじゃ。ハイこれが土産だ」といって出したのが左の句である。

秋経るや葉にすてられて梅もどき

〔「竹袋」がわからないが、『高津才次郎奮戦記』12頁には「竹篭」と書かれているので、竹行李のことだろう。中箕輪村松島は、現在の上伊那郡箕輪町の内。伊那街道の宿場があった。「三百」は三百文か。明治期には一文銭が一厘として通用したという。随布は下殿島の人。「千両、千両」は井月の口癖。「梅もどき」という植物は、葉が先に落ちて赤い実だけが残る。まるで葉に見捨てられたようだ、私も世間に見捨てられてしまった、といった意味の句だろう。〕

・「門屋（山好の家）へ寄ったか」「寄らんじゃ。寄れば山好が面目ないじゃ」これは随布亭の孫今伊那町御園の御子柴久太郎氏の若い頃夜食して居た時の事だとの追憶談である。（此の間井月は安曇郡の池田大町方面に行ったとの事であるが同方面の足跡は明でない。明治十二年の犀川峡行脚は或は此時の事であろうか）

〔「犀川峡」は、長野市西部の犀川流域の山間地（西山地域）のことで、ここでは長野市中条のことを言っている。書簡二十五・二十六を参照。『高津才次郎奮戦記』33頁によれば、「池田、大町に足を止め、十日に一度くらいずつ善光寺へ出ては一杯傾け、かくて秋過ぎに出掛けたのが翌年五月ごろ、発足〔＝出発〕の際に持って行った竹袋や落款類を置いて（多分酒のかたにとられて）、またひょっこり伊那に逃げ帰った」という。〕

越後へ帰る帰ると言いながら、いつまでも帰らず、ぐずぐず伊那谷に居続ける井月は、次第に厄介者扱いされるようになったのでしょう。このままではいけない、なんとかしなければ、というやむにやまれぬ気持ちで、山好は井月を連れ出したのかも知れません。

なお、この話には別の説があります。

・半年ばかりたつて、一同が夕食の膳についてゐる時、まんまとまいた筈の井月がひよつこり顔を出し、ハイお土産と言つて示したのが、秋経るや葉に捨られて梅もどきの一句であつたとは、山好の子なる人の話でわる（あ）。（『俳句雑誌科野　井月特輯号』11頁、高津才次郎氏の記事）〔山好の家へ寄ったということか。〕

・山好が井月を善光寺まで送っていって、何日かして帰ったら、先に井月のほうが帰り着いていたので驚いた。（伊那市東春近・山好の御親族による言い伝え。このとき山好は、奥さんを同伴して善光寺参りをしたのではないか、という話もお聞きした）

・〔井月が〕羽織袴姿で、越後へ帰るからと挨拶にきた。このときは誰か知人が、善光寺まで送っていったといふが、後、十月も末といふころ、単衣物一枚で、ぶるぶる震へて、また湯沢家〔宮田村〕へ帰って来た。（『伊那路』昭和39年3月号・福村清治氏の記事、宮田村の戸長・湯沢家に仕えていた川手笹治郎氏の証言）〔五月ではなく十月だったのか。〕

それぞれの説が食い違っていて、何が本当なのか分からなくなりますが、帰郷の前に井月が挨拶に来たというのですから、本人に帰郷の意志があったはずで、山好にだまされて善光寺まで連れ出されたわけではなさそうです。そもそも奥さん同伴で井月をまいたりするでしょうか。

井月は、持っていたはずの荷物を失くしたり、着ていたはずの羽織・袴を着ていなかったりと、なにかひどい目にあったようですから、当然「どうしたんだい」「何があったんだい」と人に聞かれたでしょう。もしかしたら、井月のみじめなありさまを見た人たちが、「置き去りにされたらしい」などと尾ひれを付けて噂（うわさ）し合ったのでしょうか。

この一件で、井月と山好は絶交になったわけではなく、明治十七年の日記には山好の家（門屋）に泊まったことが書かれていますし（『井月全集』日記篇233頁・拾遺篇454頁・463頁、『新編井月全集』日記篇367頁・389頁・417頁）、明治十八年の『余波の水くき』にも山好の名が出ていますので（『井月編俳諧三部集』214頁・227頁・229頁）、晩年まで交友が続いていたものと考えられます。

また、「安曇郡の池田大町方面に行った」という説については、決定的な証拠がいまだに得られていません。井月は、過去のことを人に聞かれると「安曇へ置いて来た書類を見れば分かる」と言っていたそうなので（『高津才次郎奮戦記』12頁）、もしそのような書類が発見されれば、井月の人生の謎が一気に解けるはずです。

〔巻頭に示した地図を見ると、大町・池田方面をたどって曲線のルートが浮かび上がってくる。現代の感覚では、北信濃から伊那谷へ行くのに、わざわざ大町のほうを回るのは不自然に思えるが、かつては大町街道といって、北国西街道の裏道（迂回路）として利用する人が結構いたらしい。〕

それにしても、どうして越後へ帰らなかったのでしょうか。

井月は、戊辰戦争前にいったん故郷へ帰って、母の喪を果たしたと言っています（『柳の家宿願稿』を参照）。たぶん墓参りをしたり、仏壇に手を合わせたりしたのではないでしょうか。つまりその頃は、故郷を捨てたわけでも、故郷を追われたわけでもなかったのでしょう。

だとすれば、やはり戊辰戦争のときに何かあったということでしょうか。井月は結局なにも語らず、彼の人生の最大の謎となっています。

書簡十九「十三夜前には配呈 仕 度」

（『井月全集』書簡篇319頁、『新編井月全集』書簡篇531頁）

野月・鶴鳴・梅月は高見村（駒ヶ根市中沢の内）の人。きく丸・桂雅・烏孝は四徳村（上伊那郡中川村の内）の人。高見と四徳のあいだには、長くて寂しい折草峠があるのですが（巻頭ギャラリーを参照）、井月は何度となく峠を越えて、俳諧仲間たちと交流したのでしょう。

野月は寺子屋師匠で、井月より三十八歳年上。元治元年に八十一歳で亡くなっていますので（『長野県俳人名大辞典』860頁）、それよりも前に書かれた手紙です（伊那谷Ⅰ期）。

兎角不勝の季候御座候処、益御風流被為渡奉欣喜候。然者此程は毎々御厄介に罷成り難有
仕合奉存候。今日御衆評御開巻に付、きく丸公御出席に付寸楮呈上仕候。

【とかく気候がすぐれませんが、ますますご風流であられ、大変喜ばしく思います。さて、このほどは毎度ご厄介になり、ありがたく存じます。本日、衆評による連句の会を開くにあたり、きく丸様（四徳村）がご出席されるので、お手紙を差し上げます。】〔「衆評」は、参加者どうしで句の良し悪しを話し合って決めること。「開巻」は連句の会を開くのだろう。伝統的に連歌や連句は「巻く」と言う。きく丸（菊麿）は薬師庵主。かつて福泉寺の隣りに薬師堂があって、瑠璃庵とも呼ばれていた（『四徳誌』151頁）。庵主さまといえば普通は尼僧だが。〕

当処桂雅先生も殊の外御病気快方御安慮可被成下候。外鳥孝先生はじめ何れも御健。今日迄石原
にて御厄介に罷成候。

【当所（四徳村）の桂雅先生も、ことのほか御病気が快方に向かっております

ので、ご安心ください。ほか、烏孝先生（四徳村）をはじめ、皆様お健やかです。今日まで石原でご厄介になっていました。】〔桂雅は井月より十六歳年上（『中川村誌 下巻』416頁）。病気と書かれているが、長命で井月より五年あとまで生きた。四徳の俳人の先達的な立場で活躍したという（『四徳誌』355頁）。烏孝は手習いの師匠で、かつて野月に学んだらしい（『志登久誌』274頁）。「石原」は烏孝の家の屋号（『新編井月全集』日記篇374頁）。〕

只今大草の方へ出向、両三日中には飯田え罷越、早々出来候様右連中へ御取持御願申心得罷在候。十三夜前には配呈仕度、又々其節は罷出御厄介に罷成可申候間、何分よろしく奉希上候。

【今から大草（上伊那郡中川村の内）のほうへ出向き、二～三日のうちには飯田へ行って、早く出来るよう、そこの仲間たちにお取り持ちをお願いするつもりです。十三夜の前にはお配りしたく、またそのときはそちらにうかがってご厄介になりますので、なにぶんよろしくお願いします。】

〔飯田へ何かの製作を頼みに行くのだろう。〕

此度は梅月君え別書差上不申候間、尊君より宜奉願上候。先は御礼旁如此御坐候。

恐々謹言

【今回は、梅月君（高見村）へ別に手紙を差し上げませんので、あなたのほうからよろしくお伝えください。まずはお礼かたがた、以上のとおりです。】〔梅月は寺子屋師匠で、井月よりも一

歳年下（『井月全集』後記406頁、『新編井月全集』後記611頁）。〕

閏月廿日　〔元治元年より前の閏月ならば、文久二年の閏八月ということになる。〕

尚々御惣客様方へよろしく御鶴声の程伏て希上候　【なお、御一同様へよろしくお伝え下さいますよう、伏してお願いします。】〔「惣客」は「惣容」の間違いではなかろうか。〕

井月拝

野月老人様　鶴鳴先生様　尊下　〔野月と鶴鳴は親子。〕

（表書）

従四徳反哺庵　〔反哺庵は、烏孝の室号。〕

高見にて　鶴鳴様

もしかしたらこの手紙は、文久二年九月の俳諧集『紅葉の摺もの』（巻頭ギャラリーを参照。解読文は『新編井月全集』雑文篇473頁「まし水」）の製作を依頼するために、飯田へ行く様子が書かれているのではないでしょうか（『柳の家宿願稿』に「飯田におゐて紅葉の摺もの丶挙あり」とある。『井月全集』続補遺篇515頁、『新編井月全集』雑文篇463頁。井月本人が『紅葉の摺もの』と言っているのだから、本書でもそう呼ぶことにする）。

『紅葉の摺もの』の巻末は、「后の月松風さそふひかりかな　雲水　井月」という句で結ばれており（『新編井月全集』雑文篇502頁）、「后の月」とは旧暦九月十三日の名月のことです。だから手紙の中で「十三夜前には配呈したい」と言っているのでしょう。

『紅葉の摺もの』の巻末には、四徳の桂雅・烏孝の名前が載っており、つまり製作協力者だったと考えられます。この二人は若い頃、飯田で俳諧を学んだ経歴があり（『四徳誌』350頁）、おそらくその人脈を使って、井月は飯田で出版をしたのではないでしょうか。

また、当時の飯田では精知という俳人・出版業界人が活躍していて（『長野県俳人名大辞典』550頁、版下書きなどをしていたという。『井月全集』『新編井月全集』連句篇 十六には版木師と書かれているが誤りか）、特に烏孝と親しかったようです（『長野県俳人名大辞典』74頁）。この手紙に「飯田へ罷り越し、早々出来候様右連中へお取り持ち」とあるのは、たぶん精知やその仲間（出版業者）に会いに行くのではないでしょうか。

（『紅葉の摺もの』は、精知が版下書きをしたのだろうか。井月本人が版下を書いたと思われる『越後獅子』や『家づと集』と比べると、明らかに字が違う。（なお『家づと集』の巻末にも井月の字ではないページがある。）

精知（『長野県俳人名大辞典』457頁・550頁）は井月より六歳年下。別号は春雄。江戸の人で、月の本為山（『柳の家宿願稿』に登場）の門人。善光寺の桜小路（現在の桜枝町（さくらえちょう））や飯田城下に暮らしていた時期があり、『紅葉の摺もの』に「イヽタ（いいだ）精知」と出ている。以降、『越後獅子』『家づと集』「明治二年の歳旦帖」「明治三年の歳旦帖」に名前が載っており、つまり井月の出版物のほとんどに関わっている。明治五年に東京へ帰ったというが、明治十八年の『余波の水くき』にも名前があるので、井月との交流が続いていたものと思われる。明治十九年没。｝

紅葉の摺もの　越後獅子　家づと集　家づと集巻末

伊那谷Ⅰ期のものと断定できる手紙は、これ一通だけです。

Ⅰ期における井月の活動拠点だった四徳は、昭和三十六年に起きた「三六水害」で壊滅的な被害を受け、全戸移住となりました。移住の際に、井月の遺物も数多く失われたのではないでしょうか。

｛桂雅の家には「四徳八景」と題した井月の書が伝わっており、「禰宜山の晴嵐・福泉寺の晩鐘・井の上の夕照・早稲田の落雁・菅沼の暮雪・駒形山の時鳥・塩沢の夜の雨・岩倉の秋の月」の八つだという（『井月の俳境』147頁）。かの有名な近江（おうみ）八景になぞらえて、四徳の風景を褒めたのだろう。よほどこの地が気に入っていたに違いない。｝

現在の四徳の様子。上は福泉寺の遺構。下は林道沿いで見つけた何かの跡地。人が暮らしていた痕跡が所々に見られ、かつてここが井月が愛した土地かと思うと、いたたまれなくなる。

書簡二十「奉額催ちらし出来」

（『井月全集』書簡篇321編、『新編井月全集』書簡篇532頁）

宛名の歌丸は、伊那村（駒ヶ根市東伊那の内）の神主。井月より二十四歳年下で、宮脇歌雄という名で学校教師も務めました（『中澤學校百年誌』630頁、『東伊那学校百年誌』584頁、『赤穂小学校百年史』848頁）。この手紙には「下牧より出す」と書かれており、五声か有隣のところから出したのかも知れません（おそらく伊那谷Ⅱ期かⅢ期）。

益 御風雅奉南 山 候。

【ますますご趣味に励まれ、ご長寿をお慶び申し上げます。】

偖本曽倉連にて中曽倉奉額催、ちらし出来愚評外□評等も御座候。就ては鳳名猥に加入 仕 候。不悪御海恕可被成下候。且御近辺御取立御補助の程 宜 奉希 上 候 也。

【さて、本曽倉（駒ヶ根市中沢の内）の社中で、中曽倉（地図の①）の奉納額を作ることになり、ちらしが出来て、私の評のほか、□評などもございます。つきましては、あなたのお名前を勝手に入れさせていただきます。悪しからずお許しください。また、ご近所からの取り立てや、補助をしていただきたく、よろしくお願いします。】〔たぶん宝積寺の奉納額で、今は無いという。「評」は良し悪しを判断するという意味なので、「私のほか、□などが撰者を務めます」といった文脈なのだろう。〕

師走十四日

尚々毎度御疎遠 仕 候。乍 憚 御尊父様へもよろしく御伝声可被成下候。

【なお、毎度ご疎遠になっております。はばかりながら、お父上様にもよろしくお伝えください。】

下牧より出ス　柳の家　井月拝

ちらしに歌丸の名前を入れた、ということでしょうか。あるいは、奉納額に歌丸の名前を入れた、ということでしょうか。どちらにも解釈できる文面です。

ちなみに井月は、人の句を代作することもあったと伝えられていますので、この手紙も代作の事後承諾を得るために書いたものかも知れません（『伊那路』昭和51年9月号・下島勲氏の記事（宮下一郎氏筆写）に、「曽倉の桃源院（地図の②）の経堂の額に〔中略〕父の句が載っていましたから、父に聞くと父は井月が勝手に作って入れたのだ……といっていた」とある。同様のことを、あちこちでしていたのかも知れない）。

「取り立て」は投句料を取り立てること、「補助」は奉納額の製作費用を補助することでしょう。勝手に人の名前を使い、投句料の取り立てをしてくれ、補助金を出してくれ、というのであれば、なんとも図々しい手紙のように思えてきます。

なお歌丸の父親は、汚い身なりの井月を非常に嫌っていたそうで、だから「はばかりながら御尊父様へもよろしく」と、ご機嫌をとるようなことが書いてあるのでしょう。（歌丸の父親は宮脇長富という人物で（『井月全集』書簡篇321頁、『新編井月全集』書簡篇532頁）、井月と同年。神職・寺子屋師匠をしていたという（『長野県上伊那誌 人物篇』420頁）。のちに歌丸もその跡を継いで神職になったのだろう)。

井月の俳額(奉納額)は、次のものが知られています(『井月全集』後記402頁以降、『新編井月全集』後記607頁以降・年譜628頁以降、『伊那路』昭和62年4月号・松村義也氏の記事)。伊那谷Ⅰ期~Ⅲ期にわたっており、井月のライフワークの一つだったのでしょう。

③文久三年九月　駒ヶ根市中沢　蔵沢寺(ぞうたくじ)の俳額、井月句は「とり留(とめ)た日和(ひより)もまたす蕎麦(ずそば)の花(はな)」(『井月全集』『新編井月全集』連句篇 十七、『井月真蹟集』195頁、『井上井月真筆集』118頁、『伊那路』昭和63年11月号・松村義也氏の記事)〔梅月(書簡十九に登場)と共に作ったもので、本来は伊那市長谷(はせ)杉島の報恩寺へ奉納する予定だったが取りやめになり、昭和の初年に中山大重氏が買い上げて蔵沢寺に寄付したという。『伊那路』昭和33年12月号・宮脇昌三氏の記事。〕

④元治元年六月　伊那市長谷市野瀬(いちのせ)　稲荷社の俳額〔市野瀬諏訪神社〕、井月句は「松風(まつかぜ)を押(おさ)へて藤(ふじ)の盛(さか)りかな」(『伊那路』昭和63年11月号・松村義也氏の記事、『伊那路』1996年5月号・2004年4月号・竹入弘元先生の記事)

⑤明治二年七月　伊那市富県南福地　日枝(ひえ)神社の俳額(五面あったうち一面が現存、のちに公民館に移された)、井月句は「霧晴(きりば)れや実(みの)りをいそぐ朝(あさ)の冷(ひえ)」(『井月全集』『新編井月全集』奇行逸話十一、『井月全集』奇行逸話374頁、『新編井月全集』奇行逸話582頁、『伊那路』昭和62年3月号・埋

橋粂人氏の記事、『伊那路』平成元年5月号・竹入弘元先生の記事）

⑥明治三年　駒ヶ根市中沢　百々目木の堂の俳額〔野村家延命地蔵堂〕、井月句は「隙な日のさし合ふ花の盛りかな」（『伊那路』昭和62年4月号・松村義也氏の記事）

⑦明治三年（『新編井月全集』年譜630頁には晩秋とある）　伊那市東春近中殿島　五社神社の俳額〔春近神社〕、井月句は「鴨（鴫）鳴くや酒も油もなきいほり」（『伊那路』昭和62年4月号・松村義也氏の記事。鴨ではなく鴫であろう）

⑧明治三年十月　伊那市西春近下牧　地蔵堂の俳額（焼却）、井月句は「朝寒の馬を待たせた酒ばやし」（『高津才次郎奮戦記』115頁・125頁）

⑨明治四年　伊那市東春近下殿島　砂田の観音堂の俳額（現存せず）

⑩明治七年七月　伊那市東春近渡場　飯島有実方延寿会の俳額（もとは飯島如雲という人物の鵆庵にあったという。『東春近村誌』938頁）、画は山圃（書簡十二に登場）、撰者は東京の月の本為山（『柳の家宿願稿』に登場）と赤穂の亀の家蔵六（書簡一などに登場）。井月句は「垢離取て馬は帰るよ雲の峯」（『伊那路』昭和63年11月号・松村義也氏の記事）

⑪明治九年三月　伊那市手良中坪　清水庵の俳額、井月句は「旅人の我も数なり花ざかり」（『井上井月真筆集』162頁・172頁、『手良誌』328頁）

⑫明治十年十月（『井月全集』後記404頁や『新編井月全集』後記609頁には九月とあるが、額には「明

治十年丁丑孟冬(ひのとうしもうとう)」と書かれているので旧暦十月であろう）　伊那市東春近田原　山の庵奉額〔普門庵〕、催主は田原の青竹という人物。井月句は「しぐれても中々(なかなか)ぬくき庵(いおり)かな」（『伊那路』昭和62年4月号・松村義也氏の記事）

⑬明治十一年七月　伊那市長谷中尾　薬師堂俳額〔中尾公民館／伝習施設中尾座〕、井月句は「温泉(ゆ)のききて廻(まわ)りみちする紅葉(もみじ)かな」（『伊那路』平成3年9月号・竹入弘元先生の記事）

⑭明治十一年秋　東春近中組　八幡社俳額〔宮田村の小田切(こたぎり)藤彦氏方〕、撰者は蕉華(花)堂（圭布・圭斎という著名俳人、阿智・飯田の人、井月より十四歳あるいは十六歳年上、『長野県俳人名大辞典』289頁）と、春雨窓（俳号不詳）、井月句は「鬼灯(ほおずき)を上手(じょうず)に鳴(な)らす靨哉(えくぼかな)」（『伊那路』平成5年3月号・竹入弘元先生の記事）

⑮明治十七年二月　伊那市美篶末広　諏訪神社（廃棄）

⑯明治十七年（『新編井月全集』年譜636頁には春とあるが井月句は夏）　伊那市長谷杉島　伊東志茂女米寿祝いの紙製俳額、井月句は「鳥影(とりかげ)も木(こ)かげもさして青簾(あおすだれ)」（『伊那路』平成2年6月号・矢島太郎氏の記事、『伊那路』2004年5月号・竹入弘元先生の記事）

⑰明治十七年七月十二日～十三日（井月の日記から高津氏が推定）　伊那市手良八ツ手　松尾神社奉額（現存せず）、井月自身の句は載っていなかったという（『高津才次郎奮戦記』90頁・122頁・130頁）。なお『井月全集』日記篇230頁の注記には「二面の内後(あと)の部が亡失して日附は分(わか)らぬ」とあるが、亡

失した部分に井月の句があったのだろうか。

このほかに、書かれた年はわかりませんが、中川村四徳の七十五社（地図の⑱）に俳額があったそうです（奥宮と前宮があって、前宮に額が掛かっていたという。明治四十三年に四徳神社へ合祀したが社殿は残した。その後、火事で焼失したという。『伊那路』昭和62年4月号・松村義也氏の記事。なお、『井月全集』発句篇100頁や『新編井月全集』発句篇163頁に「七十五社　さま〴〵の面数ありて里神楽」という句があり、『井上井月展の記録』32頁には「七十五社奉納」という詞書が載っている。これが俳額の句だったか）。

書簡六に出てくる「赤穂額面」（地図の⑲）や、書簡十五に出てくる四徳の「湯の宮の角力評額面」（地図の⑳）については、どういったものか分かりません。

駒ヶ根市東伊那の火山、高烏谷神社の里宮の古い神楽殿の俳額（地図の㉑）は、「慶応二年丙寅七月十九日に、井月の門下の俳人の俳句を集めて献額したものであって、上伊那郡の南部地域の俳人三十数名の俳句が墨書されている」といいます（『四徳誌』357頁、ただし井月の筆跡かどうかは不明。慶応二年に井月が伊那谷にいたかどうか疑問が残る）。

それから『井月全集』後記399頁や『新編井月全集』後記603頁に、「東春近村方面の人々の句を井月が清書して、江戸の菊守園見外の選評を乞うたもの」とありますが、これは俳額なのか何なのか判りません。見外という俳諧師は明治六年に亡くなっているので、それ以前のものと思われます。

伊那市手良、清水庵の俳額は、井月の傑作の一つ。製作には、施行主の家に泊まりきりで十日を要したという（『井上井月真筆集』162頁）。末尾の井月句は「旅人の我も数なり花ざかり」。井月の筆跡を拡大したものを、庭の句碑で見ることができる。

井月の俳額（①～㉑、不明なものも含む）を、上伊那の地図にプロットしてみましょう。ほかにもまだ知られていない額があるのかも知れませんが、これらの場所には、井月を支える門人たちが多くいたのでしょう。いわば「井月の勢力圏」です。

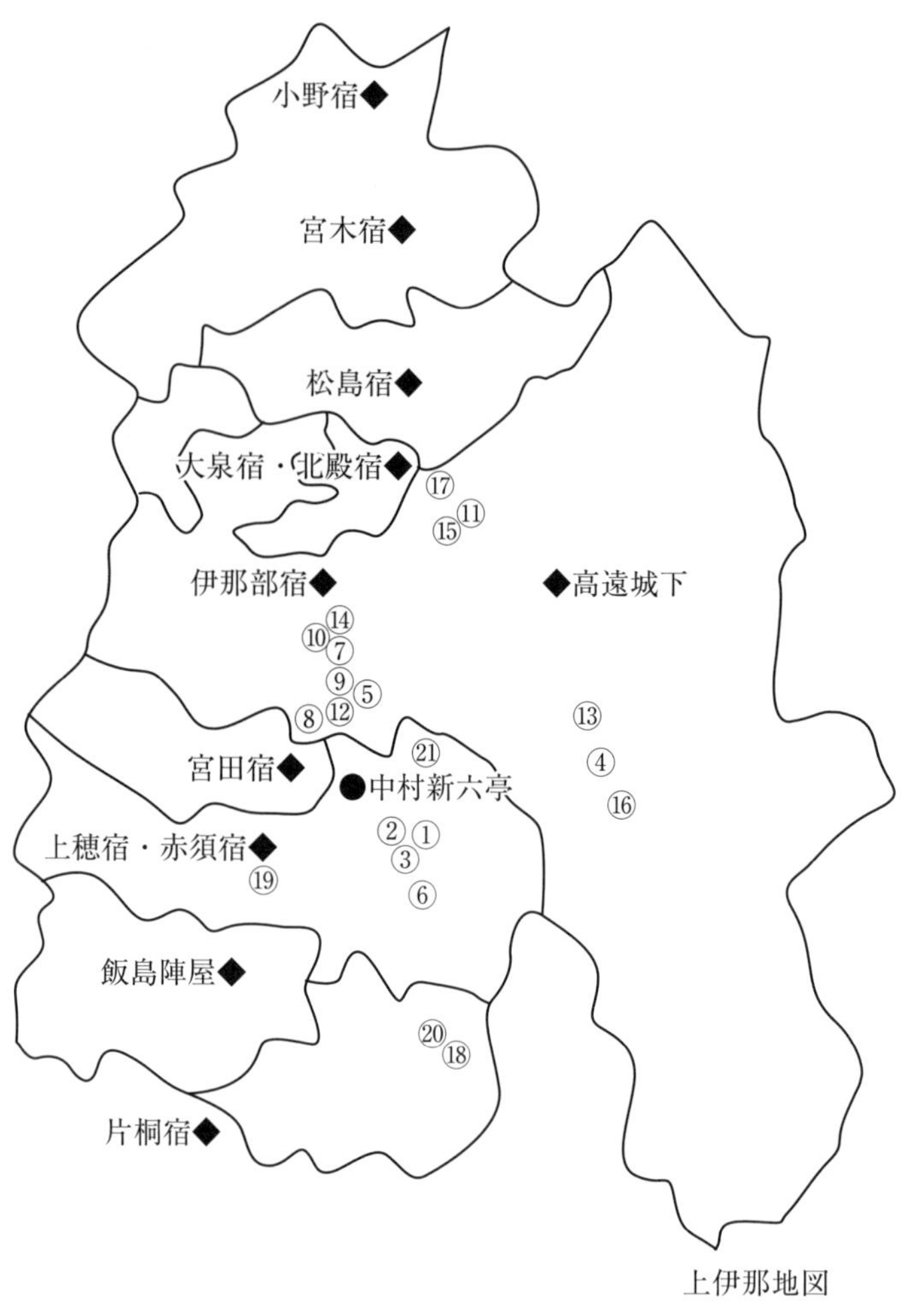

上伊那地図

高遠は城下町で、高遠藩七ヵ郷（春近郷・中沢郷・藤沢郷・入野谷郷・川下り郷、飛び地として上伊那郷・洗馬郷）を管轄した。飯島は陣屋町で、幕府領・旗本領を管轄した（のちの伊那県）。なお、片桐宿も上伊那郡だったが、昭和三十一年に下伊那郡松川町に編入された。

かつての政治の中心地だった高遠城下・飯島陣屋の付近では、俳額が作られていません。よそ者の井月に俳額を書かせるような土地柄ではなかったのでしょう。また、伊那街道の宿場町よりも、農村部や山間部のほうが井月の勢力圏だったようです。ただし赤穂（地図の⑲）は例外で、上穂宿に井月の社中（連）があったことが書簡六に書かれており、俳額を計画していたものと思われます。なお、送別書画展観会が行われた中村新六亭は、井月の勢力圏のほぼ中央に位置しています。門人たちが集まりやすい場所を、会場として設定したのでしょう。

書簡二十一「そこはかとなくさまよひ」

（『井月全集』書簡篇322頁、『新編井月全集』書簡篇533頁）

これも歌丸に宛てた手紙。

益（ますます）御風流（ごふうりゅう）奉恐（きょうがたてまつり）賀候（そうろう）。

【ますますご風流、恐れながらお慶び申し上げます。】

何方（どちら）も花時（はなどき）御同事（ごどうじ）繁忙（はんぼう）、朝（あさ）にうかれ夕（ゆうべ）に沈（しずみ）て、そこはかとなくさまよひ（い）、名吟若干（めいぎんじゃっかん）出（で）放題（ほうだい）御察（おさっし）可被（くださる）

下候。昨今竹村松風亭に遊び、御噂承り珍重奉存候。暇日拝鳳と夫迄一句乞貴評候。御笑覧奉希上候。【どこも花盛りが同時で忙しく、朝には浮かれ、夕方には気持ちが沈み、なんとなくさまよい歩いて、名句がいささか出来放題となっております。お察しください。昨今、竹村松風の家（本曽倉、駒ヶ根市中沢の内）で遊び、あなたのおうわさをお聞きし、うれしく思いました。暇な日にお目にかかりに行きますので、それまで一句、あなたの批評をいただきたいです。ご笑覧を願います。】

五月七日〔本文に「花時」と書いてあるのに五月というのは不自然な感じがする。五月ではなく「壬月」だとすれば、明治十二年の閏三月か。しかし井月は明治十二年の三月や四月には北信濃の盛斎という人物の家にいたはずで（『井月全集』後記404頁、『新編井月全集』後記609頁）、閏三月に伊那谷にいたはずがない。北信濃から出した手紙だろうか（北信濃歴訪／伊那谷Ⅲ期）。〕

梅が香や風の手際の舟へ来る

ゆるむ日の罔両を見る柳哉

長閑さや清水したゝる岩の鼻

右　柳の家拝

宮脇先生　玉下

「一句」と言っておきながら、三句も載せています。なるほど「名吟出放題」ということなのでしょう。松風は、井月を冬の遭難から救った竹村熊吉という人物で、書簡一にも登場します。

書簡二十二「唐紙何か被仰付候様」

（『井月全集』書簡篇323頁、『新編井月全集』書簡篇534頁）

これも歌丸に宛てたものです。

記

過日は毎度頂戴難有仕合、其節お咄御坐候唐紙何か被仰付候様にと御窺申上候。且兼而願置候勧化簿御筆労も相願度、御厳務を狂し恐縮の致御用捨可被下候。謹言頓首

【過日は、毎度頂戴し、ありがとうございました。そのときにお話がございました唐紙の件、何か申し付けてくださいますようにと、おうかがいしました。また、以前からお願いしておいた、寄付金帳を書いていただく件もお願いしたく、お仕事を狂わせてしまい恐縮ですが、ご容赦ください。】

今日（きょう）　井月拝（せいげつはい）
宮脇先生（みやわきせんせい）　玉下（ぎょくか）

現代風に言えば、井月が「営業」にやって来た、といったところでしょうか。日付が「今日」となっているのは、「今日おうかがいしました」という意味でしょう。歌丸の家を訪ねたところ、留守だったので、書き置きをして帰ったものと思われます。寄付金帳のことが書いてあるので、芭蕉堂建設を企てていた頃のものでしょう（伊那谷Ⅱ期）。

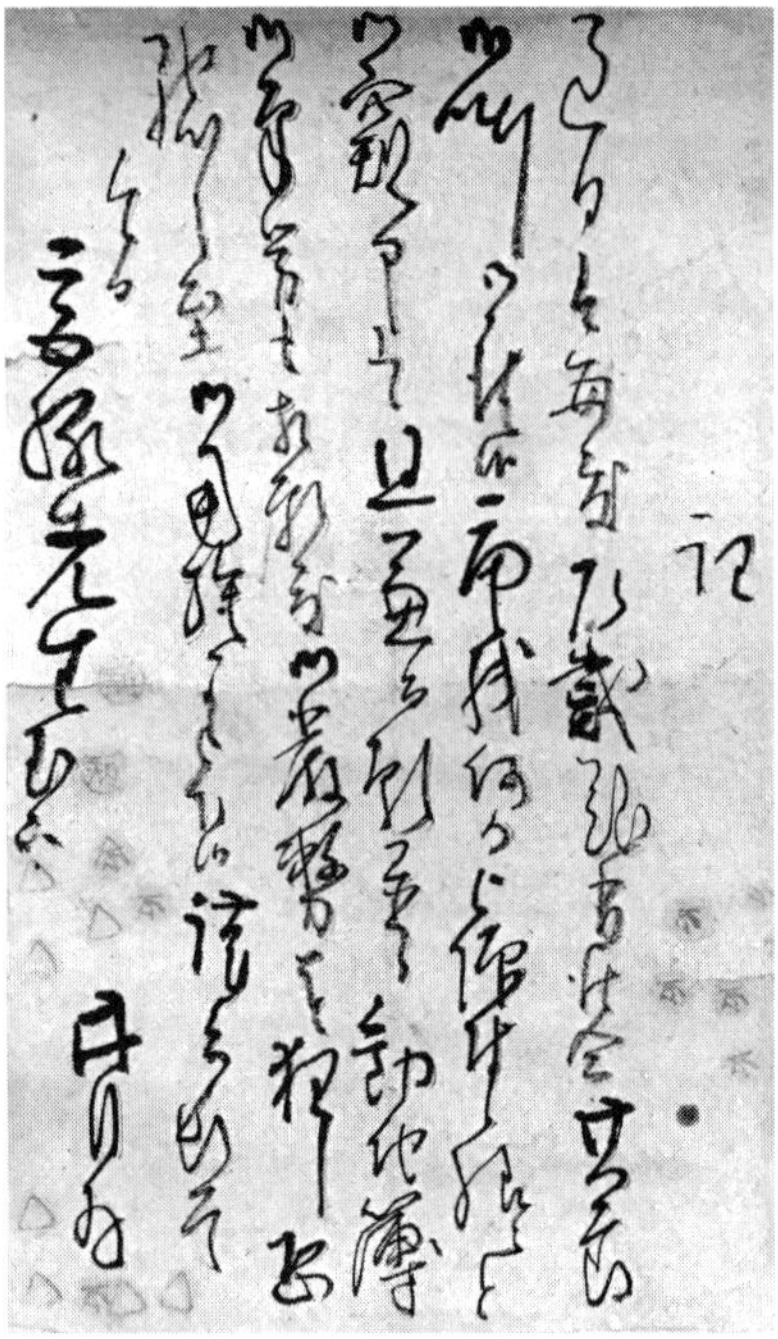

糸魚川歴史民俗資料館所蔵品。書道作品の字とはずいぶん違った印象を受ける。特に「井月」の月の字は、書道作品の署名とは明らかに違う。

書簡二十三「酒肴の佳否を問ふに不及」

（『井月全集』書簡篇323頁、『新編井月全集』書簡篇535頁）

これも歌丸に宛てた手紙です。鶴子は、殿島学校の北沢縫太郎という教師。

送歌雄先醒【歌雄先生を送る。】〔李白の唐詩『送友人』をもじったのだろう。歌雄は歌丸。先生を「先醒」と洒落て書いている。「歌雄」の読み仮名は、『長野県上伊那誌 人物篇』420頁に「うたお」と書かれており、それに従った。〕

新旧の御慶芽出度存候。偖其後は意外の御疎遠常に御噂を申出候。【新旧の御慶、おめでとうございます。さてその後は、思いがけずご疎遠となりましたが、常におうわさをしておりました。】〔「新旧の御慶」は、新暦の正月・旧暦の正月のことか。〕

此頃殿しま学校に投昇、折節鶴子先生俳気専らにて、一昼夜遊び春詠数章に及び、酒肴の佳否を問ふに不及候義、所謂杯盤狼藉たり。乍然猿蓑炭俵の調子を得たるにもあらず、只々諸客筥入の風流を尽すのみ。【このごろ殿島学校を訪ねたところ、ちょうど鶴子先生が俳諧に没頭していて、一昼夜を遊び、春詠の連句が数章に及び、酒・肴の良し悪しなども構わず、いわゆる「杯盤狼藉」の状況でした（酒食が尽きて盃や皿が散らかった様子。『前赤壁賦』の一節）。しかしながら、芭蕉の俳諧七部集の『猿蓑』『炭俵』のような調子の連句は生まれず、ただただ客人たちは十八番の風流を尽くすだけでした。】

東方明なんとはふるめかしく、松江の鱸も秋にあはず、矢張天竜の鰍、能登ぶり、初秋の松茸漬好ましく、尤肉類に至りては筆を弄する迄もなし。各御得意の事にて更に類をわかたず。【「東方の既に白む」（『前赤壁賦』の一節）は古めかしく、「松江の鱸」（『後赤壁賦』の一節）も秋には合わず、やはり天竜川のカジカ、能登のブリ、初秋の松茸漬けが好ましく、もっとも肉類に至っては、書くまでもありません。それぞれ好みがあると思うので、さらに（鶏・豚・牛といった）分類はしません。】〔春詠のはずなのに、なぜか秋の話になってしまっている。松茸の漬物なんて聞いたことがないが、松茸茶漬けだろうか。〕

されど鳥獣の間にあたりては各其甲乙を唱ひざるも又□するの一篇(?)化かと、おのれよみする所、人又よみせよと、俳風をもて酔中に禿筆を君に送るものにこそ。【しかし鳥獣の間については、それぞれその甲乙を言わなくてもまた・・（?）・・かと、「己の誉めるところを、人もまた誉めよ」と、俳諧風流をもって、酔っぱらいながら書いたものを君に送ります。】〔よく意味がわからないが、新約聖書『マタイ伝』第七章十二節の「己の欲する所を人に施せ」のパロディーか。鳥獣の肉類についても、『コリント第一』十五章三十九節の「凡ての肉おなじ肉に非ず、人の肉あり、獣の肉あり、鳥の肉あり、魚の肉あり」のパロディーのような気がする。まさか井月は聖書を読んでいたのだろうか。キリスト教の解禁は明治六年二月二十四日。〕

旧十一日　井月拝
春寒し雨に交りて何か降

〔「旧」とあるので、新暦に切り替わった明治六年以降の手紙と思われる。〕

「歌雄先生を送る」というタイトルからすれば、送別の手紙であり、文末の俳句は「冷たい雨にまじって、私の涙も落ちます」といった解釈ができるでしょう。しかし手紙の内容は、殿島で行われた俳諧酒宴のことであり、およそ送別の手紙とは思えません。井月は泥酔状態で冗談を書いたのでしょうか。

『長野県上伊那誌 人物篇』420頁によれば、歌丸は明治五年に淳開学校（駒ヶ根市中沢）の教員になり、明治七年に塩田学校（東伊那）へ転任、また明治十五年に下平学校（赤穂村から分離）へ転任、この年を最後に教員を退職し、以後は神職に専念したといいます。転任か退職のときに送った手紙なのでしょうか（ただし『東伊那学校百年誌』584頁によれば、歌丸の塩田学校勤務は明治七年ではなく明治六年からとなっている）。

鶴子（寉子）は井月より三十歳年下、別号は雪嶺（『長野県俳人名大辞典』567頁）。明治二年〜十年に詠んだ連句が遺されており（『井月全集』拾遺篇429〜433頁、『新編井月全集』連句篇 四十六〜五十）、この手紙にあるように学校で井月らと酒を飲みながら、連句の会をおこなったのでしょう。

（鶴子が詠んだ連句のうち、明治六年以降で新春に該当するのは次の一編しかない。井月の手紙には「春詠数章に及び」と書かれているので、未発見の連句がまだあるのだろう。

トリ年（六年）俳諧之連歌

梅が香や茶は除け物の裏書院　竜洲
　客の好みに任す干海苔　井月
見渡せば白帆霞に分入て　寉子（鶴子）

（以下略。『井月全集』拾遺篇431頁、『新編井月全集』連句篇 四十八。「茶は除け者」とあるので、酒の飲めない人は放っておいて、酒盛りを始めた、といったところだろう。「裏書院」は、教室ではなく裏の私室のことか。）

この連句が詠まれた明治六年新春の時点では、まだ「殿島学校」はなく、上殿島には竜洲の「行正校」、中殿島・下殿島には鶴子の「洗弊学校」があった。明治六年六月に両校を閉じ、近隣六ヵ村の中央に殿島学校を創立。竜洲が訓導（くんどう）、鶴子が助教を務めた。そのあとすぐ、明治六年八月に竜洲は学校をやめて医業に専念、鶴子が訓導になった（『東春近村誌』740～741頁）。」

のちに鶴子は、明治十九年から伊那富（いなとみ）学校（現在の辰野西小学校）の校長、明治二十二年から春近尋常小学校（現在の西春近北小学校）の校長を歴任しました。しかし明治二十七年に休職、熱海（あたみ）や東京へ転地療養をしましたが、明治二十八年に四十四歳で早世したといいます（『東春近村誌』986頁、『長野県上伊那誌 人物篇』134頁・489頁・497頁）。もし長生きしていれば、教育界や俳壇でさらなる活躍をしたでしょうし、井月の思い出を後世に語り継ぐ「生き証人」になっていたかも知れません。

明治二十九年に、鶴子の教え子たちが建てた「雪嶺北沢先生報徳碑」。伊那市の春近神社の脇にある。鶴子は結核だったのだろうか、碑文には「患肺疾（はいしつをわずらい）」と書かれている（『伊那市石造文化財』301頁）。

〔井月が聖書を読んでいたかどうかはともかく、文明開化を題材にした次のような句がある。井月なりに時代というものを呼吸していたのだろう。

「灰に書く西洋文字や榾明り」（『井月全集』拾遺篇426頁、『新編井月全集』発句篇166頁）〔アルファベットを囲炉裏の灰に書いてみた、という取り合わせが面白い。〕

「肉を売家から解て春の雪」（『井月全集』発句篇130頁、『新編井月全集』発句篇200頁）〔肉食という文明開化を「春の雪解け」になぞらえて詠んだのだろう。〕

なお、伊那市手良の月松という画人（書簡二十八に登場）がキリスト教徒だったようなので（『漂鳥のうた』170頁）、聖書を見せてもらう機会があったのかも知れない。〕

書簡二十四「此度聟養子囉ひ請度」

（『井月全集』書簡篇324頁、『新編井月全集』31頁・書簡篇536頁、『井月真蹟集』27頁、『井上井月真筆集』151頁）

これも歌丸宛ての手紙。塩原折治は美篶村（伊那市美篶末広）の人で、俳号は梅関。文中に「当丙」とあり、明治十九年に書かれたものだとわかります。井月が亡くなる前年です（伊那谷Ⅲ期）。

亀の鳴事も有しを夏の月

楠に付て廻るや夏坐舗

ひらめかす三本杉や夏氷

精進の蒲焼炙る団かな

口上

柳の家井月、此度聟養子囉ひ請度、就ては田畑共実家より分地に付、何卒年頃廿五六才の大丈夫壱人御周旋の程偏奉希上候。娘は塩原折治二女当丙十九才也。

【柳の家井月、このたび婿養子をもらい受けたく、つきましては田畑ともに実家より分地しますので、なにとぞ年のころ二十五～六歳くらいの立派な男子を一名お取り持ち下さいますよう、ひとえにお願いします。娘は塩原折治の次女、今年で十九歳です。】

一　田五反歩

一　畑壱丁歩

一　家作手伝ひ金五十円

其外御相談申上度候也

末広侍人　井上井月拝

【田んぼ五反歩、畑一丁歩、家を建てるための補助金五十円、そのほかご

相談したいと思います。】｛「末広」は伊那市美篶の小字。「侍人」は、侍者・おつきの者、といった意味か。｝

百姓職人辛抱人　よろしく【百姓・職人・辛抱人を、よろしくお取り持ち下さい。】

梅関の名前は『紅葉の摺もの』にも載っているので、伊那谷I期のころから長く井月と付き合いがあった人物です。井月より六歳年下でした（『井上井月研究』335頁）。

梅関には男子がなく、長女の婿を戸主にして隠居しました。長女の婿は、自分の弟の徳蔵という人物を、分家の戸主にしました。当時、戸主は兵役が免除されたため、兵役逃れのために分家を作ることが、かなり普通に行われていたようです。ところがその後、徳蔵はよそへ婿養子に行くことになり、代わりの戸主が必要になりました。明治十七年七月二十五日、徳蔵は井月を「養父」という名目で戸籍に入れ、同じ日に離縁してよそへ行ったようです。

こういった事情で、井月に念願の戸籍ができました。徳蔵の代わりに戸主になったからには、相続人を作らなければなりません。それで梅関の次女・すゑを養女とし、婿探しをすることになったものと思われます。かつて学校教師をしていた歌丸なら、いい人を紹介してくれるだろうと思って、この手紙を書いたのでしょう。

〔井月が戸籍に入った経緯については、『井月全集』後記410頁、『新編井月全集』後記615頁、『伊那路』昭和41年2月号・上島喜智朗氏の記事、『みすゞ～その成立と発展～』707頁に書かれている。

井月の戸籍謄本は『伊那路』2000年10月号・春日愚良子氏の記事に載っている。井月の戸籍上の名前は「塩原清助」で、一度失踪したことになっており、「文政九年十二月廿一日生　養父　塩原清助　戸籍編製ノ際、漏籍相成居リ候　間加籍願済ニ付明治十七年七月二十五日入ル　明治廿年三月十日死ス」とある。

徳蔵の欄には「離縁願済」とある。「離縁」は離婚のこととは限らない。養子縁組を解消することも「離縁」という。徳蔵がすゑと結婚して分家していたのなら、家を建てていそうなものだが、井月の手紙には「家作手伝ひ金」とあり、まだ家は建てていないようだ。つまり結婚の実態はなかったのだろう。すゑの欄には「亡清助養女」と書かれているので、井月の養女になったことは確かである。

なお、清助の誕生日は「文政九年十二月廿一日」だが、井月が生まれたのは文政五年であり、一致していない。適当に書いたか。あるいは清助という名の別人が実在したか。〕

戸籍ができた明治十七年七月二十五日を旧暦に直せば六月四日ですが、この日の井月の日記を見ても戸籍のことは何も書かれていませんし、美篶ではなく手良に泊まったようです。祝宴のひとつも開かなかったのでしょうか（『井月全集』日記篇227頁、『新編井月全集』日記篇382頁。この日、旧高遠藩の老職・岡村菊叟の次男である葛上三樹という人物から、扇を一本もらったようだ。これが、ささやかな祝いの品だったか)。

(井月の日記には、新暦と旧暦が一日ずれている部分がある。井月はときどき新暦を混ぜて書いているが、はっきりと新暦・旧暦を併記しているのは次の四ヵ所。

[新]明治十七年一月二十二日 ↓ [旧]十二月二十四日(正しくは二十五日)

[新]明治十七年十二月三十日 ↓ [旧]十一月十三日(正しくは十四日)

[新]明治十八年四月十五日 ↓ [旧]三月一日(正しい)

[新]明治十八年五月十五日 ↓ [旧]四月一日(『略本暦』によれば正しい)

(『近代陰陽暦対照表』『明治十七年略本暦』『明治十八年略本暦』によって確認)

明治十七年というと、すでに新暦に切り替わってから十年以上たっているが、旧暦を使う人もまだ多く、新暦旧暦が併記されたカレンダーも出回っていたはず。ずれに気が付かなかったのだろうか。

また、『伊那路』昭和37年1月号・向山鉄人氏の記事によれば、「日記の初めの欄外に「明治十七年申年一月二十二日旧十二月」とあるが、これは何人(なんぴと)かによって後日加筆されたもので、井月の筆ではない。それで一日、日を間違えたのかと思う」とある。

なんにせよ、美篶村に戸籍を作った明治十七年新暦七月二十五日・旧暦六月四日は、井月の暦では六月三日だった可能性がある。そして肝心な六月三日の日記は欠落している。書かなかったか、あるいは別の紙に書いたか。」

その後も井月は、何事もなかったかのように、家々を泊まり歩く暮らしを続けています。では、美篶村に作った戸籍は、形ばかりの戸籍だったのかと言えば、そうでもないようです。塩原家には、井月が寝泊まりした「離れ」（隠居屋）が存在したといいます。

・離れは玄関の間と奥の二間があった。二間とも広さは、六畳ぐらいであった。奥の間に藁で作った温かいネコゴザが敷いてあった。井月はこの離れに本を置いて、俳諧の座を開いていたという話を聞いている。その離れは茅葺であったので萱の傷みが激しく、（中略）昭和二十年、離れを本家が取り壊した。（『井上井月研究』88頁）

・隠居屋には、井月は家人の知らない中に不定期に泊まっていたという。（中略）井月没後六〇年（中略）、隠居屋の家主（中略）が、老朽化が酷く雨漏りの建物を壊し始めた（中略）。茅葺屋根を片付け、月日をかけ一人で壊した（中略）という。八畳二間八坪、土壁で専門の大工が作ってあり、壊すのに容易でなかったという。（『伊那路』2011年9月号・矢島太郎氏による記事）

・終戦直後、生家を頼って疎開したという尾津よし子おばあさん（すゑの長女・美子氏であろう、『井上井月研究』82頁）は、井月が住んだという、草屋根の小屋を修繕して住まわせて貰ったという。

その折に床板の落ちた所に、井月が肩に吊して歩いたという行李と、その中に印、はんことというもの等有ったという〔中略〕。末広に居る間の井月は、中々筆を取らなかったと尾津のおばあさんは聞いたという。末広には本村といって高遠様〔＝藩主〕から土地を戴き、上大島から分家した家が八軒程あり、その中に、井月の作品をとても上手に書き写し、その人は本当に沢山書いたというから、本物ではない書が世の中に一杯あるのではないかと尾津のおばあさんはいっている。（『伊那路』昭和62年3月号・春日おさむ氏による記事。ただし『伊那路』平成3年9月号・竹村 進氏の記事によれば、尾津さんではなく尾沢さんだという）

以上の三つの記事には、細かい点で食い違いがあるものの、最晩年の井月は、どうやら「草庵」と呼べるような住まいを得ることができたのでしょう（それにしても気がかりなのは、「井月の作品をとても上手に書き写し、その人は本当に沢山書いた」という一節である。これが事実なら、よほど注意しないと偽物を掴まされることになりかねない）。

書簡二十四その二「足袋一足右代料の内」

（『井月全集』書簡篇326頁、『新編井月全集』書簡篇537頁）

これも歌丸宛てですが、手紙ではなく領収証でしょう。明治十年（伊那谷Ⅱ期）に書いたものと思われます（書簡二十四と同じ年に書いたものではない）。

記
一　足袋　一足
右代料の内弐拾銭
正　請取申候也
（丁）十二月廿九日　柳の家
宮脇先生　玉下

【足袋一足、右の品代のうち二十銭、正に受け取りました。】

足袋を買うために、二十銭を恵んでもらったのでしょう。井月は、「自分は物乞いではないぞ」というプライドが強かったようです。それで、ただお金をもらうのではなく、領収証を発行してみせたのでしょう。

ほかにも、井月の日記を見ると「拾銭御恵」というような記述が何ヵ所もあります（『井月全集』拾遺篇451頁、『新編井月全集』日記篇361頁など）。井月は、膨大な数の家々を訪問していたと思われますので（日記を見るかぎり二百軒は軽く超えている）、どこの家でどんな恩を受けたか、忘れないように小まめに記録を付けていたのでしょう。

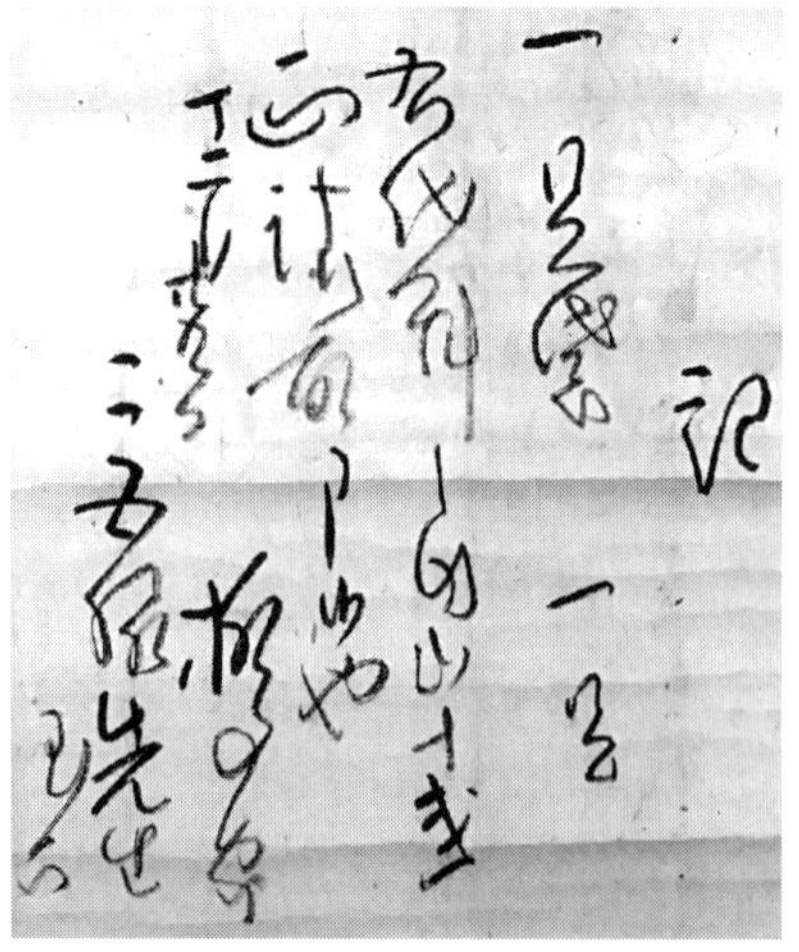

糸魚川歴史民俗資料館所蔵品。十二月ではなく丁二月と書かれている。該当するのは安政四年・慶応三年・明治十年・明治二十年。安政四年や慶応三年は伊那谷にいなかったと思われる。明治二十年だとすると、旧暦二月二十九日は井月が既に没しているし、閏年ではないので新暦二月二十九日は存在しない。よって、消去法で明治十年と推定できる。

書簡二十五「一の瀬庵の義に付」

（『井月全集』書簡篇326頁、『新編井月全集』書簡篇537頁）

井月は、伊那谷での暮らしをあきらめ、北信濃の長野市中条で草庵を開こうとした時期があったようです。明治十二年ごろの手紙と言われています（『井月全集』書簡篇330頁、『新編井月全集』書簡篇541頁。北信濃歴訪／伊那谷Ⅲ期）。

愚舌代毫〔口で言う代わりに筆で書きます、という意味。〕

時分柄何様御約忙の御儀と奉存候。【時節がら、とてもお忙しいことと存じます。】

扨兼而御含被下候一の瀬庵の義に付、昨日甫雪子御出被下候処、折節肴屋に而一小会席へ落合、尤あし沼の御舎弟御同道のよし右席上に而御咄し有之候処、【さて、かねてからお含み下さっていた、市之瀬（旧五十里村の一集落）の草庵の件について、きのう甫雪氏（旧長井村の梨木、和田宗五郎という人物、『中条村誌』992頁には和田倧五郎と出ている）がおいで下さったところ、折ふし肴屋（市之瀬にあった食料品店）にて会合の席に参加し、もっとも芦沼（やはり旧五十里村の一集落）

のご舎弟（甫雪の義弟で松本忠治という人物、戸長を務めており、『中条村誌』992頁に名が出ている）も御一緒だったそうですが、その席上でお話があり、】〔現地では一の瀬ではなく、市之瀬・市ノ瀬・市の瀬と表記する。井月が草庵を開きたいという件について、会合で話し合ったのだろう。〕

当庵主戸籍取に生国尾州へ参り、百余日と相成候へ共未一向音信無之、依て一応通知の上ならでは弥々の処御請合は出来兼候よし、其日間二十日程も相懸り可申、左様致し候へば、其間何方も極々いそがしき時節いたし方無之、就而者あし沼堂当時明き有之よし、右庵も一のせには劣るまじき位のよし、愚老は何方にてもよろし、

【現在の庵主が戸籍を取りに故郷の尾張へ行って、百日余りになりましたが、いまだ一向に音信がなく、よって一応、通知してやらなければ、問題が生じた場合の約束はできない、ということです。それには二十日ほどもかかるといいます。そういたしましたら、そのあいだ、どちら様も極々忙しい時節ですので仕方がなく、ついては芦沼のお堂が今のところ空いているとのこと、そこも市之瀬のお堂には劣らないくらいであるとのこと、私はどちらでもよいです。】

当時に迷惑さへ無之候得ば、少々の遠近甲乙には子細無之、右も甫雪に御問合被下候様に付、何共至急の方当用と存候間、右都合に寄ては直さま開庵披露の上、入庵の手つゞき万端御相談被下度、夫とも是も六ツケ敷日数延引におゐては間に合兼候間、其節は更に一工夫不仕候而者迚

も当節凌兼申と愚案仕居候。【今のところ迷惑さえなければ、少々の遠近・甲乙は差し支えなく、それも甫雪氏にお問い合わせ下さるようですので、なんとも至急のことで差し当たってと思いますが、その都合によっては、すぐさま開庵披露の上、入庵の手続きを万端ご相談していただきたく、それとも、これも難しく日数が延びれば、間に合いませんので、そのときはさらに一工夫しなければ、とても当節をしのぐことができないと思案しております。】〔何に間に合わないのだろう。〕

一、一の瀬衆の申分篤と甫雪子御聞糺無之と相見、尤是迄の庵主送籍取に参り候程の事に候へば、後住戸籍無てよしとは申間敷、一の瀬の日限相待事当てに相成申間敷と存候事。【市之瀬のみなさんの言いぶんを、しっかり甫雪氏が聞いて確かめたところ、（特に異論は）無いと思われ、もっともこれまでの庵主が戸籍を取りに行っているということですから、そのあとに住む私も戸籍が無くてよいとは言えず、市之瀬の日限を待つことは、あてにならないと思います。】〔市之瀬の日限とは、尾張へ連絡をとるために二十日ほどかかることであろうか。〕

其日限の内ぶら〱いたづらに御手当て被下候給分に而一先長岡迄送籍取に参り候而は如何。御取持被下候御心底はいづれも同じ事、至急便利よろしきを希ふのみ。【その日限のうち、ぶらぶらいたずらにお手当として下さる給金で、ひとまず長岡まで戸籍の送り状を取りに行くというのはどう

でしょう。お取り持ち下さる心の底は、いずれも同じこと。至急ご都合のよいようにお願いするのみです。】

旧四月二十三日
何か少々御無心申度事　柳の家拝　梨木より

【なにか少々お願いしたいことを書きました。】〔甫雪の本家である和田柳吉という人物の家から出した手紙だという。井月は梨木に滞在していて、同地に住む甫雪が市之瀬や芦沼との交渉役になっていた、ということなのだろう。〕

松の木　久保田盛斎様　俳用乞報

〔松の木は、梨木のとなりにある集落。盛斎は井月より三十三歳年下で、当時は二十五歳くらいだったはず（『井月全集』『新編井月全集』連句篇三十四）。「乞報」は、お返事を下さいという意味か。それとも皆さんに知らせて下さいという意味か。〕

（上）市之瀬の観音堂。
（下）芦沼の大日堂跡。

井月は、空いているお堂を見つけて、入り込むつもりだったのでしょう。市之瀬には現在もお堂があります。芦沼のお堂は、建て替えられて生活センター（＝集会場）になっています（『中条村の神さま仏さま』3頁・15頁）。

〔それにしても、「御手当て被下候給分に而」の一文が気になる。俳諧師への謝礼を「給分」とは言わないような気がする。ひょっとして、井月は誰かに雇われて給料をもらっていたのだろうか。実際、井月は過去に上伊那郡宮田村で書記として雇われていたことがあったらしい（『伊那路』昭和39年3月号・福村清治氏の記事）。同様に、中条で何かの仕事に就いていたとしても、全く不思議ではないだろう。〕

書簡二十六「開庵披露差急ぎ修覆其外」

（『井月全集』書簡篇329頁、『新編井月全集』書簡篇540頁）

書簡二十五と同じく、長野市中条で書かれたもので、明治十二年ごろの手紙です（北信濃歴訪／伊那谷Ⅲ期）。

換舌

田植麦秋等に而何様御繁忙の御儀と奉恐察上候。此程は再度失敬。御帰路雨に御逢被成候御噂申居候。

【田植や麦の収穫などで、本当にお忙しいことと恐れながらお察しいたします。このほどは再度失礼しました。お帰りの際、雨にあわれたとのおうわさをしておりました。】

扨何方も御約しく殊に蚕どきに付別而困入候。皆様には御いそがしく私は隙にて此程上見にていづれにいたしても各手透無之心には思居候へ共何分寸暇無之に付、

【さて、どなた様もつましく、殊に養蚕の忙しい季節なので特に困っております。皆さまはお忙しく、私は暇で、このほど上見（康斎という人物の家）に来ておりますが、いずれにしても、それぞれお手すきではなく、心には思っていても、なにぶん寸暇もないので、】〔康斎の本名は酒井常右衛門。旧長井村の下長井という集落の人物だという（『井月全集』『新編井月全集』連句篇 十三）。なお、下長井のとなりの百瀬という集落に酒井常吉という寺子屋師匠がいたらしいが（『中条村誌』973頁、井月より三歳年上）、親戚だろうか、同一人物だろうか。〕

開庵披露差急ぎ修覆其外 諸 入用連中 勧化いたし候方可然、夫には引続き会日も近寄可申、其前

何廉相揃候様に帳面拵、自身御助御取持被成候衆中へ罷出、御記帳相願候様にと決評に付、昨日より下長井連処に相願御取持被下候に付、【開庵披露のため、差し急ぎ修理その他いろいろ必要なものは、仲間たちから寄付金を集めるのがよいと思い、それならば引き続き会日（集落の会合のことか）も近づいていますので、その前になにかとそろえるように寄付金帳を作り、私自身、お助けお取り持ち下さる仲間のところへ出向いて、御記帳をお願いするようにと相談が決まりましたので、昨日より下長井の仲間のところへお願いしたところ、お取り持ち下さるとのことですので、】〔今までは甫雪が交渉役をしていたが、井月自身も行動を開始した、ということか。〕

当御連中梨木へも出候へ共、皆御留守にて、不雪亭は戸閉に付又々君の御留守へ出、一書相認勧化帳差上置候間宜敷御取持御記帳の程伏而奉願上候。御序も御座候はゞ和田氏へ御通知被成下候様是又奉願上候。何れ又々相伺可申候へ共、先は此段相願度呈愚札候。恐々頓首【下長井の仲間たちが梨木へも行きましたが、みなさん御留守で、不雪（甫雪のことだろう、変体仮名の「本」は、「不」と大変まぎらわしいので誤読しやすい）の家は戸が閉まっていたので、またまたあなたの御留守へうかがって、手紙をしたためて寄付金帳を差し上げておきましたので、よろしくお取り持ちと御記帳のほど、伏してお願いします。ついでがございましたら、和田氏（甫雪）へご通知下さいますよう、これまたお願いします。いずれまたうかがいますが、まずはこの件について

お願いしたく、お手紙を差し上げました。】

五月九日

尚々梨木御連中方へもよろしく御伝声可被成下候　井月拝

【なお、梨木のお仲間へもよろしくお伝えください。】

久保田盛斎様　当願用

〔盛斎は、梨木のとなりの松の木の住人。「当願用」は、さしあたってのお願いを書きました、という意味か。〕

伊那谷で芭蕉堂を建てようとしたとき、寄付金のことでトラブルを起こしておきながら、またここでも寄付金集めに奔走している様子がうかがえます。果たして「開庵披露」は実際に行われたのでしょうか。

書簡二十七「久々にて又御当国へ参り」

（『井月全集』書簡篇331頁、『新編井月全集』書簡篇541頁、『井月真蹟集』67頁、『画俳柳川 菊日和』47頁）

宛名の柳川は、美篶村青島（現在の伊那市美篶）の人で、井月よりも八歳年下。俳句だけでなく俳画も得意でした（『画俳柳川 菊日和』に作品多数）。村の副戸長を務める有力者だったようです（『長野県上伊那誌 人物篇』89頁、また『美篶小学校八十年誌』35頁に、学校資金寄附簿の筆頭として載っている翁 李三いう人物が柳川）。

口演　〔「口上」と同じ意味だろう。〕

益　御風流奉南山候。【ますますご風流、ご長寿をお慶び申し上げます。】

愚房も久々にて又御当国へ参り申候。不相替御引立の程奉希上候。何れ近日参堂万々可申上候。恐々頓首【わたくしも久々にまた当国へ参りました。あいかわらずお引き立てのほど、お願いいたします。いずれ近日うかがっていろいろ申し上げます。】

はつ雪や小半酒も花ごゝろ
起る竹寝る竹雪の谺かな
雪の丈歯のたけ下駄の小道哉
寒声や何に成児かしらねども
寒梅や無心いはるゝ鳥の糞〔俳句の世界では糞とも読むが、ごく普通に糞と読んでみた。〕
石御叱評　大島より　井月草〔大島も伊那市美篶の内。現在は上大島という地名が残っている。〕
井月拝
青島村　柳川雅君　玉机下

柳川は『紅葉の摺もの』に名前が載っているので、伊那谷Ⅰ期のころから長く井月と付き合いがあった人物です。

青島村が合併して美篶村になったのは明治八年。つまりこの手紙は、それ以前に書かれたものと推測できるでしょう。明治元年の冬、伊那谷に定着したときの手紙ではないでしょうか(伊那谷Ⅱ期)。冬の季語で俳句が詠まれており、季節は合致します。

伊那市美篶青島に、柳川と井月の句がいっしょに刻まれた碑があり、二人の縁の深さが偲ばれる。柳川の句は「来た道の跡で啼けり初蛙」（『画俳柳川 菊日和』14頁）。井月の句は「西方をこゝろに雪の首途かな」（『井月全集』発句篇98〜99頁、『新編井月全集』発句篇160頁）で、明治十六年十月、柳川の父親の死を悼んで詠んだものだという（伊那谷Ⅲ期）。

書簡二十八「暇乞の印小摺にても一葉」

（『井月全集』書簡篇332頁、『新編井月全集』書簡篇542頁、『井月真蹟集』25頁）

下寺村（現在の伊那市手良）の桂月という薬屋に宛てたものです。

口代｛略式の手紙の書き出しに使われる。ふつうは女性が用いる。｝

大久保にて御伯母君御逝去の由、何様御愁傷御察し申上候。就而者遠路の所残暑の砌御苦労千万

（に）奉存候。【大久保（駒ヶ根市東伊那、あるいは上伊那郡宮田村）で伯母ぎみが御逝去とのこと、まことにご愁傷をお察し申し上げます。つきましては遠路のところ、残暑の中、ご苦労千万と存じます。】

扨今日迄御近辺に遊び毎度御宅へ出御厄介相成難有仕合奉存候。御帰館相待拝鳳の上御相談も可伺筈の処追々諸方祭礼の時節と相成心約敷甚以乍失敬以禿筆申上候。【さて、こんにちまでご近辺で遊び、毎度お宅へうかがってご厄介になり、ありがたく思っています。お帰りを待ってお会いした上で、ご相談すべきはずのところですが、追々あちこちで祭礼の時節となり、心つましく、甚だもって失礼ながらお手紙で申し上げます。】〔「心つましく」は、村中が忙しい時期なので、よそ者の私はつましく（ひかえめに）していたい、といったところか。〕

兼而御案内の通拙義下牧に於て草庵相営度志願に付段々周旋も仕候処、前方にて少々故障も有之、是非早速故郷北越迄罷越、戸籍送証持参不致候而者宿願不相叶義に候の間、来月さし入には当所出立仕度、【かねてからご案内のとおり、私が下牧で草庵を営みたいという願いについて、いろいろ周旋もしましたが（＝回り歩いて交渉しましたが）、先方（＝下牧のほう）で少々問題もあり、ぜひさっそく故郷の越後まで行って、戸籍の送り状を持参しなければ宿願がかないませ

んので、来月に入ったころには当所を出立いたしたく、】

就而者年来御懇命を蒙り御近辺御馴染御社中方逸々御暇乞として参向可仕候へ共、日限の積りも有之、甚繁忙且は祭礼請込の額灯等片付方も不致候てハ遺憾不少、旁奔走に無余日、乍去追々月見にも向ひ、其後善光寺連中へも無沙汰の事故、何と歟当所御暇乞の印小摺にても一葉御取持に預り持参いたし度、

【つきましては、長年親切にしていただいているご近辺のお馴染みのご社中の方々に、一々お暇乞いにうかがうべきですが、日限のつもりもあり、はなはだ忙しく、また引き受けた祭礼の額灯などを書かずに済ませては遺憾少なからず、そのかたわら奔走していて日がなく、しかしながら追々月見にも向かい、その後善光寺の仲間たちへも御無沙汰していますので、なんとか当所のお暇乞いのしるしとして、小さな摺り物でも一つ取り持っていただき、持参したく、】〔「額灯」については後述。「月見」は、善光寺へ行く途中に更級の姨捨山で月見をしたい、ということか。姨捨山は冠着山ともいい、芭蕉が『更科紀行』で月見をしたことで知られている。〕

左様いたし候へば行先風流の一助とも相成候義に付、何れ於当所御連中方御すゝめ一句づゝ御投吟被下候て、右首尾仕候様御当郷中御取持に預り度、就而ハ尊君は別而年来の御馴染の事にも有之候間、一際御助力の程偏奉願上候。尤向寄々とて御取持方相願候間、懸放

> れ候連えは又々一会づゝも相頼候心得罷在候。

【そうすれば行った先での風流の一助ともなりますので、いずれ当所にてお仲間たちにお勧めいただき、一句ずつご投句下さって、右のとおり（摺り物が）できますよう、こちらの郷のお取り持ちにあずかりたく、つきましては、あなた様はとりわけ長年のなじみでもありますから、ひときわご助力のほど、ひとえにお願いします。もっとも、最寄りでお取り持ちをお願いする間、遠方の連へは、また一つ一つ頼むつもりであります。】

> 野口連御当所連八手福与福しま川手辺の心得に御座候。何分右の思召にて御集句の程幾重にも相願上候。廿日過には参堂仕候間夫迄に御当連中被仰合可然様偏奉願上候。月松公には咄し置候間御打合可被下候。匆々頓首

【野口、ご当所（＝下手良）、八ツ手、福与、福島、川手のあたりのつもりです。なにぶん以上の思し召しで句を集めていただくよう、重ねてお願いします。二十日過ぎにはうかがいますので、それまでにこちらのお仲間たちで申し合わせられ、そのようにしていただきますよう、ひとえにお願いします。月松氏には話しておきますので、打ち合わせて下さい。】〔野口・下手良・八ツ手は現在の伊那市手良。福与は上伊那郡箕輪町の内。福島は伊那市福島、川手は伊那市美篶の上川手・下川手。かなりの広範囲に思える。月松は手良の人で、画人だったという。摺り物に入れる挿絵を頼むのだろう。井月より十四歳年下（『手良誌』332頁）、四歳年下という説もある（『漂鳥のうた』169頁）。「明治四年の歳旦帖」に月松が挿絵を描いているというが、筆

者は未見。｝

文月十七日｛文月は旧暦七月。翌月に入ったところで出立し、八月十五日の名月を姨捨山で見て、善光寺の仲間たちに会ってから越後に行く、という計画だったのだろう。｝

尚々餞別会にては如何申事も咄し候へ共、摺物の方為筋に可相成哉とも被申候間、此段は何れにても宜敷候　間何分にも御配意の程重畳奉願上候。以上

【なお、送別会を開くのはどうか、ということも話しましたが、摺り物のほうが利益になるだろうとも言われ、この件はどちらでもよく、なにぶん御配意のほど、重ねてお願いします。以上。】｛この送別会の話が、やがて「送別書画展観会」に発展したのではなかろうか。だとすればこの手紙は、明治五年に書かれたと推測できる（伊那谷Ⅱ期）。｝

柳の家拝

会泉舎雅兄　玉褥下俳用｛会泉舎は、桂月の家のことだろう。｝

自分の送別のために、門人たちから一句ずつ集めて摺り物を作りたい、と言っています。そんなことをしていないで、さっさと越後に行けばいいのに、と思うのですが、おそらく投句料を徴収するのが目的なのでしょう。

〔北信濃へ旅立つにあたり、摺り物ではなく、連句を持参したことがあったらしい。
・元治元年に北信濃へ向かった際、上伊那郡中川村田島の野外・斧年らと詠んだ連句を携行し、『家づと集』に収録している（『井月全集』『新編井月全集』連句篇 九）。
・明治十二年に北信濃へ向かった際には、伊那市福島（ふくじま）の竹圃・富哉らと詠んだ連句を携行し、長野市中条の盛斎という人物の家に置いていったようだ（『井月全集』『新編井月全集』連句篇 三十二）。
・逆に、北信濃の中野市七瀬で可都美という俳人と詠んだ連句を、駒ケ根市東伊那塩田の馬場氏（俳号不詳）の家に置いていったらしい（『井月全集』『新編井月全集』連句篇 三十九）。
こういったものを手土産代わりに持ち歩くことが、俳諧師としての実績の証しであり、実際に「行先（ゆくさき）風流の一助」となったのだろう。〕

額灯（がくとう）を読み解く

書簡二十八に「額灯」という言葉が出てきましたので、ちょっとここで井月の額灯を読んでみましょう（巻頭ギャラリーを参照）。

奉燈

日の暮る柳の本や啼蛙　福地　亀寉

子を寝かす添乳のまゝやはつ蛙　村　花山

時ありてより集るや猫の恋　青竹

そつと来る窓に月ありねこの恋　仙歌

雉子啼やほの〳〵見ゆる山の峰　仝

きじ啼や露と旭のうら表　桃李

雉子啼や通り過たる山の腰　岱青

曙に気味よききじの啼音かな　福地　其音

暮かゝる鐘を便りに霞かな　村　桃李

遠山の霞の中や杣が斧　白月

見る程に心も晴るゝ霞かな　福地　一笑

沖の帆の遠く並て夕霞　村　鶴声

霞む日やほのかに見ゆる不尽の山　勝寿

恋猫のいつより痛て戻りける　仝

呼出していふやさしさや猫の妻　亀鶴

き丶馴たやうでうるさし猫の恋　華山

朝露にしめる火縄や雉子の声　青竹

寝心によき夜に蛙啼にける　福地　一志

霞む日やほんのり見ゆる峰の松　村　万舌

催主

鶯の声の朝戸の静かな　桃李

新らしき直路の門（数）や花の山　仙歌

籠礼仏参を観て

鬼面を脱して見れば笑顔哉　井月

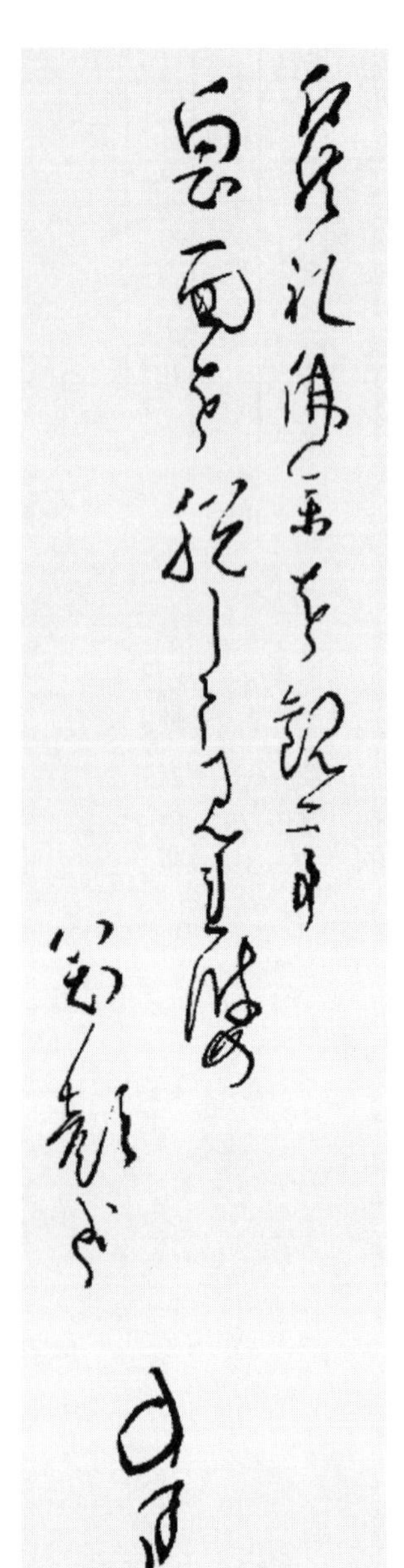

〔恐ろしい鬼の面を外したら、笑顔の人物だった、といった内容。しかし「籠礼仏参」とは何だろうか。寺社に籠って年越しをする「年籠り」の様子だろうか。「鬼面」は、節分の鬼だろうか。旧暦では、年籠りと豆まきの行事をまとめて一緒に行うこともあったのだろうか。〕

俳句を公募し、入選句を大きな和紙に書いて木枠に貼り付け、内側から行灯のように火をともして、寺社の祭礼のときに奉納したものです。「奉燈句合わせ」とも呼ばれます（祭礼が終われば、木枠からはがされて処分されたと思われ、なかなか後世には伝わらなかったであろう）。

桃李・仙歌の二人が「催主」で、井月が撰者を務めたのでしょう。この三人の名前は井月の字で書かれていますが、ほかの名前（□で囲んでない部分）は、井月の字ではないようです。おそらく、公正を期するため、井月には名前を知らせずに審査してもらい、あとから名前を書き足したものと思われます。結果、二つ入選している人もいますし、催主である桃李・仙歌も入選しています。

「福地」は伊那市富県にある地名です。「村」は額灯が催された村でしょう。催主の桃李は東春近村の人です（『井月編 俳諧三部集』112頁・217頁、『家づと集』にトノシマ、『余波の水くき』にタハラと出ている）。また、一句入選している青竹という人物は、東春近村田原で明治十年十月に作られた「山の庵奉額」の催主をしています（『伊那路』昭和62年4月号・松村義也氏の記事、書簡二十のところに示した上伊那地図の⑫）。つまりこの額灯は、東春近村で催され、となりの富県村からも俳句を公募したのでしょう。
書かれた時期については、井月の署名から判断する方法が知られています。

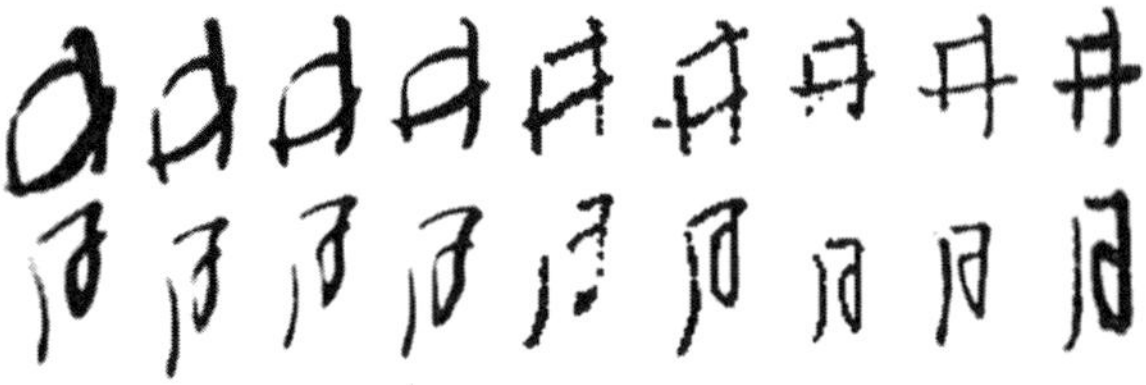

文久二年　文久三年　元治元年　明治二年　明治三年　明治五年　明治八年　明治九年　明治十年

「井」は四角形から丸味を帯びた平行四辺形へ、「月」は寸胴（ずんどう）からカーブへと変化してゆく。明治五〜八年頃が一番美しい。

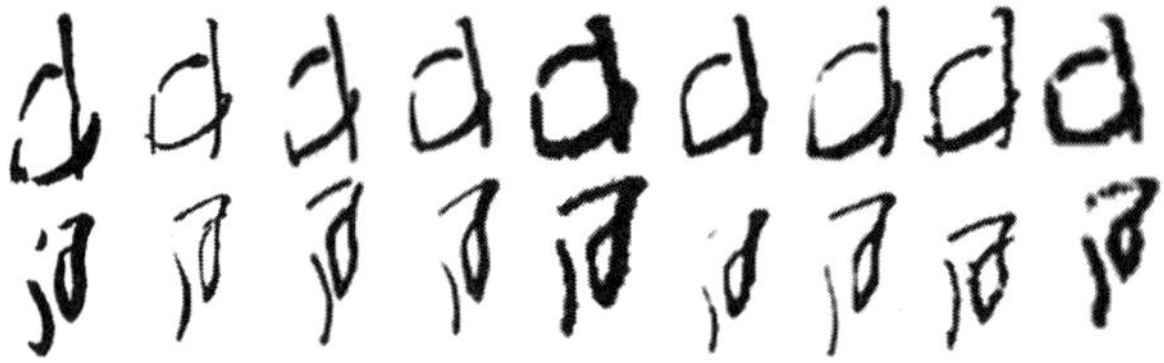

明治十一年　明治十二年　明治十三年　明治十四年　明治十五年　明治十六年　明治十七年　明治十八年　明治二十年

やがて「井」は旗や台形のように崩れてゆく。「月」は尻すぼみに。全体的に前かがみになり、トボトボ歩く井月自身の姿のように見える。

・殊に彼の落款の井月の二字はゆっくり緊張して書いたもので、ただ、あの「月」の右の肩から曲がるときだけは、急に電光のごとくに速く運筆したという。あの署名の「井月」の二字の丸味は井月独特のもので、〔中略〕そしてあの丸味は晩年になるほど加わってきたようで、それによって前書か後書かの大体の想定がつく（『高津才次郎奮戦記』47頁）。

・「年をとると丸くなるものぢや」と言ひ言ひ書いたさうだ。明治二三年以前の若書にはこの丸味が無い。（『俳句雑誌科野　井月特輯号』13頁・高津才次郎氏の記事）

額灯の井月の署名は、明治十年代のものと思われます。つまり書簡二十八（明治五年頃）に出てくる額灯は、これではないのでしょう。催主の桃李は、井月の日記に「桃李居士」とあり、つまり日記が書かれた明治十七年には故人となっていたようです（『井月全集』拾遺篇458頁、『新編井月全集』日記篇376頁）。したがってこの額灯は、明治十年〜十七年に催されたものと推定できます。公募した季題は「蛙・恋猫・雉子・霞」の四つだったらしく、春に催されたのでしょう。

どこに奉納されたのか分かりません。「籠礼仏参」という詞書からして寺院のような気がしますが、神社ならば次のような話が伝わっています。

・五社明神（現在の春近神社）の例祭の後祭りに、発句の人達が集まり酒盛りの果てに、酔いつぶれていたのが「乞食井月」だと聞き、青年衆が酔っている「井月」を抱えて、隣部落の方へ送り出し（追い出し）ているのを見かけた。（『伊那路』昭和62年3月号・久保村文人氏による記事。祖父から聞いた話だという）

祭りも無事に済んで、打ち上げをやったのでしょうか。酔いつぶれて追い出されるなんて、いかにも井月らしいエピソードです。

〔「井月」ではなく「柳の家」（あるいは柳の屋・柳廼家）と署名したものも多い。『井月真蹟集』や『井上井月真筆集』を見ると、「狂言道人」「狂言山人」「狂言寺」「天馬」といった署名も見られる。肩書としては「北越雲水」「北越雲衲」「北越風狂」「北越俳士」「北越行脚」「俳諧行脚」などと書いている。ほかに「井月陳人」「井月散人」「井月道人」「柳の家漁人」「井月漁人」「柳廼家漁夫」「井月漁夫」「柳廼家閑人」「井月閑人」「柳の家主人」、非常に稀だが「柳塘」と書いたものもある（『井月真蹟集』87頁）。善光寺の梅塘（後述）から一字もらったのだろうか。〕

書簡二十九「御留守にて甚墨附あしく」

（『井月全集』書簡篇334頁、『新編井月全集』書簡篇544頁）

書簡二十七にも登場する、美篶村の柳川に宛てた手紙。

口演
一昨日は参堂、其節は頂戴難有。

【一昨日はおうかがいし、その節は頂戴し、ありがとうございました。】

扨御願申上置候春吟御取持の分精々御骨折被下候て、壱人も余分にいたし度、摺の義も半切すりに相成り可申、左様いたし候へば、格好もよろしく配呈仕候ても、少しは直うちかと存候。

【さて、お願いしておいた春吟（＝春の俳句を集めた摺り物。歳旦帖かもしれない）お取り持ちの分、せいぜいお骨折り下さり、一人でも多く集句したく、印刷の件も、半切刷りになりますので、それならば格好もよく、配っても少しは値打ちがあるかと思います。】〔「お取り持ちの分」とあるので、門人たちに分担させて句を集めたのだろう。半切は、三十五センチ×百三十五センチの長細い紙。〕

将又狐島へ御尋申上候処、御留守にて、甚墨附あしく、是も玉詠御取計ひ奉希上　候書外拝眉と申縮候。恐々頓首【また、狐島（かつての伊那部村の内。現在の伊那市狐島。呉竹園凌冬という俳人の家）をお訪ね申し上げたところ、お留守でとても墨附が悪く、これについても集句のお取り計らいをお願いします。書外お目にかかったときに、と恐縮しております。】〔「墨附あしく」の解釈が難しいが、凌冬の留守にお邪魔したところ妻女に冷遇された、といった意味ではなかろうか。〕

師走十一日　井月拝

柳川雅兄　玉下

狐島の凌冬は、井月より二十歳年下（『井月全集』雑文篇275頁、『新編井月全集』雑文篇452頁、『長野県上伊那誌 人物篇』328頁。ただし『漂鳥のうた』196頁には、十六歳若かったとある）。名主や戸長を務め、教育にも尽力した人物。『送別書画展観会のちらし』には「筍苞」という別号で出ています（同じちらしに「呉竹」という室号も出ているが、こちらはおそらく凌冬の父親・如竹であろう）。

凌冬は、明治九年・明治十三年に京都の八木芹舎を訪ねて入門。諸国行脚をした時期もあり、やがて伊那を代表する俳人になります。妻女も俳人で、まだら女・なみ女という俳号を持っていました（『長野県上伊那誌 人物篇』327頁、井月より三十歳年下）。

井月は、凌冬夫妻と連句をいくつも詠んでいます（『井月全集』拾遺篇433～443頁、『新編井月全集』連句篇 五十一～五十九、明治十年ごろと思われる。また、『井月全集』続補遺篇541頁や『新編井月全集』連句篇 六十六にも夫妻の句が載っている）。のみならず、夫妻といっしょに白骨温泉（現在の松本市西部・安曇地区）に湯治に行くほどの、親しい仲だったようです。

白骨湯治 中
瀬音のみ友として居る夜寒かな　まだら
やせたる月の遅き山の端　井月
滾々と素湯は泌るに虫鳴て　凌冬
照降なしに売る挽下駄　竹斐

｛以下略。『井月全集』拾遺篇443頁、『新編井月全集』連句篇 五十九。湯治場の静かな夜の様子。「まだら」は、なみ女が明治十三年に芹舎に入門する以前に使っていた俳号で（『長野県上伊那誌 人物篇』327頁）、つまり白骨温泉に行ったのは、明治十三年以前ということになる。竹斐は凌冬の門人（『長野県俳人名大辞典』641頁）。｝

しかし、どうやら井月と仲たがいをしていた時期があったようで、冷遇を受けたのでしょう。それで柳川に、なんとか仲を取り持ってほしい、と言っているのでしょう。次のようなエピソードが伝わっています。

・狐島には、井月とも親交のあった馬場凌冬という宗匠がいて、ある日井月は、馬場家の改築祝いに招かれて、例によって好物の酒をふるまわれ、〔中略〕つい酔い痴(し)れて、不覚にもたれ流してしまった。新しい畳は台無し〔中略〕、〔凌冬は〕そ知らぬふりでいたが、許さないのは凌冬夫人那美(なみ)女〔中略〕、その後の井月は、馬場家では門前払いであったとか。（『伊那路』昭和46年8月号・伊沢幸平氏の記事）

・凌冬と井月とは仲違(なかたが)いをしたようである。その原因はなみ女の句集を井月が粗相(そそう)をして汚した為(ため)とも、凌冬が当時としては珍しい生鯖(なまさば)を楽しみにしていたのを、不在中に井月が食べたからだと語った人もある。（『井月全集』雑文篇275頁、『新編井月全集』雑文篇452頁）

・凌冬の句の手ほどきをしたのは井月であって、常に先生、先生と敬重(けいちょう)し、経済的援助をしたことなども聞いている。〔中略〕井月の寝小便癖について少し言及したが、凌冬の室(しつ)なみ女の句帳に、井月が粗相をしてしまったので、ついこれを捨ててしまったそうである。捨てなくてもよかったろう

に、惜しいことをしたものだ。(『高津才次郎奮戦記』81頁)

なお、明治十七年の井月の日記には、「狐島呉竹園訪。あるじ婦夫在庵、昼遅め」という記述があるので(『井月全集』拾遺篇454頁、『新編井月全集』日記篇367頁)、晩年には仲直りしたのかも知れません。

〔「凌冬の句の手ほどきをしたのは井月」と書かれているが、師弟関係ではないようだ。凌冬の師匠は、行脚俳人の鈴木大莫や、京都の宗匠・八木芹舎と思われる(『長野県俳人名大辞典』922頁。大莫の別号は空羅で、『越後獅子』『家づと集』に載っている。芹舎も『紅葉の摺もの』『越後獅子』『家づと集』に載っている)。また凌冬は、南箕輪村の布精(書簡三十四に登場)に連句を習っている(『長野県上伊那誌 歴史篇』1228頁)。

凌冬は、「俳諧は生産の道ではないから、生業の余暇を見てすべきである」という方針で指導したから、従来の乞食俳諧に対する一般人の嫌悪警戒心を解放し、〔中略〕大いに門戸の発展を見た、という(『長野県上伊那誌 人物篇』328頁)。俳諧に全人生を捧げて物乞い同然の暮らしをした井月とは、まったく対極の人物だったのだろう。〕

伊那市山寺、常円寺となり（丸山公園）にある馬場凌冬翁寿蔵之碑の裏面。「けふ見れば今日も亦よき桜哉　呉竹園凌冬」と刻まれている（『伊那市石造文化財』107頁）。寿蔵碑とは生前に建てられた顕彰碑のこと。

書簡三十「四葉呈上 仕候」

（『井月全集』書簡篇334頁、『新編井月全集』書簡篇545頁、『画俳柳川 菊日和』47頁）

これも美篶村の柳川へ宛てた手紙。書かれた時期は不明ですが、おそらく書簡二十九の「春吟」の摺り物が出来上がったのでしょう。

口上

早春は参堂種々御馳走相成、千万難有奉多謝候。

【早春におうかがいしたときは、いろいろご馳走になり、とてもありがたく感謝しております。】

然者兼而相願置候摺物よう〳〵出来仕候間四葉呈上仕候。御笑留可被成下候。将又御取持御入花の義は兼而御願申上候通り頂戴仕度、則此仁へ御渡し被下置候様、偏奉希上候。書外拝鳳万々と申縮候。頓首

【それで、かねてからお願いしておいた摺り物がようやく出来ましたので、四部を差し上げます。ご笑納ください。また、お取り持ちいただいた投句料については、かねてお願い申し上げたとおり頂戴したく、すなわちこの人（＝手紙の持参者）にお渡し下さいますよう、ひとえにお願いします。書外お目にかかって、と恐縮しております。】

正月十六日　井月拝

翁　柳川様　玉下　摺物添上

【摺ものを添付します。】

この手紙を誰に託したのか分かりませんが、投句料の集金を頼んだ手紙なのでしょう。

書簡三十一「御所蔵の銘品御持参」

（『井月全集』書簡篇335頁、『新編井月全集』書簡篇545頁）

宛名の柳川・玉斎・墨草は、三人とも美篶村の人。玉斎は寺子屋の師匠で、維新後は村の学校設立に力を尽くしました。井月より十歳年下（『みすゞ～その成立と発展～』704頁）。絵も得意としており、井月の肖像画を描いたことで知られています（『新編井月全集』17頁）。墨草も寺子屋の師匠で、井月より七歳年上でした（『みすゞ～その成立と発展～』701頁）。

この手紙は、おそらく明治五年の送別書画展観会について書いているのでしょう（伊那谷Ⅱ期）。

換舌

益　御風流　奉南　山　候。

【ますますご風流、ご長寿をお慶び申し上げます。】

陳　者野生事長々御懇命を蒙り難有仕　合　奉　存　候処、此度立帰り北越迄罷越候に付、先達而手良郷にて送別会御取持相成其節御案内申上　候　処、各様方の内一円御左右も不被下　候　間、【さて私のことですが、長々とご親切にしていただき、ありがたく思っていますが、このたび帰郷し越後まで行くにあたり、先ごろ手良郷にて送別会を取り持っていただくことになり、そのときご案内をしたところ、皆様方の内すべて、御消息も下さりませんでしたので、】

此度中沢にてちらしの通大会開莚に相成、玉名猥に加入御取持の程相願度候。被仰合当日早天より御来臨の程奉待上候。書外期拝鳳候。恐々頓首

【このたび中沢郷で、ちらしのとおり大きな会を開くことになり、お名前を勝手に入れさせていただきましたので、お取り持ちをお願いしたいと思います。お申し合わせの上、当日は早朝よりご来臨のほど、お待ちしております。書外、お目にかかって。】〔「中沢」は、現在の駒ヶ根市中沢ではなく、駒ヶ根市東伊那（かつての中沢郷の一部）の中村新六の屋敷のことだろう。〕

九月二日 〔送別書画展観会の六日前に書かれたのだろう。〕

尚々諸方の珍蔵書画展観にそなひ度候間、御所蔵の銘品御持参奉希上候。

【なお、みなさまの珍しい所蔵品を書画展観に供えたく、ご所蔵の名品のご持参をお願いします。】

柳廼屋　井月拝

川下り青島　柳川雅君　玉斎雅君　墨草雅君　尊下

〔現在の伊那市美篶から伊那市中心部にかけてを「川下り郷」と言った。〕

書簡二十八に、下寺（下手良）で送別会を開いてはどうか、という話が載っていますが、どうやら門人たちからの反応が無かったようで、実現しなかったのではないでしょうか。それならば今度は、手良ではなく東伊那に会場を設定し（書簡二十のところに掲載した上伊那地図を参照）、ちらしに参加予定者の名前をずらりと入れて、「勝手に入れさせていただきました」と言って送り付ける作戦に出たのでしょう。これこそが、百十三人もの名前が載っている『送別書画展観会のちらし』だったと考えられます（『新編井月全集』30頁）。

このような手紙を受け取って、門人たちはどう思ったのでしょうか。

書簡三十二「春興摺ものいたし度」

（『井月全集』書簡篇336頁、『新編井月全集』書簡篇546頁）

これも柳川宛ての手紙。書かれた時期はわかりません。

> 厳寒の節 益 御勇勝被為渡奉南山候 毎度御厄介罷成難有、御留守にて残念不少

【厳寒の

節、ますますご健勝であられ、ご長寿をお慶び申し上げます。毎度ご厄介になってありがたく、お留守なので少なからず残念です。】

年籠冬春混題春興摺ものいたし度よろしく御取持相願度罷出候処不得拝眉一句申上置候。何分右の御含にて御社中迄よろしく御鶴声の程伏奉希上候。書外期拝鳳候。恐惶頓首

【年籠・冬・春の季題を混ぜた「春興摺もの」を作りたいので、よろしくお取り持ちをお願いしたく、やって来ましたところ、お会いできなかったので一句申し上げ置きます。なにとぞ右の件をお含みいただき、御社中へよろしくお伝えいただきますよう、伏してお願いします。書外、お目にかかって。】

霜月廿一日

ありし世のうさをも語れ鉢たゝき

冬の蝿牛に取りつく意地もなし

河豚の座を逃れて焚や夜の柴

乞貴評【あなたのご批評をお願いします。】〔一句と言っておきながら三句書いている。〕

井月拝

柳川様　貴下

「春興摺もの」は「春興帖」とも呼ばれ、歳旦帖とほぼ同じものと思ってよいでしょう。この手紙は十一月二十一日に書かれていますので、年末のうちに門人たちから俳句を集めて印刷し、年頭に披露したり配ったりしたのでしょう。

書簡三十三「御句合御一名金十銭ヅツ」

（『井月全集』拾遺篇473頁、『新編井月全集』書簡篇547頁）

宛名の笑春は、美篶村の人（『井月編 俳諧三部集』197頁）。書かれた時期はわかりません。

> 旧師走一日柳の家執事拝
> 笑春君御社中　衆中御披露

〔「執事」は脇付けの一種。本来は相手に付けて「あなたの下僕のところにお手紙を差し上げます」という意味に使うが、ここでは自分自身を下僕としたのだろう。「衆中御披露」は、この手紙をみなさんでお読みください、という意味だろう。〕

玉句届所中屋ミセ　旧十二月十五日締切
当日書画会　追テ披露
　乍憚一寸此所にて口上
四季組題御句合御一名金十銭ヅツ
花の春坂下西茶やにおゐて

【投句の届け先は中屋の店。締め切りは旧暦十二月十五日。当日は書画会を開催、追って知らせます。はばかりながら、ちょっとここで申し上げます。四季組題句合わせの投句料は、お一人十銭ずつ。花の春、坂下西茶屋に於いて。】〔「中屋」については、『井月全集』日記篇235頁に「原　中や」と出ており、美篶村と注記がある（『新編井月全集』日記篇404頁には「手良下手良」又は「美篶大島」と注記がある）。「当日書画会」ということは、締め切りの日に書画会を開くのか。参加者にその場で投句をうながす、という作戦なのかも知れない。坂下は現在の伊那市中心部。「花の春」とあるので、旧暦三月ごろに句集が完成します、という意味なのだろうか。〕

柳の家井月年来御仁恩を以、老を楽しむ冬篭。此伊那郡にかくれもなく又来る春を心の奥、兼而集めし金詞玉葉角力にならひ、甲乙の行司は井月が自ら団扇よろしく、御ひゐきの程偏に奉希　上　候
頓首
右句数四百余章ニ付集冊画入美々敷仕立　仕　候。御名々へ配呈

【柳の家　井月、長年のご恩を

もって、老いを楽しむ冬ごもりをしております。この伊那郡に隠れもなくまた来る春を心の奥（に思い描き）、かねてから集めた俳句を相撲の番付表のようにして、優劣をつける行司は井月が自ら軍配をふるいます。よろしくごひいきのほど、ひとえにお願いします。句数は四百句を越えますので、冊子にし、絵入り・美麗仕立てにします。お一人お一人に配布します。】

柳の家拝

宣伝めいた内容ですが、この手紙にあるような四百句を越える角力評の冊子は、今のところ発見されていません（もし、投句料を集めたのに出版できなかったとすれば、俳諧師としての信用に関わってしまう。井月なりに一生懸命こういった宣伝活動をしたのだろう）。

書簡三十四「東京教林盟社よりの報にて」

（『井月全集』拾遺篇473頁、『新編井月全集』書簡篇548頁）

宛名がわかりませんが、東京で「教林盟社」という俳諧師の組織が設立されたのは明治七年。その後、日本各地に分社が設立されたようです（伊那谷Ⅱ期。明治九年の『柳の家宿願稿』と同じころの手紙と思われる）。

大暑の節益御精務奉恐感候。御新築も追々御成就の様、千万恐悦不過之候。【大暑の節、ますますお仕事に励まれていることと思います。ご新築も追々出来上がるようで、これに勝る喜びはありません。】

扨俳道も兼而御案内の通、東京教林盟社よりの報にて、諸国在々におゐても、夫々結社可致の旨申来り、既に神子柴の布精、上牧の春鶴の両子近々其旨を発起の為、管下巡村被致候よし。中々面白き事に相成候。【さて俳諧の道も、かねてご案内のとおり、東京教林盟社からの知らせで、諸国の村々においても、それぞれ結社するようにと申して来ており、すでに神子柴（現在の南箕輪村の内）の布精、上牧（かつての伊那部村の内。現在は伊那市上牧）の春鶴の両氏が、近々その旨を発起するため、管下の村を巡回されるそうです。なかなか面白いことになりました。】｛布精は井月よりも九歳年上（『漂鳥のうた』199～200頁。なお、『井月全集』『新編井月全集』連句篇二十一や『長野県上伊那誌 人物篇』245頁に、明治十七年没・六十七歳とあるのは誤りで、七十二歳だったという）。春鶴は菊園ともいい、井月よりも十六歳年上（『井月全集』『新編井月全集』連句篇二十一）。｝

それはそれまづ久しぶりにて

【それはそれとして、まず久しぶりに。】

六日

息て居る友なつかしや此暑さ

よき水にとうふきり込暑さ哉

右御評

蔵六が戯れを入御一笑（以下破）

【亀の家蔵六（赤穂の学校教師）の戯れ句を入れて、ご一笑・・・】

村から村へ、自分の社中（柳家連）を巡り歩いて暮らしていた井月ですが、教林盟社という全国的な組織の誕生を、どう思っていたのでしょう。自分も新しい時代の流れに乗らなければ、と思っていたのかも知れません。

教林盟社の代表を務めた為山・春湖・素水という人たちと、井月は交流があったようです。為山（井月より十八歳年上、『明治大正俳句史年表大事典』52頁）の名は『紅葉の摺もの』『越後獅子』『家づと集』に載っていますし、春湖（井月より八歳年上、明治大正俳句史年表大事典94頁）は『越後獅子』『家づと集』に載っています。素水（井月より八歳年上）は伊那谷の出身で（現在の上伊那郡辰野町小野、『長野県上伊那誌 人物篇』99頁）、『余波の水くき』に名前が載っています。

飯田の精知（書簡十九のところで言及）も、東京へ帰ってから教林盟社の中心人物の一人になったようです（『明治大正俳句史年表大事典』633頁、なお『結社名員録』の巻末には精知の名が「社宰」の一人として載っている。「社宰長」に次ぐ役職である）。

井月自身、「東京教林盟社中　柳の家　井月」と署名した唐紙を、明治十三年に書いています（『新編井月全集』29頁や『井上井月真筆集』135頁に載っている『幻住庵記（げんじゅうあんのき）』）。ただし、明治十八年に発行された教林盟社の『結社名員録』には、井月の名前がありません。柳川・桂月・有憐（隣）など、井月と親しい人たちの名前は載っているのですが、なぜ井月は載っていないのでしょうか。

あくまで仮説ですが、明治十三年まで、井月は東京教林盟社に入っていたか、あるいは入る意志があったのでしょう。ところが明治十四年九月、凌冬（書簡二十九に登場）が伊那で教林盟社の分社を作りました（『伊那市史　現代編』901頁）。凌冬とは仲たがいをしていたので、プライドの高い井月は、やめてしまったのではないでしょうか。

長野県内の教林盟社分社（『結社名員録』巻頭より抜粋）

諏訪郡諏訪清水町　敬真盟社（社長・岩波其残）

水内（みのち）郡長野横町　共盟社（社長・松本一枝）

筑摩郡松本馬喰町　緑深社（幹事・加藤事松）

伊奈郡伊奈部駅　円熟社（社長・馬場凌冬）
北安曇郡大町駅　共愛盟社（社長・柏原一寿）
北安曇郡大町駅　盟親社（社長・越山司松）

布精には、次のような話が伝わっています。

・布精は井上士郎(朗)門で、凌冬〔書簡二十九に登場〕や稲谷〔書簡十七に登場〕とよく吟行して歩いていますが、井月とはそれほど親しくなかったようです。井月とは別な一派で、お互いに重ならないように歩いていています。（『漂鳥のうた』200頁）

・神子柴・田畑・木下・古田・横山・小沢あたりにかけて、かれ〔布精〕の指導を受けた者が多く、〔中略〕井月もこの辺には立ち廻らなかった。（『長野県上伊那誌 歴史篇』1228頁。神子柴・田畑は南箕輪村。木下・古田は箕輪町。横山・小沢は伊那市西部）

俳諧師たちには、縄張りのようなものがあったのでしょう。井月も、行き当たりばったりに放浪していたのではなく、自分の縄張りを巡回していたものと思われます。

井上士朗は、通称「名古屋の士朗」と呼ばれる有名俳諧師（『井月全集』発句篇70頁、『新編井月全集』発句篇122頁)。享和元年の四月に門人の松兄・卓池を伴って伊那街道を旅しています（『長野県上伊那誌 歴史篇』1225頁)。師弟関係を示すなら次の通り。

井上士朗（名古屋）↓鶴田卓池（岡崎）↓高木布精（『長野県上伊那誌 人物篇』245頁によれば、呉服屋の番頭でしばしば岡崎へ行っていたという）↓馬場凌冬（『長野県上伊那誌 歴史篇』1228頁によれば、布精に連句を習ったという）↓福沢稲谷（凌冬より年上だが、『長野県上伊那誌 人物篇』356頁によれば、円熟社の経営に尽力したという。『伊那市史 現代編』903頁によれば、円熟社は「初め狐島の凌冬宅にあったが、明治二十二年坂下の稲谷宅に移した」というから、凌冬門下の中心的な人物だったのだろう）

井上士朗の句碑。駒ヶ根市赤穂小町屋、如来寺となり。風化していて読めないが「爰(ここ)は雪(ゆき)の吹廻(ふきまわ)しなり芹(せり)薺(なずな)　士朗」と刻まれているという（『駒ヶ根市の石造文化財』資料編56頁）。井月が生まれる十年前に没しているので直接の接点はない。

書簡三十五「亀の家が四等を祝せよと」

（『井月全集』拾遺篇474頁、『新編井月全集』549頁）

宛名の鶴子は、殿島学校（伊那市東春近）の教師で、書簡二十三にも登場しています。

厳暑の砌日々御励□奉感拝候。昨今は御湿りにてちと凌安御坐リ升ル。毎度御疎遠の上御近作も不伺、適御近辺に出向候間、拙吟御正斧相願度

【厳暑の季節、日々のお励みに頭が下がります。昨今はお湿りがあって、ちょっとしのぎやすいです。毎度ご疎遠の上、最近の作品も拝見しておらず、たまたまご近辺に出向きましたので、私のつたない俳句を正してほしいと願います。】

子を産ば猫もくねるか五月晴

〔くねるは伊那地方の方言で「大人びる」という意味。〕

よみ倦ぬ青梅どきや三国志

香に誇る私はなし夏の菊

誰かある暑さ凌ぎに川越む

甲斐もなき名の惜まれて竹婦人

蓮の香やあるじは余念なく眠る

（此ころ上穂へ行けるに亀の家が四等を祝せよと誰彼がすすむ・・・覚束・・・数行中部五分ばかり残して上下破）

【このごろ上穂（駒ヶ根市赤穂）へ行ったところ、亀の家蔵六の四等を祝しなさいと、誰彼が勧め・・・（不明）】

秋立や声に力を入る蝉

其願ひ梶の一葉とおもはれず

まぐろ切庖丁は見ぬ西瓜かな

よみ懸し戦国策や稲光り

表から来るさし鯖の使かな

消やらぬうちに更るや高灯籠

など申出候。御笑評（可被下候。）

暑中　井月拝

鶴子先生　玉下

「四等」は、学校の先生が何か表彰を受けたのでしょうか。明治初期の学校は、現在のような「学級制」ではなく「等級制」で、試験によって進級しました。また教師も試験を受けたようで、次のような話が伝わっています。

・〔明治七年〕九月二十八日上穂町安楽寺の映雪小学校〔＝亀の家蔵六の学校〕で、付近十五校の集合試験を行ない本校〔＝鶴子の殿島学校〕もこれに参加した。学区取締役下平兼蔵〔『長野県上伊那誌 人物篇』221頁には兼造〕、専ら督励して県の巡回教師の試験を受けさせた。（『東春近村誌』741頁、「県の巡回教師」とはどういう意味だろうか。「県を巡回、教師の試験を受けさせた」が正しいような気がする）

・明治八年筑摩県権令永山盛輝の代理として渡辺千秋（当時は筑摩県権参事、のちの宮内大臣）の学校巡視の時、彼〔＝塩田学校の歌丸、書簡二十などに登場〕は東伊那全村の児童と共に、中沢村本曽倉の桃源院内にあった三友学校に行って大試験を受け、賞状並びに賞品を受けた。（『長野県上伊那誌 人物篇』420頁。筑摩県は明治四年~九年に存在した県。現在の長野県中南部と岐阜県飛騨地方）

「四等」は、試験の成績優秀者に与えられる賞状や賞品だったのかも知れません。

〔亀の家蔵六（＝松崎量平）について、『井月全集』雑文篇275頁や『新編井月全集』雑文篇452頁には「伊勢の松坂に生れ、父が江戸に出て火に遭い帰郷の途上、赤穂で病没、蔵六は此の間に成長し赤穂で幄を垂れた」とある。一方、『長野県上伊那誌 人物篇』389頁には「若い頃母を伴ない出京の砌り母が病臥したので上穂の安楽寺を頼って、ここで成人した。後この地に家塾を開いて慈父の如く教え、門戸大いに振(賑)って教えを受けた者千余人と言われる」とある。『駒ヶ根市誌 現代編 下巻』206頁には「上穂〔中略〕に来た時、父と兄が病に罹り旅費にこと欠き、ためにわずかに商いを営み母は裁縫で賃をとり、辛うじて糊口をしのいだ。後父は兄を連れ、母に姉〔中略〕と量平二人を託して伊勢に帰った。母は子供二人を連れ、上穂村安楽寺住職〔中略〕の世話になる」とある。

三つの説はずいぶん異なっているが、ともかく明治五年、安楽寺に学校が置かれ、寺子屋師匠だった蔵六は学校教師になった。この学校はのちに映雪学校・赤穂学校と変遷し、蔵六は明治十三年まで教えることになる（『赤穂小学校百年史』847〜848頁）。

なお、蔵六は明治二十二年に凌冬の門に入ったという（『井月全集』雑文篇286頁、『新編井月全集』雑文篇462頁）。蔵六は六十三歳だったはずで、十五歳も年下の凌冬のところへ入門したというのだから、ちょっと不思議な感じがする。井月が没して二年後のことである（ただし『伊那市史 現代編』903頁によれば、井月存命中の明治十九年に凌冬の円熟社に加入したという）。〕

駒ヶ根市の共楽園（北の原公園）にある松崎量平翁頌徳碑。とても立派な石碑で、数多くの教え子たちに慕われたことがうかがえる。現在の赤穂小学校も、隣接する赤穂中学校も、分離した赤穂東小学校・赤穂南小学校も、元をたどればすべて亀の家蔵六の流れを汲む学校であり、蔵六は赤穂における近代教育の祖と言えよう。

書簡三十六「時雨会済まで恩借 仕度」

（『井月全集』拾遺篇475頁、『新編井月全集』書簡篇550頁）

宛名の泉柳・紫水は、駒ヶ根市赤穂の人。「赤穂の額面」が書簡六にも出てくるので、同じ時期の手紙でしょうか（伊那谷Ⅱ期）。

九月十四日より錦地の御世話さまに相成り、今日只今に至、段々一方ならず御厄介の程難有。快晴に任せ一先諸方の様子御不沙汰伺がてら、鳥渡動坐仕度、毎度御無心ながら紙筆の料二十五銭程、当月殿島におゐて時雨会済まで恩借仕度、【九月十四日よりこの地でお世話になって、今日ただ今に至り、色々ひとかたならず御厄介になり、ありがとうございます。快晴の天気にまかせ、ひとまずあちこちの様子やご無沙汰をうかがいがてら、ちょっと出て行きたく、毎度の無心ではありますが、紙・筆の代金を二十五銭ほど、当月殿島で時雨忌の会（＝芭蕉の命日に行う追善供養）が済むまでお借りしたく、】

尤入用雑費の訳は兼而催の摺物判木等にて無拠、最早無余日轍鮒の場合御照察被成下、御聞済の程伏而奉懇願上候也。諸家の御取持並に記帳にしるし置、当所額面出来の上愚叟摺物配呈□□広め【もっとも、雑費が必要なわけは、かねて催した摺り物の版木などで仕方がなく、もはや日がなく、緊急の場合と察していただき、ご承知のほど伏してお願いします。みなさまのお取り持ちを（並びに）記帳しておき、当所の奉納額が出来上がりましたら、私の摺り物をお配りし・・（？）・・広め、】〔「並びに」は不要ではないだろうか。〕

御案内等の期に至り猶又ちらしの者御社中の面々御芳名拝借仕候事に付、左様不悪様御海恕の程重畳奉希望候。短日御繁□を恐察申上候。寸楮を以如斯愚札如件怱々頓首【ご案内などを出す時期に至り、なおまた、ちらしに載せた御社中の面々のお名前をお借りすることについて、そのとおり悪しからずお許しのほど、重ねてお願いします。日が短くなり、お忙しいことと恐れながらお察し申し上げます。寸楮をもって以上のとおりお手紙を差し上げました。】

十月二日（じゅうがつふつか）　井月敬書（せいげつけいしょ）
泉柳君（くん）　紫水君（くん）　玉机下（ぎょくきか）

文面が乱れているような気がします。「記帳にしるし」は変な表現ですし、「寸楮をもってかくの如く愚札くだんの如し」は、寸楮と愚札がダブっています。酔っぱらいながら書いたのでしょうか。

泉柳は井月より九歳年下で（『駒ヶ根市誌 現代編 下巻』208頁）、紺屋（こうや）（染物屋）を営んでいた人物（『井月全集』発句篇27頁、『新編井月全集』発句篇64頁）。

紫水は井月より三十歳年下で、亀の家蔵六の教え子（『駒ヶ根市誌 現代編 下巻』207頁）。藤川屋という米穀商を営んでいました（『長野県上伊那誌 人物篇』179頁）。不二という弟がおり、井月より三十六歳年下（『長野県上伊那誌 人物篇』181頁）。のちに不二は、赤穂を代表する俳人になりました。井月の日記にも、藤川屋や不二が何度か出ています（『井月全集』拾遺篇463頁、『新編井月全集』日記篇417頁など）。

書簡三十七「近日御孫様御七夜にて」

（『新編井月全集』書簡篇551頁）

宛名の花月は下伊那郡高森町の人（『新編井月全集』日記篇387頁、『長野県俳人名大辞典』117頁）。井月は下伊那郡へもしばしば行っていたと思われます（高森町歴史民俗資料館所蔵、明治十八年の夏に書かれたという。伊那谷Ⅲ期）。

下市田中村花月君宛

出来右呈上御笑納被下度候。

【出来た句をお贈りしますのでご笑納下さい。】〔「夏菊や陶淵明が朝機嫌」など六句が書かれた別紙あり。〕

其後は存外之御疎遠申訳無之、此頃□先生ニ途中にて拝謁、何れ近日昇堂の心意にて何方様へも不申上候処、光陰矢よりも早く、五月の日に相成申候。貴館皆様御機嫌克被御入候哉。近日御孫様御七夜にて御使者程頂戴当日御歓は憚多後して相伺申上度、乍恐御尊父母様御親嫁其外によろしく御雀声奉希上候也【その後は思いもよらずご疎遠となり、申し訳ありません。このごろ□先生に道でお目にかかり、いずれ近日お訪ねするつもりで、どなた様にも申し上げずにいたところ、光陰矢よりも早く、五月の（節句の）日になりました。お宅の皆さまは御機嫌よくいらっしゃいますでしょうか。過日、お孫さまの御七夜で、御使者ほどに頂戴しました。当日にお祝いを申し上げるのは、はばかりが多いので、後でうかがい申し上げたく、恐れながら御父母さま・お嫁さん・そのほかによろしくお伝え願います。】〔「近日」は近い未来を指す言葉だが、かつては近い過去を指すこともあった。「御七夜」は、生後七日目に命名式を行い、尾頭付きなどのご馳走を食べる行事。「御使者程頂戴」は、お客としてではなく、使いの者に与えられるくらいの酒食をいただいた、という意味だろう。〕

六日　井月拝
花月君　玉几下

花月が留守のときに井月が立ち寄り、御七夜の祝いの酒食をもてなされたようです。「そのときのお礼を申し上げないまま時がたってしまいましたが、五月の節句のお祝いを申し上げたいので、今度うかがいます」といった文脈でしょう。

こういった祝い事は、井月にとってご馳走にありつける絶好のチャンスだったと思われます。ほかにも、冠婚葬祭や出産祝い・長寿祝いに詠んだと思われる句がたくさん遺っています。

井月の手紙は以上で終わりですが、今後もまだまだ発見されるでしょう。

さて、『井月全集』『新編井月全集』には「雑文」と呼ばれる文章がいくつか載っていますので、次にそれも読んでみましょう。

柳(やなぎ)の家(や)宿(しゅく)願(がん)稿(こう)

（『井月全集』続補遺篇503頁、『新編井月全集』雑文篇463頁）

明治九年に書かれたと思われる長文です（伊那谷Ⅱ期）。自伝的な内容から始まって、送別書画展観会の失敗に至る様子がつづられており、大変興味深い資料だと思います。さらに、今後は東京で大活躍してみせるという野望まで語られています（一部、手を加えた箇所がある。※のところ）。

柳(やなぎ)の栖(や)家(せい)井(げ)月(つ)寸(すん)楮(ちょ)を以(もって)、宿(しゅく)願(がん)之(の)次(し)第(だい)を諸(しょ)君(くん)の机(き)下(か)に述(のべ)て、広(こう)大(だい)無(む)量(りょう)の仁(じん)恕(じょ)を仰(あお)ぐものなり。

【柳の家

井月は、この手紙にて宿願の次第をみなさまに述べ、広大無量の情けを請います。】

> 抑拙叟御当郡江曳杖の最初は、今を去る事拾有五年、飯田におゐて紅葉の摺もの丶挙あり。高遠にては、越後獅子集をあむ。其後古郷へ帰り母の喪を果して、又々昔のなつかしみをおもひ、明治元辰の冬より、此辺りに遊て常に御懇恤を蒙るの際、官布御改正の告あり。そは人口戸籍の事に及ぶ。

【そもそも、私がこの伊那郡へ杖をひいた最初は、今を去ること十五年前。飯田において『紅葉の摺もの』を挙行しました。高遠では『越後獅子』を編纂しました。その後、故郷へ帰り母の喪を果たして、またまた昔のなつかしさを思い、明治元年辰年の冬よりこのあたりに遊んで、常にご親切にしていただいているときに、新政府による法律の改正の告知がありました。それは戸籍のことに及びました。】〔『紅葉の摺もの』が出版された文久二年を「一年目」と数えれば、『柳の家宿願稿』が書かれたと思われる明治九年はぴったり十五年目である。〕

> おのれもとより、家もたぬ身の約束やなめくじりと、何某上人のすさび給へしこゝろを旨とし、所定めぬ雲水の、いと便りなき身をはかなみ、無能無才にして、只此一すぢにつながると、わが翁の申されしをちからとし、覚束なくもけふが日まで、露の命は保ちにけれど、何を申も卒土の浜、王土に非ずといふことなし。

【もとより私は、家を持たない身の宿命でなめくじのようだと、某上人が詠じた心を自分の信条とし、居所の定まらない行脚俳人の、とても頼りない身をはかなく思い、「無能無才にして、ただこの一筋（＝俳諧の道）に繋がれてしまった」と芭蕉が申されたのを力とし、おぼつかなくも今日の日まで、露のような命は保ちましたが、何を申しても、地の果てまで王の領土でない場所はありません（明治維新で、国土はすべて天皇のものになった、という意味か）。】〔「某上人」が誰のことか不明。芭蕉の俳諧七部集の『猿蓑』に「五月雨に家ふり捨ててなめくじり　凡兆」という句があるけれども。〕

自首待罪のこゝろを表して、今より古郷へ罷越、送籍持参の其上からは、草庵蝸廬の再興をはかり、月雪花に望みを遂れば、生て巨万の長者も祈らず、死して蓮の台も願はず。

【自首待罪の心を表して、今から故郷へ行って、戸籍の送り状を持参したその上で、草庵の再興を図り、雪月花（＝四季折々の眺め）に望みを遂げれば、生きて億万長者になることも祈らず、死して極楽浄土に生まれ変わることも願いません。】〔自首待罪とは何か。故郷を裏切るようなことをしたのか。あるいは、芭蕉堂建設のための寄付金を使い込んでしまったことか。草庵の「再興」と書いているので、芭蕉堂を建てるのではなく、殿島にあった草庵を復活させたい、ということか。〕

されど秋声音なくして来ると、※唐之人もおどろかれしとかや。さきの年己れ送籍取に遥々と、思ひ立しも行秋の菊花の宴をこゝろに込め、大久保なる中村亭に於て、餞別書画の大一座、爰に成都の美酒もなく、又松江の鱸もなし、肴は天竜の鯈を屠り、酒は村醸の甲乙を争ふ。

【しかし秋の気配は音もなく来る、と唐の人も驚いたとか。先の年、自分は戸籍の送り状を取りにはるばると、思い立ったのも行く秋のころ、菊花の宴（＝重陽の節会）を心に思いながら、大久保（駒ヶ根市東伊那）の中村新六亭で餞別書画の大宴会を開きました。ここには成都の美酒もなく、また松江の鱸もありません。酒の肴には天竜川の鯈を料理し、村の地酒の甲乙を競い合いました。】〔成都・松江ともに中国の都市。〕

席上の酔客揮毫に果なく、三陽詩仏を真似るあれば、文晁蕪村を画くもあり、国学未熟の木の葉天狗は、平田が自慢を鼻にかけ、狂哥者流の可笑みには、時に賢契拙が東西遊歴の面白みは大屋の裏に住てさへ、宿屋のめし盛位は、訳なしさ。

【席上の酔客は揮毫に果てなく、頼山陽・大窪詩仏をまねる者もあれば、谷文晁・与謝蕪村を描く者もあり、国学が未熟な木の葉天狗（＝下級の天狗）は、平田篤胤の思想を自慢して鼻にかけ、狂歌師流のおかしみには、とりあえず貴君が、東西遊歴の面白みは、裏長屋に住むような貧乏人でさえ、（旅先で）飯盛り女を相手に楽しむことくらい、わけのないこと。】〔文脈がよくわからないが、名人の書画をまねる者、国学を自慢する者、狂歌本や、弥次喜多のような滑稽本の話題に花を咲かせる者など、いろんな人が来ていた、といった様子か。〕

近ごろは蜀山とさへ申せば、天地もゆるぐやうに申升けれど、それは地震に知己でも有人の咄しで御座りませう。京伝一九などと申仁も、まんざら出たらめ計りでも御座り升まい。此間友達が見せました本の内に、ムスコビヤと題して吉原の秘事を説く者は則戯作者流の鼻山人也。

【近頃は、蜀山人（＝大田南畝）とさえいえば天地も揺るがすような人だと申しますけれども、それは地震に知り合いでもある人の話でございましょう。山東京伝・十返舎一九などという人も、まんざらでたらめばかりではありますまい。このあいだ友達が見せてくれた本のうち、ムスコビヤと題して吉原の秘事を説いた者は、すなわち戯作者流の鼻山人です。】〔山東京伝の『息子部屋』という洒落本のことか。鼻山人は別人だが。〕

※梟 松桂の枝に啼、狐寒菊のもとにくるふ。寂々寥々たる片山里の侘住居、又は日は暮て野には伏とも宿かるな、浅草寺の一つ家とよみし昔に事替り、今浅茅が原にさく花の名所よし原や、などと一九が廓の意気地とか申、本にみへ升ればやたらに人は野暮と計りは申されませぬ。

【「ふくろうが松桂の枝に鳴き、狐が寒菊の下を跳び回る、寂しい片山里のわび住まい」、または「日がくれて、野宿はしても宿は借りるな、浅草寺の一つ家」と読んだ（詠んだ）昔とは様子が違って、今は「浅茅が原に咲く花の名所、吉原や」などと十返舎一九の『廓意気地』とかいう本にありますので、やたらに人は、野暮とばかりは申されません。】〔正しくは「浅茅が原の一つ家」といい、泊めた旅人を殺して金品を奪うという伝説があった。さびしい場所だった吉原が、今ではにぎやかな花街になっている。そんな街を作ってしまうなんて、この世は野暮な人間ばかりじゃないんだな、といったところか。〕

礫発句の先生達には西湖の蓮は拙者が一讃仕る。素檗が鳥羽画には、僕が秀逸を顕はしませう。毛氈の打敷に、一枚唐紙の御所望には、あつ燗にてぐひぐひやらかさねければ、皆さんも矢張筆を採と手が菎蒻の幽霊で御座り升ふ。席上短冊の書捨は、霎のさそふ紅葉かとあやまたる。張出しの展観は、さながら開帳のまんだらに異ならず。或は飲、或は酌て、其楽しみ無極。

【石ころ俳句の先生たちは、「西湖の蓮の絵には拙者が画賛を付けましょう」「藤森素檗の漫画には僕が秀逸（な画賛）を書きましょう」（などと言い）、毛せんを敷いた上で、唐紙を一枚書いてほしいという御所望には、熱燗をぐいぐいやらなければ、みなさんもやはり筆を執ると、手がこんにゃくの幽霊のように震えるでしょう（＝アルコール依存症の症状だろう）。席上で書き散らした短冊は、しぐれの誘う紅葉かと見間違うほど。貼り出した書画の展観は、さながら御開帳の曼陀羅のようで、あるいは酒を飲み、あるいは酌んで、その楽しみは際限がありませんでした。】〔送別書画展観会に出品された数々の名画に、参加者たちが得意顔で画賛を付けている様子なのだろう。中国杭州の西湖は蓮の名所。藤森素檗は諏訪の俳人で俳画もよくした。〕

かゝる設席三日に及べど、未だ天運順還の良辰を得ぬにや。諸賢の賁臨時に中らず。二百有余の珍膳佳肴の饗応も空しくなりて、夢なら覚よと甘心しても、惑ひは晴ぬ永雨に、会主は端から自算用、足らざるは足ずとしては置ぬなり。

【このような席を設けて三日に及びましたが、いまだに天運が開けないのでしょうか。みなさんのご出席は時を得ず、二百皿以上用意したごちそうのもてなしも空しくなって、夢なら覚めよと心から願っても、惑いは晴れない秋の長雨に、会主（中村新六）は横で経費の計算をし、足りないものを足りないままにして置きません。】〔予想よりも出席者が少なかったのだろうか、ごちそうが無駄になってしまったようである。ちらしでは二日間開催のはずだが、三日間に延長されたのだろうか。〕

世にいふひゐきの引たをし、残るは独り羽抜鳥。弦なき弓の譬ひにひとしく、寒露単衣の袂を湿し、秋風旅人の腸を断の期に至り、追々戸籍の御沙汰厳敷、片時も猶予は恐れあり、とは申ても前顕し条々、盲亀腐木を失ひ、轍鮒急を奏するの秋に当り、

【世にいう「ひいきの引き倒し」とはこのことで、あとに残るは羽抜け鳥となった私ひとり。「弦なき弓に羽抜け鳥」ということわざと同じで、寒さの露にひとえのたもとを湿らせ、秋風が旅人の腸を断つほど冷たい季節になり、追々戸籍を持ってくるようにとの御沙汰も厳しく、片時も猶予はありません。とは申しても、前に書いたとおりのあり

さま。盲亀が浮木を失い、轍鮒の急を言わなければならない秋になりましたので、】〔自分自身を、おぼれそうな亀にたとえているのだろう。ただし「盲亀の浮木」の本来の意味は、めったに巡り合えないことをいう。〕

子房が謀も羨むべからず。樊噲が勇も頼むに足らず。孔明死して錦の嚢に策を残すとかや。何れの道にもそのふくろこそ願はしけれ。みだりに酒をかふ事を患るなかれ。嚢中自銭有と中々俗で御座らぬ。

【子房（＝張良）の軍略も羨んではいけません。樊噲の武勇も頼むに足りません。諸葛孔明は、死して錦の袋に策を残すとか。いずれの道にも、その袋こそ願わしいものです。「やたらに酒を買うことを心配してはいけません、袋の中には自然とお金があるものです」と、中々俗ではございません。】〔子房・樊噲・孔明ともに古代中国の軍記物に登場する人物。「嚢中自有銭」は、賀知章の唐詩からの引用。「中々俗で御座らぬ」は、唐の人もなかなか高尚なことを言うものだ、といったところか。〕

扨夫に付其御社中諸君へ御頼み申、外でも御座りませぬ、古郷忘じ難しと云諺の通、頻りに旅行の情を催し候得ども、嚢に一物の貯ひなければ、即席探題の愚案もなく、因茲御連中ニ而被仰合、送別投吟の思召を以て一組づつの入花をさへ給はらば、忽ち錦を古郷へ餝るの僥倖にして、亦豈俳諧の狐福なり。

【さてそれにつき、そちらの御社中の諸君へお頼み申しますのは、ほかでもありません。故郷忘れがたしということわざのとおり、しきりに旅に出たい気持ちになるのですが、袋に一物の貯えもなければ、即席探題の愚案もなく（＝すぐにお金が作れるような名案もなく）、これによりお仲間内で申し合わせられ、送別投吟の思し召しをもって、一組ずつの投句料さえいただければ、たちまち故郷に錦を飾ることができる僥倖であり、またどうして俳諧の狐福です。】〔「即席探題」は、その場で出されたお題で句を作ること。「僥倖」や「狐福」は、思わぬ幸運という意味。〕

ばせを翁も奥の細み行脚にほとほと困じ給ひ、小花沢の清風が情に預り、万代不朽の一ことを、其時の集に残して曰く、小花沢の清風は冨る者にして心いやしからず、旅の情もしるものなりと云々。

【芭蕉も『おくのほそ道』の旅行でほとほと困られ、尾花沢の清風という人の情けにあずかり、そのときの著述の中に、万代不朽の一言を残しています。「尾花沢の清風は富める者にして、心卑しからず、旅のなさけも知るものなり」などなど。】

俳諧中興正風の祖師と仰がれ、常に三千の門人有て、今猶其徳を慕ふて追善供養の設けは更なり、国々都鄙のけじめもなく、塚をいとなみ碑を建、或は草堂柴扉に昔をしのぶ何某の先生、くれがしの宗匠とて、ばせを葉の末広かれと各流れの本を正して、

【（芭蕉は）俳諧の中興・正風の祖師と仰が

れ、常に三千人の門人があって、今なおその徳を慕って、追善供養の催しはさらに行われています。国々、都会も田舎も区別なく、塚を作り碑を建て、あるいは草庵のわび住まいに昔をしのぶなにがしの先生、くれがしの宗匠も、「芭蕉の葉（＝芭蕉門下）の末は広くあれ」と、各流派の元を正して、】

こたび官許の拝命を得て、更に教林盟社を結び、辱なくも東京の三宗匠に至りては常に大教院江出頭し、連歌御興行の席に於ては、翠簾に咫尺し、当日の文台を命ぜらるゝと云。尚三章の朝旨を奉戴し、郡下の生徒を鼓舞し、説諭訓導のため、諸国の門派へ十条の規約を要し、※其地〳〵の適宜に任せ、結社の告諭を催促さるゝ。

【このたび政府から拝命を得て、さらに教林盟社を設立し、恐れ多くも東京の三宗匠（為山・等栽・春湖の三名か。いずれも井月の俳諧集に名前が載っている）に至っては、常に大教院へ出頭し、連歌興行の席においては御簾の近く（＝天皇のすぐそば）にいて、当日の文台（＝進行役）を命じられるといいます。なお三章の朝旨（＝朝廷の意向）をいただき、郡下の生徒を鼓舞し、説諭訓導のため、諸国の門派へ十条の規約をまとめ、その地その地の適宜に任せ、結社の告諭を催促されています。】〔「大教院」は東京の増上寺にあった。各地でも結社するようにとの告諭は、書簡三十四にも書かれている。〕

既に東京第一大区、七小区、桶町廿七番地、関為山宅、教林盟社仮本社にて、公務俳用共に取扱ふと云。兼而※通向有之間、上京拝命の志は有といへども、任せぬをこそ浮世と申せば、是又其序を知らず。【すでに東京第一大区七小区桶町二十七番地、関為山宅、教林盟社の仮本社にて、公務・俳用ともに取り扱うといいます。（私も）かねてより交流がある中、上京拝命の志はあったのですが、思うに任せないのが世の中ですから、これまたそのきっかけを知りません。】〔この住所は、明治五年〜十一年のあいだ使われた「大区小区制」の書き方をしている。「兼而通向……」の部分は、飯田の精知が東京に帰って教林盟社で活動するようになってからも、井月と交流を続けていた、ということだろうか。〕

今や愁眉を開くにおゐては、戸籍拝命を両手に握り、東京北越に美名を顕はし、道すがらの俳戦には、よき宗匠と取組て、勝負は時の運と申せば、今から自負は仕らず、鴈のたよりに、必々一句の報章忘却すべきや。【今や心配がなくなれば、戸籍と拝命を両手に握り、東京・北越に美名を顕し、道すがらの俳戦（＝句会）では、よき宗匠と句を競い合い、勝負は時の運と申しますから、今から自負はいたしません。雁の便りに必ず一句の知らせを、忘れたりするでしょうか。】〔上京の拝命を受けても、あなた方への便りは欠かしません、といったところか。〕

遅かれ春は柳の家、東風に芽を吹如月の、末には花も開くなる、千曲の川を後に見て、若鮎のぼる天竜の、流れを汲て知己と、成し情を忘れずに、来た歟と声を懸まくも、賢き君の拝顔を、祈るはくだを巻ならず。【遅くても春には、「柳の家」の柳が東風に芽を吹き、如月の末には花も開くでしょう。千曲川を後ろに見て、若鮎のぼる天竜川の流れを汲んで、知り合いとなった情けを忘れずに来たかと声をかけ、懸けまくも賢き君（＝天皇）の拝顔を祈るというのは、酔ってくだを巻いているわけではありません。】〔ここは七五調で書かれている。「かけまくも」は、口にするのも恐れ多いという意味。〕

それ鳥の正に死なんとするや其声悲しと、井月も九死一生の場合、いづくんぞ鳥に如ざらむ劣らめやと、筆を止む。【そもそも、鳥が死ぬ直前に発する声は悲しいといいます。井月も九死に一生の場合、どうして鳥に劣るだろうか、と筆を止めます。】〔『論語』の「人のまさに死なんとするその言や善し」をもじったもの。なお井月は、「如ざらむ」を推敲し「劣らめ」に直している。〕

于時明治九月　日　柳の家宿願稿〔「明治九月」は書き誤ったか。〕

諸社会連賢君御中〔○○社、○○会、○○連、と名の付く皆様へ、といった意味だろう。〕

明治新政府は、国民を教化（きょうげ・きょうか）するため、東京に大教院を置き、地方には中教院・小教院を置いて、「教導職」に講義を行わせました。当初は神官や僧侶を任にあてましたが、やがて人員不足のため、俳諧師・歌人・落語家なども任にあてたようです。為山は明治六年に教導職に任じられ、明治七年四月には、俳諧師たちの結社である「教林盟社」の代表に就任しました（『明治大正俳句史年表大事典』36頁）。

井月も、教林盟社で活躍し、教導職になりたいと思っていたのでしょうか。なお、この教導職の制度は明治十七年に廃止されています。

（伊那谷に定着した時期について、井月は「明治元辰の冬より此辺りに遊て」と書いている。「冬」は旧暦の十月～十二月。戊辰戦争での長岡藩の戦いは旧暦五月～八月なので、そのあとに伊那谷へ来て定着したのだろう。ただし、『新編井月全集』年譜630頁の慶応三年の項に、伊那市長谷中尾で「竹雪還暦祝集を遺す」とあり、矛盾が生じている。戊辰戦争勃発の前年に、早くも信濃へ逃れていたのだろうか。

『伊那路』2004年5月号・竹入弘元先生の記事によれば、慶応三年「竹雪還暦祝集」（仮称）という筆書きの冊子に、諸家の歌句に並んで、井月の句「すゞしさや月を自在のまつ一木」（『井月全集』続補遺篇501頁、『新編井月全集』発句篇85頁）が自筆で書いてあるという。つまり「竹雪還暦祝集」は、井月が作った本ではなく、竹雪という俳人が還暦のときに作った揮毫帳で、訪問客たちが和歌や俳句を書いていったのだろう。本来、還暦祝いは正月に行うものであり、井月の「すゞしさや…」の句は夏の季語なので、季節が合わない。つまり井月の訪問は、還暦祝いのときではなく、あとから来て書いたのではなかろうか。

また、『井月全集』後記402頁や『新編井月全集』後記607頁の明治元年の項に「宮田村山浦山圃〔書簡十二に登場〕六十賀の句あり」とある。「山圃ぬしの六十歳のことほぎをのぶる　積年の弱みも見えず筆はじめ」（『井月全集』発句篇117頁、『新編井月全集』発句篇184頁）という句だが、「筆はじめ」は新年（旧暦では春）の季語。つまり井月は慶応四年（明治元年）の一月に伊那谷にいたことになり、「明治元辰の冬（十月～十二月）より此辺りに遊て」という記述と矛盾する。ただし、山圃は文化六年（己巳）の生まれで、還暦の祝いだとすれば明治元年（戊辰）ではなく、明治二年（己巳）の一月が正しいような気がする。これなら矛盾は生じない。

さらに「慶応」と書かれた次のような書道作品が存在するが、己巳は明治二年であり、そもそも間違っている。井月がこのような初歩的な間違いをなぜ書いたのか謎だが、まさか明治維新を認めたくなくて慶応を使い続けたのだろうか。

・慶応己巳夏日「山里や雪間をいそぐ菜の青み」など五句（『井月真蹟集』203頁）

・慶応四巳己水無月（己巳を逆に書いたか）「野気色の千代にわりなき子の日かな」など六句（『井月真蹟集』205頁）

結論として、「井月の伊那谷定着の時期は、明治元年ではなく慶応の可能性もあるけれども、あくまで可能性であって、慶応と特定できるわけではない」ということになるだろう。現時点では、井月本人が「明治元辰の冬」と書いているのだから、それを信用するしかない。〕

暇乞の訳

（『井月全集』雑文篇273頁、『新編井月全集』雑文篇451頁）

明治五年、送別書画展観会を開いたのに越後へ帰らなかった井月について、門人たちは当然「なぜ?」「どうして?」と思ったでしょう。ここに載せた文書は、帰らなかったことについての弁解と、「今度こそ帰ります」という気持ちをつづったものと思われます（便宜上「その一・その二・その三・その四」と区分した）。

《暇乞の訳　その一》（『井月真蹟集』27頁、『井上井月真筆集』152頁）

嚮に大久保中村新六……挙に依て故郷へ帰……の燕莚も崩れ簗……なりしより、赤穂のまこ……餅となり、

【以前、大久保（駒ヶ根市東伊那）の中村新六・・・挙によって故郷へ帰・・・の宴席も崩れ、簗・・・なったので、赤穂のまこ・・・餅となり、】〔破損して一部が読めない。「燕莚」は語義不明だが、「燕」には酒盛りの意味があり、「莚」には席・場所という意味がある。〕

下寺社中のとり持も飲食とともにひゐきの曳たをしとやら、明樽ともち寄の重筥と居残り、客の始末も無。

【下寺（伊那市手良）の社中の取り持ちも、飲食とともに「ひいきのひきたおし」とやらになり、

酒の空き樽と、持ち寄った重箱と、居残り客の後始末もありませんでした。】〔書簡二十八・三十一に、手良の社中が送別会を開こうとしていた様子がうかがえるので、おそらく東伊那の送別書画展観会のときに、手良の社中の協力があったのだろう。「居残り、客」の読点は不要と思われる。〕

其後呉竹園のあるじ、おのれが門下を鼓舞して、散しほの柳の家を越路に押遣むとせられしも、時到らざりしにや、思ひ絶て此三五年は更にぼう然たりしに、今とし中沢連に人有て、帰郷の沙汰を深切に説諭せられしを、再三おもひ廻して拙吟をものし侍る。

【その後、呉竹園（凌冬）は、自らの門人たちを鼓舞して、散りしおの柳の家（井月）を越後に押し遣ろうとしましたが、時は至らなかったのか、越後へ行く思いも絶えて、この三～五年はさらに茫然としていたところ、今年、中沢の社中の人が、帰郷するようにと親切に説いてくださったことを再三思い回して、次のような句を作りました。】〔凌冬と仲たがいしていた様子は、書簡二十九にもほのめかされている。〕

立そこね帰りおくれて行乙鳥　柳の家

〔帰り遅れたツバメのような自分ですが、いよいよ故郷へ飛んで行きます、といった意味だろう。〕

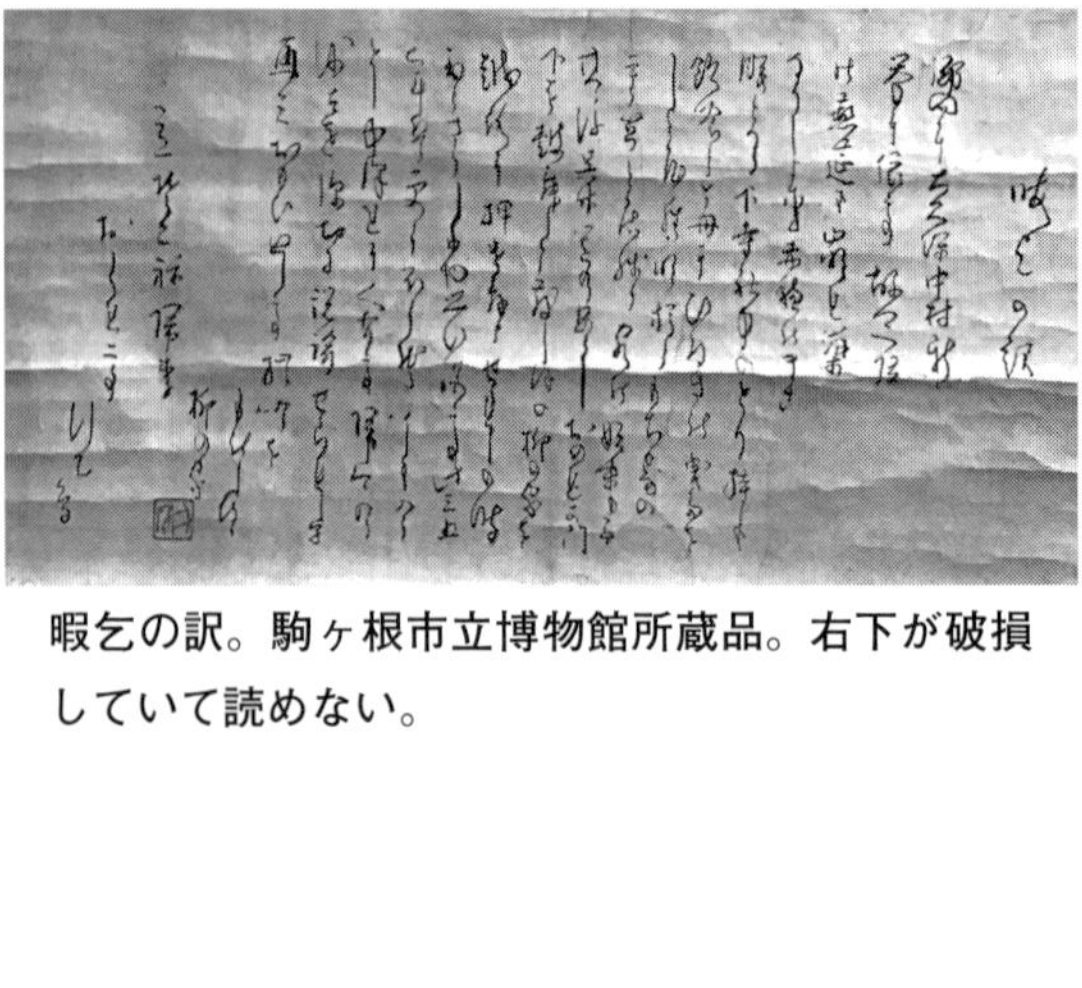

暇乞の訳。駒ヶ根市立博物館所蔵品。右下が破損していて読めない。

《暇乞の訳　その二》

東大久保の餞別に簗は当り、客はつぶれ、主の周旋も画餅となり、亀の家が取持も思ふ的に外れて首途を失ふに至れり。それ是を恕て呉竹園はおのれが社中を鼓舞して、善光寺の報謝を催がされしも、蔵六が口のはにかゝれり。【東大久保（駒ヶ根市東伊那、天竜川の東側）の餞別に簗は当たり、客は酔いつぶれ、会主（中村新六）のあっせんも絵に描いた餅となり、亀の家蔵六（学校教師）の取り持ちも思惑が外れて、故郷（＝越後）への門出を失うに至りました。それこれを思って、呉竹園（凌冬）は、自らの社中を鼓舞し、私に善光寺へ行って報謝を受けるようにと促しましたが、亀の家蔵六の制止を受けました。】〔「簗は当たり」は、川魚を獲るための仕掛けが当たった、つまり送別会は大盛況だった、という意味か。しかしそれでは赤字で借金をかかえてしまった事実に反するような気がする。〕

立そこね帰り後れて行乙鳥　井月拝

《暇乞の訳　その三》

幾たびとなく古郷をおもふに、其つど〳〵御連中の御世話に成しも画餅と成りて、いたづらに月日をおくりけるに、今年はからずも誰彼の御世話に成て正にふるさとへかしま立とはなりぬ。【何度となく故郷へ行くことを思い、その都度その都度、お仲間の皆さまのお世話になりましたが、絵に描いた餅となって、いたずらに月日を送っていたところ、今年、図らずも誰彼のお世話になって、まさに故郷へ旅立つことになりました。】

立そこね帰り後れて行乙鳥　柳の家井月拝

《暇乞の訳　その四》（『井月真蹟集』27頁）

百薬を煉て仁心を逞うし玉ふ向山桂月翁の几下に遊ぶ事年あり。ことし故郷なる越の雪なつかしからずやと人々のそゝのかさるゝになづみ、年寄に似気なき業ながら、神迎ふ頃より旅行李をものして、彼川柳点に、餞別の催促暇乞に来る、といふ便り少き雪のみち、先へ二あし後へ三あしとや

【百薬を煉って、人を思いやる心に満ちておられる向山桂月氏（伊那市手良、書簡二十八にも登場している）のところへ遊びに来るようになってから、何年にもなります。今年、故郷の越後の雪がなつかしいだろうと、人々にそそのかされて思い悩み、年寄りには似合わないことですが、十一月ごろから旅の行李を準備し、かの柄井川柳が点を付けた選句にあるように「餞別の催促暇乞いに来る」という（こととなりました）。頼り少ない雪の道は、前へ二歩進んでは後ろへ三歩下がる、といった具合とか。】

三ツ物

薬煉る窓下ぬくし冬の蝿

寒さまけなく牡丹咲たつ

命さへ人の情に杖曳て　柳の家誌□

【薬を調合している窓の下が暖かいので、冬の蝿がとまっています。窓の外では、寒さに負けず寒牡丹が咲いています。そんな寒さの中、命さえ人の情けによってつなぎとめながら、旅の杖をひいて……】〔「三ツ物」とは、俳諧師が新年に門人たちを集めて披露する、第三までの連句。桂月のところで厄介になっている自分自身を、冬の蝿にたとえたのだろう。第三は「て止まり」といって、言いかけて終わるような作り方をすることが多い。〕

このあと井月は、越後へ出発したのでしょうか。あるいは出発しても、すぐに伊那谷へ戻ってきてしまったのでしょうか。なお、「立ちそこね…」の句には、次のような詞書も伝わっています。

「国へ帰ると云うて帰らざること三度　立ちそこね帰り後れて行乙鳥」（『井月全集』発句篇81頁、『新編井月全集』発句篇137頁）

次のような句もあります。「十年の星霜」と書かれていますが、いつ詠んだものでしょうか。

「信濃なる伊那郡に十年の星霜を経て今度古郷へ帰らんと思ひて　虫まけもせぬを手柄か吾亦紅」（『井月の句集』90頁、『井月全集』発句篇85頁、『新編井月全集』発句篇142頁）〔この十年、病気もせずに生きてこられたことを手柄として、故郷へ帰ります、といったところだろう。『新編井月全集』では「故郷」となっているが、『井月の句集』『井月全集』に従って「古郷」と表記した。〕

明治十七年九月十三日の日記に、「越行の沙汰十銭御恵」とあります（『井月全集』日記篇258頁、『新編井月全集』日記篇403頁）。越後へ行ってきなさいよ、と言われて十銭もらったのでしょう。すでに井月の戸籍は明治十七年七月二十五日（旧暦では六月四日）に美篶村にできていたはずですが、よほど晩年まで「井月さん、越後へはいつ帰るの？」と言われ続けていたのかも知れません。

なお、戊辰戦争後の越後へ、一度帰っているのではないか、と思われる次のような句もあります。戦火で焼失した長岡城の跡地を、井月は見て回ったのでしょうか。

「北越の古城跡を見廻りて　城跡は畑に記さず閑古鳥」（『新編　井月俳句総覧』306頁）〔「畑に記さず」は、畑になってしまって跡形もない、という意味だろう。しかし、つい最近落城した長岡城を「古城」と言うだろうか。戦国時代の山城の跡地を見て回ったような句にも思える。〕

花曇の自賛

（『井月全集』雑文篇270頁、『新編井月全集』雑文篇448頁）

井月が、昔の栄光をなつかしんで書いた文章と思われます。

雪の降日は寒くこそあれと、何某上人の申されし、越路の雁も帰るなる、名残の空の八重霞、頃は弥生も晦日がた、花ノ香くもる駒ヶ根の、梺につゞく駅路や、赤穂の町は取分て、賑ふけふは年毎に、祭れる法の光前寺、神かあらぬか昔より、伝ひて諸人群集する、例は不動明王と、檜舞台で近付に、成田を茲に移し絵や、

【「雪の降る日は寒くこそあれ」と、西行法師が申された、越後路の雁も北へ帰るという、名残の空には八重霞がかかって、弥生の三十日ごろ。花の香りに曇る駒ヶ岳の、ふもとに続く伊那街道、赤穂の町はとりわけにぎわって、今日は年ごとに行われる光前寺の例大祭。神なのかどうなのか、昔より伝わって人々が群れ集まるのは、不動明王と歌舞伎舞台で、近くのここに成田を移した絵のようです（成田山新勝寺の不動明王と、歌舞伎の成田屋を連想したのだろう）。】「赤穂」と書かれているので、合併によって赤穂村ができた明治八年以降に書かれた文章だと推測でき

る。〕

其親玉の愛敬を、誰もしら髪の爺さまや、牛に曳れて善光寺、参らふよりは散銭の、手軽に後世を頼み甲斐、ある人なき人押なべて、蓮の台を願ふてふ、西方浄土の極楽は、両花道の簀立茶屋、饅頭羊羹鹿の子餅、起し松かぜほろ酔の、眼にも耳にもはつ松魚、山ほとゝぎす豆腐屋も、酒屋も自由自在にて則チ是ぞ安楽寺

【そのご本尊の愛嬌あるお顔を、誰も知らないでしょう（光前寺の不動明王は秘仏とされている）。白髪の爺さまが、牛にひかれて善光寺へ参ろうとするよりは、手軽な散銭で来世の頼み甲斐があります（散銭には、小銭・賽銭・雑費といった意味がある）。生きている人も死んだ人も、みなすべて極楽へ生まれ変わることを願うといいます。西方浄土の極楽のように見えるのは、参道両側のすだて茶屋、まんじゅう・ようかん・鹿の子もち。松風が吹いて、ほろ酔いの目にも耳にも初がつお・山ほととぎす（＝早くも初夏の気配が感じられ）、豆腐屋も酒屋も自由自在で（＝酒にも肴にも不自由せず）、すなわちこれこそが安楽寺というものでしょう。】〔安楽寺という寺院も赤穂に実在する。明治初期には学校が置かれ、亀の家蔵六が教師だった（『赤穂小学校百年史』56頁）。〕

如菩薩も花にうかれつ法の庭

〔菩薩のように穏やかな人も、桜の花に浮かれています、といった内容の句。「法の庭」は、光前寺の

庭園のことだろう。〕

身はなきものと思へ共、花の咲日はうかれこそすれ、中々に堪忍ならぬ花曇過し弥生のけふの日は、虱かき行旅人の、数にや入し駅路を、たどりたどりて藤浪の、よるに任せし花の宿、あるじの大人の筆すさび、仇名を爰に誰彼のためしを引て花くもり、其拙きを賞給ふ、ことの葉種の翻れてや、美濃の関屋を打越て、

【「身は無きものと思えども、花の咲く日は浮かれこそすれ」（と西行法師も申していますが）、なかなかに許せない花曇りの時期も過ぎた、弥生の今日の日は、シラミをかきながら行く私も旅人の数に入り、街道をたどりたどって藤波の寄せるにまかせて（＝藤の花が波のように風に揺れるのに誘われて）、立ち寄った花の宿。そこのあるじの筆すさび（につきあって）、井月というあだ名を記して、誰彼の例を引っぱってきて「降とまで人には見せて花曇」という句を詠んだところ、その拙い句を誉めてもらいました。ことばの種がこぼれたのか、美濃の関屋を打ち越えて（岐阜県までこの俳句が伝わり）、】〔「誰彼の例を引いて」は、古来の詩句を参考にしてちょっと作ってみただけなのに、と謙遜しているのだろう。〕

尾張間近き山田やは、明智の里の旅籠にて、婦世帯がよしと呼あるじはもとよりしきしまの、道にこゝろの有磯海、浜の真砂と手にふれし数の玉藻を撰分て、降とまでの愚詠をさばかり愛で給ひし甘

吟の、おのれがもとへ来る事も、彼の明王の利益によれるものかと思へば、過し日も忍ばれてなつかしさの余り、友人たちへ詠草を送りてほのめかすのみ。

【尾張も間近い明智の里の旅籠・山田屋の、女所帯の「よし」という名のあるじは、もとより和歌の道に心得があり、有磯海の浜の真砂の中から手に取って玉藻を選り分けて（＝数多くの俳句の中から選んで）、「降とまで人には見せて花曇」の句を非常に愛でて下さって、彼女が詠んだ和歌が私のもとへ届くことも、かの不動明王のご利益によるものかと思えば、過ぎた日もしのばれて、なつかしさのあまり友人たちへ俳句を送って、ほのめかすのみです。】

「光前寺祭礼当日　降とまで人には見せて花曇」（『井月全集』発句篇11頁、『新編井月全集』発句篇43頁）は、井月の代表句として知られています。過ぎた昔、遠くの女性からファンレターが届いたこともあったなあと、自慢するともなく「ほのめかす」ように書いて、人に贈ったのでしょう。

なお、よしという女性は、乳がんのため明治十五年に四十三歳の若さで亡くなったといいます。その訃報は、はたして井月のもとに届いたでしょうか。

〔井月は、「よし」の家を旅籠と書いているが、これは誤りだという。薬種商の家で、「郷宿」として村役人が泊まったりなど、公用に使われる家だったらしい。「よし」は常に十名位の娘を引受けて婦道を教えていたという（『井

月全集』雑文篇272頁、『新編井月全集』雑文篇450頁)。

なお、『漂鳥のうた』9頁に「井月はしばしば訪れて、よし女とも親しんだものらしい」と書かれているが、おそらく訪れていないだろう。訪れていたとしたらこのような誤りは書かないはずである。}

「降とまで…」の句については、次のような説もあります。

・井月が始めて赤穂にきたのは慶応元年頃にして{中略}蔵六の妻が「今日は光前寺祭なれば降らねばよいが」と語られたとき、厠より出てきた井月が「大丈夫〳〵」と連呼しながら筆をとってかの有名な「降るとまで人には見せて花曇」と記された。蔵六は「こうなればよいが」と語ったがその日ついに降らなかったという。(『駒ヶ根市誌 現代編 下巻』207頁){ただし、文久三年に作られた『越後獅子』には、為兮(『長野県俳人名大辞典』55頁)という上穂の人が載っているので、慶応ではなく文久には赤穂へ来ていたのだろう。}

今日(きょう)の記(き)

（『井月全集』拾遺篇475頁、『新編井月全集』雑文篇467頁）

宛名の藤川屋は駒ヶ根市赤穂の米穀商で、書簡三十六に出てくる紫水（および不二）の家。藍屋の俳号は市雪。問屋の俳号は原里で書簡六に登場しています。明治十七年九月二十四日ごろの井月の日記にも、「藍や・問屋・藤川・シマタ(だ)」がセットで出ているので、同じころ（伊那谷Ⅲ期）に書かれたものでしょうか（『井月全集』日記篇235頁、『新編井月全集』日記篇404頁）。ただし市雪は明治十一年十一月に没しています（『長野県俳人名大辞典』402頁、井月より一歳年上）。

実物を見せていただいたことがあるのですが、ひもでとじられた小冊子で、おそらくは暇に任せた戯(ざ)れ書きと思われます。「ちょっと出かけてきます」という書き置きの代わりに、置いていったものなのでしょう（実物に従って訂正した。※のところ）。

赤穂御社中(あかほごしゃちゅう)　藤川屋様(さま)　藍屋様(さま)　問屋様(さま)
柳の家拝(やなぎやはい)

今日の記

錦に花を添るは有ども雪の日に炭を※贈は稀なりとかや。【錦上に花を添えるということわざはありますが、雪の日に炭を贈ることは稀だとか。】〔白い雪の日に、黒い炭を贈るなんてあべこべだ、といったところか。〕

爰に柳の家井月年ごろの因みにて寒暑の関を打越て、月雪花を眺めしも良廿余年に及しも、是みな芭蕉葉の露の情をしたふ有難さ。今日の命を頼むなり、【ここに柳の家 井月は、長年の親交によって、暑さ寒さの関所を越えて雪月花を眺めたのも、二十年あまりに及びましたが、これもみな芭蕉の葉の露の情けを慕うありがたさ。今日の命を頼みます。】〔芭蕉さまのおかげで今日も生きております、といったところか。〕

朝の霜の※きり〱す嬉しと計り旭影、願ふは稲を荷ふ社の恵みを請て、雪の旅神酒の薫りに凌ぎ※つゝ、翌日は誰がしが情にて、※小松やてふ軒に宿り、けふ何がしが恩に預り、正に是※幻住庵のたづきなき風羅道人の※有さまなりけらし。【霜のおりた朝、きりぎりすが嬉しいとばかりに朝日に願うのは、稲荷神社の恵み。その恵みを受けて、神酒の香りに雪の日の旅をしのぎつつ、明日は誰かの情けによって、小松屋という家の軒下に泊まり、今日は某という人の恩にあずかり、まさにこれは

『幻住庵記』の、生計のすべのない風羅坊（＝芭蕉）のありさまでしょう。】〔自分をきりぎりすにたとえたのであろう。泊まる家がなければ、神社に泊まってお神酒を失敬することもある、その酒で体を温めながら雪道を歩く、といった様子。〕

通人化して野暮となり、風流変じて愚に返るの混胆は、安宿※かへつてたかくあがり、薄きが上のさよごろも、火の気少き※置巨燵、此所小便くさし初霎、黄昏時の湯屋が門、※アヽうれしやと一時間、極楽は※たゞ束の間の夢にして覚ればもとのならく也けりと、南無※陀弥仏々々※御報謝〳〵と願処は衣の勧化。謹而井月述

【通を気取って野暮になり、風流と思ってしたことが愚行になってしまった、と心の内で思っており、安宿はかえって高くつき、夜着は薄く、こたつは火の気が少なく、小便くさいところで、初しぐれも降ってきました。たそがれ時の銭湯で、ああうれしいと一時間ほど過ごしたものの、極楽はただ束の間の夢で、覚めればもとの奈落だなあと、「南無阿弥陀仏、ブツブツ、ご報謝、ご報謝」と願うところは衣服の寄付です。謹んで井月が述べました。】〔風流人を気取って旅暮らしをしてみても、その実態はつらいことばかりだ、といった様子だろう。〕

今日只今お手本まで

※嶋田やが店に商売道具を忘れて命を助りに参り、序に一寸御暇乞

【今日ただ今、お手本として書

きました。嶋田屋の店に商売道具（矢立などか）を忘れたので、命を助かりに行ってきます。ついでにちょっとお暇乞い。】

芭蕉の『幻住庵記（げんじゅうあんのき）』をもじって『今日の記』と名付けたのでしょう。『幻住庵記』は、井月が特に好んだ俳文で、唐紙（からかみ）などに書いたものがいくつも遺っています（『井月全集』巻頭写真、『新編井月全集』28頁、『井月真蹟集』135頁、『井上井月真筆集』130頁）。『幻住庵記』には、束の間の安住生活を楽しむ芭蕉の様子が描かれていますが、この『今日の記』には、安住生活を得られず、今日も漂泊生活を続ける井月の様子が描かれているものと思われます。

石（いし）の讃（さん）

（『井月全集』雑文篇267頁、『新編井月全集』雑文篇446頁、『井月真蹟集』123頁）

讃（賛）とは、書画作品などに鑑賞文を書き添えることですが、この文章は、水石（すいせき）（床の間などに飾る石）について鑑賞文を書いたものでしょう。書簡十三に登場する埋橋氏が所有していた石だそうです。

世に千里の馬は有ども伯楽なしとかや。卞和が玉も三代にして漸光りをあらはし。

【世に千里を走る名馬はありますが、名馬を見分ける名人はいないとか。卞和が見つけた宝玉の原石も、三代にしてようやく光を現したといいます。】〔石の価値を見抜ける人は少ない、といった意味だろう。卞和は『韓非子』などに出てくる人物。〕

貝沼の里埋橋氏に二ツの珍石あり。その形チ一ツは丸く一ツは方なり。水は方円の器に随ひ人は善悪の友によるとの諺も一大事也。倩眺めても名のつかぬ所こそ貴し。時をまつてその徳を失ふ事なかれ。

【貝沼（伊那市富県の内）の埋橋氏のところに、二つの珍しい石があります。その形は、一つは丸く、一つは四角です。「水は方円の器に従い、人は善悪の友による」ということわざも、とても大事です。つくづく眺めても、名前の付かないところこそが尊いです。時を待って、その徳を失ってはいけません。】〔見ているうちに、さまざまに想像力をかきたてられ、名前が付けられない、といったところだろう。しかし「時をまって」は、何を待つのだろうか（水石の愛好家は、水を毎日かけ、日光にあてて、何年もかかって石に風格をつける作業をするのだが、そのことだろうか）。〕

昔漢土に温涼盞あり。冬の日酒を酌ば温く夏の日酒を入ば涼しとかや。此石手に採ば自然と冷なり。【古代中国に、温凉盞という盃がありました。冬の日に酒を酌めば温かく、夏の日に酒を入れれば冷たいとか言われています。この石を手に取れば、自然と冷たく感じます。】

石菖やいつの世よりの石の肌　柳の家

〔セキショウは夏の季語。床の間に、水石やセキショウの盆栽が飾ってあったのだろう。石を手に取って肌ざわりを楽しみながら、いつの世からあるのだろう、と思いを巡らす様子。〕

菊詠集　序

（『井月全集』雑文篇269頁・続補遺篇542頁、『新編井月全集』雑文篇447頁）

明治九年九月、春鶴（あるいは菊園、伊那部村上牧の人、現在の伊那市上牧）という俳人が作った『菊詠集』という冊子に、井月が頼まれて書いた序文です（伊那谷Ⅱ期）。

陶淵明がむかしは知らねど、茲にしなぬの伊那郡なる里に唐木春鶴叟は文雅にさとく、好で菊花を愛す。彼の、けふに成りて菊作らふと思ひし古人の明哲に魂の塵を払ひしより、年々歳々の作略、黄菊白菊の余情最深し。

【陶淵明（古代中国の詩人。菊の花を愛したという）の昔のことは知りませんが、信濃の伊那郡のこの里で、唐木春鶴氏は詩文に優れ、好んで菊の花を愛しています。かの、今日になって菊を作ろうと思った古人の明哲（官吏を辞めて、四十歳を過ぎてから菊を作ろうと、隠遁生活を始めた陶淵明の聡明さ）に、魂の塵を払ってより、毎年毎年作略をめぐらせて作った黄菊・白菊の味わいは、最も深いものがあります。】

此頃風友を集ひ、終日菊花の宴をひらき、席上の佳吟少なからず。そをたゞ置むもこゝろなしとて、一小冊に写し同志の人たちの笑ひぐさともなさばやと、おのれにことのよしを、はし書せよと望まるゝに、やすくうけは受けたれど、廻らぬものは舌と筆、酔に任せてやたらにくだをまくものは

【このごろ風流の友人たちを集めて、丸一日菊花の宴を開き、その席上で詠まれた俳句は少なくありませんでした。それをただ置いておくのも心無いことだとして、小冊子に写し、同志の人たちの笑いぐさにでもできればと、私（＝井月）に事の由来をはしがきせよと望まれたので、安請け合いをしたものの、回らないのは舌と筆、酔いに任せてやたらにくだを巻いたのは、】

狂言道人　千両也

香に誇る私はなし残り菊　井月

〔「狂言道人」は井月の別号で、「千両」は井月の口癖。俳句は「この良い香りは、私の手柄ではありません、残り菊の手柄です」といった意味か。〕

春鶴は書簡三十四にも登場しますが、井月より十六歳も年上でした。年下の井月に序文を任せたということは、きっと俳諧師としての実力を認めていたのでしょう。

当時の俳人たちは、自分個人の句集を作ることよりも、仲間たちと句集を作って風交（ふうこう）（＝風流人としての交流）を深めることを大事と考えていたのかもしれません。『菊詠集』も、そういった風交の中で生まれた一冊だったと思われます。

〔井月も、俳諧集や歳旦摺をいくつも作ったが、自分個人の句集は作っていない。当時はそれが普通だったのではあるまいか。そもそも個人の句集など、没後に門人たちが編（あ）むべきものだったのかも知れない。

井月の没後、もしも門人たちの中に「先生の句集を作ろう」という者がいたならば、おそらくは佳句（かく）を収録し駄句（だく）を捨てたであろう。しかしそのような門人はいなかったため、佳句も駄句も玉石混交のまま、こんにちに伝わったと考えられる。〕

文通草稿より　抜粋

（『新編井月全集』雑文篇470頁、『井月真蹟集』79頁）

井月は人から頼まれて、手紙などのお手本を書くことがあったようです。宮下氏は火山村（駒ヶ根市東伊那）の人。横笛の名人だったので俳号は笛吹でした（『漂鳥のうた』62頁）。

寒天いとも凌ぎ兼候て、知己宮下氏に遊の折から何がな子息達の読書の梯にも相成可申書の葉もあらまほしきとの咄しに因て炬燵の温みに我を忘れて、矢立の筆の曲りを直して、自分の得の仮名交り、させる出来合も無ければ、筆に任せて、氷りし穂先に息を懸々おのれが短を述る事とはなりぬ。

【寒空きわめてしのぐことができず、知り合いの宮下氏の家に遊んだ折に、何か子息たちの読み書きの手引きになるような書があれば、との話によって、こたつの温かみに我を忘れて、矢立（筆入れ）の筆の曲がりを直して、仮名交じり文の自習本、これといった既製品も無いので、筆に任せて、凍った穂先に息をかけかけ、私の下手を書くことになりました。】〔「自分の得の」は、「自得」つまり自習のことであろう。〕

狂言道人　柳の家井月

このあとに、手紙の文例が三つほど続くのですが、略します。

用文章より　抜粋

（『井月全集』雑文篇276頁、『新編井月全集』雑文篇454頁）

用文章とは、手紙や実用文のお手本のことです。とても長いので、序説の末尾の部分だけ読んでみましょう。

おのれ志学の頃は、論語、孟子、大学、中庸を読て五経に移り、春秋、易経、書経、詩経、礼記と習ふて、小学をよみ、蒙求、唐詩選、古文前後を習ひ、失問勤学に及ぶ。

【私が十五歳の頃は、論語・孟子・大学・中庸を読んで五経に移り（いわゆる四書五経）、春秋・易経・書経・詩経・礼記を習って小学を読み、蒙求・唐詩選・古文真宝前後集を習い、失問勤学に及びました。】｛「失問勤学」は、質問すべきことが無くなるまで勉学に励んだ、ということか。｝

初に史記の世家よりして戦国策、漢書、十八史略、三国志、左伝等を会読す。邂逅輪講を立て、諸生の強弱を試む。月並先生の講釈には孝経よりして論孟に至る。大学、中庸も亦其中にあり。人の性により、覚ゆるに早き有、忘るゝに早き有て、教授の丹誠を蒙る事言語に絶す。

【史記の世家からはじめて、戦国策・漢書・十八史略・三国志・春秋左氏伝などを会読（数人で本を読み合うこと）します。まれに輪講（数人で本の内容を発表し合うこと）をおこなって、学生たちの優劣を試します。月並先生の講釈には、孝経より始めて論孟に至ります。大学・中庸も、またその中に含まれます。人は生まれつきにより、おぼえるのが早い者もあり、忘れるのが早い者もあって、教授の丹精を受けることは言語に絶します（＝しっかりとした教えを受けなければなりません）。】〔ここからは、井月の少年時代のことではなく、学問を教える側に立って述べているのであろう。月並先生は、ありふれた教師（どこにでもいる寺子屋師匠）といったところか。なお井月は、わざわざ無点の孝経を取寄させて自ら点（＝返り点や送り仮名など）をつけて柳哉（書簡五・六に登場）に教えたという（『井月全集』後記398頁、『新編井月全集』後記603頁）。〕

或ときは何々何之章より何の篇迄、暗読可致日際を極て、童蒙に便りす。又ある時は復文を書せて錯字忘点を調べて、文章の働などを要とす。素読、詩会、会読等の定日を立て、昼夜に学問の上達を励む。

【あるときは「何々何の章より何の篇まで」と暗唱すべき期限を決めて、子どもたちに通知します。またあるときは、復文を書かせて（暗唱した文を書かせることか）、字の間違いや忘れているところを調べ、文章の働き（文法のことか）などを大事とします。素読（漢籍の音読）・詩会（漢詩の鑑賞）・会読などを行う日を決め、昼夜に学問の上達を励みます。】

去ども其人其性に寄りては、馬耳風更に教へ甲斐なし。漸成人に及で恥しき事を思、俄に仮名附にたよりて先非を悔、通俗軍談の類を読て聊忘失を補ふに至りても、一向捨たる者よりはまされり。

【ですが、その人の生まれつきによっては、馬の耳に吹く風のように、いっこうに教え甲斐がありません。ようやく成人になって、恥ずかしいことだと思い、にわかにフリガナ付きの本に頼って、学問を怠ったことを悔い、通俗な軍記物のたぐいを読んで、少しばかり忘失を補うことになっても、まったく学問を捨ててしまった者よりはマシです。】

夫俳諧の道は、史記の滑稽伝を引て、利口弁舌のそれとはなしに風諫するに譬ふ。孔子さへ風諫を貴しと仰られたと申。ばせを翁も、夫子と心の目あてはおなじ事と見えて、五倫の道はいふに及ばず、喜怒哀楽愛悪欲の七情にわたり、大道にあらずして大道にかのふの意味深長なり。

【そもそも俳諧の道は、史記の滑稽伝を引き合いに出して、利口で弁舌の立つ者が、それとなく風諫（遠回しの忠告）

をするのにたとえられます。孔子さえ風諫を貴いとおっしゃったといいます。芭蕉も、孔子と心の目当ては同じだったと思われ、五倫の道（儒教における五つの徳目）は言うに及ばず、喜・怒・哀・楽・愛・悪・欲の七つの感情にわたり、「大道にあらずして大道にかなう」という言葉は意味深長です。】

春夏秋冬の季を違ひず、其時々の景物を題とし、わづか四十七字の仮名をたどり、森羅万像有とあらゆるもの、意を了解せしめ、花鳥風月に心を慰む。花は桜木人は武士と誰も羨む世を空蝉のから衣、きつゝ馴にし草枕、彼の西行の俤とて、花と散身は西念が衣きて、木曽の酢茎に春も暮れつゝとも見えたり。

【春夏秋冬の季語を間違えず、そのときどきの景物をお題とし、わずか四十七文字の仮名を使い、森羅万象ありとあらゆるものの意を分からせて、花鳥風月に心を慰めます。「花は桜木・人は武士」と誰もがうらやむような境遇に生まれながら、それを空蝉のように脱ぎ捨てて、「唐ころも着つつ馴れにし草枕」という在原業平の和歌のように都を遠く離れて旅暮らしをした、かの西行法師のおもかげも、芭蕉の俳諧七部集の『猿蓑』の中にある「花と散る身は西念が衣着て（芭蕉）、木曽の酢茎に春も暮れつつ（凡兆）」という連句に見えています。】（西念は平安時代の僧だが、出自不詳、生没年不詳で、実在したかどうかさえ疑わしい伝説的な人物。酢茎は木曽の郷土料理「すんき漬け」のことだろう。赤カブの葉や茎を発酵させたもので、冬から春にかけての食べ物。「我が身をはかなみ、伝説の西念のような法衣を着て、ひなびた木曽路を旅すれば、すんき漬けの素朴な味に、ゆく春が惜しまれる」といった意味の連句。「西行」と直接言わずに、それとなく西行のおもかげを感じさせるところが「風諫」に通じる、と言いたいのだろう。｝

おのれ越路(こしじ)の鄙(ひな)に生(うま)れ、湖水(こすい)にそだつ菱草(ひしくさ)の根(ね)なしごとのみそゞ(ぞ)ろがき、需(もとむ)る人(ひと)のこゝ(こ)ろにも面白(おもしろ)からぬ事(こと)よりも、責(せめ)ては四時(しじ)の手紙(てがみ)の草稿(そうこう)、珍(めずら)しからぬ愚案(ぐあん)のまに〱(まにまに)、禿筆(とくひつ)をもてかいつくのみ。

【私は越後の田舎に生まれ、湖水に育つ菱草の根なしのようなことばかりを何となく書いてきました。求める人の心に面白くないことよりも、せめては四季の手紙の草稿をと思い、珍しくもない愚案のままに、擦り切れた筆を持って、すがりつくだけです。】｛「越路の鄙」とあるので、井月は長岡市ではなく田舎のほうに生まれたのではないか、という推測もできなくはないが、おそらくは「江戸や京都のような都会の生まれではなく、越後生まれの田舎者です」といった意味であろう。｝

井月の、学問に対する真摯な姿勢が伝わってくるような序説だと思います。単に書物を列挙するだけでなく、具体的な指導法にも話が及んでいます。

俳諧雅俗伝(はいかいがぞくでん)より　抜粋

(『井月全集』雑文篇263頁、『新編井月全集』雑文篇442頁)

この文章は井月のオリジナルではなく、甲斐(かい)の俳人・早川漫々(安田漫々)による俳論ですが、井月が筆写したものが伝わっています。長いので、一部のみを読んでみましょう。

> 詞(ことば)は俗語(ぞくご)を用(もち)ゆると雖(いえど)も心(こころ)は詩歌(しいか)にも劣(おと)るまじと常(つね)に風雅(ふうが)に心懸(こころが)く可(べ)し。句(く)の姿(すがた)は水(みず)の流(なが)るが如(ごと)くすら〳〵と安(やす)らかにあるべし。木(き)をねじ曲(ま)げたるやうごつ〳〵作(つく)るべからず。良(よ)き句(く)をせんと思(おも)ふべからず。只易(ただや)すく〳〵と作(つく)るべし。何程(どれほど)骨折(ほねお)りけりとも骨折(ほねおり)の表(おもて)へ見(み)へざるやうに只有(ただあり)の儘(まま)に打聴(うちきこ)ゆるが上手(じょうず)のわざなりと心得(こころう)べし。

【俗な言葉を使っても、心は詩歌に劣らぬつもりで、常に風雅を心掛けなさい。句の姿は、水の流れるようにすらすらと安らかに作りなさい。木をねじ曲げたようにごつごつ作ってはいけない。良い句を作ろうと思ってはいけない。ただやすやすと作りなさい。どれほど苦心しても、苦心のあとが見えないように、ただありのままに聞こえるのが上手な者の技であると心得なさい。】

俗なる題には風雅に作り風雅なる題には俗意を添へをかしく作るは一つの工風なり。されども定りたる格にはあらず。俳諧は夏炉冬扇なりと古人の語を考ふべし。【俗なお題には風雅に作り、風雅なお題には俗な気持ちを添えて、おかしく作るのは一つの工夫である。けれどもこれは規則ではない。「俳諧は、夏の囲炉裏・冬の扇子のようなものである」という、昔の人の言葉を考えなさい。】〔芭蕉の『柴門の辞』にある言葉。俳諧は、人の求めに逆らって役に立つことがない、といった意味。〕

言の葉の道なれば言の葉をよく考へ糺し前後の運びつゞけざま深切にあるべし。てにをは仮名遣ひよく吟味すべし。句は有げなる所を考ふべし。極めて有る処を考れば理屈になるなり。【俳諧は、言葉の道であるから、言葉をよく考えて正し、前後のつながりは丁寧にしなさい。てにをは・仮名遣いをよく吟味しなさい。句を作るときは、「ありそう」なところを考えなさい。「よくある」ところを考えれば理屈になってしまう。】〔いわゆる「付きすぎ」に注意しなさい、ということだろう。現代俳句でも「付かず離れず」が良いと言われている。〕

どこを抜粋するか迷いましたが、井月全集の編者・下島勲氏（空谷）が、随筆の中で抜粋しているところを載せました（『随筆・富岡鉄斎其の他』30頁）。

漫々は文政十三年に没していますので、文政五年生まれの井月とは直接の接点はないでしょう。漫々の父親・甲斐の早川石牙（安田石牙）が、五年間ほど上伊那郡箕輪町の木下に滞在、そのまま甲斐へ帰ることなく寛政九年に客死しています。「石牙没後、漫々はしばしば甲州より亡父展墓のためこの地を訪れ、ついでに石牙遺弟の嚮導にも当ったようで、そんな関係で伊那の俳壇ともかなり密接な俳交を結んでいたようである」と伝えられています（『井月の俳境』124頁）。

おそらく井月は、伊那谷に来てからこの『俳諧雅俗伝』を手にする機会があり、人に頼まれて書き写すことがあったのでしょう。

〔なお、『井月全集』雑文篇267頁、『新編井月全集』雑文篇445頁には、「右正風俳諧の秘書他門の論にあらず。世に珍敷伝説なれば他見を許さずといへども、年来吾子が執心を感じて是を伝授するもの也」という奥書が載っている。つまりこの『俳諧雅俗伝』は、書簡十六に登場する米海の『俳諧正風起証』と同様の、秘伝書の類なのだろう。「吾子」とあるので、石牙が漫々に伝授したものか。〕

幻住庵記より　抜粋

（『新編井月全集』28頁、『井上井月真筆集』134頁）

『幻住庵記』（幻住菴記）は、芭蕉の俳諧七部集の『猿蓑』に収録されている美文であり、井月の作ではありませんが、井月を理解するためには、どうしても読んでおかなければならない文章だと思われます。

井月は、あちこちの家の唐紙に、これを揮毫しました。いつかここに書かれているような小さな草庵を持ちたいと、心に念じ続けていたのでしょう。およそ千三百字もある長文ですので、全文引用はしませんが、井月があこがれた、芭蕉の暮らしぶりが感じられる部分を中心に、抜粋して訳してみます。

幻住菴記

石山の奥、岩間の後に山あり、国分山と云。〔中略〕麓に細き流を渡りて、翠微に登る事三曲二百歩にして、八幡宮立せ給ふ。〔中略〕日比は人の詣でざりければ、いとゞ神さび物静か成傍に、〔※住捨し〕草の戸あり。よもぎ・根笹軒を囲み、屋根もり壁落て、狐狸ふし処を得たり。幻住庵といふ。〔中略〕【石山の奥、岩間のうしろに山があり、国分山という。ふもとの細い川を渡り、山腹に登ること三曲がり二百歩のところに八幡宮が建っている。日頃は人が参拝しないので、とても古びて物静かなところで、そのかたわらに住み捨てられた草庵がある。よもぎや根笹が軒を囲み、屋根は雨漏りし、壁は剥げ落ちて、キツネやタヌキの寝床になっている。幻住庵という。】

予又市中をさる事十年斗りにして、五十年良近き身は、蓑虫のみのを失ひ、蝸牛家を離れて、奥羽象潟の暑き日に面をこがし、高すなごあゆみくるしき北海の荒磯にきびすを破りて、今年湖水の波に漂ふ。〔中略〕【私もまた、町暮らしを離れてから十年ばかりになり、五十歳近くになった身は、蓑を失ったミノムシのように、殻を離れたカタツムリのように家がなく、奥羽象潟の暑い日に顔面は日に焼け、砂丘の歩きづらい北海の荒磯にかかとを傷め、今年、琵琶湖にたどりついた。】

軒端茨あらため、〔※垣根結添などして、〕卯月の初いと仮そめに入し山の、頓て出じとさへおもひそみぬ。〔中略〕山は未申にそばだち、人家よき程にへだゝり、南薫峰よりおろし、北風海を浸して涼し。【軒をふき替え、垣根を結ぶなどして、四月のはじめに仮住まいのつもりで入ったが、やがてこの山から出たくないとさえ思うようになった。山は西南にそびえ、人家からほどよく離れており、南風は峰から吹きおろし、北風は琵琶湖をわたって涼しく吹いてくる。】

日枝の山、比良の高根より、辛崎の松は霞こめて、城あり、橋有、釣たるゝ舟あり、笠取にかよふ樵夫の声、梺の小田に早苗とる唄、蛍飛かふ夕闇の空に水鶏の叩くおと、美景物として足ずといふ事なし。【比叡山・比良山の峰や、唐崎の松には霞が立ちこめて、城あり、瀬田の唐橋あり、釣り糸を垂れる舟あり、笠取山に通う木こりの声、ふもとの田には早乙女たちの唄、蛍飛び交う夕闇の空に、水鶏の鳴き声。美景として足りない物はない。】

中にも三上山は士峯の俤にかよひて、武蔵野のふるき栖もおもひ出られ、田上山に古人をかぞふ。〔中略〕猶眺望隈なからむと後の峰に這のぼり、松の棚作り、藁の円座敷て、猿の腰かけと名付。〔中略〕孱顔に足を投出し、空山に虱を捫て座す。【中でも三上山は富士山のおもかげがあり、武蔵野にあった以前の家も思い出され、田上山を見れば、古人たち（紀貫之、猿丸大夫など）のことが思われる。さらにくまなく眺望しようと、うしろの峰に這い登り、松の棚を作り（＝日除けの棚か）、わらを敷いて円座を作り、「猿の腰掛」と名付けた。斜面に足を投げ出し、人けのない静かな山で虱をひねりながら座る。】

たま〳〵心まめなる時は、谷の清水を汲て自ら炊ぐ。とく〳〵の雫をわびて一炉の備へいと軽し。〔中略〕すべて山居といひ旅寝と云、さる器貯ふべくもなし。木曽の檜笠、越のすげ蓑ばかり、枕の上のはしらに懸たり。【たまに元気なときは、谷の清水を汲んで自分で炊事をする。西行法師の「とくとくと落つる岩間の苔清水くみほすほどもなきすまひかな」という歌のように侘びていて、炉が一つだけの、とても軽々とした備えである。だいたい山暮らしといい、旅暮らしといい、これといった道具類を持つ必要もない。木曽のひのき笠と、越後の菅みのだけを枕の上の柱に掛けてある。】

昼は稀〳〵訪らふ人々にこゝろを動かし、あるは宮守の翁、里のおのこども入来りて、ゐのしゝの稲くひあらし、兎の豆畑にかよふなど、我聞知ぬ農談、日既に山の端にかゝれば、夜座静かに月を待ては影を伴ひ、灯を取ては罔両に是非を凝す。【日中は、たまに訪れる人々に心を動かし、あるいは宮守の老人や、里の男たちが来て、イノシシが稲を食い荒らすとか、ウサギが豆畑に来るなど、私が知らないような農談を聞き、日が山の端にかかれば夜の座に着いて、静かに月の出を待っては影と共に、あるいは灯火を点けては影法師を相手に、考え事をする（話をする相手もいないので、自分の影を見つめながら自問自答を繰り返す様子だろう）。】

斯いへばとて、ひたぶるに閑寂を好み、山野に跡を隠さむとにはあらず。病身やゝ人に倦て、世をいとひし人に似たり。倩年月の移りこし拙き身の科をおもふに、ある時は仕官懸命の地を羨み、一た

料金受取人払郵便

長野東局
承認

592

差出有効期間
令和7年8月
31日まで
(切手をはらずにご投函下さい。)

郵便はがき

3 8 1-8 7 9 0

長野県長野市
柳原 2133-5

ほおずき書籍㈱行

郵便番号 □□□-□□□□

ご住所　都道府県　郡市区

電話番号（　　）　ー

フリガナ お名前	年齢 歳	性別 男・女

ご職業

メールアドレス

新刊案内メール配信を
□希望する　□しない

▷**お客様の個人情報を保護するため、以下の項目にお答えください。**

○このハガキを著者に公開してもよい➡(はい・いいえ・名前をふせてならよい)

○感想文を小社 web サイト・パンフレット等に公開してもよい ➡(はい・いいえ)　※匿名で公開されます

愛読者カード

タイトル	
購入書店名	

●ご購読ありがとうございました。
本書についてのご意見・ご感想をお聞かせ下さい。

●この本の評価　悪い ☆1 ☆2 ☆3 ☆4 ☆5 良い

●「こんな本があったらいいな」というアイディアや、ご自身の出版計画がありましたらお聞かせ下さい。

●本書を知ったきっかけをお聞かせ下さい。

□ 新聞・雑誌の広告で（紙・誌名）＿＿＿＿＿＿＿＿
□ 新聞・雑誌の書評で（紙・誌名）＿＿＿＿＿＿＿＿
□ テレビ・ラジオで　□ 書店で　□ ウェブサイトで
□ 弊社ＤＭ・目録で　□ 知人の紹介で　□ ネット通販サイトで

■ 弊社出版物でご注文がありましたらご記入下さい。

►別途送料がかかります。※3,000円以上お買い上げの場合、送料無料です。
►クロネコヤマトの代金引換もご利用できます。詳しくは℡(026)244-0235までお問い合わせ下さい。

タイトル＿＿＿＿＿＿＿＿＿＿＿＿＿＿＿＿　＿＿＿＿冊

タイトル＿＿＿＿＿＿＿＿＿＿＿＿＿＿＿＿　＿＿＿＿冊

びは仏籬祖室の扉に入むとせしも、たよりなき風雲に身をせめ、花鳥に情を労して、暫く生涯の策とさへなれば、終に無能無才にして此ひと筋につながる。【こう言ったからといって、ひたすらに閑寂を好み、山野に隠れて暮らそうとしているのではない。やや病気の身なので、人づきあいに疲れ、世を厭う人に似ているのである（原作では「やや病身」だが、井月は「病身やや」と逆に書いている）。歳月を重ねて来た愚かな身の過ちを、つくづくと思えば、あるときは仕官して懸命に務める武士を羨み、また一度は仏門に入ろうと思ったこともあるが、ゆくえ定めぬ風雲のような暮らしに身を苦しめ、花鳥風月に心を労し、それがしばらくは生涯の仕事とさえなったので、ついに無能無才にしてこの一筋（＝俳諧の道）に繋がれてしまった。】

楽天は五臓の神を破り、老杜は痩たり。賢愚文質のひとしからざるも、いづれか幻の栖ならずやと、おもひ捨てふしぬ。【唐の詩人・白楽天は五臓が破れるほど苦しみ、杜甫も痩せてしまったという。彼らと私とでは才能に違いがあるけれども、どこに幻の住み家でないところがあろうかと、思い捨てて寝た。】

先たのむ椎の木もあり夏木立

〔まずは、この頼もしい椎の木陰に身を休めることにしよう、といった意味の句。〕

明治十三庚辰年晩秋浦埜氏の応需　東京教林盟社中　柳の家井月書〔浦野氏は上伊那郡箕輪村（現在の箕輪町福与あるいは三日町）の人（『井月全集』後記404頁、『新編井月全集』後記609頁）。なお『新編井月全集』29頁の写真では「明治十二」に見えるが、『井上井月真筆集』135頁の写真では、はっきり「明治十三」と読める。〕

井月は、幻住庵記を記憶していて、そらで書くことができたと伝えられています（『井月全集』『新編井月全集』奇行逸話二十）。途中、二ヵ所ほど文が跳んでしまっていますが（※のところ）、手本を見ずに記憶のままを揮毫したため、ときにはこのような誤りもしたのでしょう。

第二部　井月の旅路と人物像

生い立ちは

井月の前半生については、ほとんど分かっていないというのが現状です。ここに書くことも、推測や伝聞が多く含まれていることにご注意いただき、読者のみなさんによる今後の検証をお願いしたいと思います。

《出身地は》

井月の出身については、長岡藩士という説（『井月の句集』略伝9頁）のほかに、新発田（しばた）藩士という説（『高津才次郎奮戦記』9頁）、長岡市一之渡戸（いちのはた）の医師・雄斎だという説（『高津才次郎奮戦記』49頁）、新潟市の酒屋の生まれという説や上越市高田（たかだ）の百石取り（ひゃっこくど）りの跡目（あとめ）という説（『井月全集』後記397頁、『新編井月全集』後記602頁）、さらには信濃の松代という説もありました（『高津才次郎奮戦記』10頁、伊那谷に来る前は北信濃で活動していたのだから、「松代藩のほうから来ました」と実際に言っていたのかもしれない）。

おそらくは、井月本人が郷里をはっきり言わなかったため（『俳人井月』132頁）、それでさまざまな憶測が生じたのでしょう。現在では、次の二つの記述から、長岡が有力となっています。

・わぬしはいづこよりぞと問へば、こしの長岡の産なりと答ふ。（『越後獅子』の序。『井月全集』雑文篇284頁、『新編井月全集』雑文篇460頁）

・一先長岡迄送籍取に参り候而は如何。（『井月全集』『新編井月全集』書簡篇 二十五）

生家については、長岡市千手に井上という家があったようで、次のような証言が伝わっています。

・たしかに観音様と田中さんの間に小さい細長い屋敷があったけど、〔中略〕あの家は下方のものだが、藩の方々の刀の磨師だったという事です。何んでも男の子供が多くて、五、六人か七、八人もあったらしいが、誰一人家の跡をたてるものがなくて、一人前の手頃になるとどこへ行ったのか、出奔してしまったという事です。（『伊那路』

「千手の観音さま」として親しまれている千蔵院。井上家はこの斜め前にあったというが、戦災や道路拡幅などによって街並みは変わってしまっている。

昭和62年4月号・木村秋雨氏の記事、「槇さまのおばあさま」による証言。また『伊那路』昭和63年5月号・稲川明雄氏の記事によれば、井上弥市左衛門という二十八石取りの家だったらしい）

「下方」は下級武士の身分のことでしょうか。刀研ぎのような雑務を言い付かって暮らしていた家なのかも知れません。伊那谷にも次のような言い伝えがあり、刀研ぎという説と合致するように思われます。

・「井月について、なにかいい伝えはありませんか」「かくべつなことも……。刀剣にはとても詳しく、学問の深い方だ、と聞いています」（『漂鳥のうた』32頁・中村宗雄氏の話）

「男の子供が多くて」ということですが、井月には兄がいたという説があります（『井月全集』後記397頁、『新編井月全集』後記602頁）。だとすれば家を継ぐ長男ではなかったのでしょう。

そもそも江戸時代の武家の次男坊・三男坊などは、藩からお役目を与えられることもなく、婿養子の縁談がない限り結婚もできず、長男の家で居候として生涯を送るしかなかったようです。井月は、家を出て自分の力で生きてみたかったのでしょうか。あるいは、家を出ざるを得なかったのでしょうか（二十八石取りで子だくさんならば、生活がきつかったであろう）。

しかし、井月の教養の高さからすると、学問を充分に積んだ者と思われ、わりと裕福な家の出身のようにも思えます。俳諧師として稼げるようになる前は、どうやって暮らしていたのでしょう。家からの援助があったか、あるいは貯金があったか。そう考えると、「高田の百石取りの跡目」という説も、まるっきり出たら目ではないような気がしてきます（百石取りといえば、上流のほうの家庭であろう）。

高田という説を裏付ける、次のような句があります。

「北越高田にて　雪車に乗しことも有しを笹粽　井月」（『俳人井月』巻頭写真）

「越の高田より信濃へ趣く途中　雪車に乗し事も有しを笹ちまき　井月」（『井月全集』発句篇53頁や『新編井月全集』発句篇100頁では「信濃路へ」となっているが、井月自筆の短冊に従った。ちなみに「赴く」ではなく「趣く」で正しい。なお、この短冊の裏面には、井月ではない筆跡で「越後高田藩人　行脚」と書かれている。『高津才次郎奮戦記』39頁）

雪国でそりと言えば、遊び道具ではなく、箱ぞりでしょう。荷物を載せたり、幼児を乗せたりして、押して歩くのです。「越後名物の笹ちまきを食べると、箱ぞりに乗せられていた幼い頃を思い出します」といった意味の句でしょう。

「越の高田より信濃へ趣く途中　雪車に乗し事も有しを笹ちまき　井月」（伊那市創造館収蔵品）。筆跡は明治五年～八年ごろと思われる。

さらには、「越後高田　井月」と書かれた連句が存在します（『井月全集』拾遺篇432頁、『新編井月全集』連句篇　四十九）。

鶯お聞程明て庵の窓　富岡　半中
梅が香運ぶ風の折々　越後高田　井月
揚し帆の霞隠れに走る覧　布精
米の相場の易る此頃　凌冬　〔以下略〕

（右筆跡は井月のでなく、地名は墨色が変っている、後書らしい。）〔半中という人物については分からない。この連句は殿島の竜洲（書簡一に登場する那須氏）の家にあったという。〕

武家の出身であることを示唆する、次のような話が伝わっています。

・剣道にも勝れて居たといふことなどを思ひ合せると、相当の侍格であつたらうと推定されて居る。（『伊那の俳人』38頁・高津才次郎氏による記事）

・碁も打ったが、決して汚い打ち方をしない。（『高津才次郎奮戦記』13頁。武士道にのっとって正々堂々と打ったのだろう）

・どんな時でも袴は穿いて居た。（『井月全集』『新編井月全集』奇行逸話 三十七）

・過般、伊那町の高津氏をお訪ねしたが、そのをり同氏から、「井月が、村の若者達に九尺柄の槍をつかつて見せた」と云ふ口碑〔＝言い伝え〕を聞いた。槍を手にした井月、いつもトボ〳〵の彼に似もやらず、くり出す槍の穂のひらめきは電光の如くであつた。それを見た人々はいづれも「さすがだ」と驚嘆したさうだ。（『俳人井月』119頁。九尺はおよそ二メートル七十センチ）

《なぜ出奔したのか》

井月が家を出た動機については、「君候を諌めて容れられなかった」「尊王佐幕の問題で同輩に峰打を加えて去った」「窮屈な武家奉公を厭うて放浪の旅に出た」などの説があり（『井月全集』後記397頁、

『新編井月全集』後記602頁)、「参勤交代の途中から逃れて、碓氷からまず安曇郡に入り、それから伊那峡に来た」という説もあったようです（『高津才次郎奮戦記』11頁)。また、次のような説もあります。

・井月は確かに長岡藩士で、本名は井上勝之進といい、「十八のとき友をあやめ、兄に連れられて江戸に行った」と、あるとき、自ら語らざるを得ずして語ったと、とある確かな筋から聞いた。（『高津才次郎奮戦記』85頁)

しかし、井月は越後の俳人たちと数多く交流していますし(『井月全集』後記400頁や『新編井月全集』後記605頁に井月と交流があった越後の俳人が五十七名も載っている)、戊辰戦争前に母親の喪を果たしに行っています（『柳の家宿願稿』)。

故郷を捨てたのではなく、故郷を追われたのでもなく、平和的に家を出て、俳諧師になる道を選んだのではないでしょうか（越後に足を踏み入れなくなったのは、伊那谷Ⅱ期のことと思われる。戊辰戦争で何かあったのだろうか)。

(映画『ほかいびと　伊那の井月』（北村皆雄氏監督）では、過去を抹殺し、伊那谷で生き直した「亡命者」として、井月を描いている。戊辰戦争のときに故郷のために戦わなかった井月が、不忠者(ふちゅうもの)と罵られる場面がある。一方、漫画『無能の人』(つげ義春氏作)では、井月を「蒸発者」としてとらえ、「居ながらにして居ない者」「在って無い者」のように暮らしている登場人物と、井月の生きざまを重ね合わせて描いている。井月の人生は謎が多いからこそ、このようにさまざまな描き方ができて面白い。〕

《江戸で学んだのか》

十八歳のときに出郷、江戸に出たという説が流布していますが(『井月全集』後記401頁、『新編井月全集』後記606頁)、あくまで巷説(こうせつ)であり、確かな裏付けは今のところありません。ただ、次のような話が伝わっています。

・井月はよく幻住庵の記を書いたが、その文中の「奥州」を、有隣〔書簡十五・十六に登場〕が「オクシウ」と読んだので、井月が「アウシウ」と直したが、有隣はなかなか承知しない。そのとき井月が「これでも俺は一斎の門人だからな」と最後に言い放ったという。(『高津才次郎奮戦記』73頁、ただし同書115頁には「オクウ」「アウウ」と載っているし、『幻住庵記』には「奥羽」と書かれている)

井月のプライドの高さを物語るエピソードですが、一斎とは、江戸の昌平坂学問所（東京大学の前身）の総長・佐藤一斎のことでしょう。そこで井月は学んだのでしょうか（ただし、関係する名簿を調べても井月らしき人物の名は見あたらないという。『伊那路』2000年9月号・加藤すみ子氏の記事）。

《孤児だったか、妻帯者だったか》

井月は孤児だったとか、妻帯したことがあるなどといった説が流布しているようですが、それはおよそ俳句作品からの推測にすぎません。

「梶の葉や親のなき身の願ひ事」（『井月全集』発句篇76頁、『新編井月全集』発句篇130頁）

「旅客　妻もちし事も有しをきそ始」（『井月全集』発句篇117頁、『新編井月全集』発句篇184頁。ただし表記は『新編井月全集』26頁の自筆に従った）

俳句は、いくらでもフィクションを作ることができますし、何通りもの解釈ができるものです。これらの句が「実感の句かどうか」を論じてみても、それはあくまで「鑑賞」であって、事実の究明にはなりません。いつ・どこで詠んだか、どういう目的で詠んだか、他の資料と関連付けながら考察するのであれば判断材料になりますが、俳句作品だけで井月の人生を断定するのは控えたほうがよいでしょう。

諸国行脚の足取りは

『井月全集』の編者・下島勲氏（空谷）は、次のように推測しています。

・彼が家出をしてから諸方行脚の径路は怎うであったか。之は矢張り「越後獅子」と、井月自身の俳句とによって大凡判断が出来る。それは先ず北越から奥羽を経て上州から江戸に出で、次で東海道を駿河、三河、尾張、美濃、近江というように経廻って京都に入り、それから大阪を経て須磨明石までの足跡が窺われる。恐らくこれから引返し、大和から伊賀伊勢を経て美濃から木曽に入り、北信〔＝北信濃〕から伊那の地に来たものと思われる。（『井月全集』略伝343頁、『新編井月全集』略伝555頁）

このルートは、越後を出奔した井月が、二度と越後へ帰らず、諸国を一筆書（ひとふでが）きのように一周した、という想定で推測したものと思われます。しかし一筆書きにする必然性は、特にないと思われ、故郷を捨てたり追われたりしたのでなければ、何度となく越後に出入りしていた可能性もあるでしょう。

また、「美濃から木曽に入り、北信から伊那の地に来た」というルートは、やや不自然に思えます。『井月全集』のもうひとりの編者・高津才次郎氏も、「東西を流浪の後、更（あらた）めて越路（こしじ）から信濃路（しなのじ）」へ入ったと推測していたようです（『俳人井月』124頁）。

井月の旅は、「流浪」だったのでしょうか。「俳諧集作成のために俳句をもらい集める」という、かなり明確な目的があったのではないでしょうか。『越後獅子』『家づと集』に出ている長野県外の俳人を手掛かりに、改めてルートを推測してみましょう（『井月全集』後記399頁、『新編井月全集』後記604頁。〔　〕の中の地名は、『明治大正俳句史年表大事典』＝記号Ⓜ、『井上井月研究』＝記号Ⓘ、『結社名員録』＝記号Ⓚ、『伊那の放浪俳人　井月現る』＝記号Ⓢ、と照らし合わせて、割り出したものである。数字はページ番号）。

京（梅通・九起・芹舎・桃五・淡節・五律・拾山・波同・蒼山・有節・公成・赤甫）

江戸（卓郎・不染・春湖・野井・新甫・等裁・氷壺・為山・見外・四端・可尊・松路・弘湖・潮堂〔Ⓜ149長野県中野市間山の人〕・尋香・机月）

大阪（鼎左・知風・素屋）
尾張（而后〔Ⓢ131名古屋市〕・梅裡〔Ⓜ33名古屋市西区の樽屋町〕・李曠〔Ⓢ131尾張一色〕・素陽〔Ⓜ
221江南市今市場町〕・一清〔Ⓘ251名古屋市〕・静処〔Ⓜ139名古屋市西区の枇杷島〕・阿籟・士前〔Ⓜ
54牛毛荒井村、現在の名古屋市南区の鳴尾〕・籟一・右橋・甫汲・不角・静居）
三河（塞馬〔Ⓘ252豊田市足助町〕・蓬宇〔Ⓜ163豊橋市〕・桐陰・露白・東石・春芙・完伍〔Ⓜ19豊川
市牛久保〕・義玄）
遠江（とおとうみ）（烏谷・聴雨・杜水・嵐牛〔Ⓜ46掛川市塩井川原〕）
美濃（石斎・山子・露牛）
上野（こうずけ）（半湖〔Ⓘ257伊勢崎市境〕・吟米・栗園・桑古〔Ⓜ184前橋市日輪寺町〕・巣欣・雪居）
奥羽（多代女〔Ⓘ258福島県須賀川市〕・陽谷〔Ⓢ161福島県二本松市〕・隈水〔Ⓢ161福島県本宮（もとみや）市〕・
御風〔Ⓢ162秋田藩（久保田藩）で町奉行・郡奉行を務めていた人物〕）
北越（市猿〔Ⓜ26五泉市村松〕・梅双・自驍・幽樵・松堂・竹酔・鶴郎・古棠〔Ⓘ254南魚沼郡湯沢
町湯元〕・楓一〔Ⓚ十日町市上組〕・寄山・李朗〔Ⓘ254東蒲原郡阿賀町三方〕・璣斎・桃李〔Ⓘ254
胎内市黒川〕・三千代女〔Ⓘ254胎内市黒川、桃李の妻〕・清水・花敬〔Ⓘ255胎内市中条〕・雲濤〔Ⓘ
255見附市本町〕・志扇〔Ⓘ255南蒲原郡三条上町、現在の三条市本町の内か〕・謹我・狐雲・五烟〔Ⓘ
256長岡市〕・百汲〔Ⓜ144長岡市殿町〕・其東〔Ⓘ256小千谷市〕・里舟〔Ⓘ256上越市直江津〕・巨椎・

坂橋・尤儀〔Ⓘ256五泉市〕・契史〔Ⓘ256五泉市下新〕・琴磨・鷺眠〔Ⓘ256中頸城郡？水原郷、現在の阿賀野市内か。中頸城郡水原村（現在の妙高市の内）は水原郷ではないと思われる〕・逸清・苔雨・槿道・笑山・杖坂・杏圓・梅静・如饗・鯨牙・松翁・長江・聴雨〔Ⓘ255糸魚川市〕・桐圃・文考〔Ⓘ254南魚沼市五箇〕・春荘・蒼々・時翠・桃雨〔正しくは柳雨、『井月編　俳諧三部集』42頁〕・静亭〔Ⓘ255中頸城郡？水原郷下条町、現在の阿賀野市下条町か〕・乙良・帰一〔Ⓘ256三条市〕・桃遊・司山〔Ⓘ256長岡市殿町〕・伯鷗〔Ⓘ256上越市五智〕・宜春〔Ⓘ257糸魚川市大町〕・貫峰・季山〔Ⓘ257上越市高田城下の直江町〕）

諸州（彦貫・五渡〔Ⓜ43武蔵の人、現在の埼玉県熊谷市妻沼〕）

甲斐（千之）

近江（蕙逸〔Ⓜ21大津市の人、晩年は幻住庵に住んだという〕）

行脚（未足〔Ⓜ64信濃の人〕・米海・幽香・白鷺・木甫〔ⓀⓂ223飯田市鼎の人、諸国行脚の末、明治十五年から新潟市に住む〕・空羅・清良・玄子・要五・曲川〔ⓀⓂ263出雲の松江の人〕・松郎・石叟〔Ⓜ611・633東京の人、のちに教林盟社の中心人物の一人となる〕・呉雪・楠丈・竜水・宜嵐・桐林・了々〔Ⓜ612越後の人〕・桃乙・時彦・野外）

〔『紅葉の摺もの』に載っている長野県外の俳人も、この一覧に含まれており、ほかに行脚俳人として史山・未古の二人が載っている。なお、江戸の卓郎は、卓朗と書かれることもある。「郎」と「朗」

の崩し字の見分けは難しい。」

まず越後ですが、ほぼ全土を縦断しているようです。わかっている範囲で地図にプロットしてみましょう。一体いつこんなに旅をしたのでしょうか。

江戸では、卓郎や為山など、当時トップクラスの俳諧師たちから句をもらっているようです。江戸に出て学問をしたという説が本当なら、師匠筋などの人脈をたどって、会いに行ったのかも知れません。

上野は、江戸と越後を結ぶルート上にありますから、井月は立ち寄って交流したものと思われます。

上野と越後の国境の三国峠で詠んだ、次の句があります。

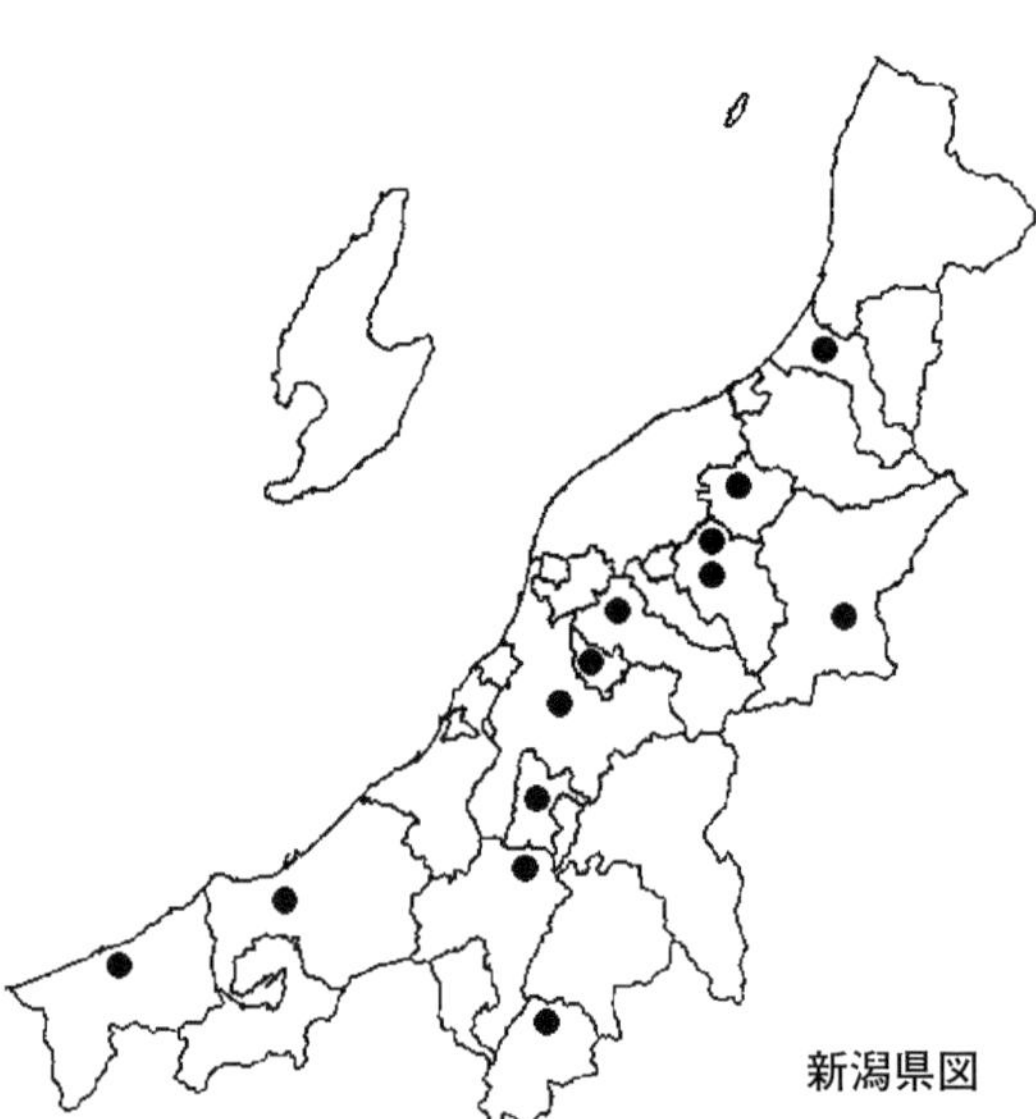
新潟県図

「三国峠　雪車に乗りしこともありしを笹粽」（『井月全集』発句篇53頁、『新編井月全集』発句篇100頁。

この句には、前述のとおり「北越高田にて」「越の高田より信濃へ趣く途中」といった詞書も存在

する。同じ俳句を別の場面で使い回したのだろう）

甲斐は、江戸と信濃を結ぶルート上にありますが、もしかしたら甲斐へ井月が行ったのではなく、江戸に来ていた甲斐の俳人から句をもらった、ということなのかも知れません（実際、『越後獅子』に載っている甲斐の千之という俳人は、『家づと集』では江戸と書かれている）。

東北方面については、芭蕉の『おくのほそ道』をたどる旅をした、という説があります（『郷土読み物　井月さん』16〜19頁）。井月は次のような句を詠んでいます。

「初虹（はつにじ）や裏見（うらみ）が滝（たき）に照（て）る朝日（あさひ）」（『井月全集』発句篇11頁、『新編井月全集』発句篇44頁）〔栃木県日光市〕

「行（ゆ）く雁（かり）や笠島（かさしま）の灯（ひ）の朧（おぼろ）なる」（『井月全集』発句篇17頁、『新編井月全集』発句篇52頁）〔宮城県名取市〕

「松島一景　塩竈（しおがま）のけぶりも立（たち）て朝（あさ）ざくら」（『井月全集』発句篇32頁、『新編井月全集』発句篇72頁）〔宮城県塩竈市〕

「象潟（きさかた）の雨（あめ）なはらしそ合歓（ねぶ）の花（はな）」（『井月全集』発句篇64頁、『新編井月全集』発句篇116頁）〔秋田県にかほ市。芭蕉が訪れた最北の地である。井月もそれにならって象潟まで行ったのだろうか。なお、「奥の細道のルートを逆にたどった」（『井月の俳境』168頁）という説が流布しているが、前掲三句の季語は春で、この一句は夏だから、芭蕉と同じく太平洋側から日本海側へ旅をしたと考えられ

る。〕

それならば紀行文くらい書いていても良さそうなものですが、今のところ見つかっていません。それに『越後獅子』『家づと集』に載っている東北地方の俳人は、たった四人しかいません。大旅行をしたにしては数が少ないような気がするのです。何にせよ、旅日記や紀行文のようなものが出てこない限り、はっきりとした時期は分かりません。

東海道方面については、『越後獅子』にも『家づと集』にも、相模・駿河の俳人は載っておらず、いきなり遠江・三河へ跳んでいます。江戸から東海道を経廻って京都に入ったという説は、やや無理があるような気がするのですが、ただし相模・駿河あたりで詠んだと思われる句は存在します。

「足柄　山姥も打か月夜の遠きぬた」（『井月全集』発句篇78頁、『新編井月全集』発句篇132頁）〔神奈川県と静岡県の境にある峠〕

「取盛る鯛や興津の夕がすみ」（『井月全集』発句篇19頁、『新編井月全集』発句篇54頁）〔静岡市清水区、興津鯛は冬の季語だが、夕がすみは春の季語。はたしてどちらの季節か〕

■は『越後獅子』『家づと集』に載っていないが、井月の俳句作品に登場する。東北方面へは、芭蕉と同じように江戸から行ったと想定してルートを書いてみた。信濃への足取りについては、長岡から入ったか、高田から入ったか。

北信濃で活動開始

中野市安源寺の高巣という俳人が、嘉永元年にしつらえた揮毫帳に、次のような句が載っており、これが信濃における井月の最初の足跡と言われています（『新編井月全集』年譜626頁）。

「泥くさき子供の髪や雲の峰」（『井月全集』発句篇43頁、『新編井月全集』発句篇87頁）〔嘉永元年は、あくまで揮毫帳が作られた年であり、井月の訪問が嘉永元年だったとは限らない。この年から数年のうちに揮毫したと推測される。つまり井月が二十七歳～三十代前半の頃だろう。なお、『長野県俳人名大辞典』384頁によれば、高巣の別号は山敬。山敬の俳句は『家づと集』に載っている（『井月編　俳諧三部集』146頁）。」

続いて、長野市の善光寺大本願の木鵞という俳人の句集に、次のような井月の句が載っています（『井月全集』後記401～402頁、『新編井月全集』後記606頁）。

「乾く間もなく秋くれぬ露の袖」（嘉永五年、木鵞の母の追弔詩歌一枚刷に入集）
「稲妻や網にこたへし魚の影」（嘉永六年、木鵞編句集『きせ綿』に入集）

木鵞は善光寺大本願の寺侍（事務などを執り行う役人）で、井月より十四歳年上。当時の著名俳人でした（『長野県俳人名大辞典』853頁）。きっと若き井月の実力を認めていたのでしょう。

なお、善光寺に現れたころの井月について、次のような説があります。

・善光寺へたどり着いたのは、木の葉吹き散る秋の末でした。如来様に参詣してから、高井鴻山（上高井郡高井村の儒者）の紹介を持って、大勧進〔大本願ではなかろうか〕に勤めている吉村隼人の家を訪ねたのでしょう。吉村隼人は木鴦と号して相当に名の知れた俳人でした。（『郷土読み物　井月さん』11頁。高井村は誤りで、正しくは小布施町）

善光寺に着いたのが「秋の末」だと特定できる資料は、今のところありません。おそらく「乾く間もなく秋くれぬ露の袖」という句から、季節を想像したのでしょう。高井鴻山という人物は井月より十六歳年上、佐藤一斎の門下。「鴻山の紹介を持って」という一文は、『俳人井月』に載っている次のような説から想像したものと思われます。

・高井鴻山の許に厄介になつて居たであらうことは、かつて、私が、鴻山の家から出た廃紙、短冊のうちに井月の筆蹟を四五枚見つけたところから、「であらう」と考へたのである。当時の高井三九郎〔＝鴻山〕の名は、天下に籍甚たるもので、志士、画家、詩人、剣客、あらゆる人々が〔ここ、文脈が跳んでいる〕途を小布施にとつた者は、必ず鴻山の許に厄介になつて居る。また、彼は、それらの訪問客を好んで、よく待遇した。（『俳人井月』8頁）

鴻山の家にどんな廃紙や短冊があったのか分かりませんが、これが事実なら、井月と鴻山は確かに交流があったのでしょう。ただし「鴻山の紹介を持って」というのは、『俳人井月』のうちの小説（＝フィクション）の部分であって、史実とは言えません。

ところで井月は、北信濃でどうやって暮らしていたのでしょうか。まだ若い井月に社中（連）があったとは思えません。社中の家々を泊まり歩き、酒食のお礼に俳句を書いて置いて行くという、晩年のような暮らしをしていたとは考えづらいのです。木鷲や鴻山のような人物のもとで世話になりながら、俳諧師としての修行を積んでいたのでしょうか。

〔『伊那路』昭和63年11月号・宮脇昌三氏の記事によれば、「故根津芦丈翁〔凌冬の門人で、のちに円熟社の代表になった人物〕は、〔中略〕自らの体験も加えて行脚のやり方を説き、「行脚には、乞食行脚、上り端行脚、座敷行脚などと幾通りもある」などとその実際を説明し、基本は師匠の許状と添書とをもらって出て、旅まわりをするのが通常」だという。若い頃は井月にも師匠がいたか。いたとしたら誰なのか。〕

高井鴻山記念館にある翛然楼。文人墨客らが訪ねてくるサロンであった。葛飾北斎や佐久間象山もここを訪れている。井月もこの部屋で鴻山と語らったのだろうか。

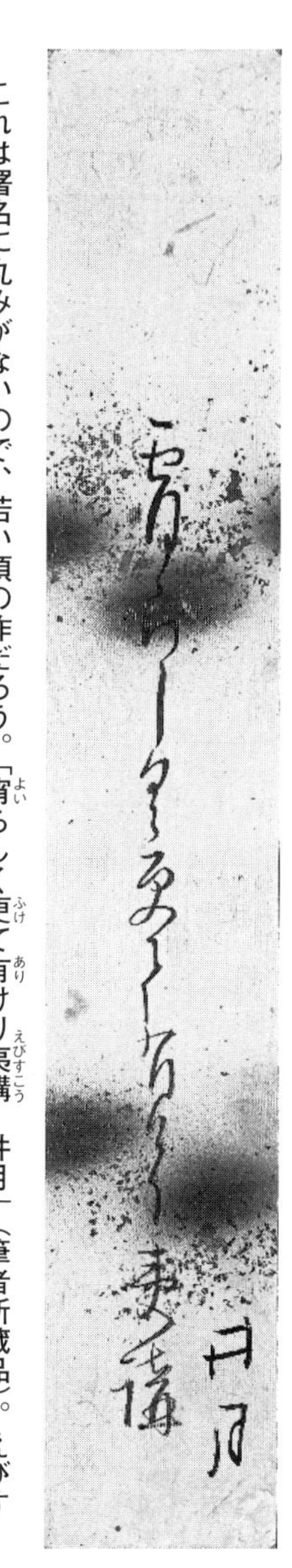

これは署名に丸みがないので、若い頃の作だろう。「宵らしく更て有けり夷講　井月」（筆者所蔵品）。えびす講といえば長野市が有名だが、北信濃で活動していた頃のものだろうか。日本各地にある祭りなので断定はできない。なお、この句は『井月全集』『新編井月全集』に載っていないが、昭和十二年に美篶小学校で開催された井月遺墨展の目録には載っている（『伊那路』2011年9月号・翁　悦治氏の記事）。

伊那谷に現れる

井月が伊那谷に現れたときの様子について、伊那市高遠町上山田押出（高遠といっても城下ではなく、かつては入野谷郷に属し、山田村、河合村、上山田村、河南村と変遷してきた地区である）の霞松という俳人は、次のように証言しています。

・初め逢つた時は史山と云う男と一緒だつたし、黒の小袖を着込んで大小をはさんでいた、〔中略〕

始め逢つた時から二三年して伊那に止まるようになつた。（『流浪の詩人　井月の人と作品』6頁）

史山は行脚俳人でした（『長野県俳人名大辞典』394頁）。年齢は不詳ですが、当時の俳諧番付表に名前が載るほどの、名の知れた人物だったようですので、井月より格上の俳諧師だったと思われます。もしかしたら、史山が井月の師匠だったのでしょうか。史山のお供をして伊那谷へやって来たのでしょうか（それにしては史山が伊那谷で活動した形跡がない）。

〔霞松は、井月の最期を看取ったことで知られる人物で（『井月全集』略伝349頁、『新編井月全集』略伝561頁）、井月より二十三歳年下（『漂鳥のうた』211頁）。越後の出身で（『長野県俳人名大辞典』111頁）、戊辰戦争のときは彰義隊の一員として戦い（『長野県上伊那誌　人物篇』469頁）、その後は落人として伊那谷で暮らし、自分の過去については何もしゃべらなかったという（『漂鳥のうた』210頁）。

そんな霞松が伊那谷Ⅰ期の井月を見知っていたかどうかは疑問が残るが、『流浪の詩人　井月の人と作品』の著者・前田若水氏は、霞松に直接会って話を聞いたようだ。なお、前田氏は伊那高等女学校の教師で（『長野県上伊那誌　人物篇』384頁）、高津才次郎氏の部下。種田山頭火を井月の墓へ案内した人物としても知られている（『新編井月全集』年譜639頁）。〕

「大小をはさんでいた」ということは、刀を差した侍の姿だったのでしょう。似たような証言が、ほかからも伝わっています。

・初めて伊那へ来た頃は、紋附黒羽二重の小袖に白小倉の袴、菅の深阿弥笠と云ふやうな丸で尾羽打ち枯らした、芝居の浪人染みた物凄い出立ちであつたと迄はよいが、小袖の処々へ穴やら裂け目が出来て、膝から下がち切れてゐたと云ふやうな伝説もある。（『井月の句集』略伝14頁）

・初の頃の井月はぶッさき羽織に袴を穿ち、樫の木刀をさして居たそうだ。又蓮根二節を鞘に蔓を巻きつけた木刀を持って居たそうだ。（『井月全集』『新編井月全集』奇行逸話三十七）

・自ら蓮根三節を鞘に工夫した、凝った木刀をよく差していたそうだが、

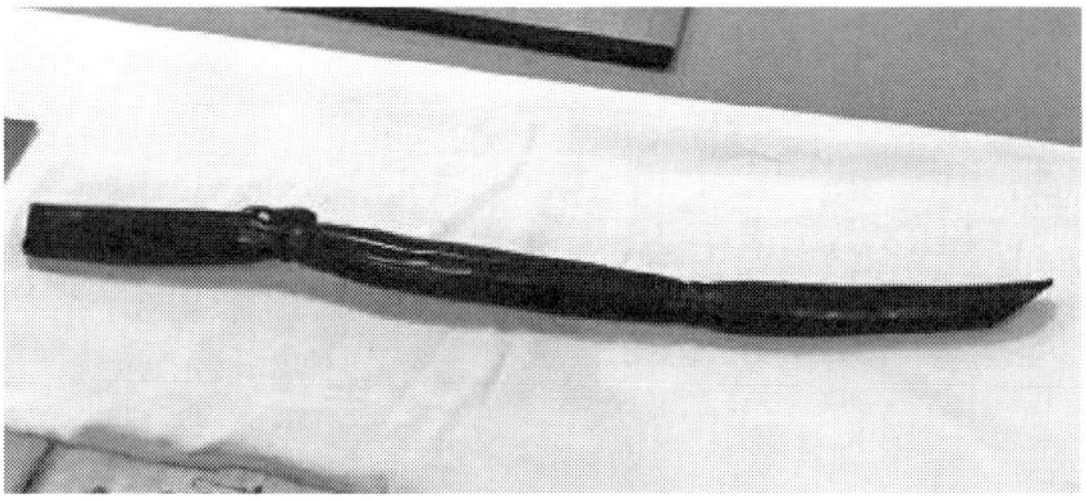

井月の木刀。山圃（書簡十二に登場）に預けていたようで、宮田村の正木屋酒店に現存している（『伊那路』2017年２月号・細田伊佐夫氏の記事）。井月は正木屋にやってくると「長いときは半年、二月、三月などの気儘な逗留のあと、又ふらりと出掛けてゆく。ここでは全く酒の心配はなかったであろうし、練習とか書き物の用紙には不自由なく、相当自由に沢山使われたようだ。便所の落し紙に用いたという伝えがある」（『伊那路』昭和63年11月号・細田伊佐夫氏の記事）。ただし明治二十三年に宮田宿で大火があり、ほかに井月の物はほとんど遺っていないという。

そんなものが今ごろどこにあることやら。（『高津才次郎奮戦記』54頁）〔「自ら」とあるので、井月が自作したものだろうか。〕

・伊那峡の足跡のはつきりして居るのは、安政五年である。上伊那郡中沢村〔現在の駒ヶ根市中沢〕の田村梅月の日記に「井月抜く――桜木は葉にくもりしや時鳥」と記してあるのが最初だ。（年齢は三十七歳）この時の風姿は深編笠にぶつさき羽織、白小倉の袴であつたと云ふ。（『俳人井月』130頁）〔日記というのは誤りで、発句書抜帳と思われる。〕

・安政五　戊午　中沢村（現駒ヶ根市中沢）田村梅月の此の年調製「発句書抜帳」中「桜木は葉にくもりしや杜宇」の句を井月選出の印あり。（『井月全集』後記402頁、『新編井月全集』後記606頁）〔安政五年は、あくまで発句書抜帳が作られた年であり、井月による選句が安政五年だったとは限らない。実際、高津才次郎氏は「伊那峡へ入った時は、安政五六年、即ち彼の三十七八歳の時」と、幅を持たせた見解を述べている（『井月全集』後記401頁や『新編井月全集』後記605頁）。〕

梅月は書簡十九に登場していますが、寺子屋師匠で井月より一歳年下。「未年の梅月が井月を一つ上の午年だと言って居た」という証言が『井月全集』後記406頁や『新編井月全集』後記611頁に載っています。「桜木は…」という梅月の句は、文久二年の『紅葉の摺もの』に収録されていますので（『新編井月全集』雑文篇490頁）、井月は三十七～八歳のころから句を集めて、四十一歳で俳諧集を完成させたことになるでしょう。

〔なお、『井上井月真筆集』177頁によれば、四徳の桂雅（書簡十九に登場）の家の揮毫帳に、飯田の三都良（嘉永五年二月に没）という俳人による序文があり、その序文より前に、「岩が根に湧おとかろき清水かな　井月」（『井月全集』発句篇44頁、『新編井月全集』発句篇89頁、表記は『井月の俳境』152頁に従った）の句が載っているという。嘉永五年よりも前に、井月は伊那谷へ来ていたのだろうか（単にあとから書き足したのかも知れない）。〕

梅月亭跡。駒ヶ根市中沢の、四徳へ分岐する三叉路で、「思案した跡のこしけり雪の道　梅月翁」という句が刻まれた筆塚がある（写真右）。すぐ隣りには、凌冬（書簡二十九に登場）の書による「芭蕉十哲の碑」もあって（写真左）、「露の玉拾はれさうにこぼれけり　梅月」という句が刻まれている（『駒ヶ根市の石造文化財』解説編96・資料編158頁）。井月は、安政年間に最初にここに現れて以来、晩年まで何度となく訪問しただろう。歳の近い井月と梅月は、生涯の友だったに違いない。

『紅葉の摺もの』をたどる

（『新編井月全集』雑文篇473頁、まし水）

霞松の証言に、「始め逢つた時から二三年して伊那に止まるようになつた」とありますが（『流浪の詩人 井月の人と作品』6頁）、おそらくあちこちに行脚に出かけていたのでしょう。そして井月は、行脚の記念として、俳諧集を出版したものと思われます。

文久二年九月、四十一歳のときに出版した「まし水」で始まる一枚摺りの俳諧集は、あざやかな紅葉が描かれており（巻頭ギャラリーを参照）、『柳の家宿願稿』の中で「飯田におゐて紅葉の摺もの、挙あり」と言及しているのが、この俳諧集であろうと考えられます。また、書簡十九でも言及されています。

それでは、この俳諧集に載っている地名を、地図にプロットしてみましょう（カッコ内の数字は、地図上の位置を示している）。

長野県外

［ラク（洛）・エト（江戸）・ナニハ（難波）・ヲハリ（尾張）・ミカハ（三河）・ミノ（美濃）・ウンカ

ク（雲客、行脚俳人のこと）」。（以上、地図は省略）

長野県内

（1）伊那市高遠町［タカトヲ・小ハラ・山タ」、（2）伊那市美篶［大シマ・川テ・アヲシマ」、（3）伊那市手良［中ツホ」、（4）上伊那郡宮田村［ミヤタ」、（5）駒ヶ根市東伊那［火山・シホタ・クリハヤシ・※イナムラ」、（6）飯田市鼎［山ムラ」、（7）駒ヶ根市中沢［タカミ」、（8）上伊那郡中川村大草［大クサ」、（9）下伊那郡松川町［アライ・大シマ」、（10）上伊那郡中川村片桐［片キリ・タシマ」、（11）下伊那郡高森町［シン田・山フキ」、（12）下伊那郡下條村［下シヤウ」、（13）飯田市山本［山モト」、（14）下伊那郡泰阜村［カラカサ・マンハ・カトシマ」、（15）飯田市竜丘・川路［川シ・トキ又・タシナ・キリハヤシ」、（16）下伊那郡阿南町［オンサハ」、（17）下伊那郡阿智村［クリヤ」、（18）飯田市飯田［イヽタ」、（19）上伊那郡中川村四徳［シトク」。

巻末に中川村四徳の桂雅・烏孝、中川村田島の清暉・斧年（この四名は製作に関わった協力者だろう）、井月一句。

〔※イナムラという名称は注意を要する。もともと伊那村は、高遠藩中沢郷十五ヵ村の一つであった。中沢郷とは、現在の駒ヶ根市中沢だけでなく、もっと広範囲の、東伊那や富県まで含んだ地域である。ところが明治七年、現在の伊那市中心部にも伊那村が誕生。明治八年、中沢郷の伊那村は、火山村・塩田村・大久保村・栗林村

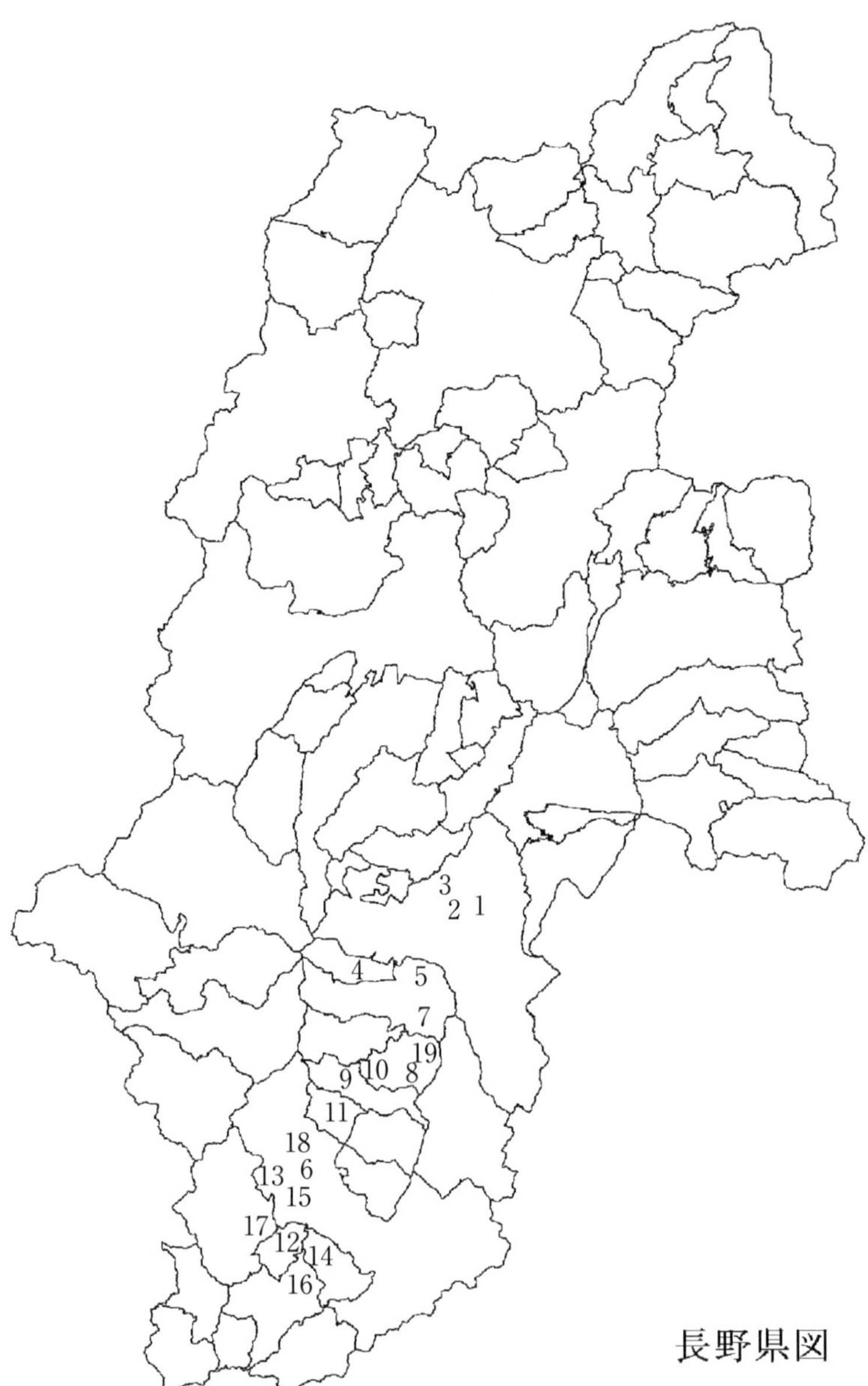

長野県図

と合併して東伊那村になった。明治三十年、伊那村が伊那町に改称すると、明治三十一年に東伊那村が伊那村に改称。時代が下って昭和二十九年、伊那町が合併によって伊那市になり、伊那村は合併によって駒ヶ根市東伊那となる。以上、とてもややこしいが、井月関係の文献に「伊那村」や「中沢」と書かれていたら、東伊那のことではないかと注意して読むべきである。〕

『紅葉の摺もの』は百三十七句から成る俳諧集です。高遠から飯田・下伊那まで、だいたい北から南の順で掲載されていますが、最後を四徳（地図の19）で締めくくっている点から、この時期の井月は中川村（特に四徳）を拠点に活動していたことがうかがえるでしょう。

また、地図にはありませんが、長野県外の俳人が十八名と、行脚俳人が五名載っています。江戸だけでなく、京都の梅通、大阪の鼎左、名古屋の梅裡など、当時トップクラスの俳諧師たちの名が載っており、驚かされます。

この俳諧集の巻末は、「后（のち）の月松風（つきまつかぜ）さそふ（う）ひかりかな　雲水　井月」という句で締めくくられています（『井月全集』発句篇73頁、『新編井月全集』発句篇126頁、表記は『新編井月全集』雑文篇502頁に従った）。十三夜の月光は松風を誘うようだ、といった意味の句でしょう。俳諧集の最後を飾る一句ですから、行脚の記念となるような句を載せたはずです。「松風」といえば、光源氏（ひかるげんじ）や在原行平（ありわらのゆきひら）のゆかりの地である神戸市の須磨を連想させますが、はたして井月は須磨まで旅をしたのでしょうか。たしかに井月は、須磨を題材にした俳句をいくつも詠んでいます。

「須磨の暮散来る花の身に寒し」（『井月全集』発句篇27頁、『新編井月全集』発句篇66頁）

「ほとゝぎす須磨の関屋□いつの頃」（『井月全集』発句篇55頁、『新編井月全集』発句篇102頁）

「須磨簾ほとゝぎす聞くたより哉」（『井月全集』発句篇55頁、『新編井月全集』発句篇102頁）

「須磨　寄せて来る女波男浪や時鳥」（『井月全集』発句篇56頁、『新編井月全集』発句篇103頁）

「後の月須磨から連れに後れけり」（『井月全集』発句篇73頁、『新編井月全集』発句篇126頁）

「霰にも夕栄もつや須磨の浦」（『井月全集』発句篇99頁、『新編井月全集』発句篇161頁）

〔以上、季語は「花散る」「ほととぎす」「後の月」「霰」の四つで、春夏秋冬にまたがっており、とても一度の旅で詠んだとは思えない。複数回訪れたのだろうか。それとも机上の創作か。〕

須磨まで行ったかどうかは別として、『紅葉の摺もの』を作った文久二年の秋、井月は美濃の関市を訪れ、芭蕉の弟子・惟然（いねん　または　いぜん）の弁慶庵に立ち寄って、揮毫帳に俳句を書き残しています。

（岐阜県関市　弁慶庵所蔵）

【戌のとし　弁慶菴にて　穂芒も月も親子の記念哉　史山　おなじく　笠石に寂をしれとや秋の風　井月】〔「戌のとし」は文久二年。もちろん戌年は十二年ごとにやってくるが、揮毫帳の次のページには文久三年と書かれており、井月の訪問は文久二年で間違いない。史山の句は、妻子を捨てて出家したという惟然の逸話に寄せて詠んだ句なのだろう。井月の句は『井月全集』続補遺篇540頁や『新編井月全集』発句篇124頁に載っている。「弁慶庵にある笠墳を見ていると、惟然のおもかげに見えてくる。私に「寂を知れ」と教えを説いているような気がした」といった意味であろう。〕

笠墳（鳥落人墳）

史山と二人連れで旅をしたのでしょう。しかし弁慶庵の句は、両方とも井月の筆跡に見えます。格上の史山が、井月に代筆させることなど、あるでしょうか。のちに井月が一人で弁慶庵を訪れて、代筆したのではないでしょうか。「後の月須磨から連れに後れけり」（『井月全集』73頁、『新編井月全集』発句篇126頁）の句からすると、史山と井月は関西まで旅をして、須磨で別れたのかも知れません。

〔史山はどんな人物だったのだろう。史山の俳諧集『たびぶくろ』（岡山市立中央図書館所蔵品）を見ると、まず梅室など京都の一流宗匠の名前があり、大阪では「送史山大人」と題した送別の句がある。「大人」と呼ばれるからには、すでに大阪で実績があったのだろう。それから四国、山陽、九州と旅をし、折り返して山陰、東海、中部、北陸、東北、蝦夷松前を歩き、関東江戸で惺庵西馬という俳人に序文を書いてもらっている。西馬は安政五年に没しているから、『たびぶくろ』は安政以前の作と思われ、井月の名は載っていない。以上から、史山は井月に出会う前までにずいぶん俳諧師としての実績を積んでおり、井月よりも年長で格上だったと推測できる。

ちなみに『たびぶくろ』に載っている信濃の俳人は、善光寺の梅塘と小諸の葛古の二名のみ。おそらく史山は信濃出身ではないのだろう。万延元年の初秋に江戸で発行された番付表『正風段附無懸直』には雲水史山として載っている（『俳人井月　幕末維新　風狂に死す』35頁）。また元治元年四月の番付表『諸国俳諧雷名競』にも雲水の部に史山が載っている（『長野県俳人名大辞典』394頁）。

しかし慶応三年一月の『例の戯』という俳人番付には「信　史山」と載っており（『長野県俳人名大辞典』966頁）、

同年仲春の『信陽俳家月之交』という信州俳人番付にも史山の名があるというから（『長野県俳人名大辞典』968頁）、このころには雲水ではなく信濃に住むようになったのだろう。のちに明治五年、史山は関西を遊歴して『梅の下臥』という俳諧集を作ったという（『長野県俳人名大辞典』394頁）。

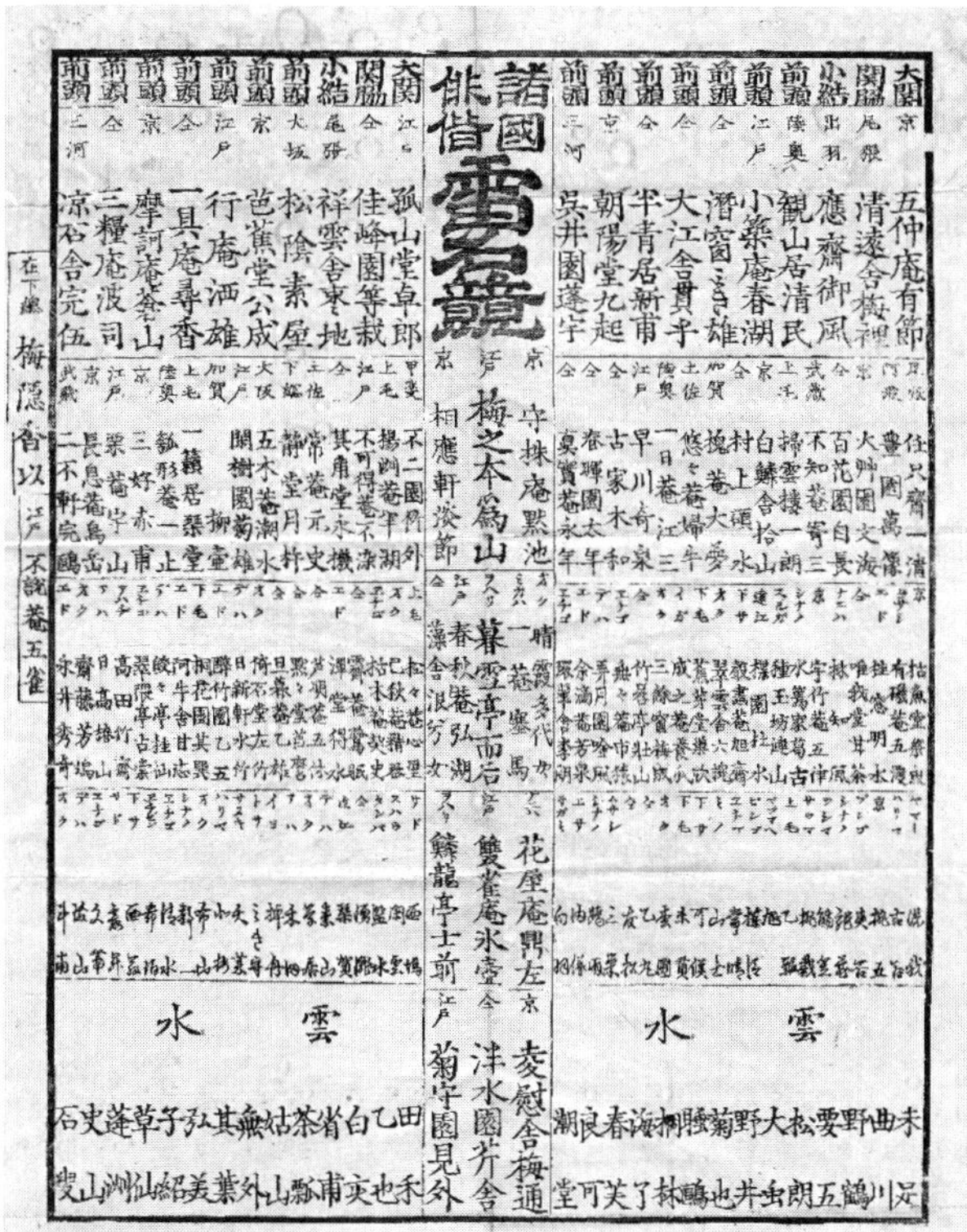

『諸国俳偕雷名競』（筆者所蔵品）。当時、こういう相撲の番付表を模したようなランキングが数多く発行された。中央に一番大きな字で載っているのは江戸の為山（『柳の家宿願稿』に登場）。史山の名は最下段にある。のちに井月と関わることになる潮堂の名も載っている。

関西へはいつ行ったのか

井月には、須磨以外にも、関西で詠んだと思われる俳句がいくつもあります。

「淡雪や橋の袂の瀬多の茶屋」（『井月全集』発句篇11頁、『新編井月全集』発句篇44頁）〔滋賀県大津市〕

「涼しさの真たゞ中や浮見堂」（『井月全集』発句篇41頁、『新編井月全集』発句篇84頁）〔滋賀県大津市〕

「辛崎の一夜の雨や杜宇」（『井月全集』発句篇55頁、『新編井月全集』発句篇102頁）〔滋賀県大津市〕

「乙鳥や小路名多き京の町」（『井月全集』発句篇17頁、『新編井月全集』発句篇52頁）〔京都市〕

「すゞしさの見ごゝろにあり四条の灯」（『井月全集』発句篇41頁、『新編井月全集』発句篇84頁）〔京都市〕

「鳥羽へ来てたじなき鶉聞にけり」（『井月全集』発句篇82頁、『新編井月全集』発句篇137頁）〔京都市〕

「名所　深草や鶉の声に日の当る」（『井月全集』発句篇82頁、『新編井月全集』発句篇137頁）〔京都市〕

「虫鳴くや嵯峨に宿借るよしもなき」（『井月全集』発句篇83頁、『新編井月全集』発句篇138頁）〔京都市〕

「宇治にさへ宿とり当てはつ蛍」（『井月全集』発句篇59頁、『新編井月全集』発句篇108頁）〔京都府宇

治市）

かつては、京都の俳諧師・五律という人物が、井月の正体だと言われていました。

・年代交友関係、行脚範囲、筆勢、句の傾向、暗示する句等から五律の後世が井月ではないかという説もある。（『みすゞ～その成立と発展～』703頁）

五律は伊那市美篶の出身で、殿島で育ち、若くして江戸へ出て学び（卓郎の門下だったという）、諸国行脚を経て（『俳人井月　幕末維新　風狂に死す』166頁によれば万延元年の『正風段附無懸直』に「雲水」として載っている）、文久元年ごろに京都で立机（りっき）しました（『俳人五律』235頁からの年譜による。立机とは、俳諧の宗匠になること）。

ちょうど井月が俳諧集を作っていた時期で（伊那谷Ⅰ期）、『越後獅子』や『家づと集』に五律は行脚俳人（雲水）ではなく京都の俳人として載っています。これにより井月の関西行きは、五律が京都で立机した文久元年前後であると推定できるでしょう。

（五律は、嘉永五年一月、故郷の伊那に立ち寄っているが（『俳人五律』42頁）、井月は北信濃にいた頃であり、おそらく伊那では出会っていないだろう。

五律の生家は柳川（書簡二十七などに登場）の家の近所で、柳川に宛てた手紙が遺っている（『俳人五律』43頁。『長野県上伊那誌 人物篇』89頁には俳友と書かれているが、五律のほうがだいぶ年上のはずで、友人というよりも先輩だったであろう）。また、五律が作った『立机集』という俳諧集には、飯田の精知や、中川村の斧年・清暉（『紅葉の摺もの』『越後獅子』の巻末に名があるので井月の協力者と思われる）の句が載っている（『俳人五律』213頁）。彼らの紹介によって、井月は五律に会いに行ったのかも知れない。

なお五律の生没年は、はっきりしていない。『長野県上伊那誌 人物篇』137頁によれば文政五年生まれ、明治二年没だが、『俳人五律』には文化九年生まれ、慶応元年没という説が載っている。）

井月の東海・関西方面への旅行期間は、どのくらいだったのでしょうか。『紅葉の摺もの』を出版するまでの足跡を追ってみましょう。

・安政五年ごろ、梅月（駒ヶ根市中沢高見）のところに現れる。

・安政六年の晩春、桂雅（中川村四徳）が作った『こだま石の里独り案内記』（『四徳誌』355頁）に「羽二重の袂土産や蕗の薹」の句を添えている。（『井月全集』発句篇37頁、『新編井月全集』発句篇80頁、表記は『四徳誌』357頁に従った）

・安政七年の正月、野月（駒ヶ根市中沢高見）の家で喜寿の祝いがあり、野月が返礼品として「額面一、半切菊一、井月江」と書いている。（『俳句雑誌科野　井月特輯号』9頁。「半切菊」は菊判の紙を半分に切ったものだろうか。しかし菊判はアメリカから輸入された紙のサイズで、用いられるようになったのは明治以降のはず）

・同年（安政七年）、桂雅の土蔵の棟木に揮毫。（『長野県上伊那誌　人物篇』54頁、文言は伝わっていない）

・翌年（文久元年）十二月、桂雅の家で連句を書く。（『長野県上伊那誌　人物篇』54頁）

・文久二年閏八月、烏孝（中川村四徳）の家で手紙を書く。（書簡十九、ここまでに『紅葉の摺もの』の原稿が出来上がったのだろう）

間違っているかも知れませんが、次のような仮説を立ててみたいと思います。

・井月は、安政五年ごろ梅月亭に現れたあと、毎年のように伊那谷にいた痕跡があり、何年もかけて大旅行をした様子がない。東海・関西方面を短期間に急ぎ足で旅したのだろうか（おそらく史山と二人旅だったであろう）。あるいは、東海と関西をいっぺんに回り歩いたのではなく、何度かにわけて旅をしたのだろうか。

・井月は、現在の下伊那郡阿南町や泰阜村まで行っている（「『紅葉の摺もの』をたどる」の地図を参照）。さらに南下して峠を越え、三河・遠江方面を旅したこともあったのではなかろうか（新野峠か青崩峠か、それとも武田信玄の軍勢が越えたと伝えられるヒョー越（兵越峠）か）。井月には、遠江で詠んだと思われる句がある。「冬ざれや身方が原の大根畑」（『井月全集』発句篇94頁、『新編井月全集』発句篇154頁）。

・あるいは、伊那・飯田から西へ進んで峠を越え（権兵衛峠か大平峠か、清内路峠は当時まだ整備されていなかったはず）、木曽から美濃方面へ出たのかもしれない。美濃では、鵜飼を詠んだ句がいくつもある。「宵の客朝の露や鵜の篝」「宵闇や鵜の手がらみに誘はるゝ」「山の端の月や鵜舟の片明り」（以上『井月全集』発句篇49頁、『新編井月全集』発句篇95頁）、「鵜の利かぬ夜を雁わたる長良かな」「すくむ鵜のなほ哀れなり夜半の鐘」「すくむ鵜に燃くず折るゝかゞり哉」（以上『井月全集』発句篇56～57頁、『新編井月全集』発句篇105頁）。

・尾張では、素陽（書簡十六のところで言及）などの俳人たちと交流をした。さらに伊勢まで足を伸ばしたのかも知れない。井月には、伊勢で詠んだと思われる句がある。「長閑さをたつきにお杉お玉哉」（『井月全集』発句篇5頁、『新編井月全集』発句篇35頁。お杉お玉は、伊勢神宮のそばで興行をしていた少女二人組の芸人で、参拝客たちに人気があった）。

・近江では、琵琶湖の浮御堂、唐崎の松、瀬田の唐橋などを巡り歩いた。ほかにも近江には芭蕉の墓や幻住庵があるから、井月は観光に忙しかったのだろう。近江で交流した俳人はわずか一人であった。

・京都では、伊那谷出身の五律という俳諧師を訪ねた。はるばる故郷のほうから来てくれた井月を、五律は快く迎えたであろう。

・一緒に旅をしてきた史山の紹介によって、井月は京都の一流俳諧師たちから句をもらうことができたのではなかろうか（五律の紹介によるものとは考えにくい。なぜなら、『紅葉の摺もの』に史山の名は載っているが五律の名は載っていないからである。五律の紹介によるものなら、だれを差し置いても五律の名を載せるはず。『紅葉の摺もの』は、一枚刷りという制約があるので、出会った俳人すべての句を載せたのではないのだろう。のちの『越後獅子』と『家づと集』には五律が載っている）。

・大阪や神戸へも足を伸ばしたであろう。かつて芭蕉も『笈の小文』の旅で須磨・明石まで行っているので、その足跡を訪ねたのではなかろうか。井月は「後の月須磨から連れに後れけり」（『井月全集』発句篇73頁、『新編井月全集』発句篇126頁）という句を詠んでいる。文久元年の九月十三日の月夜だろうか。一緒に旅をしてきた史山と、須磨で別れたのだろう（井月が俳諧師として独り立ちした瞬間であろうか）。

・井月は、文久元年の十二月までに信濃へ帰り着いたのだろう。四徳で連句を書いている。その後、文久二年閏八月までには、『紅葉の摺もの』の原稿が完成したのだろう。四徳で手紙を書いており（書簡十九）、印刷を依頼するために飯田へ向かっている。そして文久二年九月に『紅葉の摺もの』が完成した。巻末の句は「后の月松風さそふひかりかな」であり、須磨まで旅したことをほのめかしている。

・文久二年の秋、『紅葉の摺もの』完成の前か後かは分からないが、井月は一人で美濃を旅していた。関市の弁慶庵に立ち寄り、揮毫帳に史山と自分の句を並べて書いて、そっと記念にした。弁慶庵のすぐ隣りには、四分の一のスケールで建てられた「関善光寺」があり、井月は、信濃の善光寺や史山を懐かしく思い出していたのではなかろうか（もしかしたら、飯田で完成した『紅葉の摺もの』を、下伊那や東海方面へ配り歩いていたのかもしれない。関市へは、どういうルートで行ったのだろう。阿南町と関市を結ぶルート（国道418号）が存在するが、険しい峠や不通区間がある「酷道」として有名。はたして井月の時代、利用できたかどうか）。

・『紅葉の摺もの』には、題名も序文もない。句を提供してくれた人たちのところへ配り歩くために、とりあえず刷ったものだったのかも知れない。井月は一年も経たぬうちに、一枚刷りではなく、もっと本格的な冊子を作ろうと思い立ったのだろう。それが『越後獅子』である（『紅葉の摺もの』は九月、『越後獅子』は翌年五月なので、八ヵ月ほどしか経っていないのに、よく作ることができたと思う。また、『越後獅子』には松本地方・諏訪地方の俳人が載っているが、いつ交流したのか、現在のところ資料はない）。

東海方面（遠江・三河・尾張・美濃）については、どの道を通ったのだろう。■は『越後獅子』『家づと集』に載っていないが、井月の俳句作品に登場する。この地図を見ていると、善光寺から来た井月にとって、伊那谷は東海・関西方面へ行脚するための中継拠点（補給基地）だったように思えてくる。

なお、関西方面への旅は一度だけでなく、後年にも行ったのではないかと思われる句があります。

「大阪御天守台に初て昇りて　是がその黄金水かほとゝぎす　柳の家井月」（『井月全集』発句篇55頁、『新編井月全集』発句篇103頁。ただし表記は『井月真蹟集』17頁、『井上井月真筆集』41頁に従った。）

（江戸時代の大阪城は幕府の持ち物であり、観光に行って天守台の石積みに登ったとは考えにくい。明治以降の作であろう。大阪城には金明水という井戸があり、黄金水とも呼ばれていた（ただし明治以降、大阪城跡は陸軍の軍用地になっていたはず。井月はどうやって登ったのだろう）。}

この大阪城の句については、次のような説があります。

・晩年半年位い伊那を去ったことがある。其の帰り土産の句として所々に此句を書いた短冊がある。晩年作でたどたどしい筆跡であることはたしかだ。若い時に一度旅行した関西の風光を慕い、再び老の杖を曳いたものらしい。底知らぬ井戸を覗き見ての感激である。（『俳人　井月探求』57頁・下島富士氏（五山）の記事。下島　勲氏（空谷）の弟であり、井月の俳句を実際に集め歩いた人物である。『井月の句集』緒言5頁）

もしかしたら、須磨を詠んだ俳句が四季にまたがっているのも、この晩年の旅行で訪れたからではないでしょうか。

{晩年に半年くらい伊那を去ったというのは、いつのことだろう。井月の日記には未発見の部分があるが（明治十七年三月二十二日〜閏五月十六日）、八十三日間であり、半年ではない。}

『越後獅子』をたどる

（『井月編　俳諧三部集』27頁）

飯田で『紅葉の摺もの』を作った井月は、翌年（文久三年五月）に『越後獅子』という俳諧集を作り、高遠藩の老職にして文化人だった岡村菊叟（井月より二十二歳年上、『長野県上伊那誌　人物篇』86頁）を訪ねました。

このときの菊叟は、すでに現職を退いて隠居の身だったようですが、それでも家老クラスの人物が一介の無宿人である井月に目通りを許すなど、とても異例のことのように思われます。

菊叟が書いた序（『井月全集』雑文篇283頁、『新編井月全集』雑文篇459頁、『井月真蹟集』11頁、『井月編　俳諧三部集』29頁）

> 文久三年のさつき、行脚井月わが柴門を敲て一小冊をとうで、序文を乞ふ。わぬしはいづこよりぞと問へば、こしの長岡の産なりと答ふ。おのれまだ見ぬあたりなれば、わけてとひ聞べきふしもなし。まづかたはらなるふみでをとりて、

【文久三年の五月、旅の俳諧師・井月は、わが住まいの戸を

たたき、一つの小冊子を見せて序文を乞うた。「おぬしはどこから来たのか」と問えば、「越後の長岡の生まれです」と答えた。私はまだ行ったことのない土地なので、べつに問い聞くこともなかった。まず、かたわらの筆をとり、】〔普通なら、長岡はどんなところか、家族はどうしているのか、などと尋ねるだろう。「わけてとひ聞べきふしもなし」は、なんとなく素っ気ない感じがする。〕

角兵衛が太鼓は過てなく水鶏

〔親方の笛や太鼓に合わせて、少年たちが逆立ちの芸を見せる角兵衛獅子。「越後獅子」とも言う。その太鼓の音が通り過ぎて静かになり、くいなが鳴きだした、という句だが、くいなの鳴き声は古来「たたく」ように聞こえるものとされてきた（幻住庵記にも「蛍飛かふ夕闇の空に水鶏の叩くおと」という一節がある）。つまり、菊叟の住まいの戸を井月がたたいた、という冒頭の文とかけてあるのだろう。「越後獅子のように諸国を歩き回った日々は過ぎて、私の住まいの戸をたたいたのですね」といった解釈ができる。〕

是を引出物の一笑にて、濁酒一盃をすゝめ、知音の数にくはゝり、はし文のもとめを諾す。もとより此集句のよしあしを撰たるにあらず。足をそらに国々をかけ巡りたるあかし文なれば、これもかの角兵衛がたぐひならんかと、此小冊に越後獅子とは題号しぬ。

【この句を祝いに贈って一笑してもら

い、にごり酒を一杯勧めて、知り合いの数に加わり、序文を書くことを承諾した。もとより、私がこの集句の良し悪しを選んだのではない。足を空に国々を駆け巡ったあかしの書なので、これもあの角兵衛獅子のたぐいではないかと、この小冊子に『越後獅子』と題を付けた。】
〔「空」には、遠く離れた場所という意味がある。つまり「足を空に」は、「足を遠く旅の空へ運んで」といった意味になるだろう。また「足を空に」は、逆立ちする様子でもある。だとすれば、「旅の空を駆け巡ったのなら、逆立ちして空を駆ける越後獅子と、同類なのだろう」という、かなりひねった洒落（しゃれ）が書かれているようだ。〕

鶯老人（ろうじん）〔岡村菊叟の別号。〕

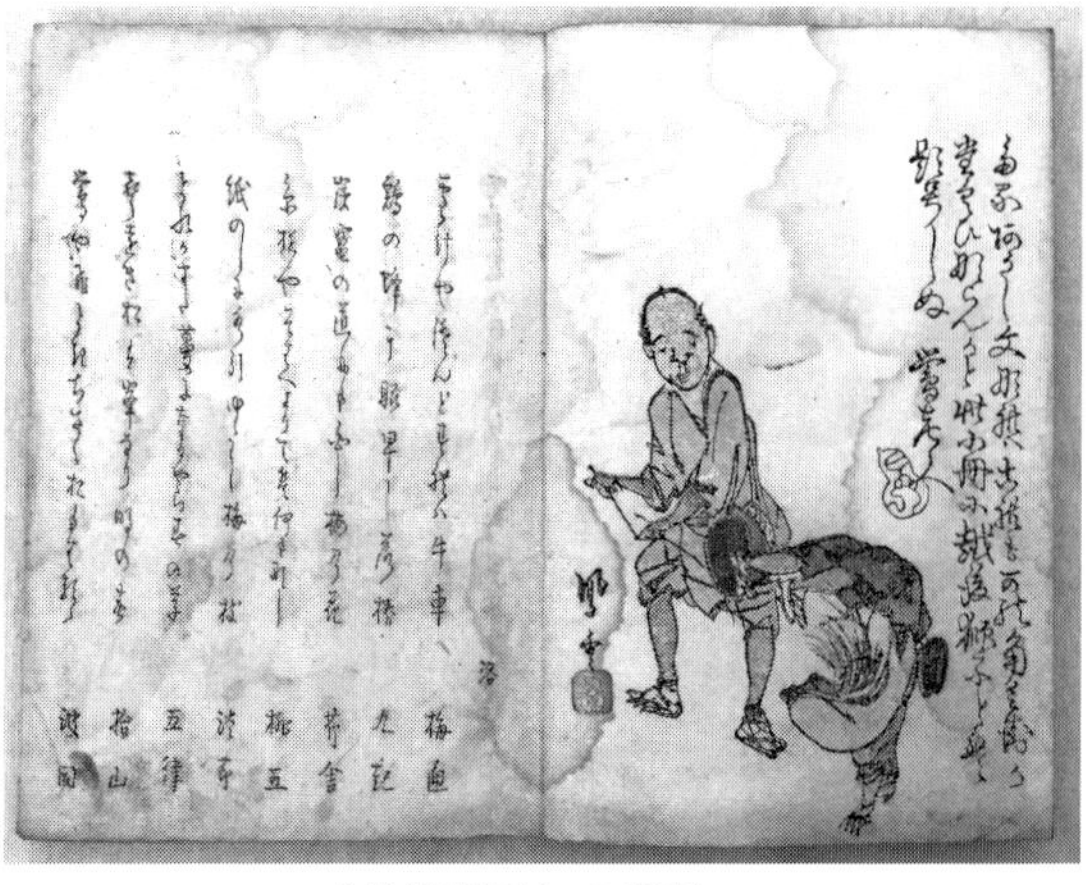

困ったことに、長野県内については「信濃」「松本」「諏訪」「伊那」という大ざっぱな地名しか原文に書かれていません。

『越後獅子』の挿絵。
（上伊那教育会・伊那市創造館収蔵品）

・「信濃」は狭義の信濃、すなわち北信四郡（水内・高井・埴科・更級）であろう。
・「松本」が松本藩の管轄地とすれば、筑摩郡や安曇郡まで含む広い範囲かもしれない。
・「諏訪」は諏訪市だけでなく、諏訪郡全域であろう。
・「伊那」は伊那市だけでなく伊那谷全域、すなわち上伊那郡・下伊那郡。

これでは地図にプロットすることができないので、他の文献（『紅葉の摺もの』『家づと集』『余波の水くき』『井月全集』『長野県俳人名大辞典』『結社名員録』『清水庵俳額』）と照らし合わせて、できるかぎり場所を割り出してみました（わからなかった人は載せていない）。

長野県外
［洛・東都・大坂・尾張・三河・遠江・美濃・上野・奥羽・北越・ヱト（江戸）・カヒ（甲斐）・ミカハ（三河）・京・アフミ（近江）・ヱチコ（越後）］。（以上、地図は省略）

長野県内
（1）長野市中心部〔梅塘・双鵞・木鵞〕、（2）中野市南部〔菊雅・潮雨・潮堂〕、（3）長野市豊野〔鵞友（＝鵞雄）〕、（4）長野市川中島〔嬌雨〕、（5）松本市中心部〔伏亀・七々子女・葵窓・青岡・除言・

珍童・春里・海外・可杖・閑外・意藩｝、（6）松本市征矢野｛南角｝、（7）松本市今井｛桃仙｝、（8）塩尻市｛松風・竹城｝、（9）諏訪市中心部｛其残・雲底・雨篁女・守静・省我・渭川・竜湖・東雲・銀岱｝、（10）諏訪郡富士見町｛雪洲｝、（11）岡谷市中心部｛孤立・希心｝、（12）諏訪市中洲｛松年｝、（13）岡谷市川岸｛梅丘｝、（14）飯田市中心部｛精知・圭布｝、（15）下伊那郡松川町｛茂松・一花・素定・寿月・竹仙・古柳・芳雨｝、（16）下伊那郡高森町｛望岳・祭魚｝、（17）飯田市上郷｛遠柳｝、（18）下伊那郡大鹿村｛蓬壺・林月｝、（19）上伊那郡中川村田島｛石坡・野外｝、（20）飯田市大瀬木｛不白｝、（21）下伊那郡下條村｛青坡｝、（22）下伊那郡泰阜村｛いと女・馬丈｝、（23）飯田市鼎｛白暉｝、（24）飯田市竜丘・川路｛芙石・白雅・月左｝、（25）飯田市山本｛やな女・梅里｝、（26）飯田市松尾｛松雨｝、（27）下伊那郡阿南町｛葵悠｝、（28）下伊那郡阿智村｛武栗｝、（29）上伊那郡中川村大草｛梅義・梅城・歌風・歌遊・花明・岱鼠・三呈・喜春｝、（30）上伊那郡中川村四徳｛樵雨・柳遊・雅卜・思耕・菊麿・米月｝、（31）駒ヶ根市中沢｛梅月・春柳・鶯雅・扇風｝、（32）駒ヶ根市東伊那｛貫一・歌丸・如柏・笛船・玉椿・吐月・可明・杯霍・中皐・中泉・二鳳・若翠・如帆｝、（33）上伊那郡宮田村｛山圃・亀石・笹直・桃秀｝、（34）伊那市西春近｛巴楽｝、（35）駒ヶ根市赤穂｛為兮｝、（36）伊那市中心部｛其渓・一匙｝、（37）伊那市東春近｛桃李・白岱｝、（38）伊那市西箕輪｛嵐厚｝、（39）上伊那郡南箕輪村｛亀伯・布青・蘭堂・其翁｝、（40）伊那市手良｛湖月・文軽・南居・桂月・素考・和水・礎拙・元一｝、（41）伊那市長谷｛梅林・花林・三巴｝、（42）伊那市富県｛巴扇｝、（43）伊那市高遠町｛月山・

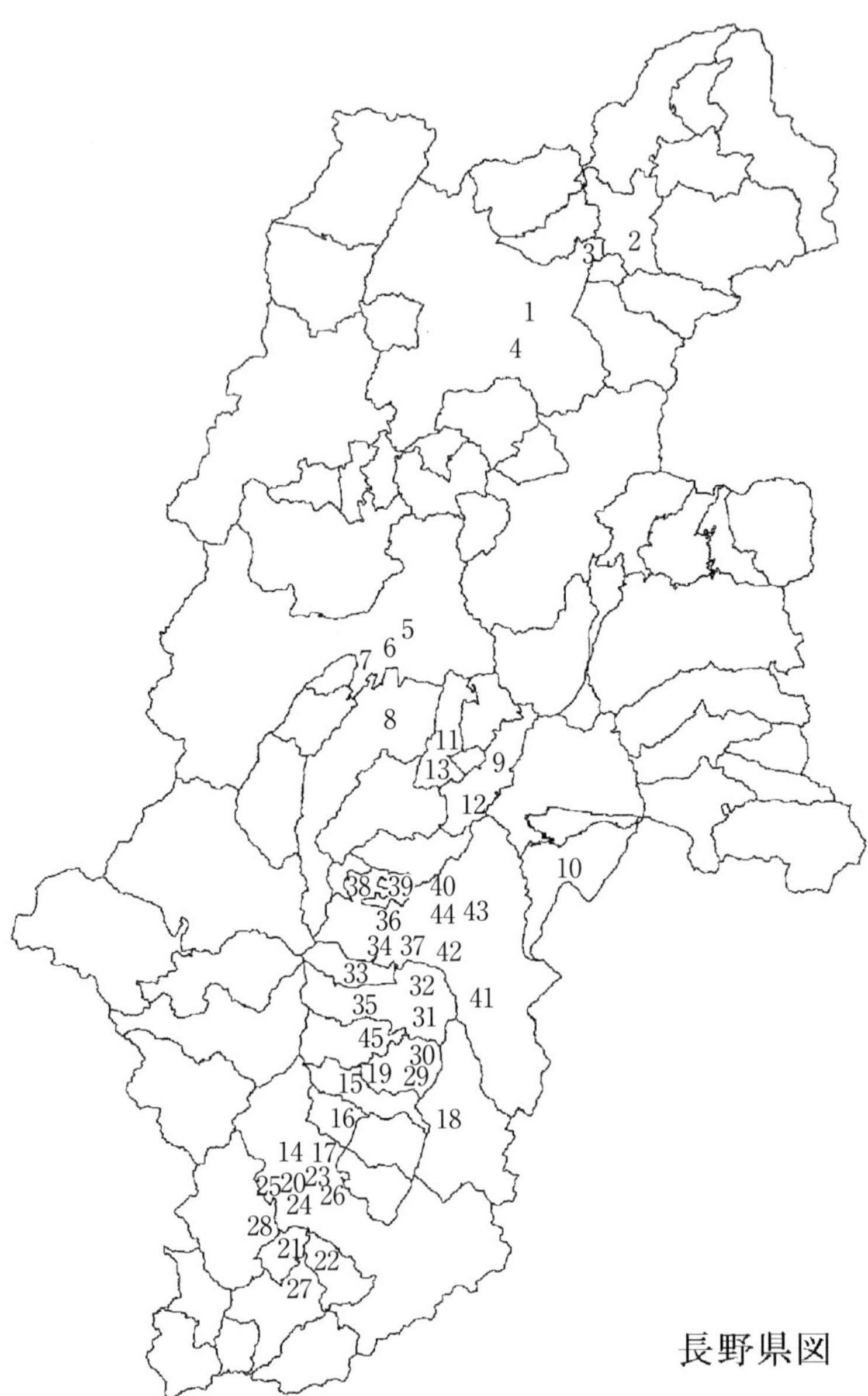
1
2
3
4
5
6
7
8
9
10
11
12
13
14
15
16
17
18
19
20
21
22
23
24
25
26
27
28
29
30
31
32
33
34
35
36
37
38
39
40
41
42
43
44
45

長野県図

千稲・可都羅・晒蛙・花好・李山・升女・孝月・元堂｝、（44）伊那市美篶｛花山・柳川・遊燕・里石・梅関・春水・月山・亀生・春巴・竜敬・松羅｝、（45）上伊那郡飯島町｛我蝶｝。［行脚］｛未足・米海・幽香・白鷲・木甫・空羅・清良・玄子・要五｝

巻末に、［補助］中川村田島｛斧年・清暉｝、中川村四徳｛烏孝・三休・桂雅｝、［荷担］伊那市高遠町｛雪庭・紫川・野笛｝（以上八名は製作に関わった協力者だろう）。井月一句。

『越後獅子』は、俳句三百十句（序文を入れれば三百十一句）と連句八編から成る俳諧集で、長野県外の俳人は百七名も載っています。しかも『紅葉の摺もの』よりも広範囲で、北は奥羽（東北地方）にまで及んでいます。なお、行脚俳人は九名載っています（なぜか史山が含まれていない。須磨で別れて以来会っていない、ということか）。

長野県内については、地図で見たとおり、おもに中南部の俳人たちが載っているのですが、北信濃の俳人が八名だけ載っています（場所は地図の1～4）。

［信濃］　梅塘・菊雅・鵞友・潮雨

［シナノ］　嬌雨・双鵞・潮堂・木鵞

この八名は、井月が伊那谷へ来る前に、北信濃で世話になった人たちなのでしょうか。梅塘は、のちに『家づと集』の序文を書くことになる人物です。鶩友は、長野市豊野の鶩雄という俳人であろうと思われます（『井月編　俳諧三部集』43頁に出ている「門柳人の見るたび太りけり　鶩友」の句は、『一茶ゆかりの白斎と文虎』171頁に鶩雄の句として載っているから、同一人物と考えて間違いない。なお鶩雄の名は『井月全集』拾遺篇446頁や『新編井月全集』連句篇　六十三にも出ている）。潮堂は井月より五歳年上、江戸暮らしや諸国行脚を経て、明治維新後は長野県庁に勤務したという経歴の持ち主。非常に多くの編著があり、「本屋潮堂」と呼ばれていたようです（『長野県俳人名大辞典』652頁）。木鶩は、前述したとおり善光寺大本願にいた著名俳人です。

さて、『越後獅子』の巻末は、「ほとゝぎす旅なれ衣脱日かな　井月」という句で締めくくられています（『井月全集』発句篇54頁、『新編井月全集』発句篇102頁。表記は『井月編　俳諧三部集』82頁に従った）。「ホトトギスが鳴いている。夏が来たのだ。旅で着慣れた厚い服を、ここで脱ぐことにしよう」といった意味の句でしょう。井月が伊那谷に住み着くことを表明した句だと、従来は解釈されてきました。

しかし、『越後獅子』を作ったあと、井月は北信濃に戻って『家づと集』を作っていますし、さらには越後へ帰っています。つまりこの時点では、伊那谷にとどまるつもりなど、毛頭なかったように思えるのです。「ほとゝぎす旅なれ衣脱日かな」の句は、井月が伊那谷に住み着くことを表明した句ではなく、東海・関西方面を旅し終えた「達成感」を詠んだ句ではないでしょうか。
『越後獅子』には、野外という人物の、次のような句が載っています。

　「因深き井月叟の帰郷を祝して　行戻り明りひきけり花木槿　野外」（『井月編　俳諧三部集』68頁）〔むくげの花は、七月から九月（旧暦では六月から八月）にかけて、次から次へと咲いてゆく。その様子を「明りひきけり」と表現したのだろう。〕

この句は、『越後獅子』の発句の部を締めくくる重要な位置に載っているので、それなりの意味やメッセージが込められていると思われます（この句のあとは連句の部が続き、巻末に至る。「帰郷」とあるので、井月が伊那谷にとどまることを祝って詠んだ句ではありえない）。「行戻り」をどう解釈すればよいでしょうか。「井月さんが行ったり来たりしている間、むくげの花はここで咲き続けていましたよ」といった意味の句かも知れません。あるいは、「諸国を巡り歩いて故郷へ帰ってゆく井月さん、あなたの歩いた道筋には、むくげの花のように、俳句の花が次々と咲きましたね」というような、詩的な解釈もできる句だと思われます。
『越後獅子』には越後の俳人たちの句が四十五句も載っています。それをもらい集めるために、井月はいったん越後へ行って来たのでしょうか。また、松本や諏訪へも、句をもらうために行ったり来たりしていたのでしょうか。あるいは、東海・関西方面へ行って帰ってきたことを「行戻り」と言っているのかも知れません。

なお、「井月叟」の「叟」は年寄りという意味ですが、このとき井月は四十二歳。きっと野外は、「一人前の俳諧師になりましたね」という意味を込めて「叟」を付けて呼んだのでしょう（ちなみに芭蕉は「翁」と呼ばれるが、五十一歳で亡くなっており、老人ではなかったはず。尊敬を込めての呼称であろう）。

〔野外は武蔵野からやって来て、中川村田島の斧年という俳人の勧めによって伊那谷に草庵を開いた行脚俳人（『井月全集』連句篇138頁、『新編井月全集』連句篇207頁、『長野県俳人名大辞典』860頁）。年齢は不詳だが、四徳で行われた句会で桂雅・烏孝・井月・菊麿（いずれも書簡十九に登場）の句に点数をつけて評価しているので（『四徳誌』353頁、「秋混題水車吟」）、かなり格上の俳諧師だったのだろう。

「いゝぶんのなき空合（そらあい）や赤蜻蛉（あかとんぼ）　井月」（野外が十点満点を付けた句。『井月全集』発句篇83頁、『新編井月全集』発句篇139頁。ただし表記は『四徳誌』354頁に載っている筆跡に従った。）〕

勤王の志があったか

さて幕末は、勤王思想（尊王攘夷、さらには尊王倒幕へとつながる思想）が吹き荒れた時代でした。井月にも勤王思想があったという説があります。

・「歌の中山吾妻物語」写本別便貴覧に入れます。これは井月の作でなく写したものらしく而して原作者は未詳写したのは多分文久頃四徳滞在中かと思ひます。ともかくかう云ふものを写すことに彼が勤王の心持ちの動いたことは想像されます。（『俳人井月』142頁・高津氏の書簡より）

この写本は、四徳の桂雅（書簡十九に登場）の家にあったといいます（『四徳誌』353頁）。朝廷と幕府との間に発生した紛議（尊号一件）を扱った小説であり、『井月真蹟集』75頁に写真が載っているので、一部分を読んでみましょう。

勅封をきり拝見せられし御製に曰

葎生しげりて道もわかぬ世に降はなみだの天が下かな

〔筆者所蔵の本では「道を」となっている。〕

御製拝見して院使はつと驚きかやうなる御製うか〱持参せば一大事と俄に病気と披露の道より帰りて御製は下らざりけり。同年関東より関白殿へ五ヶ條の難問を以て申越其條々

【封を切って、御製の和歌を拝見すると、「雑草に覆われて道（＝道理）も分からぬような世になってしまい、私は天下を憂えて涙を流しています」といった意味のことが書かれていた。院使（幕府へ派遣された使者）はすっかり驚き、このような和歌をうっかり持参すれば一大事になると思い、急な病気だと言って、披露の場へ向かわずに帰ったので、御製の和歌が江戸へ下ることはなかった。同年、幕府から関白へ五か条の難問を言ってよこした。その五か条とは……】

武威を誇り朝廷を蔑ろにする幕府に対して、院（閑院宮）が心を痛めている様子を和歌に詠んだ、という場面です。このような小説を読んで、勤王の志を強くする者も多かったのでしょう（なお、『井月真蹟集』74頁で宮脇昌三氏は、「これもいくばくかの酒銭となった筈で、ほとんど筆耕ともいうべきものである」と述べている。つまり、井月が勤王派かどうかに関わりなく、単にお金をかせぐために筆写したもの、という見解であろう）。

さらには次のような説があります。高遠文化財保護委員の馬島律司氏が書いた『菊叟・井月・出合の聞書』という記事で（わざと地元の発音どおりに「せえげつ」とふりがなを振ったのだろう）、ほかでは聞いたことのない異説に満ちており、かなり驚かされます。あくまで一つの説と考えて、慎重

に検証したほうがよいでしょう。

・井月は井上姓を名乗っている。文政五年越後高田藩、禄高三百五十石、榊原右膳の三男として生れ、七歳の時、叔母の嫁ぎ先、長岡藩禄高百三十石、井上進之亟家に入り、十四才迄長岡住（天保六年）。井上は此の養家の姓である。〔「長岡の井上弥市左衛門の家」という説と整合性がとれない。そもそも弥市左衛門は二十八石取りで、進之亟は百三十石取りだから、まるっきり別の家か。榊原右膳という人物については今のところわかっていない。高田藩の榊原氏といえば藩主の親族か。右膳というのは武士が官職風に付ける名前で、「榊原右膳○○」というように、下に本名（諱）があるはず。〕

・其後出奔、諸所を意のままに漫遊、或る時は水戸に、藤田東湖の門にも出入、其の門弟、神崎為之亟と親交があったという。〔藤田東湖といえば勤王思想家のビッグネームである。〕

・後年（元治元年）武田耕雲斎の和田嶺を越え伊那路を通過することあり〔＝天狗党の乱〕、井月（四十三才）は下諏訪に赴き神崎を捜したが、彼は既に筑波に陣没したことを聞き悄然と立ち去ったという。〔武田耕雲斎は宮田村の山圃と会っているが（『俳人井月　幕末維新　風狂に死す』201頁）、天狗党の和田峠越えは元治元年の十一月二十日。井月は『家づと集』の序文を九月に長野市善光寺で書いてもらい、翌年一月には長野市中条を訪れている。その合間を縫ってわざわざ下諏訪へ来

た、ということか。〕

・井月が此の伊那の地に姿を見せたのは嘉永の初め頃と考えられる。其頃美篶村笠原の地に、御徒格苗字帯刀柳沢六平という武具鍛冶があり、出入の人達も多かった中に、何時とはなしに井月も身を寄せ、衣食にも事欠かず、自由な漂逸な毎日を送っていた。〔嘉永の初め頃の井月は、北信濃の中野あたりで活動していたはずである。〕

・壬申戸籍（明治五年）には柳沢家の中に、六平と義兄弟として載っているそうである。井月が柳の家を号するのも、この柳沢家に由来する。〔中略。現在、壬申戸籍は閲覧が禁じられているので確認する手段がないのだが、これが事実なら「越後へ戸籍を取りに行く」とさんざん言っていたのは一体何だったのだろう。〕

・さて文久年というと、菊叟は藩の重役であったが、既に家督を長子〔中略〕に譲り、〔中略〕国学の家芸を持ち和歌に俳諧に円熟の境地に遊々している頃であった。それより先、彼が現職で御領内巡視の際、井月の筆跡に目を留め、その文意といい筆力といい非凡なのに驚嘆した。

・しかし一方、藩では井月に隠密〔＝スパイ〕の疑がかかって居り、しきりに内偵を進めていた。こんな時期が二年もつづいたという。〔中略〕六平爺は〔中略〕菊叟に呼ばれ、井月との関係を問い訊された。六平は今迄の一部始終を話し、井月に他意のないことを縷々陳弁した。菊叟「今は隠居の身、憚りもあるまい」ということで、六平に井月引見の手筈を与えた。〔中略。すでに現職を退

いているので、容疑者に個人的に会っても問題ないだろう、といった意味か。〕

・さて其日（そのひ）になってみると、〔中略〕彼〔＝井月〕は例の如く〔中略〕衣服といい、顔といい、〔中略〕人前へ出られるような姿ではない、柳沢では髪を調え、湯を使わせ、有り合わせの衣服を着せ、裃（かみしも）を着けさせ、これに一腰（ひとこし）添えて用意完了。六平爺附添（つきそ）って〔中略〕岡村邸へ、ということになった。〔中略〕

・六平爺の妻女リカ老婆も、正装した井月を見て、人品まことに結構、と、人毎（ひとごと）に話して聞かせていたという。井月がその時用いたという袴（はかま）を見ると、腰での高さ二尺四寸位で、余り大きい人ではなかったようだ。〔後略。井月の身長は百七十センチくらいと伝えられており（『人犬墨』44頁）、当時としては背が高かったはずだが。〕

（以上、『伊那路』昭和49年3月号・馬島律司氏の記事。友人柳沢豊氏の談話と、「高遠の古記録」によって綴（つづ）ったものという。ただし『伊那路』平成3年9月号・竹村 進氏の記事によれば「〔馬島氏に〕直接お目にかかってお尋ねしたところ井月についてはすべて談話によるものであり、古記録には井月の記述はない」とのことである。）

この記事は、『越後獅子』の序文が書かれた経緯を記したものと思われます。嘉永のころに伊那谷に現れたとか、柳沢家に戸籍があるだとか、従来の説と整合性がとれない箇所が見受けられるのは、どう解釈したらよいでしょうか。また、井月の出自について細かい記述がありますが、どのようにして調べたものでしょうか。もしかしたら、高遠藩の内偵調査によるものでしょうか。

たしかに『越後獅子』には、井月に何らかの嫌疑がかかっていたことを暗示する、次のような連句が収録されています（『井月全集』『新編井月全集』連句篇　一）。

身にかゝりし去年のぬれ衣も着更る日とはなりにければ
晴たれば声猶高しほとゝぎす　　野笛
　雫重げに見ゆるわか竹　　井月〔以下略〕

〔「井月さんの疑いが晴れて、雨上がりの空にホトトギスも一層声高く鳴いていますね」「私の身には疑いの雨粒が重くのしかかっていましたが、これからは若竹が伸びるように、ぐんぐんと活躍しますよ」といった解釈ができるだろう。なお、野笛は『紅葉の摺もの』によれば東伊那の人、『家づと集』によれば高遠の人だという。〕

井月が水戸で学んだかどうか、天狗党に会いに下諏訪へ行ったかどうか、勤王思想を持っていたかどうかは別として、「諸国を回って暗躍する危険な活動家」として高遠藩からマークされていたのではないでしょうか。

そう思って『越後獅子』の序文を読み直してみると、井月に俳諧師として怪しいところがないか確かめるために、菊叟はじきじきに会ってみたのではないか、と思えてきます。結果、疑わしい点はなかったので、菊叟は「わけて問ひ聞べきふしもなし（＝とりたてて問い質すべき不審な点もない）」と書いたのではないでしょうか。

そもそも『越後獅子』は、井月が身の潔白を示すために作って高遠藩に提出した冊子だったのではないか、という疑念さえわいてきます。菊叟の序文に「あかし文」という言葉が出てきますが、証文とは単なる証文のことではなく、神仏に誓う願文のことです。菊叟はこの『越後獅子』を信用し、疑いが晴れたことを祝って、濁酒を井月に注いでやったのではないでしょうか。

また、高田で生まれ、長岡へ養子に行ったというのが本当なら、高田出身・長岡出身の二つの説が生じたのも納得できます。あるときは「高田の出身です」と言い、あるときは「長岡から来ました」と言っていたのかも知れません。『柳の家宿願稿』で「母の喪を果して」と言っているのは、高田の生母の墓にお参りした、ということでしょうか。

もしそうならば、「越の高田より信濃へ趣く途中　雪車に乗し事も有しを笹ちまき」という俳句は、高田で母の喪を果たして再び信濃へ向かったときの気持ちを詠んだものなのかも知れません。

『家づと集』をたどる

（『井月編 俳諧三部集』89頁）

高遠城下で『越後獅子』を作った井月は、翌年（元治元年九月）、善光寺平で『家づと集』という俳諧集を作りました。善光寺には、参拝客が泊まることのできる宿坊がたくさんあります。井月は、宝勝院という宿坊に泊まり、そこの住職である梅塘に、序文を書いてもらっています。

梅塘が書いた序（『井月全集』雑文篇284頁、『新編井月全集』雑文篇461頁、『井月編 俳諧三部集』91頁）

捨べきものは弓矢なりけりといふこゝろに感じてや、越の井月、入道の姿となり前年我草庵を敲てより此かた、雁のたよりさへ聞ざりしに、

【捨てるべきものは弓矢である、と心に感じたのだろうか、越後の人・井月が、出家の姿になって、前年わたしの草庵を訪ねてきてからこのかた、雁の便りさえよこさなかったが、】〔いつもは武士のように羽織・袴を着ていた井月が、僧形（＝髪を剃り、袈裟を着た姿）になって、挨拶に来たのだろう。善光寺のお坊さんから服をもらったか。〕

今年水無月の末、暑いと堪がたき折から、笠を脱、杖を置音に、昼寝の夢さめ、誰ぞと問へば、狂言

寺とことふ。【今年の六月の末、暑さ堪えがたい頃に、笠を脱ぎ杖を置く音がして、昼寝の夢から覚め、「誰か」と問えば、「狂言寺」と答えた。】〔井月が旅から戻ってきたのだろう。狂言寺は井月の別号で、冗談の寺・実在しない寺という意味か。〕

いつも替らぬけなげさに、風談日を重ね月を越て、秋も良碪の音の遠近に澄わたるころ、諸家の玉葉を拾ひ集め、梓にものして、古郷へ錦を飾るの家づとにすゝむる事とはなりぬ。【いつも変わらない健気さに、風流な談義をして月日を重ね、きぬたの音があちこちに響き渡る秋のころ、各地の俳人たちの句を拾い集め、版木に刻んで、故郷へ錦を飾る家づと（手みやげ）にするよう、勧めることになった。】

元治甲子菊月　梅塘

〔梅塘は、「茶道に勝れ、贅沢貧乏の果は障子の骨を焚いて薪にした」という逸話を持つ奇僧。年齢は不詳だが、明治九年に没し、宝勝院は断絶したという。〕

それでは『家づと集』に載っている地名を、順にたどってみましょう。

長野県外

［京・江戸・大坂・尾張・三河・北越（ヱチコ）・諸州・行脚］。（以上、地図は省略）

長野県内

（1）松本市中心部［松本］、（2）松本市征矢野［松本］、（3）松本市今井［松本］、（4）塩尻市［シホ尻］、（5）木曽郡木曽町［キソ］、（6）諏訪市中心部［スハ］、（7）岡谷市中心部［スハ］、（8）諏訪市中洲［スハ］、（9）岡谷市川岸［スハ］、（10）伊那市高遠町［高トホ］、（11）伊那市美篶［川下リ］、（12）上伊那郡宮田村［ミヤタ］、（13）伊那市西春近［※］、（14）上伊那郡南箕輪村［ミコシハ・北トノ］、（15）伊那市東春近［トノシマ］、（16）伊那市長谷溝口［ミソクチ］、（17）駒ヶ根市東伊那［中サハ（かつての中沢郷）］、（18）駒ヶ根市中沢［中サハ］、（19）伊那市富県［カヒヌマ］、（20）伊那市長谷市野瀬［入の谷］、（21）伊那市手良［下テラ・ノクチ・中ツホ・八ツテ・八ツ手］、（22）上伊那郡箕輪町福与［フクヨ］、（23）上伊那郡中川村大草［大艸］、（24）上伊那郡中川村四徳［四トク］、（25）上伊那郡中川村田島［タシマ］、（26）下伊那郡松川町［アラ井・ナコ・大シマ］、（27）下伊那郡高森町［山フキ］、（28）飯田市上郷［クロタ・八タン田］、（29）飯田市中心部［イ、田］、（30）下伊那郡泰阜村［マンハ、カトシマ］、（31）下伊那郡阿南町［恩サハ］、（32）飯田市川路［川チ］、（33）飯田市松尾［シマタ］、（34）下伊那郡大鹿村［大カハラ］、（35）下伊那郡阿智村［クリヤ］、（36）下伊那郡下條村［古、故人のことか］、（37）南佐久郡佐久穂町岩宿［サク］、（38）小諸市［サク］、

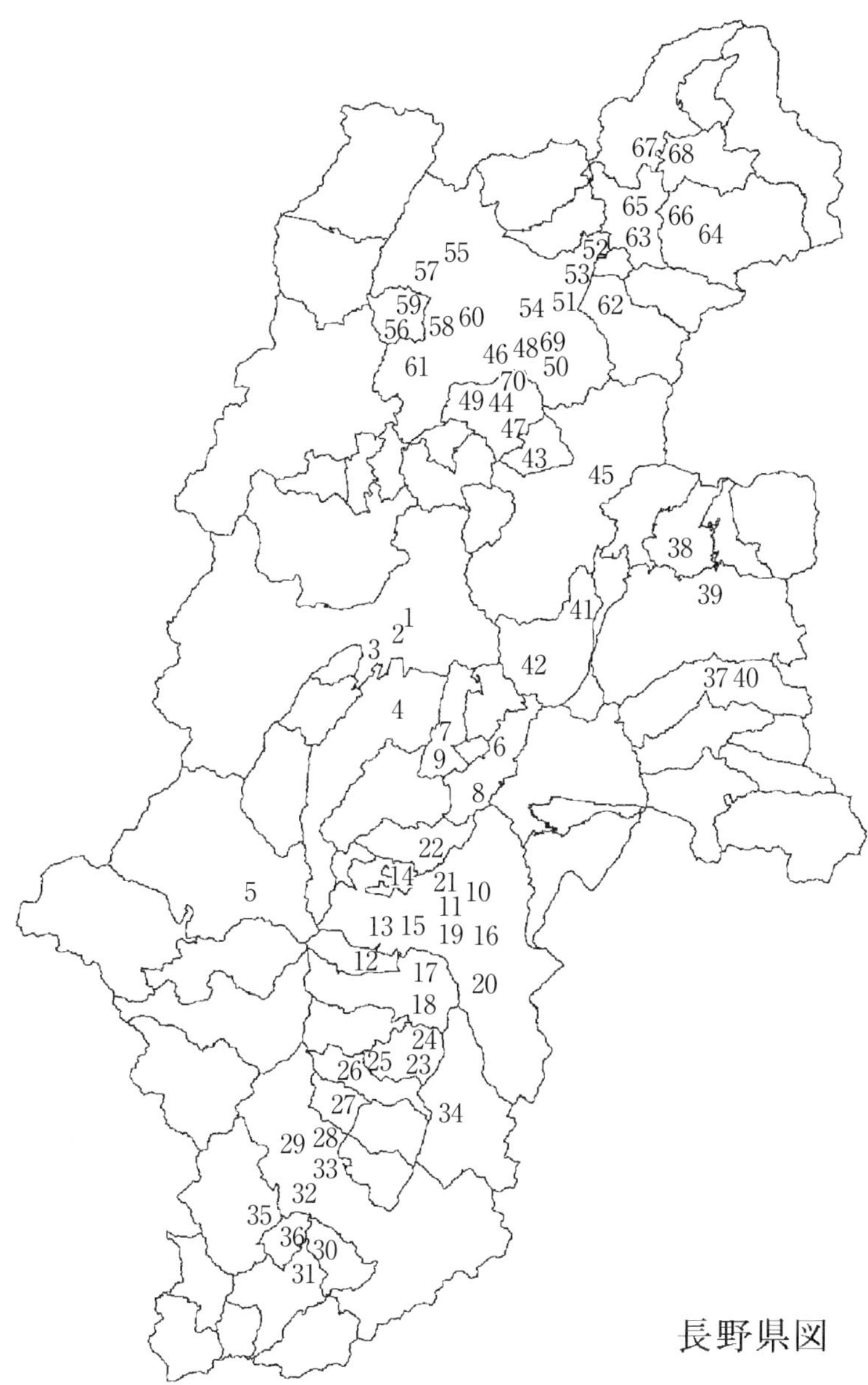
67
68
65
66
64
63
52
55
57
53
59
51
62
54
60
56
58
69
48
46
61
50
70
49
44
47
43
45
38
39
41
1
2
3
42
37
40
4
7
6
9
8
22
14
21
10
5
11
13
15
19
16
12
17
20
18
24
25
23
26
27
34
28
29
33
32
35
36
30
31

長野県図

(39) 佐久市岩村田［サク］、(40) 南佐久郡佐久穂町大日向［サク］、(41) 小県郡長和町長久保［長クホ］、(42) 小県郡長和町和田［ワタ］、(43) 埴科郡坂城町［サカキ］、(44) 千曲市屋代［矢代］、(45) 上田市［上田］、(46) 長野市篠ノ井［中サハ・東フクシ・小モリ］、(47) 千曲市戸倉［戸クラ・内カハ］、(48) 長野市川中島［ヒカノ］、(49) 千曲市稲荷山［イナリ山］、(50) 長野市松代［テラヲ・松代・イハノ］、(51) 長野市東部［ヒラ林・ワタ（西和田）・長イケ・ソリメ・キリハラ・中マタ・ミワ］、(52) 長野市豊野［イシムラ］、(53) 長野市長沼［長ヌマ］、(54) 長野市中心部［仏ト（善光寺関係者だろう）］、(55) 長野市戸隠［戸隠］、(56) 上水内郡小川村高府［タケフ］、(57) 長野市鬼無里［キナサ］、(58) 長野市中条［中条・ネン仏寺・長井（ナカ井）・イヲリ］、(59) 上水内郡小川村稲丘［ツハミネ］、(60) 長野市七二会［古マ※・イハクサ・ハシツメ・サヽ平］、(61) 長野市信州新町［シン町・牧ノシマ・中マキ・タケフサ・水内］、(62) 須坂市［スサカ・小シマ］、(63) 中野市南部［江部・中ノ・イハフネ・シンホ・一本木・七ヽセ・アケンシ］、(64) 下高井郡山ノ内町平穏［田中（湯田中のことか）、シフ］、(65) 中野市北部［カナ井・赤イハ・竹ハラ・笠原・マナカセ・柳サハ・田ムキ・コシ］、(66) 下高井郡山ノ内町夜間瀬［ヨマセ・ウキ］、(67) 飯山市千曲川東岸［ヤスタ・坂井・シン田］、(68) 下高井郡木島平村［キタカモ］、(69) 長野市更北地区［小シマタ］、(70) 千曲市雨宮［雨ノミヤ］。

巻末に善光寺関係者二名、梅塘・仏左（製作協力者なのだろう）。井月は巻中に一句、巻末に一句。

〔※（13）は巴楽という人物、『井月全集』日記篇249頁に西春近村諏訪形とある（『新編井月全集』日記篇390〜398頁では、俳句作者に関する注記が丸ごと欠落している）。※（60）の古マは、長野市七二会の古間ではなく、上水内郡信濃町古間の可能性もある。『井月全集』の編者・高津才次郎氏によれば、信濃町野尻の関口彦一郎という人物が『家づと集』を得られたという（『井月全集』雑文篇285頁、『新編井月全集』雑文篇461頁）。〕

『家づと集』は、俳句五百七句と連句七編から成る俳諧集で、地図にプロットしてみると、ほぼ信濃を縦断しています。よくこれだけ歩いたものです。長野県外の俳人は八十八名載っており、そのうち六十六名は『越後獅子』にも載っていますが、残り二十二名は新しく収録した人物です。つまり、単なる『越後獅子』の増補版ではなく、何らかの取捨選択をしたものと思われます。ほかに行脚俳人が十九名載っています（史山を含めれば二十名。このとき史山は信濃へ戻っていたということか）。

上田・佐久方面（東信地方）は細かい地名が書かれていませんので、他の文献（『長野県俳人名大辞典』『結社名員録』）と照らし合わせて場所を割り出しました。一方で中野市・長野市方面（北信地方）は、かなり地名が細かく書かれており、井月が慣れ親しんだ土地だったのでしょう。

『家づと集』の俳句は、まず長野県外→長野県中部南部→長野県東部北部という順序で掲載され、いったん史山の句で締めくくったあと、連句があったり追加の句があったり、という構成になっています（『井月編　俳諧三部集』154頁）。

「信濃なる追分原を過る　焼石を見ても寒きにけぶる山　史山」（追分原は、中山道と北国街道の分岐点（信濃追分）のあたり。浅間山の裾野で溶岩流の跡を見て詠んだ句と思われる。伊那谷ではなく、あえて浅間山の句を載せたのは、何か意図があってのことか。もしかしたら、かつて史山と井月は、東信地方を二人連れで旅したこともあったのだろうか。）

また『家づと集』には、梅塘・井月らが詠んだ、送別の連句が載っています（『井月全集』『新編井月全集』連句篇 十二）。信濃で長年活動してきた井月が、越後へ帰郷するにあたり、記念として作った俳諧集だったのでしょう。

送別

来る年も巣は爰ぞかし行乙鳥　梅塘
花にこゝろの残るそば畑　井月〔以下略〕

【「来年も、またこの宿坊に泊まってくれますよね、帰ってゆく井月さん」「そばの花が咲いているのに、味わわずに行ってしまうのが心残りです」】〔「行乙鳥」は南へ帰るツバメのことだから、一見、善光寺から伊那谷へ行く井月を連想させるけれども、井月は「そば畑」を付けている。名物のそばに心を残しながら、信濃を離れて越後へ行く井月の心情だと解釈できるだろう（善光寺から伊那谷へ行くのに、そばが心残りだとは付けないはず。なぜなら、そばは伊那谷でも名物だから）。〕

それにしても、『越後獅子』と『家づと集』は立て続けの出版であり、行脚している時間があまりなかったと思われます。ここで、『越後獅子』の完成から『家づと集』を作り上げるまでの、井月の動きをたどってみましょう。

・文久三年五月、高遠藩老職の岡村菊叟に『越後獅子』の序文を書いてもらう。
・文久三年九月、駒ヶ根市中沢の梅月と俳額を揮毫（『井月全集』『新編井月全集』連句篇 十七、蔵沢寺の俳額、書簡二十のところで示した上伊那地図の③）。
・文久三年十一月、駒ヶ根市中沢の鶴鳴（書簡十九に登場）の家に泊まり、向井去来の「柿晋問答」

を見せる（『新編井月全集』年譜628頁）。

・文久三年（『長野県俳人名大辞典』74頁によれば冬）、上伊那郡中川村四徳の烏考編『百家このみ袋』（序文は飯田の精知）に、井月の連句が載る（『井月全集』『新編井月全集』連句篇 十六）。

・元治元年六月、伊那市長谷の市野瀬の俳額を揮毫（書簡二十のところで示した上伊那地図の④）。このあと、北信濃へ向かったものと思われる（本書では、ここまでを「伊那谷Ⅰ期」と呼んでいる）。

・元治元年六月末、「暑いと堪がたき折」に長野市善光寺の梅塘のところへ来る。

・元治元年九月、梅塘に『家づと集』の序文を書いてもらう。

梅塘が「越の井月、入道の姿となり前年我草庵を敲てより此かた、雁のたよりさへ聞ざりしに」と言っているのは、いつのことでしょうか。元治元年の「前年」は文久三年です。『越後獅子』には、梅塘をはじめ北信濃の俳人が八名載っていますから、句をもらうために、『越後獅子』を作り上げる前、つまり文久三年の一月〜五月のあいだに会いに行ったということでしょうか。

だとすれば、高遠藩老職の菊叟を訪ねたときも、入道の姿だったのでしょうか。しかし、伊那谷の井月はいつも袴をはいており、入道の姿だったという証言は聞いたことがありません（『伊那路』昭和49年3月号・馬島律司氏の記事には、「有り合わせの衣服を着せ、裃を着けさせ、これに一腰添えて」とある。たとえ入道の姿だったとしても、武士の姿に着替えさせたのだろう）。

それとも「前年」は「先年」という意味で、数年前（伊那谷へ旅立つ前）に梅塘のところへ会いに来た、ということでしょうか。「雁のたよりさへ聞ざりしに」と言っているので、旅立ってから何年も音沙汰が無かったようにも思えます。今後、なにか新しい資料が出てくれば、いつのことなのかはっきりするかも知れません。

なお、『家づと集』を作ったあとの井月の動きは、次の通りです。

・元治元年十一月二十日、天狗党に会いに下諏訪へ行ったという説は本当だろうか。

・元治二年一月、長野市中条で連句を詠んだり、歳旦帖を作ったりしている（『井月全集』『新編井月全集』連句篇　十八、『井月全集』後記402頁、『新編井月全集』後記607頁）。

・同年（慶応元年）、飯山の知月という俳人の追善集『さくら草』に井月句「動かせばうごく手摺や散る柳」が載る（『井月全集』拾遺篇427頁、『新編井月全集』発句篇176頁）。筆者は未見。

・同年（慶応元年）秋、潮堂編の墨芳追善集『かきね塚』に井月句「枯柳軒にさびたる碇かな」が載る（『井月全集』追記414頁、『新編井月全集』追記618頁）。〔墨芳は善光寺の下堀小路（現在の大門町あたり）の人、井月より八歳年上。安政五年に千葉県の勝山（現在の鋸南町）の竜島で客死したという（『長野県俳人名大辞典』835頁）。井月の碇の俳句は、はるか鋸南町の海辺を想像して詠んだものか。〕

・このあと、井月の消息はいったん途絶える。つまり慶応元年から明治元年までのあいだに、越後へ帰郷して「母の喪」を果たしたのだろう。

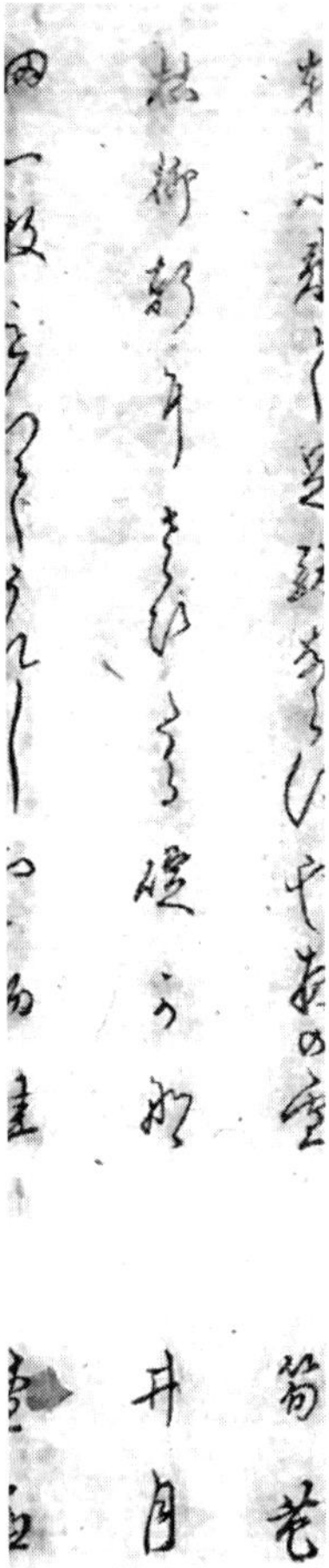

墨芳追善集『かきね塚』より（筆者所蔵品、刊行年は書かれていない）。井月は南信地方（諏訪・上伊那・下伊那）の俳人の中に載っている。つまりこの句は、まだ井月が伊那谷にいたころに詠んだ句ではなかろうか。井月の前に載っているのは筍苞（のちの凌冬）。

（糸魚川歴史民俗資料館所蔵の写本には「慶応元乙丑年仲秋」と書かれているが、巻頭には「はや七めぐりの忌とはなりぬ」と書かれており、墨芳（安政五年没）の七回忌は元治元年のはず。つまり慶応元年ではなく元治元年以前に詠んだ句と考えて間違いない。ちなみに、この本には四徳の桂雅や烏孝、飯田の精知など井月の仲間が何人も載っているが、桂雅の句は「養ひのとゞきあふせて落し水」で、これも慶応元年の作ではない（すでに文久三年の『越後獅子』に載っている句。『井月全集』『新編井月全集』連句篇 三二）。）

乱丁落丁

『家づと集』は、信濃全土を歩き回り、東北から関西まで行脚した井月の、俳諧師としての実績が詰まった「集大成」とも言える力作です。ところが、そんな大事な本でありながら、チェックが甘かったのでしょうか、乱丁落丁が生じています。

・高津才次郎氏が所有していた『家づと集』（のちに上伊那教育会に寄贈され、現在は伊那市創造館に収蔵されている）は、『井月編　俳諧三部集』に収録されており、同書168～169頁で乱丁落丁が指摘されている。

・本書の巻頭ギャラリーに載せた『家づと集』（筆者所蔵品）にも同様の乱丁落丁があるので、単体のミスではないようだ。

・［乱丁その一］　十三枚目と十四枚目が逆になっている（これは『井月編　俳諧三部集』168頁で指摘されており、竹入弘元先生は正しい順番に直して収録している）。

・［乱丁その二］　三十四枚目と三十五枚目が、番号の付け方を含めて逆になっている（これは『井月編　俳諧三部集』に指摘がない。乱丁であると断定する理由は、①「送別　来る年も巣は爰ぞかし行乙鳥」という詞書と発句が160頁と157頁に分断されてしまっている。②「ヱチコ（＝越後）」の俳人七名が156頁と159頁に分断されてしまっている。③『井月全集』『新編井月全集』連句篇 十と十一が逆に掲載されている）。

・［落丁］ 三十三枚目が抜けている（これは『井月編 俳諧三部集』169頁で指摘されている。ページ番号を抜かして付けてしまったか）。

・『井月編 俳諧三部集』に載っている『家づと集』を正しい順番で読むには、156頁→159頁→160頁→157頁→158頁→161頁という順で読めばよい。

〔『家づと集』の製作は、長野市長沼の版木師に依頼している（『井月編 俳諧三部集』166頁）。長沼といえば小林一茶ゆかりの地で、俳諧が盛んであったから、俳諧集を任せられる版木師がいたのだろう。なお『家づと集』は、井月の俳諧集の中で唯一挿絵がない。立て続けの出版で、絵師に頼んでいる余裕がなかったのだろうか。〕

《井月句が二つある謎》

さて『家づと集』には、井月の俳句が二つ収録されています。一つは「戸隠山に詣でゝ みな清水ならざるはなし奥の院」という句で（『井月全集』発句篇45頁、『新編井月全集』発句篇90頁、『井

月編　俳諧三部集』160頁)、長野市の戸隠地区を行脚した記念に詠んだものと思われます。「清水」は夏の季語です。戸隠神社の奥社参拝は、徒歩で片道一時間ほど登らなければなりません。さぞ清水が美味しかったでしょう。序文にある「水無月の末、暑いと堪がたき折」と、季節は合致します。

〔『井月編　俳諧三部集』128〜135頁を見ると、戸隠につづいて小川村・鬼無里・西山地域（中条・七二会・信州新町）の人が載っている。おそらくこの地方をぐるっと回って句を集めたのではなかろうか。ただし季語は夏だけでなく四季にまたがっている。その場で句を詠んでもらったのではなく、以前に作った句を提出してもらい、その中から良い句を井月が選んで収録したのだろう。〕

『家づと集』に載っている、井月のもう一つの俳句は、「しほらしくもいとなつかし　ちりそめてから盛なりはぎの花」という句で（『井月全集』続補遺篇502頁、『新編井月全集』発句篇141頁、『井月編　俳諧三部集』165頁）、巻末を締めくくっています。「いとなつかし」は、ふるさと長岡に咲く萩の花を思い出したのでしょうか。自分自身を散り始めた萩の花にたとえ、「信濃全土を制覇し、これからが自分の最盛期だ」とでも言わんばかりの、野心にあふれた俳句のように思えます。

しかし、なぜ井月の句が二つ載っているのでしょう。井月のほかの俳諧集も、歳旦摺も、奉納額も、井月句は一句のみであり、二句も載っているのは極めて例外的です（連句を除く）。そこで、次のような仮説を立ててみたいと思います。

・『井月全集』発句篇45頁・雑文篇285頁や『新編井月全集』発句篇90頁・雑文篇461頁には、「みな清水ならざるはなし奥の院」が巻末の句だと書かれているが、これは誤りである。また『井月全集』雑文篇285頁や『新編井月全集』雑文篇461頁には「本文三十七枚」と書かれているが、これも誤りで、本文は三十八枚である。編者である高津氏は、なぜこのような誤りを書いたのだろうか。

・『高津才次郎奮戦記』143頁に、「五声氏の家から〔中略〕版本を提供された」「十七枚綴りで、序文は〔中略〕梅塘が書き、元治甲子菊月の日付で」「表紙は白紙で、題簽がない」という記述がある。十七枚ではずいぶんページが少ないが、三十七枚の書き誤りだろう。もしかしたら初版本と改訂本があって、高津氏は初版本に基づいて記事を書いたか。

・昭和五年発行の『井月全集』雑文篇285頁には「加納五家声から高津に贈られた一本の外、上水内郡野尻の関口彦一郎氏が得られたと聞いた外に本書の所在を知らぬ」と書かれているが、昭和二十二年発行の『俳句雑誌科野　井月特輯号』15頁・高津氏の記事には「この書架蔵二本の外、他に一本有るを聞くのみ」とある。おそらく初版本のほかに、改訂本も一冊、手に入れたものと思われる。上伊那教育会に寄贈されたのは改訂本のほうであろう。

・糸魚川歴史民俗資料館には、木村秋雨氏が昭和四年秋に筆写したと思われる『家づと集』の写本がある。それには巻末のページがない。また、乱丁の形跡はなく、正しい順番で書き写している。つまり初版本を写したものなのだろう。乱丁は、改訂本を作ったときに生じた可能性が高い。

・改訂本で付け加えられたと思われる巻末のページは、井月の字ではないように思われる（巻頭ギャラリーを参照）。誰かに版下を書いてもらったか。つまり、改訂本の作成の際に井月は立ち会わず、人に任せたのではなかろうか。それでチェックが甘くなったのではないだろうか。

・当初の計画では「みな清水（しみず）ならざるはなし奥（おく）の院（いん）」（戸隠神社で詠んだ句）が巻末の句だったのだろう。元治元年六月に長野市戸隠を行脚した記念の句である。しかし完成が延び延びになり、秋を過ぎてしまったのだろう。それで改訂本を作る際、巻末に「ちりそめてから盛（さかり）なりはぎの花（はな）」という秋の句を加えたのではなかろうか。

《西山地域と井月》

『家づと集』には、次に示すように連句が七つ収録されています（『井月編　俳諧三部集』154～164頁）。連句は「当季」から始めるというルールがありますから、いつ行われた連句なのか、ある程度の特定ができるでしょう。

・野外や斧年と伊那谷にて（『井月全集』『新編井月全集』連句篇 九、季語は閑古鳥・夏）
・下高井郡山ノ内町にて（『井月全集』『新編井月全集』連句篇 十、季語は残る蚊・秋）
・梅塘らと善光寺にて（『井月全集』『新編井月全集』連句篇 十一、季語は行乙鳥・秋）
・西山地域の中条にて（『井月全集』『新編井月全集』連句篇 十二、季語は荻の声・秋）
・西山地域の中条にて（『井月全集』『新編井月全集』連句篇 十三、季語は冬構・冬）
・西山地域の中条にて（『井月全集』『新編井月全集』連句篇 十四、季語はいとど・秋）
・西山地域の七二会にて（『井月全集』『新編井月全集』未収録、季語は鴨・冬）

このうち、北信濃の連句は、すべて秋から冬（旧暦では七月〜十二月）に行われています。おそらく九月（旧暦では晩秋）に梅塘に序文を書いてもらったあとも、連句の収集を続けたのではないでしょうか。

たぶん西山地域が気に入り、居心地が良くなって、冬が来るまで長居をしたのでしょう。峡谷を悠々と流れる犀川、山あいに点在する静かな集落。そして俳諧を愛する人々。井月にとって、きっと居心地の良いところだったのでしょう。

明けて元治二年一月にも、井月は西山地域を訪れています。出来上がった『家づと集』を配り歩いたのかも知れません。このとき中条で詠んだ連句が遺っています（『井月全集』『新編井月全集』連句

篇　十八）。

元治二乙丑年睦月於康斎亭興行
長閑さの余りを水の埃りかな　　井月
　下駄も草履も交る摘草　　康斎〔酒井氏、書簡二十六に登場〕
〔中略〕
彼岸頃走りの栗の実入よく　　月信〔戸田氏、井月より一歳年下〕
　用なき脊戸に独イ　　其祥〔本道氏〕
暮かゝる私道の拾ひぶみ　　康斎
　思ひの外に積る初雪　　井月
川千鳥雲助唄に立さわぎ　　甫山〔月信の息子、井月より二十五歳ほど年下〕
〔後略。月信については『中条村誌』973頁に記事がある。神主・寺子屋師匠。〕

このうちの一人で、甫山という若者が、井月と戯れて次のような連句を詠んだといいます（『井月全集』『新編井月全集』奇行逸話　三十六）。季語は「はるの月」で、旧暦の一月は春ですから、同じときに詠まれたものではないでしょうか。

井坊の頭をはるの月夜哉　甫山
空の涙に蛙手をつく　井月
糸柳こらへ袋の口縫て　甫山

【「春の月夜は心うかれて、井月さんの坊主頭をたたいてみたくなります」「頭をたたかれたら、涙がこぼれて雨になり、カエルが地面に手をついて感謝するでしょう」「カエルが柳（＝柳の家）に跳びついても、堪忍袋の口を縫ったように黙っていますね」】

「井坊」は「井月坊主」の略なのでしょう。頭を剃っていたのかも知れません。だとすれば、「越の井月、入道の姿となり」という梅塘の序文と合致するようにも思われます。伊那谷では袴をはいた浪人姿、北信濃では頭を剃った入道、というようにキャラクターを使い分けていたのでしょうか。あるいは単に、頭が禿げてきただけなのかも知れません。

井月にとって、中条は特に思い出深い土地だったと思われます。このときに知り合った仲間を頼って、明治十二年ごろ、中条で草庵を開こうとしたのではないでしょうか（書簡二十五・二十六）。また甫山は、のちに大正八年ごろ、井月の消息をたずねてはるばると美篶村の墓まで来たといいます（井月の死から、実に三十二年後のことである）。よほど井月の思い出が印象深かったのでしょう。

ここで、伊那谷Ⅰ期から越後帰郷までの井月の動きを、年譜にまとめておきましょう。

長野市中条の下長井は、昔から教育文化のさかんな土地柄であったというから（『中条村の石造文化財』18頁）、俳諧に理解のある人も多くいたのだろう。それで井月はこの地が気に入ったのではなかろうか。上の写真は月信（戸田 熟氏）・甫山（戸田頼司氏）の碑。甫山は父の神職を継ぎ、その傍（かたわ）ら小学校訓導として教育に尽力した（『中条村誌』973頁）。下の写真は「長井分校跡」。明治十五年七月、甫山の所有地にあった共同建家（たてや）を「長盛学校」としたのが始まりで（『中条村誌』1011～1012頁）、昭和五十三年三月まで存続した。

伊那谷Ⅰ期から越後帰郷までの年譜　<仮説>

37歳	安政　5	羽織・袴・深編笠・木刀という姿で、高見の梅月亭に現れる
38歳	安政　6	晩春、四徳の桂雅の「こだま石の里独り案内記」に句を添える
39歳	安政　7 万延　元	一月に高見の野月亭で喜寿祝い 四徳で桂雅の土蔵の棟木に揮毫 初秋、江戸で発行された俳諧番付表に史山が載る
40歳	万延　2 文久　元	史山と関西方面を行脚したのはこのころか 須磨で後の月を見たとすれば文久元年九月か このころ五律が京都で立机 十二月に四徳の桂雅亭で連句を書く
41歳	文久　2	閏八月に四徳の烏孝亭で手紙を書く 九月に飯田で『紅葉の摺もの』 秋、関市の弁慶庵を訪れ、句を書く
42歳	文久　3	入道の姿になって善光寺の梅塘を訪問したのはいつのことか 五月に高遠藩老職の菊叟を訪問、『越後獅子』序文 九月に高見で梅月と俳額を揮毫、十一月に高見の鶴鳴亭を訪問 冬、四徳の烏孝の「百家このみ袋」に連句が載る
43歳	文久　4 元治　元	六月に長谷の市野瀬で俳額を揮毫 六月末に善光寺の梅塘を訪問、戸隠や西山地域などを行脚 九月に『家づと集』序文 秋から冬にかけて連句を収集、『家づと集』完成
44歳	元治　2 慶応　元	一月に西山地域の中条で連句や歳旦帖 知月・墨芳の追善集に句が載る このあと越後へ帰郷か

信濃での実績をたずさえて越後に戻り、さらなる活躍をする予定だったのでしょうか。あるいは夢はもっと大きく、江戸や京都の俳壇へ打って出るつもりだったのでしょうか。ところがこのあと、戊辰戦争が勃発し、井月の人生設計は大いに狂ってしまうことになるのでした。

〔文久元年十二月の井月について、『井月全集』後記402頁では「桂雅、葎窓の連句を書く」となっているが、『新編井月全集』後記606～607頁では、なぜか葎窓の名が消され、「桂雅と連句を巻く」と書き換えられている。従来の説を打ち消す資料があるのだろうが、筆者は未見。

葎窓は高遠の人（『井月編　俳諧三部集』196頁）。桂雅の家の揮毫帳に葎窓の句が載っているので（『俳人　井月探求』254頁）、桂雅と葎窓が交流していたのは確かである。また、「当時、桂雅は葎窓と共に連句をやっていたらしく、井月がその書記をしていた」という話も伝わっている（『志登久誌』274頁）。井月は二人の連句を記録する執筆（しゅひつ）の役をしたのだろう。〕

なぜ伊那谷に定着したのか

戊辰戦争のとき、井月は越後にいたのか、それとも戦火から逃れて信濃に来ていたのか分かりませんが、明治元年の冬、井月は伊那谷に再び現れて、定着するようになりました（『柳の家宿願稿』）。

本書では、ここから先を「伊那谷Ⅱ期」と呼びます。

伊那谷には俳諧を楽しむ文化的な素地があり、しかも酒を好む大らかな土地柄だったから、井月が定着するようになったのではないか、という説があります。

・あの風狂畸人井月が三十年にわたって住んだ、いやあちこちと行ききした上伊那の地は、いささかは風流を解するところであった。（『井月全集』増補改訂版以降に載っている唐木順三氏による序。『新編井月全集』にはない）

・殊に郷里〔＝下島勲氏の郷里、つまり伊那谷〕あたりの常習から、人の顔さえ見れば酒を勧めるという、頗る酒を好む悠長な土地柄の賜もので、井月が墳墓の地とまでなったのも、恐らくこれが魅力のあずかったことであろうと思われる。（『井月全集』略伝346頁、『新編井月全集』略伝558頁）

伊那谷は、谷といっても、実際にはわりと広々とした盆地であり、天竜川を中心に農地や宅地が豊かに広がっています（巻頭ギャラリーを参照）。また伊那街道（三州街道）は、中山道や東海道に比べて厳しい関所がなく、中馬と呼ばれる運輸も盛んで、旅人や商人には便利な道だったようです。天竜川の水運も盛んでした。寛永十三年、殿島まで舟を曳き上げ、河口まで下ったのが最初だといいます（飯田市の弁天厳島神社の立て看板による）。

おそらく、生活に余裕のある富裕層が、こぞって俳諧にいそしんだのでしょう。みな俳号を持ち、自宅に〇〇庵とか〇〇園といった室号を付けて、風流人を気取って楽しんでいたに違いありません。座敷には揮毫帳をしつらえ、客を招いては交流していたでしょうから、ときどきやって来る行脚俳人も、大事に迎え入れられたと思われます。井月にとって、暮らしやすい土地柄だったのでしょう。井月がどうやって伊那谷で人脈を作っていったかについては、次のような説があります（伊那谷Ⅰ期の井月について記したものと思われる）。

・井月は、伊那谷でまず街道筋の宮田に山浦山圃〔書簡十二に登場〕を訪ね、そこで中沢の俳友、田村梅月〔書簡十九に登場〕を教えられる。その梅月に親類の俳人桂雅〔書簡十九に登場〕を紹介され、折草峠〔巻頭ギャラリーを参照〕を越えて四徳に入った。桂雅は、初対面の井月の揮毫した一句、「何処(どこ)やらに田鶴(たづ)の声聞(こえき)く霞(かすみ)かな」の句の姿、優雅な筆跡、さらに人品(じんぴん)に感じたのであろう、年下のこの放浪俳人をその後二十数年、晩年乞食風体(こじきふうてい)になっても生涯にわたって大切にもてなすことになる。（『中川村誌 下巻』416頁）〔桂雅の家の揮毫帳に書かれたこの句は、田鶴(たづ)ではなく、変体仮名で「堂津(たづ)」と書かれている（『俳人 井月探求』252頁）。のちに井月臨終の際には「雈(たづ)」（鶴の異体字）と書いている（『井月全集』巻頭写真、『新編井月全集』32頁）。すなわち、伊那谷に現れた井月の最初期の句であり、奇しくも最期の句となったのである（『井上井月真筆集』11頁で二つの筆跡を見比べることができる）。｝

井月は、伊那谷Ｉ期でさまざまな人と出会い、人脈を作ったから、その後の伊那谷Ⅱ期で定着するようになった、というのが本当のところではないでしょうか。

史山と最初に伊那谷を訪れたときは、一時的な滞在のつもりだったのかも知れません。あるいは、関西へ向かうための中継拠点にすぎなかったのかも知れません。しかし、地元の名士の山圃や、先輩俳人の桂雅との出会いがありました。梅月のような、歳の近い仲間にも恵まれました。梅関や柳川とも、伊那谷Ｉ期で知り合っています。はじめての出版にもチャレンジしました。ついには高遠藩老職の菊叟とも知り合うことができました。

戊辰戦争後、井月はそういった人脈を頼って、伊那谷で暮らそうと思ったのでしょう（書簡二十七）。人脈なら北信濃にもあったはずですが、ただし北信濃は越後に近すぎます。戊辰戦争後、井月はなるべく越後と距離を置こうとして、伊那谷に定着したのかも知れません。

明治初頭の伊那谷では、「あの井月が戻って来た」「越後獅子の井月さんが、また来てくれた」というような、ちょっとしたブームが巻き起こったのではないでしょうか。

井月は着々と足場を固めます。まず、蔵六・竜洲・鶴子・歌丸・玉斎など、寺子屋師匠たちと親交を深めたでしょう（寺子屋なら人の出入りがあるから訪問しやすいし、いかに無口の井月といえども、学問の話ができるので仲良くなりやすかったのではなかろうか）。また、山圃・五声などの酒屋へも、井月は好んで行ったに違いありません。

やがて、あちこちの連へ顔を出し、俳句や連句の指導をして回るようになったのでしょう。次のような連句が伝わっています（『井月全集』追記415頁、『新編井月全集』追記619頁）。

廻り来てその跡見せよ蝸牛　竜洲（書簡一に登場する那須氏）
　繭ともならぬ身の果しなき　井月
文字少なこと葉少にもの書て　鶴子（書簡二十三・三十五に登場）

【「村から村へと巡回している井月さん、カタツムリのように這い回ってきた跡を見せて下さい」「蚕ならば繭を作って終わりますが、カタツムリのような私の旅は、いつ果てるとも知れません」「俳句という限られた文字数の世界で、無口な井月さんは物を書いて……」】（この連句には続きがあり、有実・山好・吉扇・鶯娯・桂月・如雲・若翠・五声といった人たちが参加しているという。五声が存命中の、明治一桁のころの連句）

そして連の人たちに、歳旦帖（一月）や翁講（十月）に参加するよう、勧めたのでしょう。ときには、俳額を奉納するように勧めたりもしたのでしょう。こういったイベントに参加した人たちを、井月は「柳家連」と呼んでいたのではないでしょうか（つまり「柳家連」は、きっちりとした会員制の組織ではなく、各地の門人たちによる「緩やかな連合体」とでもいうべきものであっただろう）。

特に歳旦帖は、井月一人で作るのではなく、地元の芸術家たちと合作（コラボ）することに、大きな意味があったと思われます。どこの馬の骨とも分からぬような「よそ者の井月」が、地元の芸術家とがっちり手を結ぶことで、確たる足場を固めていったに違いありません。

・明治二年の歳旦帖は、高遠の鳳雲が挿絵を担当（別号は池上秀花。日本画家・池上秀畝（しゅうほ）の父。井月より十二歳年下。『長野県俳人名大辞典』433頁。なお鳳雲は、文久三年の『越後獅子』や「明治十一年の歳旦帖」の挿絵も担当している）。また美篶の富岡守胤という人物が巻頭に和歌を添えている（井月より二歳年下、神主で寺子屋師匠。『長野県上伊那誌 人物篇』279頁、『みすゞ〜その成立と発展〜』123頁）。この歳旦帖には四十四人が収録されているが、ほぼ上伊那郡の人たちである（ただし飯田の精知が載っている）。

・明治三年の歳旦帖は、宮田の山圃が挿絵を担当（書簡十二に登場。酒屋。俳画を得意としていた）。この歳旦帳には八十四人が収録されており、上伊那郡だけでなく、諏訪郡・下伊那郡まで範囲を広げている。飯田で印刷したと思われ、やはり精知が載っている。

・明治四年の歳旦帖は、手良の月松が挿絵を担当（書簡二十八に登場。画家）。筆者は未見。

なお、井月が宮田村で書記をしていたという説があります。井月が職に就いていたなんて、信じられないような話ですが、おそらく亀石という人物に頼まれて引き受けたのでしょう。

・明治元年には山浦山圃を訪ね、明治三年には湯沢亀石（友右衛門）を訪ね、逗留して句会を催している。（『宮田村誌　下巻』534頁）〔この文は伊那谷Ⅱ期の井月について記したものであるが、山圃は『紅葉の摺もの』『越後獅子』『家づと集』に載っており、亀石は『越後獅子』『家づと集』に載っているので、すでに伊那谷Ⅰ期から親交があったと思われる。〕

・亀石　本名湯沢友右衛門　上伊那郡宮田村南割の人。〔中略〕天保十年より十三年まで名主役。〔中略〕明治八年三月没。六十三歳。（『長野県俳人名大辞典』201頁）〔井月より九歳年上。〕

・和宮内親王が将軍家茂に降嫁されることになった。そのため中山道に前代未聞の大通行が広げられたのである。〔中略〕湯沢友右衛門は高遠領七十三ヵ村の人馬大引回しを命ぜられて上松・元(本)山間を駈けている。（『宮田村誌　上巻』792頁）〔木曽の中山道へ高遠藩の村々からも人馬が動員された。「大引回し」は、おそらくその総指揮をとる役目だろう。つまり亀石は、宮田のみならず高遠藩を代表する名士だったと思われる。〕

・明治になって宮田村が置かれると、湯沢友右衛門が宮田村戸長（こちょう）となった。〔中略〕書記は、越後の国長岡出身の柳の家井月といふ俳人で、湯沢家に逗留して、初代書記として勤めたと言ふ。（『伊那路』昭和39年3月号・福村清治氏の記事）

宮田村の戸長が選任されたのは明治四年の七月三十日（『宮田村誌　下巻』20頁、ただし戸長は湯沢友右衛門ではなく湯沢元彦。すでに代替わりしていたのだろう）。明治四年というと、井月が土蔵を借りて草庵を開いていた時期です。草庵のある殿島と、勤務先の宮田を、行ったり来たりしていたのでしょうか（井月が書いた行政文書などが発見されることを今後に期待したい）。

〔ほかに、『井上井月研究』71頁・72頁によれば、「井月は伊那谷地区の各小学校の代用教員たちの学校教員試験受験指導者となった」「各学校では教員研修として、井月を迎えて年何回か連句を巻く催しをしていた」という。どこかに根拠となる資料があるのだろうが、筆者は未見。「受験指導者」とか「教員研修」というのは大げさで、単に学校教師たちと親しかったという程度のことではなかろうか。〕

誤算と転落

明治三年、山好らの斡旋（あっせん）によって、井月は東春近の殿島に草庵を開きました。三月十八日、開庵披露と称して書画会をおこなっています（書簡十七・十八）。『春近開庵勧請文』には、「弥生（やよい）の会宴（かいえん）ありしより、四方（よも）の好士此所（こうしここ）に集ひ（つどい）彼処（かしこ）に寄（よ）りて風流益（ふうりゅうますます）行る（おこなわる）」と書かれていますから、井月に触発されて俳諧に打ち込む人も増えたのでしょう。

《芭蕉堂建設計画》

さらに井月は五声と出会い、西春近の下牧に芭蕉堂を建てようという計画が動き出します。宮田村では戸長の家の書記を務めました。

おそらく、東春近・西春近・宮田の三ヵ所に拠点を置きながら、伊那谷各地を股にかけて活躍したい、という構想だったのではないでしょうか（東春近に草庵がありながら西春近にも草庵を建てたい、そのうえ宮田の職場に通うとなると、体がいくつあっても足りないだろう。勢いに乗ってちょっと張り切りすぎたか）。

井月は、春近郷（東春近・西春近・宮田）の風景を詠んだ「八景の句」というものを書いています。かの近江八景に劣らぬ、素晴らしい所だと言わんばかりの連作です。

八景の句

殿島夕照（とのじませきしょう）　涼風（すずかぜ）も怠（おこた）り勝（がち）の西日（にしび）かな（東春近）

光久寺晩鐘（こうきゅうじばんしょう）　暮遅（くれおそ）き鐘（かね）のひゞ（び）きや村渡（むらわた）し（東春近）

法音寺夜雨（ほうおんじやう）　夜（よ）に入（い）りて松（まつ）に落（お）ちつく時雨（しぐれ）哉（かな）（西春近）

藤森晴嵐（せいらん）　畑打（はたうち）の弁当（べんとう）に行木陰（ゆくこかげ）かな（西春近だという）

宮田落雁（みやだらくがん）　雁（かり）なくや町（まち）の明（あか）りの小田（おだ）にきく（宮田、宿場の明かりと田園風景）

沢渡帰帆（さわんどきはん）　春風（はるかぜ）にまつ間程（まほど）なき白帆（しらほ）哉（かな）（西春近、天竜川を行き交う舟）

丸山秋月（しゅうげつ）　誰（だれ）やらが操（みさお）に似（に）たり秋（あき）の月（つき）（西春近だという）

駒峰暮雪（こまみねぼせつ）　降（ふり）かくす麓（ふもと）や雪（ゆき）の暮（くれ）さかひ（い）（中央アルプス駒ヶ岳）

応需即興（おうじゅそっきょう）　井月拝（はい）

〔『井月全集』発句篇122頁、『新編井月全集』発句篇192頁。宮田の山圃の許（もと）へ来遊中に認（したた）めたものだという。藤森については西春近表木に「藤の森」の碑がある（『伊那市石造文化財』388頁）。丸山については西春近の丸山城跡か、あるいは宮田の新田区丸山か。『伊那路』平成2年5月号・矢島太郎氏の記事によれば、藤の森は「沢渡の街と上の原の間の段丘」で、丸山は「常輪寺の南、戸沢川の上流、中央高速道の上あたり」だという。｝

井月は、この地を俳諧の理想郷とし、ランドマークとなる「芭蕉堂」を建てようと考えていたのではないでしょうか。『春近開庵勧請文』には、「常に江湖慢遊の風子をさそひ、永く俳諧の道場たらしめむ」と書かれています。伊那谷の門人たちだけでなく、日本各地から行脚俳人が訪ねてくるような草庵にしたかったのでしょう（現代風に言えば、「春近郷ユートピア構想」といったところか）。

ところが、ここに大きな誤算が生じました。明治新政府の打ち出した「戸籍」という政策は、井月の構想に暗雲をもたらします（『柳の家宿願稿』に「戸籍の御沙汰厳敷」とある）。さらに、寄付金の問題で芭蕉堂建設計画は行き詰まってしまいました（書簡一に「心の目算忽ち変じて意正に茫然たり」とある。おそらく、思ったより寄付金が集まらなかったのだろう）。

事態打開のために開催した送別書画展観会（明治五年）は、ちらしに百十三人もの名前を勝手に載せ、二百皿以上の料理を用意し、二日間の予定を三日間に延長したものの、収益は上がらなかったのでしょう。大きな赤字を出してしまい、借金をかかえた井月は、いつまでも越後へ帰らず、ぐずぐずと伊那谷で暮らしました。春近郷を離れ、中沢や赤穂を流転した様子が書簡一に書かれています。門人たちの信用を失い、つらい日々を送っていたのでしょう。書簡二には「活計に道を失ひ」と書かれているので、宮田での書記の仕事もやめてしまったのかも知れません。

《再起をかけて》

しかし書簡一～三には、一刻も早く越後へ行って戸籍をもらってきたい、という気持ちが書かれていますし、越後行きの旅費を工面しようとしていた様子も読み取れます。ただぐずぐず暮らしていたのではなく、井月なりに何とかしようとあがいていたのでしょう。

明治七年の四月、南佐久郡北相木村の厄除観音堂に奉納された句額に、「美しくつよみ持けり糸柳　井月」という句が載っているそうです（『俳人井月　幕末維新　風狂に死す』249頁）。伊那谷に居づらくなって佐久方面（東信地方）をさまよったこともあったのでしょうか。

明治七年といえば、四月に東京で教林盟社ができた年です。また、同年七月に東春近の渡場で作られた延寿会の俳額（書簡二十のところで示した上伊那地図の⑩）は、教林盟社の代表・為山（月の本）が撰者になっています（『伊那路』昭和63年11月号・松村義也氏の記事）。もしかしたら井月は、北相木から秩父山地を越えて東京へ行き、為山に会って選句を依頼したのではないでしょうか（このころすでに、飯田の精知が東京へ帰っており、井月を寝泊まりさせることはできたはずである）。

明治九年の『柳の家宿願稿』で「兼而通向有之間」と言っているのは、この東京行きのことでしょうか。井月には、途中で詠んだと思われる次のような句があります。今後、さらに裏付けとなるような資料が出てくることを期待したいです。

「初虹や般若の住みし山の寺」（『井月全集』発句篇11頁、『新編井月全集』発句篇43頁）〔埼玉県秩父郡小鹿野町にある般若山法性寺のことではなかろうか。〕

「武の玉川に遊て　徐に柳のかぜや小鮎くみ」（『井月全集』発句篇15頁、『新編井月全集』発句篇50頁）〔「美しくつよみ持けり糸柳」の句と季節は合致する。〕

「玉川　夕士峰も朝不尽も見てさらし搗」（『井月全集』発句篇47頁、『新編井月全集』発句篇93頁）〔さらしは夏の季語。職人が布を杵で搗いて漂白している様子だろう。調布あたりの風景か。かつては多摩川で布をさらしていたという。そもそも調布という地名は、税（＝いわゆる租庸調の「調」）として布を朝廷に納めていたことに由来するらしい。〕

北相木
秩父山地
春近郷
調布
都心

中山道や甲州街道ではなくわざわざ秩父山地を通ったのだろうか。それに、借金をかかえて越後へ帰れないような人が東京へ行けたかどうか疑問が残る。

明治八年か九年には、頼みだった五声が若くして亡くなってしまいました。下牧に芭蕉堂を建てるという構想は、これで完全に断たれてしまったと思われます。また、宮田の湯沢友右衛門（亀石）も明治八年に没しています。

しかし井月は、いつまでもめげていなかったのでしょう。明治九年ごろをピークに精力的に活動したと思われ、揮毫作品などがいくつも遺っています。書道家として一番脂が乗っていた時期ではないでしょうか。

明治八年

・明治乙亥仲夏「手代りにもつ家づとや春の月」など九句揮毫（『井月真蹟集』109頁）

・明治乙亥五月「紐を解大日本史や明の春」など四句揮毫（『井月真蹟集』111頁）

明治九年

・明治丙子「月のおぼろ花にゆづりて明にけり」など十三句揮毫（『井月真蹟集』87頁）

・明治丙子弥生　伊那市手良の清水庵俳額を揮毫（書簡二十のところで示した上伊那地図の⑪）

・明治九丙子年弥生　伊那市福島で行われた禾圃居士追善の連句に参加（『井月真蹟集』197頁、『井月全集』『新編井月全集』連句篇　二十五）

・明治九年三月二十九日　中川村四徳の思耕という人の土蔵の棟木に揮毫。「天長地久　千歳棟　万

歳棟　福寿財棟」（『井月全集』『新編井月全集』奇行逸話　二十二）

・明治九年九月　『菊詠集序』。「香に誇る私はなし残り菊」

・明治九月　日（書き誤りか）、『柳の家宿願稿』（越後へ行って戸籍を持ち帰り、草庵を再興させたい、と書かれている。『井月全集』続補遺篇503頁に筆跡あり）

明治十年

・明治十年晩秋「降とまで人には見せて花ぐもり」など五句揮毫（『井月真蹟集』229頁）

・明治十年晩秋「隙な日のさしあふ花の盛りかな」など五句揮毫（『井上井月真筆集』107頁）

・明治十年丁丑孟冬　東春近田原、山の庵奉額を揮毫（書簡二十のところで示した上伊那地図の⑫）

〔このころ、凌冬夫妻（書簡二十九に登場）と連句を数多く詠んでいる（『井月全集』拾遺篇433～443頁、『新編井月全集』連句篇　五十一～五十九）。凌冬と仲たがいをしたのは、もう少しあとだろうか。〕

明治十一年

・井月書鳳雲富士山画の歳旦帖（『伊那路』2000年1月号・矢島太郎氏の記事に写真あり）

・明治十一年七月　長谷中尾の薬師堂俳額を揮毫（書簡二十のところで示した上伊那地図の⑬）

・明治十一年秋　東春近の八幡社俳額を揮毫（書簡二十のところで示した上伊那地図の⑭）

〔このあと、俳額作成はぱったりと止み、明治十七年まで行われていないようだ。〕

このような期間を経て、ようやく明治十二年、井月は北へ向かって旅立ったと思われます（本書では、ここから先を「北信濃歴訪／伊那谷Ⅲ期」と呼んでいる）。

〔北信濃歴訪へ向かうきっかけは何だったのだろう。この時期の大きな出来事としては、教林盟社の為山が明治十一年一月に亡くなっている（『明治大正俳句史年表大事典』52頁）。上京を拝命し、天皇のそばで文台を務めるという野望（『柳の家宿願稿』）を持っていた井月にとって、為山の死はショックだったのかも知れない。ぐずぐず暮らしている場合ではないぞ、東京からお呼びがかかるのを待っていてもダメだ、それよりも戸籍と草庵を何とかしなければ、という気持ちが働いたか。なお、教林盟社の二代目代表には春湖という人物が就任している。〕

北信濃歴訪①

北へ向かって旅立った井月が、どんな道をたどったのか、まとまった資料があるわけではないので、点々と遺された資料をつなぎあわせて推理してみるしかありません。

まずは、井月の足取りを地図にプロットしておきます（本当に行ったかどうか疑問が残るところも

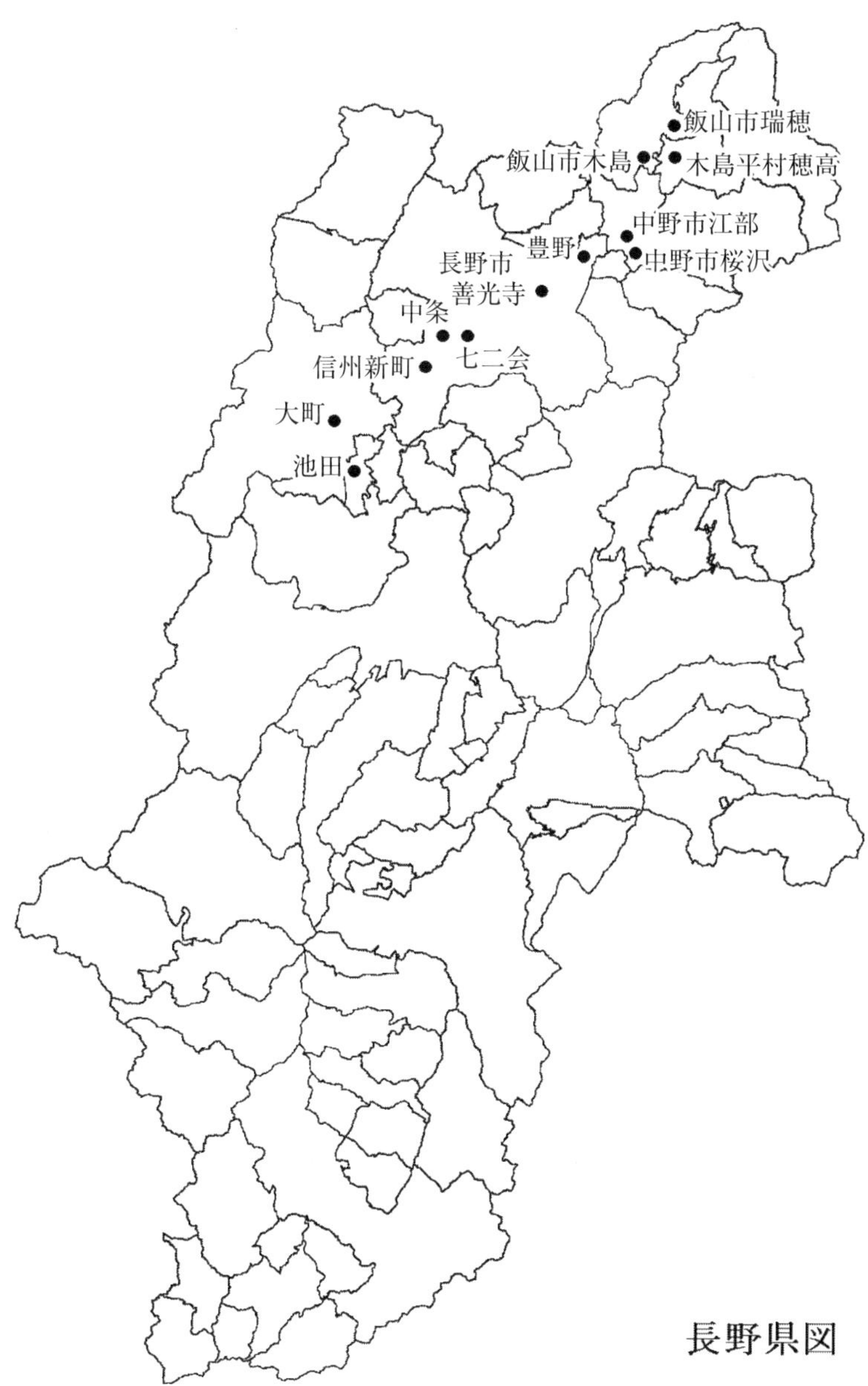
飯山市瑞穂
飯山市木島
木島平村穂高
中野市江部
豊野
中野市桜沢
長野市
善光寺
中条
七二会
信州新町
大町
池田
長野県図

含む）。きれいな帯状のエリアで行動していたことが分かります。

井月は明治十二年、長野市中条の仲間たちを訪ねて、空いているお堂を見つけ、草庵を開こうとしました（書簡二十五～二十六）。

この中条への旅は、ふらっと出かけたのではなく、それなりに準備して行ったものと思われます。なぜなら、明治十二年の如月（旧歴二月）、井月は伊那市福島の竹圃という人の家で連句を二つ詠み（『井月全集』『新編井月全集』連句篇 三十二と、『井月全集』補遺篇492頁、『新編井月全集』連句篇六十五）、そのうちの一つを中条へ携行しています。伊那谷から離れてゆくにあたり、ささやかな記念としたのではないでしょうか。

明治十二己卯年如月於井田斎興行（井田斎は竹圃の家）

盃に請て目出たし初日影　井月
　折々匂ふ窓の梅が香　竹圃
見渡せばどの山々も雪解て　富哉

（以下略。『井月全集』『新編井月全集』連句篇 三十二。如月というよりは、新年の句に思える。竹圃は井月より十六歳年下（『伊那市史 現代編』907頁）。富哉は井月より五歳年上で（『伊那市史 現代編』905頁)、篤農家として筑摩県から鎌を授けられたという逸話を持つ(『井月全集』発句篇63頁、『新編井月全集』発句篇114頁)。}

この連句は、中条の盛斎という人物の家で見つかっています。三月には盛斎の家で「俳諧正風起証」(書簡十六に登場)を書き写しました(『井月全集』後記404頁、『新編井月全集』後記609頁)。四月には七二会と中条で連句を詠み(『井月全集』『新編井月全集』連句篇　三十三・三十四)、同月に書簡二十五を、翌月(五月)には書簡二十六を書いています。

{『暇乞の訳　その四』も、この中条への旅立ちに際して書かれたものではなかろうか。「神迎ふ頃より旅行李をものして」とあるので、明治十一年の十一月から旅の準備を始めたのだろう。十二月〜一月は、冬の蝿のようにぐずぐずと過ごし(「薬煉る窓下ぬくし冬の蝿」)、二月にやっと「初日影」の連句を行い、三月には中条へ着いていたものと推測される。

なお、「池田、大町に足を止め、十日に一度くらいずつ善光寺へ出ては一杯傾け」という説(『高津才次郎奮戦記』33頁)は、このときのことではなかろうか。大町と善光寺を結ぶ道(大町街道)が中条を通っているので、井月は何度となく中条に立ち寄っていたのかも知れない。この年は三月と四月のあいだに閏三月があるので、大町と善光寺のあいだを何回も行き来する時間は、じゅうぶんあったと考えられる。ただ、残念ながら現在のところ、池田・大町方面から井月の資料は発見されていない。

書簡二十一は、この閏三月に伊那谷へ書き送ったものだろうか。「そこはかとなくさまよひ、名吟若干出放題」と書かれているのは、北信濃をさまよう井月の心境か。「暇日拝鳳」（＝暇な日にお目にかかります）とも書かれているので、いずれ伊那谷へ帰るつもりでいたのだろうか（なお、『伊那路』平成元年10月号・矢島太郎氏の記事に「上水内郡中条村〔中略〕で翁柳川あて消息を含め、数点の井月作品を確認した」とあるが、それは書簡三十のことで（『画俳柳川　菊日和』47頁）、北信濃から伊那谷へ送った手紙ではない）。｝

中条のお堂に入り込むためには戸籍が必要だったと思われ、書簡二十五に書かれているように、長岡まで戸籍を取りに行くつもりだったのでしょう。井月は中条を離れ、北へ向かったようです。下高井方面（現在の木島平村や、飯山市の千曲川東岸）に、次のような俳句や連句が遺されています。

「千草子の愛児を先立給しを悼　いふ事の汗にまぎるゝ涙かな」（『井月全集』発句篇47頁、『新編井月全集』発句篇93頁、千草は下高井郡木島平村穂高の人）

「水沢老人の遠行をいたむ　けふの日や泪を包む汗拭ひ」（『井月全集』発句篇48頁、『新編井月全集』発句篇93頁、水沢老人も下高井郡木島平村穂高の人で、明治十二年没。季語は「汗拭ひ」だから、明治十二年の夏に訪れたものと思われる）

明治十二卯晩夏梅春亭おゐて興行
蝉なくや報謝の銭の皆に成　井月
　奇麗に掃除出来し井浚　梅春
（以下略。『井月全集』『新編井月全集』連句篇　三十五）〔梅春は下高井郡瑞穂村小菅の人、現在の飯山市瑞穂。井月より十六歳年下（『長野県俳人名大辞典』738頁）。〕

明治十三年辰年春四月於真居庵興行
筆置て待鶯の乙音かな　可春
　雪の崩れて雫もつ竹　井月
長閑さに道の辺りの踏よくて　梅春
（以下略。『井月全集』『新編井月全集』連句篇　三十六）〔「春四月」はおそらく新暦なのだろう。豪雪地帯の飯山では、四月まで雪が残る。ようやく地面が見えるようになって、道が「踏よく」なるころに詠んだのだろう。旧暦の二月～三月と思われる。注記によれば真居庵は梅春の家。可春は

飯山市瑞穂小菅の路傍にある梅春の句碑。と言っても雪の下に埋もれて全く見えない（矢印のあたり）。「辞世　年の坂一言毎の別れかな　梅春翁」と刻まれているはず（『飯山市の石造文化財』299頁）。左側に頭だけ見えているのは、高さ二メートルの庚申塔。雪深さが分かるだろう。

「行脚俳人だろう」と書かれているが、『長野県俳人名大辞典』132頁によれば長野市豊野の人。〕

〔このほかに、『俳人井月』132頁には「明治十三年下高井郡木嶋村〔=現在の飯山市木島〕某方にて幻住庵記を屏風半双に書す」とある。筆者は未見、何月なのか分からない。〕

飯山といえば、県境まで目と鼻の先です。越後へあと一歩のところまで行ったのでしょう。明治十二年の晩夏（旧暦六月）から明治十三年の春（新暦四月）まで、半年以上も飯山に長期滞在したのでしょうか。あるいは、この間に越後へ足を踏み入れたのでしょうか。

「北越の古城跡を見廻りて　城跡は畑に記さず閑古鳥」（『新編　井月俳句総覧』306頁）〔この時期に詠んだ句かどうか断定はできないが、もし長岡へ行ったとすれば、戊辰戦争からすでに十年以上経っている。街並みは変わり、家族の消息も分からず、戸籍を作るすべもなかったのだろうか。〕

《伊那谷へ戻る》

中条の草庵の件がどうなってしまったのか分かりませんが、結局井月は戸籍を持ち帰らないまま、明治十三年の春には伊那谷へ戻ってしまいました。伊那谷には、明治十三年に揮毫した幻住庵記や唐詩が、数多く遺されています（時期は明治十三年の弥生・秋・晩秋。ほかに明治十三年冬十一月の引墨（俳句の添削）も遺されている。『井上井月真筆集』124・128・135・137・139・147頁。『井月真蹟集』91・119・121・141頁。『流浪の詩人 井月の人と作品』巻頭写真）。

戸籍も草庵も得られなかった失望を胸に、幻住庵記をひたすら書きつづったのではないでしょうか。「芭蕉のように、ささやかな草庵が一つほしいだけなのに」という思いが込められているような気がします。そのうちの一つに「東京教林盟社中　柳の家　井月」と署名していますが（『新編井月全集』29頁、『井上井月真筆集』135頁）、どんな思いで署名したのでしょう。「草庵は得られなかったが、上京拝命の夢（『柳の家宿願稿』）をあきらめたわけではないぞ」という気持ちの表れでしょうか。

〔このほかにも、「東京教林盟社」と記された作品が二つ存在する。「貸はづの提灯出来て花の宿」など十句が書かれた掛軸と、「降とまで人には見せて花ぐもり」など十一句が書かれた掛軸で（『井上井月展の記録』55頁）、共に明治十三辰年晩秋と記されている。

なお、明治十三年に箕輪で書かれた唐詩について、高津才次郎氏は『井月全集』の後記で「晩春」と書いているが（『井月全集』後記404頁、『新編井月全集』後記609）、同じく高津氏が書いた『俳句雑誌科野　井月特輯号』48頁と、それをもとに書かれた『長野県上伊那誌　人物篇』55頁には、「晩秋」とある。どちらかが誤りであろう。

晩春と書かれたものは筆者は未見。}

続く明治十四年は、井月の足跡が特に少ない年で、「明治十四辛巳初秋」（旧暦七月）と記された幻住庵記があるだけです（『井上井月真筆集』133頁）。もしかしたら、井月は伊那谷を留守にしていたのでしょうか。

ただし、明治十四年の五月に宮田村の山圃（書簡十二に登場）が亡くなっており、そのときの井月の弔句は「東西も分らぬ雁の名残かな」だと伝えられています（『井月全集』『新編井月全集』奇行逸話 二十九）。「あなたが亡くなって、西も東も分からなくなってしまいました。北へ帰りそびれた雁のような私は、これから何を頼りにしたらよいのでしょう」という意味が込められていると思われます。

また、明治十四年の九月には凌冬が円熟社（教林盟社の分社）を設立していますが（『伊那市史 現代編』901頁）、井月は加入した形跡がありません。仲たがいをしたのはこのころでしょうか（東京教林盟社とのパイプを持っていた井月にとって、凌冬の円熟社設立は、頭越しにやられた感じがしたに違いない）。

伊那市手良の清水庵には、井月の俳額（書簡二十のところで言及、上伊那地図の⑪）のほかに、井月が参加していないもう一つの俳額があります。明治十四年十一月に奉納されたもので、撰者（判者）

は東京の春湖（教林盟社の二代目代表）。

書と画は高遠の鳳雲（『越後獅子』「明治二年の歳旦帖」「明治十一年の歳旦帖」で挿絵を担当している）。催主は月山（『紅葉の摺もの』『越後獅子』『家づと集』「明治二年の歳旦帖」「明治三年の歳旦帖」『余波の水くき』に参加しているので、井月と相当親しい人なのだろう）。ほかに美篶末広の梅関（書簡二十四に登場）なども載っていますが、なぜか井月は載っていません（まさか井月を除け者にして作ったのだろうか）。

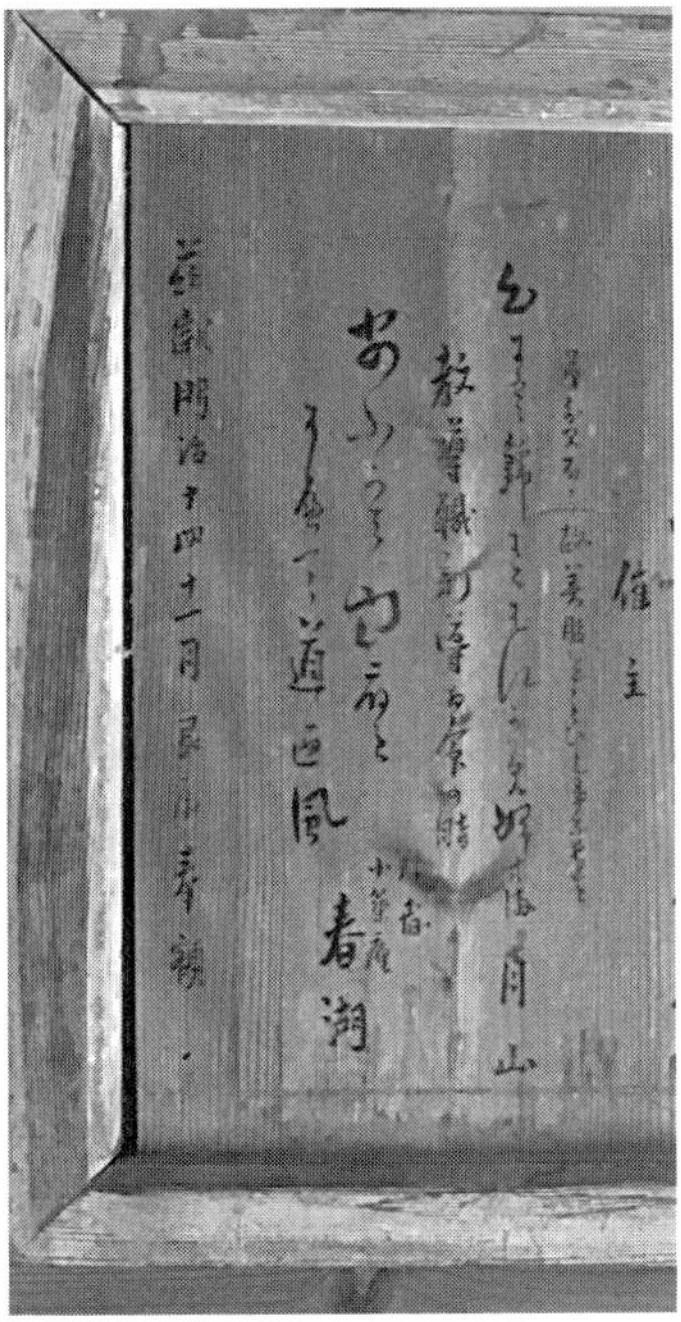

伊那市手良、清水庵にある「井月が参加していない俳額」の末尾部分。

北信濃歴訪②

続く明治十五年は、三月一日に下牧の有隣の家で「両吟百二十句」を詠んでいます。

明治十五年三月一日於不狐亭興行　梅の花句集　一時百吟
折人も思案顔なく梅の枝　有隣
振袖の花盗人や楳屋敷　井月
夜の梅を盗みにくるや闇の内　有隣
宵闇や梅が香通ふ風よわし　井月　〔以下略〕

〔『井月全集』発句篇123頁、『新編井月全集』発句篇193頁。この調子で有隣と交互に俳句を詠んでいる。
「不狐亭」は有隣の家。「一時百吟」とあるが、興が乗って百二十句まで詠んだらしい。〕

さらに、同じ日に連句一編を詠んでいます。

明治十五年三月一日於不狐亭興行　俳諧鯉鱗行

初鶏や常に似合ぬ太き声　有隣
　若水汲の歩行井の端　井月
笊に置薺を人に好まれて　有隣
　やいとすへれば囉ふ豆熬　井月　〔以下略〕

〔『井月全集』『新編井月全集』連句篇　三十七。鯉の鱗にちなんで三十六句からなる連句のことを鯉鱗行という。一般には歌仙と呼ばれる形式。〕

井月は即吟の達人であり、老いてもその腕前は健在だったのでしょう。しかし何のために、一日でこれほどたくさんの句を詠んだのでしょうか。両吟百二十句は「梅の花」「春の雪」というお題で詠まれており、旧暦三月（晩春）だとすれば季節がやや合いません。また連句は「初鶏」という季語で始まっており、これも旧暦三月とは思えません。新暦でしょうか。

明治十五年の新暦三月一日を旧暦に直せば一月十二日。梅の花・春の雪・初鶏という季語に合致します。おそらく井月は、有隣と二人でささやかな「歳旦開き」をおこなったのではないでしょうか。歳旦開きとは、正月の吉日に、俳諧の師匠が門人たちを集めて句会をおこなったり、歳旦帖を披露したりする行事のことです。

そのあと井月は、再び北信濃へ行ったと思われます。長野市豊野の白斎という俳人の、三十三回忌の追善句集『花の滴』（編者は鶩雄、明治十五年五月上旬の刊）に、次のような句が載っています。

「奥山の名もふれ行や氷うり　井月」（『井月全集』拾遺篇423頁や『新編井月全集』発句篇98頁では「名を」となっているが、「名も」が正しい）

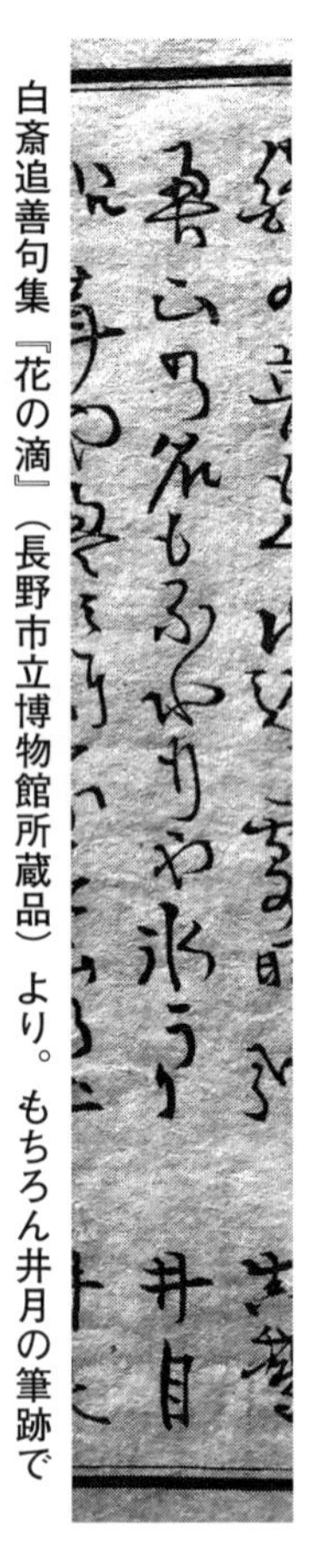

白斎追善句集『花の滴』（長野市立博物館所蔵品）より。もちろん井月の筆跡ではない。編者である鶩雄の字だろうか。

また、『花の滴』には百人による連句が載っていて、井月も参加しています（『井月全集』拾遺篇446頁、『新編井月全集』連句篇　六十三）。井月の前後の部分だけを読んでみましょう。

馬に乗りしは五郎入道　岨雲（五郎入道正宗は、鎌倉の名高い刀工）

臑で見る芝居は殊に大当り　井月（名刀正宗が、芝居に出てくる様子）

きれぬできれる棒の脇ざし　柳翠（芝居なので、切れぬ刀でもバタバタ斬れる）

（岨雲についてはわからない。柳翠は長野市三輪の人で、『家づと集』に名前があるから、井月とは以前からの知り合いだろう（『井月編　俳諧三部集』151頁）。井月は、百人中の二十九番目。ただし『井月全集』『新編井月全集』には九十九人しか名前が載っておらず、掲載漏れが一人いる。正しくは、十八番目（潮堂のあと）に梅曦という人物が参加している。

『花の滴』について、『井月全集』『新編井月全集』には、「明治十五年序明治十六年六日板」と書かれているが、これは誤りで、原本の奥付を見ると「明治十五午年五月上旬浣」とあり、序文には「明治十六年六月」とある。おそらく明治十五年に作っておいて、白斎の三十三回忌である明治十六年に序文を加えて配ったのだろう。

ところで、「明治十五午年五月上旬浣」は旧暦だろうか、新暦だろうか。旧暦ならば新暦の六月十六日～二十五日に相当し、夏である。井月の「奥山の名もふれ行や氷うり」という句も夏で、季節は一致する。しかし夏に『花の滴』と題した句集を作るだろうか。「明治十五午年五月上旬浣」が新暦ならば、旧暦の三月十四日～二十三日に相当し、桜の花は散っていただろうが弥生なので『花の滴』というタイトルも不自然ではない。事実、『花の滴』の巻頭に載っている白斎の句は「散る花もなくてめでたし雪の山」、巻末の鷲雄の句は「これとても親の乳なり花雫」で、春に作った句集のように思われる。旧暦か新暦か、今後さらなる検証が必要となるだろう。

なお、『井月全集』拾遺篇424頁や『新編井月全集』発句篇112頁には、もうひとつ「朝露のままで手向けん蓮の花（白斎追善集に）」という句があるが、これは『花の滴』に福斎という人の句として載っている。つまり井月

句ではない。〕

白斎は、井月より五十歳も年上で、小林一茶の俳友。寺子屋の師匠をしていて、「余暇さへあれば、若者を伴れて、附近の山や川に散歩したものだ。〔中略〕白斎は大酒飲みではないが、酒は大の好物である。だから山に行く時には、必らず七、八合入れのふくべ〔＝瓢箪〕に、多少の酒を入れて、これを持参したものだ。そして所嫌はず、酒をチビリ〳〵飲みながら、若者を相手に訓話を行つた」と伝えられています（『俳人白斎』28頁。瓢箪に酒というあたりが、なんとなく井月を思わせる）。白斎が没したのは嘉永四年（『長野県俳人名大辞典』750頁）。若き日の井月が北信濃で活動していた頃です。

『花の滴』を編集した鶯雄という俳人は白斎の一番弟子で、井月より五歳年上（『長

右は「日はよそへくれても行ず花の中　白斎」。長野市豊野支所にある。左は「こうこうと花のみち引く山路哉　鶯雄」。「こうこう」は「来い来い」という意味らしい（『一茶ゆかりの白斎と文虎』170頁）。南石農業集落多目的集会施設にあり、同所には白斎句碑が二つと、芭蕉句碑が一つある。

野県俳人名大辞典』149頁)。『越後獅子』には鶯友という名で出ています。

同じころでしょうか、豊野のとなりの、中野市で詠んだと思われる連句が伝わっていますので、一部を読んでみましょう(『井月全集』『新編井月全集』連句篇 四十三。中野市江部の梅薫という俳人が所蔵していたものだという)。

暑

なほ暑し降そこねたる雨の跡　梅薫(中野市江部。『長野県俳人名大辞典』732頁)
　うりをむかせる片かげの椽　井月
入船を待る小挙の手を明て　潮堂(中野市間山。『長野県俳人名大辞典』652頁)
　寄りさへすれば石の番持　文康(中野市上今井。『長野県俳人名大辞典』797頁)
木の間洩る月の光のあざやかさ　喜逸(中野市新保。『長野県俳人名大辞典』193頁)
　棚田の水の落果る音　白淵(中野市三ツ和。『長野県俳人名大辞典』748頁)

更衣

酒もりは只さへよいに更衣　梅薫
　日除けともなる軒の葉柳　井月〔中略〕

帷子（かたびら）
村雨（むらさめ）も折（おり）には凌（しの）ぐ日傘（ひがさ）かな　　井月
汗（あせ）にをり（お）目（め）の消（きえ）る帷子（かたびら）　　梅薫〔後略〕

この連句に参加した六名全員が『花の滴』に載っていますので、同じ時期と考えてよいでしょう。ちなみに、長野県庁に勤務していた潮堂（通称・本屋潮堂）が中野市間山に帰ったのは明治十三年。つまりこの連句が行われたと思われる明治十五年には、たしかに潮堂が中野にいたと考えられます。「帷子（かたびら）」へ「更衣（ころもがえ）」するのは旧暦五月五日。『花の滴』が作られた「明治十五午年五月上旬浣」が旧暦だとすれば合致します。また旧暦五月は、初夏ではなく仲夏であり、「暑」の季語も合致します。

《拾われて来た井月》

さらに、北信濃での井月の暮らしぶりを物語る、貴重なエピソードが伝わっていますので、読んでみましょう（『俳句雑誌科野　井月特輯号』（昭和二十二年三月号）2頁、この雑誌の編集人である栗生純夫氏による記事）。

・下高井郡延徳村桜沢〔現在の中野市桜沢〕に、景斎と云ふ俳諧師がゐた。〔中略〕私の家内には外祖父にあたる人で〔中略〕明治二十七年に歿くなつてゐる〔中略〕。外祖母のゆきは長命で、昭和四年まで生きてゐた〔中略〕。これはそのゆき女の話である。

・景斎の母親は〔中略〕、ある日の夕方〔中略〕、一人の乞食坊主を拾つて来た。聞いてみると、田圃道をさまよふこの坊主は、どうもただの坊主ではなささうだ。〔中略〕「お前さんは俳諧師かへ」ときくと、さうだと云ふ。「おれのとこの息子も俳諧をやるが、もう日も暮方だ、今夜は息子の相手をしてやつてはくれぬか」と言つたやうなことから、この家に井月がおちつくことになつた。家内の者は、畑から拾つて来た井月と言つてゐた。

・景斎は木屋をやつてゐた。この頃、俳諧師らしい好みの離れ座敷を新築した。井月とあつて話してみると、尋常の俳諧師でないことがわかつたので、この新しい離れを彼に与へた。ある夜、〔中略〕景斎の出した短冊に、井月も気軽に筆をとつて、「貸すはずの提灯できて花の宿」としたためた。景斎はつくづくそれをながめながら「先生、これはちとちがひますな、この離れは先生に貸すために建てたわけではないんですよ――」と冗談口をきいた。そして、そのはては主客とも大笑してしまつた。〔「花の宿」という句からすると、桜が咲く旧暦三月の出来事か。井月は草庵と呼べるような住まいを手に入れたようだ。しかし開庵披露をしたとは書かれていない。〕

・景斎の妻のゆき女は、この時まだ花嫁であつた。〔中略〕この花嫁は従順そのものであつた。しかし井月坊主の衣服の洗濯だけには眉をひそめた。おそろしく垢によごれてゐたばかりでなく、ひどい虱がわいてゐた。〔中略〕景斎はいつこうにそれをとりあげないだけでなく、いつか井月の口癖の「千両々々」がのりうつつて、妻女の泣きごとにさへ「千両々々」を連発してゐた。

・景斎の部落には楽二と云ふ宗匠がゐて、村の青年はたいてい俳諧をやつた。井月が景斎のところへ拾はれて来たと云ふので、たちまち村の青年たちが集まるやうになつた。青年たちは、井月に俳諧の指南をしてもらつたお礼に、衣服一着を新調して贈つた。新しい衣服を着た井月は、ある日一寸外出をしてくると言つて出かけた。しかし夕方になつても帰らず、翌日も、翌々日も帰らなかつた。あとできくと、隣村の茶屋で、終日酒をひつかけた井月は、嚢中無一物、その新調の衣服をぬがされてしまつた。井月にも面目ないと言ふ気持があつたのであらう。その後幾日たつても井月は帰らなかつた。〔伊那谷ならば、俳句の一つも書いてやれば酒代の代わりになっただろう。ところが中野ではその手が通用しなかったようだ。〕

・楽二は資産家であつた。俳諧の方も「恋の楽二」で通り、恋の附句を得意としてゐた。ずゐ分長い

中野市桜沢。平地には田んぼ、山裾には人家、という昔ながらの集落である。この田んぼ道で井月は拾われたのだろうか。

間、この村に井月が滞在したにもかかはらず、楽二は井月をよせつけなかつた。井月も好んでよりつかうとはしなかつたさうである。〔連句には恋の句を入れるというルールがあり、楽二はそれが上手だったのだろう。〕

〔景斎という人物については、わからない。楽二は井月よりも六歳年下（『明治大正俳句史年表大事典』129頁）、あるいは九歳年下（『長野県俳人名大辞典』883頁）。明治十一年に東京で花見をしたあと、『おくのほそ道』をたどって松島などを行脚。秋田で年を越し、明治十二年に北海道へ渡る。千島で年を越し、明治十三年には佐渡へ渡り、明治十五年春に帰郷したという（『明治大正俳句史年表大事典』61頁）。

また楽二は、明治十五年の『花の滴』に参加している（『井月全集』拾遺篇446頁、『新編井月全集』連句篇六十三）。〕

犬や猫じゃあるまいし、「畑から拾つて来た井月」という言い回しが傑作ですが、離れの座敷を与えられるほどの厚遇を受けていますし、村の青年たちにも慕われていたようです（井月には、何か人を惹き付けるような不思議な魅力があったのかも知れない）。一方で、年下の宗匠・楽二にしてみれば、井月の出現は面白くなかったでしょう。井月にしても、他人の縄張りに入り込んで暮らす難しさや気苦労が、わかっていたでしょう。

この中野での滞在は、楽二が行脚から帰って来た明治十五年以降のことと考えられます。「ずゐ分長い間、この村に井月が滞在した」と書かれていますので、おそらく井月は中野で年を越し、明治十六年の桜の季節（旧暦三月）に「貸すはずの提灯できて花の宿」という句を書いたのでしょう。そのあと、隣村で酒代が払えずに衣服をとられ、景斎の家に戻らず、そのまま伊那谷へ帰ってしまったと思われます。なぜなら、すぐ翌月（旧暦四月）に、伊那谷の稲谷（書簡十七に登場）の家で連句を詠んでいるからです。

明治十六未年旧四月　日改　坂下讃岐屋（稲谷の家。坂下は現在の伊那市中心部）

出口から名の二ツある清水かな　稲谷
其行先の道に居る鷭　富哉
弁当の早い時分に茶屋ありて　其伯
勧めに来ても直の出来ぬ駕　井月

〔以下略。『井月全集』『新編井月全集』連句篇　四十二。なおこの連句には、ほかに竹圃・露江という人物が参加している。富哉・其伯・竹圃・露江はいずれも伊那市福島の人（教林盟社の『結社名員録』）。〕

もしかしたら、「まかれた井月」に出てくる「翌年の五月頃、携行した竹袋や印章類は失くして又ひょっこり南へ戻り、中箕輪村松島で昼食を済し」という話は、このときのことではないでしょうか。旧暦四月は、新暦に直せば五月ごろであり、季節は合致します。

連句の「名の二ツある清水」がどこなのか分かりませんが、「鷭」は黒い鳥ですので、「色黒で垢まみれの井月を道端で見つけた」という意味に思えなくもありません。「弁当の早い時分に茶屋」は、伊那街道の松島宿で昼食をとっている井月のことのような気がします（深読みしすぎかもしれないが）。井月の句は、「稲谷の家へ行くように富哉たちに勧められたけれども、合わせる顔がないので行きたくない」といったところでしょうか。

〔『井上井月真筆集』122頁に、「明治十六未年春」と書かれた唐詩が載っている。明治十六年の春の終わり（旧暦三月三十日）は、新暦に直すと五月六日。この日までに、井月は伊那谷へ帰ったのだろう。〕

また、「十月も末といふころ、単衣物一枚で、ぶるぶる震へて、また湯沢家〔宮田村〕へ帰って来た」という証言（『伊那路』昭和39年3月号・福村清治氏の記事）もあり、季節は合致しませんが、衣服をとられてしまったことを言っているように思われます（たぶん、伊那谷に五月に帰り着いてから、合わせる顔がなくてすぐに宮田村を訪問せず、月日が経って十月末になったのだろう）。

竹袋や印章類はどうしたのでしょうか。高津才次郎氏は「多分酒のかたにとられて」と言っていますが（『高津才次郎奮戦記』33頁）、もしかしたら、景斎の家に置きっぱなしにして伊那谷へ逃げてきたのではないでしょうか。だとすれば、井月の過去を物語るような資料は、池田・大町方面ではなく中野にあるのかも知れません。

なお、『井上井月真筆集』24頁には、次のような長い詞書の付いた俳句が載っています。

「去年の冬は命の覚束なさを　人々のあやしく沙汰し申されけるに　こたびいづれの頃にくり立しにや　西上人のの給ひける　花のさく日は浮れこそすれ　もと来し道にたどりつゝ　そこはかとなく行暮て　旅ごろも耻つゝ花の宿りかな　井月」

「去年の冬」は、ぶるぶる震えて宮田村にきた後のこと、「命の覚束なさ」は、単衣物一枚で凍死しそうな様子、「人々のあやしく沙汰し」は、井月が置き去りにされて身ぐるみはがされたと噂しあう人々のこと、「いづれの頃にくり立しにや」は、どこから順を追って話したらよいだろう、という意味でしょうか。「花のさく日」に浮かれて無銭飲食、「もと来し道にたどりつつ」は、伊那谷へ逃げ帰ってきたこと、「旅ごろも耻つゝ」は、新しい衣服をとられてボロ一枚になった自分を恥じているように思われます。

《「まかれた井月」はいつのことか》

では、山好に連れられて善光寺へ行ったのは、いつなのでしょうか。『高津才次郎奮戦記』11頁には「ある年の秋」と書かれていますし、同書33頁には「秋過ぎに出掛けた」と書かれています。まかれたときの井月の心境を詠んだ俳句は「秋経(あきふ)るや葉(は)にすてられて梅(うめ)もどき」で、やはり秋です。しかし「北信濃歴訪②」は五月に行ったものと思われ、合致しません。

また、山好の御親族の言い伝えによれば、「善光寺まで送っていって、何日かして帰ったら、先に井月のほうが帰り着いていたので驚いた」といいます。しかし「拾われて来た井月」には「ずゐ分(いぶん)長い間、この村に井月が滞在した」と書かれており、山好よりも先に伊那谷へ帰り着くはずがありません。

この矛盾を解決するには、「山好が井月を北信濃へ連れて行ったのは、明治十五年の五月と晩秋の二回だった」と考えるしかないと思われます（普通、二回も連れて行くだろうか。山好はずいぶん面倒見の良い人だったに違いない。井月を置き去りにしたかどうかはともかく、辛抱強く何度も何度も世話を焼いてくれた人と思われる）。

実は明治十五年は、善光寺の御開帳(ごかいちょう)の年にあたります（現在では丑年(うしどし)・未年(ひつじどし)だが、当時は子年(ねどし)・午(うま)

年（どし）だった。期間は新暦四月十日～五月二十九日の五十日間）。山好は井月を御開帳に誘ったのではないでしょうか（「奥さんを同伴していた」という説も、御開帳なら不自然ではない）。

井月は、まず善光寺を参拝し、山好夫妻と別れて『花の滴』に参加したあと、さっさと伊那谷へ帰ってしまったのでしょう。

山好夫妻は、あれこれ見物しながらゆっくり伊那谷へ帰ったのかも知れません。ところが先に井月が帰り着いていたので、山好は驚いたと思います。「どうして北信濃まで行ったのに、越後へ行かなかったのですか、仕方ない人だ」と思ったのではないでしょうか。

善光寺前立（まえだち）本尊御開帳。全国から参拝者が集まり、回向（えこう）柱（ばしら）に長い行列ができる。

〔『井月真蹟集』143頁に「明治十五午（うま）年麦秋（ばくしゅう）」と記された幻住庵記が載っている。また『井月の俳境』215頁に「明治十五年〔中略〕初夏認（したた）めた用文章（習字手本）二冊がある」と記されている。麦秋も初夏も、旧暦四月のことを指す。

井月は、これらを書いたあと御開帳へ向かったのだろうか。御開帳の期間中、麦秋以降に該当するのは旧暦四月一日～十三日。そのあと『花の滴』に参加し、中野で「暑・更衣・帷子」の連句を詠んだとすれば、「更衣」は旧暦五月五日なので、つまり井月の北信濃滞在期間は一ヵ月ほどだったと思われる。

一方、『花の滴』が新暦の五月上旬に作られたとすれば、話は違ってくる。御開帳の期間中、新暦五月上旬に該当するのは旧暦三月十四日～三月二十三日。そのあと伊那谷へ帰って「麦秋」の幻住庵記や「初夏」の用文章を書いたことになる。この場合、井月の北信濃滞在期間はわずか数日だった可能性があり、「山好より先に伊那谷へ帰り着いた」という説に近いような気がする。ただし、そうすると中野で詠んだ「暑・更衣・帷子」の連句は、いつのものなのか分からなくなる。今後なにか資料が出てくることを期待したい。

なお、『井月真蹟集』117頁には「明治十五午菊月」と書かれた唐詩が載っている。井月が伊那谷で秋を過ごした証拠と考えてよいだろう。｝

そして秋も深まったころ、山好はもう一度北信濃へ井月を連れて行ったのでしょう（すなわち「北信濃歴訪③」）。このときは、山好のほうがさっさと先に伊那谷へ帰ってしまったのではないでしょうか。さすがにそう何度も面倒は見切れなかったでしょう、さっさと帰りたくなる気持ちも分かります。井月からすれば、「置き去りにされた」「まかれてしまった」と感じたのかも知れません。それで「秋経（あきふ）るや葉（は）にすてられて梅（うめ）もどき」の句を詠んだのでしょう。

一人ぼっちになった井月は、とにかく越後のほうへ向かおうと、中野までは行ったのですが、田んぼ道をさまよっていたところを、景斎の家に拾われたものと思われます。

｛「まかれた井月」の話は、北信濃歴訪①②③のときのことが、入り混じって語られていると思われる。まず「此（こ）の間（かん）井月は安曇郡の池田大町方面に行ったとの事であるが｛中略｝明治十二年の犀川峡行脚は或（あるい）は此時（このとき）の事であろうか」と書かれているのは、北信濃歴訪①のときのことだろう。

次に、「お詣（まいり）に同伴するといって善光寺まで行き」という一文は、北信濃歴訪②のときのことなのだろう。このときは「善光寺御開帳」が目的であり、越後へ行くつもりは、はじめからなかったのかも知れない。山好と一緒に御開帳を見物したあと、「ここで別れましょう」と言ったのではなかろうか。山好は、井月が越後へ向かったと思ったのだろうが、井月には別の目的があった。『花の滴』への参加である。たぶん北信濃歴訪①のときに、近々そういった催しが行われるという情報を、井月はつかんでいたのだろう。明治十三年春に飯山市瑞穂の梅春亭で同席した可春という人物は、長野市豊野の人で、しかも『花の滴』に俳句が載っている。この人物から情報を聞いていたのかも知れない。

そして北信濃歴訪③のときは、善光寺参りではなく、ずばり越後行きが目的だったのだろう。井月は越後まで送ってもらうつもりだったのかも知れないが、山好は前回同様、善光寺まで送ってさっさと帰ってしまった。結果、置き去りにされたわけだが、山好にしてみれば、「これ以上は面倒を見切れない」という、ぎりぎりの行動だったのではなかろうか。

「信濃なる伊那郡に十年の星霜を経て今度古郷へ帰らんと思ひて　虫まけもせぬを手柄か吾亦紅」（『井月全集』発句篇85頁、『新編井月全集』発句篇142頁）という句は、この北信濃歴訪③のときに書かれたのかもしれない。吾亦紅は秋の季語で、季節は合致する。「十年の星霜を経て」をどう解釈したらよいだろう。伊那谷に定着した明治元年から数えて十年だと、計算が合わない。もしかしたら、明治五年の送別書画展観会から十年、という意味ではなかろうか。明治十五年で計算が合う。

『暇乞の訳　その一〜その三』も、この北信濃歴訪③のときに書かれたのだろう。「立そこね帰りおくれて行乙鳥」は秋の句で、季節は合致する。凌冬を非難するような文面が書かれているので、仲たがいをしていた頃なのだろう。「送別書画展観会のあと凌冬が門下を鼓舞して井月を越後へ追いやろうとした」という文脈のようだが、十年も前の失敗を、今さらなぜ書いたのだろうか。もしかしたら、昔の苦い失敗がたびたびフラッシュバックし、この十年間ずっと井月の心を苛んでいたのではあるまいか。

さらには「善光寺の報謝を催がされしも」と書かれているので、「井月先生、御開帳に行ってきたそうじゃないですか。もう一度善光寺へ行って、そっちで暮らしたらどうです？」と、凌冬の門人に言われたのだろう。べつに悪意があったとは思えないが、井月にしてみれば、だんだん伊那谷での仕事がなくなり（明治十四年の足跡がほとんどないことや、「井月が参加していない俳額」の存在が、井月の居場所のなさを暗示しているように思われる）、気が付けば周りの仲間たちは、どいつもこいつも凌冬の円熟社に入ってしまった、みんな俺のことを越後へ追いやりたいのだろう、といった被害妄想と焦りで気持ちがいっぱいになっていたのかも知れない。東京の教林盟社からもお呼びがかからないし、こうなったら仕方がない、今度こそ本当に越後へ帰るから、もう一度連れて行ってくれ、と山好に頼んだのではなかろうか。

井月は、あちこちに『暇乞の訳』を書き送り、かつての職場だった宮田村の湯沢家へも挨拶に行ったのだろう（『伊那路』昭和39年3月号・福村清治氏の記事）。こうして伊那谷の人々との別れを済ませ、越後へ帰る覚悟を決めて旅立った井月だったが、中野で思いがけず厚遇を受け、居心地が良くなって長居をし、いい気になって無銭飲食の結果、身ぐるみはがされて、越後へ帰るどころではなくなってしまったのではなかろうか。つまりこのとき越後へ帰らなかったのは、戊辰戦争で家や家族を失ったかどうかなど関係なく、単に酒でしくじったからではないだろうか。それで「面目ないじゃ」と言ったのではなかろうか。

伊那谷へ逃げ帰った井月は、なぜ凌冬門下の中心人物である稲谷の家を訪れたのだろう。『長野県上伊那誌 人物篇』356頁によれば、稲谷は「寡黙、恬淡の好人物で、凌冬門中の逸足であった」という。もしかしたら、仲たがいした凌冬との仲を取り持ってもらうために、福島の仲間たち（富哉・其伯・竹圃・露江）に連れられて来たのではなかろうか。稲谷は凌冬よりも年上だったから、凌冬夫妻をたしなめることもできたであろう。また富哉は井月よりも年上だった

伊那市山寺、常円寺仁王門の横にある稲谷の句碑。「鶯や鐘も木魚もなれた声　稲谷」（『伊那市石造文化財』106頁）。

から、井月をたしなめることもできたであろう。あくまで憶測にすぎないけれども。〕

以上、井月の北信濃歴訪は、①明治十二年の「中条・下高井方面」、②明治十五年四月～五月の「善光寺御開帳・花の滴」、③明治十五年晩秋の「まかれた井月・拾われて来た井月」、の三回と思われます。「国へ帰ると云うて帰らざること三度」という詞書（『井月全集』発句篇81頁、『新編井月全集』発句篇137頁）とも合致します。

厳密に言えば、明治五年の送別書画展観会のときが一度目でしょう（多額の赤字を出して帰郷どころではなくなった）。明治十二年の「中条・下高井方面」の旅が二度目（戸籍を持ち帰るという目的は達成していない）。明治十五年四月～五月の「善光寺御開帳・花の滴」のときが三度目。そして四度目（まかれた井月）の前に、「これまで三度帰らなかったけれども、今回は本当に帰ります」という意味を込めて「国へ帰ると云うて帰らざること三度　立ちそこね帰り後れて行乙鳥」の句を詠んだと考えられます。

〔なお井月は、明治十六年十月に次のような句を書いており、長野市信州新町の久米路橋を訪れていたという説もある（『井月全集』後記405頁、『新編井月全集』後記610頁）。

「朱樹叟も久米地の橋を見んと木曽に杖を曳れてしばらくかしこに旅寝して　そば切も夜寒の里の馳走かな　明

治十六未(ひつじ)どし時雨月(しぐれづき)下浣(げかん)〔=旧暦十月下旬〕柳の家　井月」（『井月全集』発句篇70頁、『新編井月全集』発句篇122頁、『井月の句集』68頁。ただし表記は『井上井月真筆集』70頁に従った）

朱樹叟は、名古屋の著名俳人・井上士朗のことで、井月自身が久米路橋や木曽路を旅したときの記念に詠んだ句ではないように思える。「かつて信濃路をあちこち旅したという名古屋の士朗も、きっと信濃名産のそばを味わったことだろう」などと想像しながら、寒い夜に井月がそばをすすっている様子ではないだろうか。『井月の句集』に載っているということは、下島富士氏（五山）が伊那谷で発見した句と考えられる。つまり北信濃ではなく伊那谷で詠んだ句なのだろう。〕

井月の北信濃歴訪の足取りを、年譜にまとめてみましょう。「伊那の井月」と言われていますが、実は北信濃にもこんなに足跡(そくせき)を遺しており、まだまだこれからも資料が出てくるのではないかと期待が膨らみます。

北信濃歴訪の足取り　<仮説>

明治11	冬	伊那谷	旧暦十一月から旅の準備を始める。 『暇乞の訳』その四「薬煉る窓下ぬくし冬の蝿」
明治12	如月 （旧暦二月）	伊那谷	竹圃亭で連句（連句篇 三十二） これを中条へ携行して手土産にしたらしい。
	三月	長野市 中条	盛斎亭で「俳諧正風起証」を書き写す。
	初夏 （旧暦四月）	長野市 七二会	亀遊亭で連句（連句編 三十三）
	初夏 （旧暦四月）	長野市 中条	盛斎亭で連句（連句編 三十四）
	旧四月二十三日	長野市 中条	盛斎に宛てた手紙（書簡二十五）を和田柳吉亭で書く。 『新編井月全集』年譜633頁には明治11年とある。
	五月九日 （たぶん旧暦）	長野市 中条	盛斎に宛てた手紙（書簡二十六）を康斎亭で書く。
	夏	木島平村 穂高	「千草子の愛児を先立給しを悼」 「水沢老人の遠行をいたむ」
	晩夏 （旧暦六月）	飯山市 瑞穂	梅春亭で連句（連句編 三十五） このあと半年以上消息不明。越後に足を踏み入れたか。
明治13	春四月 （旧暦二～三月）	飯山市 瑞穂	梅春亭で連句（連句編 三十六）、豊野の可春と同席。 このあと伊那谷へ戻ったのだろう。
	弥生・秋・晩秋	伊那谷	唐詩や幻住庵記を多数揮毫。 「東京教林盟社中 柳の家 井月」と署名。
明治14		伊那谷	この年は足跡がきわめて少ない。山圃が没す。 凌冬が円熟社（教林盟社の分社）を作る。
明治15	新暦三月一日 （旧暦一月）	伊那谷	有隣亭で両吟百二十句、同日に連句（連句篇 三十七）
	新暦四月か五月	長野市 善光寺	山好夫妻といっしょに御開帳を見物。
	五月上旬 （旧暦か新暦か）	長野市 豊野	白斎追善句集『花の滴』に参加（連句篇 六十三） このあと、山好よりも先に伊那谷へ帰り着く。
	菊月 （旧暦九月）	伊那谷	「明治十五午菊月」と書かれた唐詩を揮毫。
	秋	伊那谷	『暇乞の訳』その一～三「立そこね帰りおくれて行乙鳥」。吾亦紅の句もこの時か。宮田村の湯沢家に挨拶。
	晩秋	長野市 善光寺	山好に送ってもらう。 「秋経るや葉にすれられて梅もどき」
	晩秋以降	中野市 桜沢	景斎亭に拾われて長期滞在。 （楽二が中野へ帰郷した明治十五年の出来事）
明治16	桜のころ （旧暦三月）	中野市 桜沢	景斎亭の離れを与えられ「貸すはずの提灯できて花の宿」。このあと隣村で無銭飲食。
	旧暦四月 （新暦五月ごろ）	伊那谷	伊那谷へ逃げ帰ったのはこのときだろう。 稲谷亭で連句（連句篇 四十二）

（『井月編　俳諧三部集』175頁）

『余波の水くき』をたどる

明治十七年、晩年の井月は生涯の風流の総決算ともいうべき「大摺物」を作ろうとしていました（書簡十三、伊那谷Ⅲ期）。井月の日記を見ると、名簿を作り、句を集め、お金を徴収していた様子が記録されています。その「大摺物」の題名をどうするか、いろいろと迷っていたようです。

・明治十七年閏五月吉旦『俳諧諸家玉吟集』（『井月全集』日記篇223頁、『新編井月全集』日記篇352頁）
・明治十七年七月『大奉書壱枚摺物口画入』（『井月全集』日記篇223頁、『新編井月全集』日記篇352頁）
・明治十七年八月七日『頭陀佽四方の詠草』（『井月全集』日記篇254頁、『新編井月全集』日記篇398頁）
・明治十七年秋八月『大奉書壱枚摺口画入諸家投吟集』（『井月全集』後記379頁、『新編井月全集』後記586頁）

〔この間、明治十七年七月二十五日（旧暦では六月四日）に、井月は美篶末広の塩原家の分家の戸主として戸籍を作っている（書簡二十四のところで言及）。また、明治十七年八月十一日（旧暦では六月二十一日）に教導職の制度が廃止されており、「東京で活躍したい」という井月の野心（『柳の家宿願稿』）は、このとき完全に潰えたのであろう。伊那谷に骨を埋める覚悟を決めつつ、俳諧集作成の大仕事に取り組んでいたものと思われる。〕

しかしお金が足りず、出版には至らなかったのでしょう。明治十八年、そんな井月のために、梅関ら仲間たちが作ってあげたのが『余波の水くき』という俳諧集でした。井月は六十四歳、行き倒れになる前年です。

亀の家蔵六による序文（『井月全集』雑文篇286頁、『新編井月全集』雑文篇462頁）

> 柳の家井月ぬしは、はやくより風雅に遊びて、殊に蕉翁のみちを慕ひ、月花に情を移し、降雪の越のふる里ふり出て、此信濃路に杖を曳きけるより、いくばくの年月を経ぬる。いなにはあらぬ伊奈部（郡）みすゞの里に笈をおろして、落栗の吟あり□。

【柳の家　井月氏は、早くから風雅に遊んで、特に芭蕉の道を慕い、月や花に情を寄せ、降る雪の多さで知られる越後のふるさとを振り出しに、この信濃路に杖をひいてから、どれくらいか年月を経た。否ではなく、伊那郡美篶の里に旅の荷を下ろして、「落栗の座を定めるや窪溜り」という句を詠んだ。】〔伊那部と美篶は別の村である。ここは伊那郡の誤りであろう。「いなにはあらぬ」は「嘘ではなく本当に」という意味。否と伊那をかけて文章を飾ったのだろう。「降雪・ふる里・ふり出て」も頭韻になっており、ずいぶん技巧的な文章である。〕

年頃親しき友の集めて一巻のそめぎぬとなしぬるは、寂栞さびし寝覚の友垣にせんとの結構ならんかし。

【長年の親しい友が（句を）集めて一巻の染め衣と成したのは、「寂」や「栞」ではないけれども、寂しい寝覚めの友にしようとの目論見なのであろう。】〔「一巻のそめぎぬとなしぬる」は、いつもボロを着ている井月のために、衣を染めて贈ってあげた、というたとえなのだろう。「寂」や「栞（撓）」は芭蕉俳諧の美的理念で、ほかに「侘び」「細み」「軽み」がある。〕

亀の家蔵六述　〔ただし、筆跡は井月のものだという。蔵六が書いたものを井月が筆写したか。あるいは蔵六の名を借りて、井月が作ったものか。〕

柳の家の占居を祝して

百までも踊る秋あれ稲雀

〔井月に戸籍ができたことを祝し、百歳までお元気で、という願いを込めて詠んだ句。もはや渡り鳥のツバメではなく、伊那に定住するスズメになりましたね、といった意味を込めて「稲雀」（伊那雀）としたのだろう。〕

しかし、何か事情があったようで、亀の家蔵六が書いたこの序文は採用されず、凌冬が書いた、次のような序文が採用されました。

凌冬による序文（『井月全集』雑文篇268頁、『新編井月全集』雑文篇447頁、『井月真蹟集』19頁、『井月編 俳諧三部集』177頁）

> 越後の国の人井月雲遊の笻を信濃にとゞむる事茲に年あり。この頃此土地へ入籍して鬼籍にいるも亦寔にこゝろを決めたるとなり。

【越後の人・井月は、旅の杖を信濃にとどめて、何年かになる。このごろ、この地へ入籍し、ここで骨を埋めることもまた、本当に心を決めたという。】｛亀の家蔵六は「いなにはあらぬ（＝嘘ではなく）」と書いているし、凌冬は「寔に」と書いている。当時の人たちにしてみれば、「あの井月が家を決めたって？嘘だろう？」と思うくらいの、驚くべき出来事だったのではなかろうか。｝

> 其心をさだめたるより思立て年ごろ交り深き人々の句を乞得て小冊をものし、名残の水くきと冠らせ、永世不朽の交りを期せんとの志となん。そが志を助けて霞松、梅関の両士四

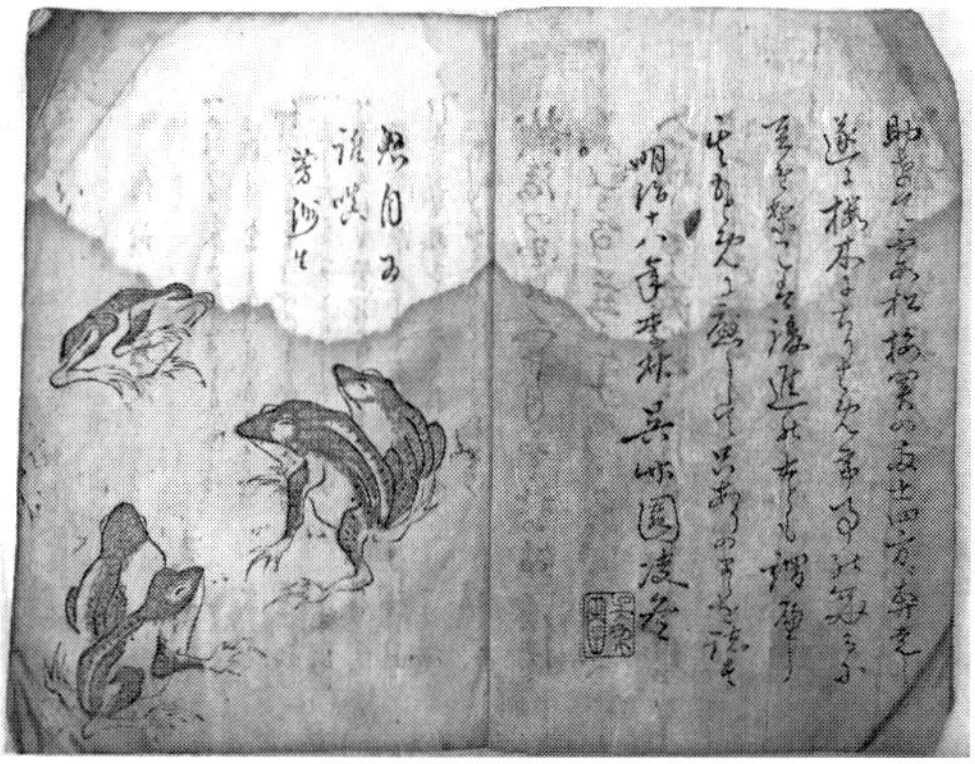

『余波の水くき』の挿絵。（上伊那教育会・伊那市創造館収蔵品）

方に奔走し遂に桜木にちりばめて事の成るに至れり。こは後進の士とも謂べし。其もとめに応じて只ありのまゝを誌す。

【その心を定めてから思い立って、長年交わりが深い人々の句を乞い集めて小冊子を作り、『余波の水くき』と題し、永世不朽の交わりを期したいとの志であるという。その志を助けて、霞松・梅関の両人があちこち奔走し、ついに桜の版木に散りばめて、事が成るに至った。これは後進の者として立派と言えよう。その求めに応じて、ただありのままを記す。】〔桜の木は版木に適した木材であり、ここは松・梅・桜という字をならべて文章を飾ったのだろう。〕

明治十八年季秋　呉竹園凌冬

〔季秋は、晩秋のこと。〕

『余波の水くき』の編集は井月ではなく、梅関・霞松といった仲間たちがおこなったようですが、巻末の跋（あとがき）だけは、井月自身の字で書かれています。

井月による跋（『井月全集』雑文篇268頁、『新編井月全集』雑文篇446頁、『井月真蹟集』19頁、『井月編　俳諧三部集』239頁）

古里に芋を掘て生涯を過さむより、信濃路に仏の有がたさを慕はむにはしかじと、此伊奈にあしをとゞめしも良廿年余りに及ぶ。取分、親しかりける人々の、むかしを思ひ出して夜寒を語る友垣に換るものならし。【ふるさとで芋を掘って生涯を過ごすよりも、信濃路に仏のありがたさを慕うほうがよいと、この伊那に足をとどめたのも、二十年あまりに及びました。とりわけ親しかった人々の、昔を思い出して寒い夜に語り合う友に代わるものとなるでしょう。】〔越後で畑でも耕して暮らそうと思った時期もあったのだろうか。〕

明治十八酉の行秋。
落栗の座を定めるや窪溜り　柳の家井月

〔自分を栗の実にたとえて、居場所が定まったことを詠んだ句。〕

なお、この俳句と表裏を成すような、次のような和歌が伝わっています。このまま伊那谷で朽ちていくのか、という思いが痛々しく心に刺さるような歌です。こちらが井月の本音なのでしょうか。

「述懐　今は世に拾ふ人なき落栗のくちはてよとや雨のふるらん　よし貞」（『井月全集』和歌篇217頁、新編井月全集』和歌篇346頁）〔よし貞は井月の別号。〕

さて、井月自身が編集した『大奉書壱枚摺口画入諸家投吟集』は、三百十句から成る俳諧集で（『井月全集』後記379頁、『新編井月全集』後記586頁)、そのうち二百二十句が『井月全集』後記381頁や『新編井月全集』後記587頁に載っています(『高津才次郎奮戦記』77頁によれば、原稿は霞松のところにあったようだが、筆者は未見)。

その二百二十句のうち、『余波の水くき』にも載っているのは、わずか九句しかありません(『井月編　俳諧三部集』の「余波の水くき」の俳句番号166花月、167佳春、226寿承、276池水、376其川、378一柳、380喜楽、439吐月、535雅卜)。つまり、井月が編集した『大奉書壱枚摺口画入諸家投吟集』と、梅関・霞松が出版した『余波の水くき』は、まったく別の俳諧集と言ってよいでしょう。井月が集めた俳句は、かなりの数が不採用になったわけです。以上を踏まえれば、次のような推測が成り立つでしょう。

・井月が書き上げたという『大奉書壱枚摺口画入諸家投吟集』は、お金がなくて出版に至らなかった。
・梅関、霞松らは、なんとか井月の望みをかなえてやりたいと思ったが、出版費用を捻出するためには、俳句をもう一度集め直して投句料を徴収する必要があった。それで『大奉書壱枚摺口画入諸家投吟集』に載っている句は、多くが不採用になった。
・出版費用をより多く集めるために、伊那谷だけでなく、松本・諏訪・そして全国の俳人からも、広く俳句を公募したのだろう。
・広く公募するために、当時一流の俳人であった凌冬の人脈を使ったのではなかろうか。それで凌冬が、序文を書くことになったのではあるまいか。

・公募の際、『大奉書壱枚摺口画入諸家投吟集』という物々しい題名では投句が集まらないだろうと判断し、『余波の水くき』という風流な題名に改めたのだろう（『井月全集』拾遺篇472頁や『新編井月全集』日記篇436頁には、「この頁の終に「余波の水くき　柳の家」と霞松らしき筆にて記入」とある。つまり霞松が題名を付けたか）。

・おそらく井月と会ったこともないような人たちが、老俳諧師の最後に花を持たせるために、たくさん投句してきたのであろう。

実際、巻末に霞松は「余波〳〵と風客のいと絶もなく数多の高詠をおくりたすけることのこよなき僥倖なりけらし」と書いていますし、梅関は「紙筆の労もいとゐなくひきもきらず投唫の諸君を謝して」と書いています（『井月編　俳諧三部集』238頁）。出版費用はじゅうぶんに集まったのでしょう。

それでは『余波の水くき』に出ている地名を追ってみますが、井月自身が歩いて作った俳諧集ではないと思われますので、地図は示しません。もし地図にしたら、これが井月の歩いた道だと誤解する人が出てくるでしょうから。

長野県外

［サイケフ］西京、［ヲ、サカ］大阪、［トヲケフ］東京、［ムサシ］武蔵、［シモヲサ］下総、［サカミ］相模、［イツ］伊豆、［カイ］甲斐、［スルカ］駿河、［ヱンシウ］遠州、［ミカハ］三河、［ヲハリ］尾張、［イセ］伊勢、［ヤマト］大和、［アハ］阿波、［サヌキ］讃岐、［ブンゴ］豊後、［ヒゼン］肥前、［ナカト］長門、［アキ］安芸、［イヅモ］出雲、［ハ、キ］伯耆、［ヒゼン］備前、［ヲ、ミ］近江、［ヱチゼン］越前、［ノト］能登、［カヽ］加賀、［ヱチ、ウ］越中、［ヱチゴ］越後、［サト］佐渡、［ウゴ］羽後、［リクセン］陸前、［リクナカ］陸中、［コヲツケ］上野。

長野県内

［ツクマ・チクマ］松本市周辺と筑摩郡、［イナヘ］（伊那市中心部）、［スハ］諏訪郡、［下イナ］下伊那郡、［タカトヲ］伊那市高遠町、［ミソクチ］伊那市長谷溝口、［ミスヽ］伊那市美篶、［サハヲカ・サワヲカ］伊那市手良沢岡、［トミアカタ］伊那市富県、［ナカヲ］伊那市長谷中尾、［ヲサフシ］伊那市高遠町長藤、［クロカハ］伊那市長谷黒河内か、［ヲノ］上伊那郡辰野町小野、［ミヤキ］上伊那郡辰野町宮木、［山寺・ヤマテラ］伊那市中心部、［フクシマ］伊那市福島、［下山タ］伊那市高遠町下山田、［上ヽ］伊那市高遠町上山田、［ト］不明、［西ハルチカ］伊那市西春近、［東ハルチカ］伊那市東春近、［※ナカサハ］駒ヶ根市中沢（東伊那を含む）、［タハラ］伊那市東春近田原、［アカホ］駒ヶ根市赤穂、［フチサハ］伊那市高遠町藤沢、［フルタ］上伊那郡箕輪町古田、［トミタ］上伊那郡箕輪町富田、［フキアケ］伊那市西箕輪吹上、［ハヒロ］伊那市西箕輪羽広、［クホ］上伊那郡南箕輪村久保、

［木下］上伊那郡箕輪町木下、［中ソネ］上伊那郡箕輪町中曽根、［ヲイツミ］伊那市西箕輪大泉、［大カヤ］伊那市西箕輪大萱、［フクヨ］上伊那郡箕輪町福与、［ノソコ］伊那市野底、［ヤマムロ］伊那市高遠町山室、［マキ］伊那市上牧か、［アカキ］伊那市西春近赤木、［ヒシ］伊那市長谷非持、［※イナムラ］伊那市中心部（東伊那ではない）、［ヲ、クサ］上伊那郡中川村大草、［シトク］上伊那郡中川村四徳。

巻末に四名、月山・芳洲・霞松・梅関（製作スタッフだろう）、井月一句。

〔※ナカサハには若翠や吐月（共に書簡十四に登場）が載っているので、駒ヶ根市中沢だけでなく東伊那を含む。

※イナムラには工尺という人物が載っており、『井月全集』連句篇166頁や『新編井月全集』連句篇236頁に「伊那町荒井」とある。よって東伊那ではない。

巻末の芳洲は、美篶の画人で『余波の水くき』の挿絵を担当している。月山は、『紅葉の摺もの』に「山夕（伊那市高遠町）」と「大シマ（伊那市美篶）」の二人が載っており、どちらかだろう。『新編井月全集』日記篇366頁には美篶大島とあり、明治九年の清水庵俳額にも「大シマ　月山」と出ている。明治十四年の「井月が参加していない俳額」では、月山が催主をつとめているから、地元の有力俳人だったのだろう。〕

『余波の水くき』は俳句五百四十三句と連句七編から成る俳諧集で、長野県外の俳人は七十一名載っていますが、行脚俳人は一人も載っていません。強いて言えば井月が行脚俳人ですが、その井月もついに戸籍に入りました。明治になって十八年、もはや旅の俳諧師が生きてゆける時代は終わった、ということでしょうか。

（きっと井月の後にも行脚俳人は存在しただろうが、井月ほど徹底した者はいなかっただろう。『井月の句集』の編者・下島 勲氏は、井月を「芭蕉最後の追随者」と評している（『井月の句集』緒言3頁）。

なお、『余波の水くき』に収録された連句には、井月がまったく参加していない。もはや連句の会を取り仕切るだけの気力がなかったか（連句自体、明治期には衰退に向かっており、好んで行う人は減っていたのかもしれない）。ただし、『井月全集』『新編井月全集』連句篇 四十五によれば、『余波の水くき』には後刷（＝改訂本）が存在し、次のような連句が載っているという。

立そこね帰り後れて行乙鳥　　井月
昼から晴て酒を盛る月　　文軽

（以下略。田畝・卓囿・其伯・喜楽・軒柳・器水・原里・梅里・不二・桂月・鳴蜩・徳司・可笑・租王・一譬・梅関と続く。なお、『井月編 俳諧三部集』242頁に改訂本についての言及があるが、この連句は載っていない）

文軽は伊那市手良の野口の人、井月より五歳年上（『長野県俳人名大辞典』796頁）。越後へ帰る帰ると言いながら、昼間から酒を飲んでいるだけの井月の様子を、チクリと付けたところが面白い。

井月がかつて詠んだ句を持ってきて、仲間たちで連句に仕立てたのではなかろうか。脇起という手法で、普通は追善供養に用いられる。故人の句を発句にして、一人一句ずつ付けて連句に仕立てるのである（たとえば『井月全集』『新編井月全集』連句篇 二十五や、『井月全集』拾遺篇446頁、『新編井月全集』連句篇 六十二）。もしかしたら井月の死後にページを付け加えたか。）

明治十八年は、『余波の水くき』を作ってもらったこと以外に、目立った足跡がありませんが、駒ヶ根市中沢の梅月（書簡十九に登場）の日記に次のような記述があります。

・明治十八年八月十六日（新暦九月二十四日）の条に「やせ客人井月来るに付　袴着た乞食まよふ十六夜」（『井月全集』『新編井月全集』奇行逸話 三十七）

続く明治十九年は、養女・塩原すゑのために婿探しをしています（書簡二十四、「夏の月・夏坐舗・夏氷・団」の俳句が書かれているので、夏のことだろう）。また、梅月の日記に次のような記述がありますので、相変わらず村から村へ歩き回っていたものと思われます。

・明治十九年六月十八日（陽暦七月十九日）晴天なり。井月、川井（松本辺の弓師と云ふ）来り茶振

舞ふ。（『俳人井月』134頁）

晩年の井月

晩年の井月は、汚い身なりでトボトボと歩くので、村の子どもたちに馬鹿にされていたようです。数ある井月の奇行逸話の中で、最も有名なエピソードを読んでみましょう。下島勲氏（空谷）による記事です。

・私〔＝空谷〕が十歳位の頃、五六人の友と小学校の帰り道に、偶ま井月の「トボ〳〵」とやつて行く後姿を見つけたので、その腰にぶら下げてゐる瓢箪を擲石の手練で破ることに相談一決した。そこで大小手頃の石を盛んに擲つたが中々うまく当らない、悪太郎の吾々も少し焦れ気味で一層盛んにやつてゐる中に、誰のが当つたか後頭部から血が流れ出した。が、井月は振り向いても見ず歩調も変らぬ。私はこの時非常な恐怖を感じたので、一生懸命後の方へ逃げ出した。すると、他の友達も私の後から逃げて来た。日の暮れかかる頃家へ帰つてみると、井月は仏間で酒を飲んでゐた。祖母が薬を付けて遣つたことは夕食の時に聴いたので、「ビクビク」してゐたが、吾々の悪戯の結果であつたことが家の者に漏れてゐないので聊か安心した。翌日学校で上級生の一人にその話をしたら、井月は不死身であるから、血の出る程の負傷も痛くないと聴かされて、不思議な人間もあるものだと思ふたのである。（『井月の句集』奇行逸話22頁）〔同様の文章が『井月全集』『新編井月全集』奇行逸話　一にも載っているが、最後の部分が異なっている。〕

空谷は明治二年の生まれで（『長野県俳人名大辞典』278頁）、明治九年から十五六年の井月を見知っていたといいます（『井月全集』略伝345頁、『新編井月全集』略伝558頁、伊那谷Ⅱ期からⅢ期の頃）。空谷の家には、一年に二度、多くて三度位井月が回ってきたようです（『井月全集』略伝345頁、『新編井月全集』略伝557頁）。しかも空谷少年は、井月のために吹雪の夜さむを酒買いに遣らされたことがあるそうです（『井月全集』巻頭1頁、『新編井月全集』4頁）。

ほかからも、次のような話が伝わっています。

・前の街道をゆっくりと歩いてゆく井月の後を追って、せいげつやい、せいげつやいとはやしたてたといふ話を聞いた覚えがある。（『井月全集』増補改訂版以降に載っている唐木順三氏による序。『新編井月全集』にはない）

・あるときは大勢の通せんぼうにあう。井月は決して逆らわないで、いつまでも止めるのを待ってい

る。もしくは遠回りして行く。（『高津才次郎奮戦記』13頁）

《シラミと井月》

井月は「有名な虱の問屋で、何処へ行っても婦人などから極端に嫌われた」と伝えられており（『井月全集』略伝345頁、『新編井月全集』略伝557頁）、次のようなエピソードも知られています。

・殊に女衆には鼻つまみであった。「井月のようだ」という語が、汚いだらしない様子をしている者を称する通語であったほどに、井月の姿はみじめなものであった。その虱だらけでも、女衆に嫌われるに十分であった。「在宅かな」の声を聞くと、多くの細君は怖気をふるって居留守を使ったものである。（『高津才次郎奮戦記』11頁）

・私の部落で唯一軒、井月さんに宿を貸し、酒を振る舞った素封家〔＝裕福な家〕があるが、そこのお婆様は、「天気がいいで、井月が来そうだから戸じまりをしておおき」とお嫁さんにいったと伝え聞く。（『伊那路』昭和62年3月号・平出つる子氏の記事。箕輪町北小河内の人。井月は箕輪町南部の福与・三日町あたりまで巡回していたと言われているが（『井月全集』増補改訂版以降の巻頭地図、『新編井月全集』日記篇439頁、また書簡二十八にも福与までの地名がある）、しかし北小河内

ならば箕輪町北部（辰野に近いあたり）まで巡回していた時期もあったと考えられる）

・井月が来ると、たいへんでしたよ。まず玄関で、着ているものを全部脱がして、通り〔＝屋外のことだろう〕に沸かしてある風呂にはいってもらう。そうしないと、井月の着物はシラミの巣だからね。その着物は、私たちが盥の中で熱湯を注いで虫退治をして、井月には、別に用意の新しい着物を着せたんですよ。それから、はじめて座敷へ通して挨拶。（『伊那路』昭和46年8月号・伊沢幸平氏の記事、「とう」おばあさんの証言）

・明治十二三年頃の秋のこと〔中略〕、何かの祝いで酒の馳走があった。井月も大酔して床に就き、助太郎氏も大分酔うて井月と同室の寝床に這入った。一睡後の夜中に余りにモゾ〳〵するので目が醒めた。手探りで撫で廻してみると無数の虱がいる。扨ては井月に寝床を間違えられたなと、気が付いたが、夜中擾ぐ訳にもゆかず苦しい半夜を我慢で明し、翌朝早速事情を訴えたので、井月は苦笑いをし、隠居は大笑いすると云うようなわけ。（『井月全集』『新編井月全集』奇行逸話 二十一）

・井月を別名乞食井月或は虱井月といつてゐました。斯ういふ生活に虱は勿論つきもので珍らしくありませんが、何処でもこれには悩まされたものに違ゐありません。私の家でも井月の衣類を焼いたり煮たりしたことがありました。私はある夏天竜川の磧の柳の蔭で、石の上に虱を並べて眺めてゐる井月を見たことがありますが、人が立つて見てゐるとも感じぬらしいのでした。マア良寛和尚と同じやうに虱と遊んでゐたのです。（『人犬墨』47頁）〔「違ゐ」の仮名づかいが間違っているが、原本に従った。」

「衣類を焼いたり」は、焼却ではなく、焼きごてをあてることではないでしょうか。良寛は越後の僧侶・歌人。数々の奇行で知られる人物で、井月が十歳のときに長岡市島崎で亡くなっています。幼い日の井月が、良寛和尚に遊んでもらった可能性は、ゼロではないけれども、まさかないでしょう。

・小春日のある日、某が堤を通ると、日当りのよい場所に井月が坐つて居る。何をして居るかと近よつて見ると、しきりに襟をさぐつて虱を取り出し、手の平にのせて眺めて居る。聞いて見ると、虱に角力をとらせて見て居ると答へた。そのうちに日が陰つて来ると、定めし寒からうと、また襟許に入れてしまつた。（『俳人井月』156頁）

芭蕉の『幻住庵記』に「空山に虱を捫て坐す」という一節があります。もしかしたら井月は、この一節を文字通りに実践し、芭蕉の人生を追体験しようとしていたのかも知れません。

また、井月は皮癬（ダニの寄生による皮膚病）をボリボリかいたようなので（『井月全集』『新編井月全集』奇行逸話 二十七）、それも嫌われる一因となっていました。村の子どもたちは、「井月のあとへ坐るな」と、母親から言い聞かされていたようです。

門前払いにされることもあったようで、これについては井月本人が書いた文章を読んでみましょう。

> 宮木宿 長久寺の現住蒼炉子を訪ふに飯炊きの女ひたすら留守のよしを断りて更にとりあはざるに座敷にて囲碁の音しければ一句を残して去ぬ　花に客しらで碁をうつ一間かな　井月

【宮木宿（上伊那郡辰野町宮木、伊那街道の宿場）長久寺の現在の住職・蒼炉氏を訪問したところ、飯炊きの女がひたすら「住職は留守です」といって断り、さらに取り合ってくれませんでしたが、座敷で囲碁の音がするので、一句を残して去りました。「桜の季節、私という客が来ているのに、知らずに座敷で碁を打っているのですね。」】（『井月全集』発句篇32頁、『新編井月全集』発句篇71頁）〔蒼炉ではなく、蒼芦・蒼蘆と書くのが正しい。井月より六歳か七歳年上で、俳諧の門人も多かったという（『長野県俳人名大辞典』607頁）。なお、この文章は『井上井月真筆集』24頁に筆跡が載っており、署名を見ると角ばっている。晩年ではなく、幕末か明治初頭の出来事だろうか。井月は若いころから見苦しい格好をしていたのかも知れない。〕

《井月の風貌》

空谷が書いた随筆の中から、井月の風貌について書かれている部分を抜き書きにしてみましょう。

・彼は痩(や)せてはゐ(い)ましたが、骨格の逞(たくま)しい、身長は私の父と比較して五尺六七寸(ろくしち)ぐらひ(い)あつ(っ)たら(ろ)うかと思ひ(い)ます。(『人犬墨』44頁)〔五尺六〜七寸は、およそ百七十センチ。〕

・頭の禿(は)げた髯(ひげ)も眉毛もうつ(っ)すらした質(たち)でありました。眼は切れ長なトロリとした少し斜視の傾きを持ち、何かものを見詰(つめ)る時は一寸凄(ちょっとすご)ゐ(い)光りがありました。鼻も口も可成(かな)り大がかりで、怎(ど)うも私は故大隈侯爵(おおくまこうしゃく)と石黒子爵(いしぐろししゃく)のお顔を見るとよく井月を思ひ(い)出しましたから、何処(どこ)か似てゐ(い)たに違(ちが)ゐ(い)ありません。(『人犬墨』44頁)〔大隈侯爵は早稲田大学創設者の大隈重信(しげのぶ)。石黒子爵は陸軍軍医の石黒忠悳(ただのり)。〕

・顔面は無表情の赤銅色(しゃくどういろ)で、丸で彫刻のや(よ)うな感じでありました。(『人犬墨』45頁)〔伊那谷を北へ南へと歩き回っていた井月は、日に焼けていたのだろう。〕

・その風態(ふうてい)は全然あなた任せでありますから、丸でおこもさんのや(よ)うな風態で来ることもあれば、また時には比較的小ざつ(っ)ぱりした身なりをして来ることもありました。特に一言(いちごん)しておきたいのは、袴(はかま)だけは怎(ど)んなに汚れてゐ(い)ても、裾(すそ)がち切(ぎ)れてゐ(い)ても、着けてゐ(い)たといふ(う)ことがらであります。(『人犬墨』46頁)〔空谷が描いた肖像画も、裾が千切れている。なお、村の子どもたちは袴を見ると「せんげつせんげつ」と呼んだそうだ(『井月全集』『新編井月全集』奇行逸話 三十七)。〕

・小さな古ぼけた竹行李(たけごうり)と汚れた風呂敷包みを振り分けにして、時々瓢箪(ひょうたん)を腰にぶらさげてトボ〳〵(トボ)

と鈍い歩調で歩いてゐたものです。而も滅多に余所見をしないのが特色でありました。（『人犬墨』48頁）

よそ見をしないということは、風景など楽しみながら悠々と歩いたのではなく、ただひたすら歩いたのでしょう。牛より鈍い歩調で（『井月全集』略伝345頁、『新編井月全集』略伝558頁）、竹の杖をついていたようです（『井月全集』『新編井月全集』奇行逸話 七）。また腰の瓢箪には、酒を詰めてもらっていました（『井月全集』『新編井月全集』奇行逸話 三十四）。

次のような話も伝わっています。井月とあまり関わりのなかった人の印象談と思われ、きっと気味の悪い老人と恐れられていたのでしょう。

・明治十五年〔中略〕、天竜川の殿島橋〔中略〕の袂で、前々から見聞きしていた「井月」に出合った。三月末の夕方で人通りもない路を歩いていた「井月老人」は、着物は汚れ草履（あるいはわらじ）も長く伸びたものを履いており、以前に見かけたより一そう前屈みで、弱々しい足どりであった。〔中略〕面と向かって初めて見た「井月」は、髪も髯も伸び青白い老顔のように見えた。ためらいはあったがその場を逃れたい気持で、路端に寄り急ぎ足で「井月老人」の前を通り抜け橋を渡った。橋は前の年の洪水で損傷して、仮橋の部分は河原に降りて渡っていたので、そこまで来て橋の上を見ると、ゆっくり歩いて来る「井月」の姿が見えた。（『伊那路』昭和62年3月号・久保村文人氏による記事。祖父から聞いた話だという）

井月が六十一歳のときの様子です。明治十五年の三月末ですから、下牧の有隣と「両吟百二十句」を詠んだころでしょう。日焼けした赤銅色ではなく、青白い顔をしていたということは、すでに体が弱っていたのでしょうか。髪や髯が伸びた顔は、きっと空谷が描いた肖像画とは違う凄み（すご）があったに違いありません。なお、殿島橋は翌年の明治十六年に架け替えられており、そのときに井月は「殿島（とのじま）橋新築（ばししんちく）　礎（いしずえ）は亀（かめ）よはしらは鶴（つる）の脛（はぎ）」（『井月全集』発句篇122頁、『新編井月全集』発句篇191頁）という句を詠んでいます。

平成三年、殿島橋のすぐとなりに春近大橋が架けられた。「礎（いしずえ）は亀（かめ）よはしらは鶴（つる）の脛（はぎ）」「春風（はるかぜ）に待（ま）つ間程（まほど）なき白帆（しらほ）かな」「降（ふ）りかくす麓（ふもと）や雪（ゆき）の暮（くれ）さ（ざ）かい（ひ）」「暮遅（くれおそ）き鐘（かね）のひゞ（び）きや村渡（むらわた）し」の四句がプレートに刻まれている。春近郷に芭蕉堂を建てようという井月の宿願はついに叶（かな）わなかったが、まさか死後百年あまりを経て、このような立派な建造物に名を残すことになろうとは、夢にも思わなかっただろう。

《井月の嗜好》

・彼の嗜好は酒でありました。〔中略〕酒と井月――こればかりは無くてはならぬもののやうに思へてなりません。（『人犬墨』49頁）

ただし、強酒ではなかったようで、「酔が回るとすぐ腕枕で横臥、気持良い鼾を出して寝ると言う癖があった」と伝えられていますし（『伊那路』昭和62年3月号・中村宗雄氏の記事）、「強いればかなり飲んだが、〔中略〕直ぐ泥酔して倒れた結果が、下痢やら寝小便で〔中略〕迷惑をした」といいます（『井月全集』略伝346頁、『新編井月全集』略伝558頁）。「酒を飲んで差して興奮する様子もなく、多弁になるでもなく、只グズグズ、ヒョロヒョロの度が加わるばかりで、余り平常と変ったことがない」（『井月全集』略伝347頁、『新編井月全集』略伝559頁）とも伝えられていますが、「寝ているところを便所と間違えて、井月に小便をかけられた」という話も伝わっていますから（『高津才次郎奮戦記』89頁）、酒癖が悪かったというよりも、酩酊するタイプだったのでしょう。井月自身、日記に何度も「酩丁」と書いています（『井月全集』拾遺篇452頁、『新編井月全集』日記篇363頁など）。

井月の日記を見ると、朝から酒を飲んでいた様子も書かれています（『井月全集』拾遺篇453頁、『新編井月全集』日記篇366頁など）。酒代のツケがたまっていたようで、次のような話も伝わっています。

・或る時井月が例によって立ち寄った。老婆は待っていたと云わぬ許りに、貸売り控え帳を目の前につき付けて、酒債の仕払いを請求したのであった。（老婆は文字を全然知っていないので〔中略〕口座へ大小の銭或は紙幣の図を描いて置くのであった。）井月は、つき付けられた帳面を物珍らしげに瞰めていたが、破顔一笑例の千両〳〵を連呼しながら、古行李の中を探って白紙を取り出し、自分の口座を丁寧に模写して、その傍へ一句を題し大形の印を捺して老婆に与え、「さて良き証文が出来た。是なら私が死んでも屹度取れる」と云うたのである。老婆は〔中略〕「最う来なさんな」と云うたが井月は後振り返って、「また来るよ」の一語を遺して、トボ〳〵去った。（『井月全集』『新編井月全集』奇行逸話 十三）〔「口座」とは、もちろん銀行口座のことではなく、金額を記入する欄のこと。金額ではなくお金の絵が描いてあったので、井月は面白がって、それをまねて証文を書いたと思われる。〕

しかし、なかには「先生から銭は取らぬ」と言って酒代を受け取らない店もあったようで、それでも井月は、いくらか収入があったときに、酒代を支払いに行くこともあったと伝えられています（『井月全集』『新編井月全集』奇行逸話 八）。

酒の好みについては、冷やや人肌ではなく、熱燗が好きだったようです。

・井月は熱燗好きで、燗が熱いと「千両でござる」と喜んだそうだ。（『井月全集』『新編井月全集』奇行逸話　三十）

・井月は酒が好き、ことに熱燗が好きであった。親椀（おやわん）一杯の酒が毎晩のオシキセ、それを喜んで、「ああ井月カンぢゃ、千両、千両。」といって、楽しさうに飲んだ。（『伊那路』昭和39年3月号・福村清治氏の記事）

「千両千両」は彼の口癖で、「謝詞（しゃし）、賞賛詞（しょうさんし）、賀詞（がし）、感嘆詞（かんたんし）として使用するは勿論（もちろん）、今日（こんにち）は左様（さよう）ならの挨拶にまで、唯（ただ）この千両千両……を以（もっ）て済（す）ます場合が多いと云（い）う程の有名さを持った言葉である」と伝えられています（『井月全集』略伝347頁、『新編井月全集』略伝559頁）。いわば井月の「決めゼリフ」といったところでしょう（普通、決めゼリフは、芝居においてキャラクターを印象付けるために意図的に発するものである。井月も、自分というキャラクターを俳諧師として（言わばスターとして）売り込むために、意図的に「千両千両」と言っていたのだろうか）。

いっぽうで、次のような話も伝わっています。

・井月は屢々（しばしば）空腹の状態を余儀なくされていたようで、ある時〔中略〕うどんを出したら、一口毎（ごと）にウマイナアと言って食べたので、子どもらが何か食べてウマイナアというと、「井月のようなことを言うな」と叱ったそうである。（『伊那路』昭和33年12月号・宮脇昌三氏の記事、中沢の中山大重氏による証言）

本当に空腹のときには、千両千両などと気取ったことを言わずに、素直にウマイナアと言っていたのでしょう。

井月の好物は、ナスの漬物でした。「酒の肴(さかな)はより好(この)みをしなかったが、茄子(なす)の漬物は殊(こと)に好んだ。正月にはこれを初夢漬(はつゆめづけ)と称して、しゃぶっていた」と伝えられています（『高津才次郎奮戦記』48頁）。

苦手なものは犬でした。「ほえつく咬(か)みつくで、これには閉口したらしい」と伝えられていますが（『人犬墨』49頁）、あるときは犬とにらみ合いになり、「犬が廻(まわ)れば井月も廻る、グル〳〵(グルグル)時の三十分間も廻っていたが、〔中略〕犬の根気が抜けたのか、尾を振って吾等(われら)の前へ引き上げて来た」という話も知られています（『井月全集』『新編井月全集』奇行逸話 七）。

《性格》

井月の性格については、「嘗(かつ)て怒ったところを見ない〔中略〕、婦人に戯(ざ)れたということは、聞いたことも見たこともない」と伝えられており（『井月全集』略伝346頁、『新編井月全集』略伝559頁）、「あの人に限って、いつも顔色を変えた事がない。あゝいうのが聖人というのでしょう」とまで言われていたようです（『井月全集』『新編井月全集』奇行逸話　三十三）。あるいは「どんなときでも、どんなことでも気にかけない。いつも同じ様でした」とも伝えられています（『高津才次郎奮戦記』115頁、五声・有隣の妻女たちによる証言）。

一方で、村の子どもから石を投げつけられたときに、「体をブル〳〵と振わせて、歯ぎしりをしながら恐ろしい眼つきで振り向いた」と伝えられていますので（『井月全集』『新編井月全集』奇行逸話　二）、まったく怒らなかったわけではないのでしょう。ほかにも、次のような話が伝わっています。

・〔宮田村の〕亀石方へ来る度に一度に米一合与える約束で、絶えず来ては風呂敷の四隅を縛っては持帰った。或時米を手づかみにして与えたら、怒って受取らなかったという。（『井月全集』『新編井月全集』奇行逸話　三十）〔亀石の家は、宮田村の戸長をしていて、井月は書記をしていたらしい（『伊那路』昭和39年3月号・福村清治氏の記事）。もしかしたらこの「米一合」が、井月の給料だったのではなかろうか。明治一桁のころと思われる。〕

・或る時、伊那村（現駒ヶ根市東伊那）の某家へやって来た。主人が当時有名な某宗匠の短冊が一枚手に入ったからと云うので、「どうだ先生、お前も発句は中々出来るそうだが、いま日本で名高いと云うこの宗匠には及ぶまい」というたのであった。井月はその短冊を覗いていたが、ニヤニヤ笑って、「美しい細君を持って、贅沢をして、机の上で出来上る発句だもの、うまい筈よ」というたとやら。（『井月全集』『新編井月全集』奇行逸話 二十三）〔井月のことを「先生」と呼びながら「お前」呼ばわりするなんて、かなり失礼な感じがする。〕

プライドは高かったようで、次のように言われています。

・怎うも虱井月の名は確かに当つてゐると思いますが、乞食は怎んなものかと考へさせられます。なぜと云ふに、井月といふ人物は、譬へ饑餓に迫つても寒気に身をつんざかれるやうな場合でも、滅多に頭を下げ腰をかがめて人から憐みを請うといふやうな人物でなかつたことは、事実らしいからであります。（『人犬墨』47頁）〔「請う」の仮名づかいが間違っているが、原本に従った。〕

聖人といえども、怒りもプライドもある、ひとりの人間だったに違いありません。ただ、普段はそれを表に出さず、沈黙することが多かったのでしょう。とても無口だったと伝えられています。

・彼は元来、極端な沈黙家であったばかりでなく、口をきいても低音で、而も舌がもつれて何を言うのか明瞭に分ったことが少かった。或いは酒精中毒の故もあったであろうが、初めて伊那の地へ現れた頃、即ち比較的若い時分からこの点などは余り変っていないとの説もある。（『井月全集』略伝346頁、『新編井月全集』略伝559頁）〔「低音」は低い声という意味ではなく、小さい声という意味だろう。〕

・井月は陰性、寡黙の質で、相手がしばしば間が持たなかった、という。（『漂鳥のうた』123頁）

・口で言う事を遠慮して家に居ながら手紙で注文したりした。（『井月全集』『新編井月全集』奇行逸話 二十八）

寡黙な井月は、口をあまり開けずにしゃべったり笑ったりしたのでしょう、声は「ひひひひ」と聞こえたようです。

・梅月氏は近処の子供に寺子屋式の読み書きを教えていたので、恰も泊っていた井月が今出て行こうとした時稽古中の一人の子供が、半紙に丸坊主を描き、「せけつがひひひひゆていくとこ」と題して見せた。この時井月喜色満面で、例の千両〳〵を連発して出て行ったと云う。（『井月全集』『新編井月全集』奇行逸話 十七）

無表情で無口でも、冷たい人間ではなかったようで、やさしさを見せることもありました。少年時代の空谷の、次のようなエピソードが伝わっています。

・夢中で蜂を追ひ廻してゐる中に、誤って枯れ木の尖端を左の足の裏に突き刺した。然もそれが深く折れて残つたのだからたまらない。〔中略〕医者は焼酎で傷口を洗ふらしかつたが、間もなくゴシ〳〵やり出した。私は痛さに堪へ兼ねて力の限り大声を上げて泣き叫んだのは云ふまでもない。〔中略〕この手術の最中に偶と井月が這入つて来た。そして土間のまん中頃に立ち止つて私の泣き叫ぶ痛苦のさまを凝視してゐるのだつた。〔中略〕翌日の昼近く〔中略〕、井月は自分の行李から紙にのばした黒色の膏薬を取り出して、足の甲へ貼つてくれた。（『随筆・富岡鉄斎其の他』28頁）

・鼠花火を揚げて遊んでゐて、瞼毛眉毛前髪を焼き、殊に鼻の頭をひどく灼いたとき、狼狽する女の人たちに、それそこに渋柿といふ妙薬があるではないか、それを噛み砕いて附けてやりなさいと教へたのは、炉辺で酒の馳走になつてゐる井月だつた。（『随筆・富岡鉄斎其の他』30頁）

・天竜川原の田甫の溝から中ぐらゐの亀の子を一つ捕へて帰り、〔中略〕口を割つて酒を注ぎ込んだりして悪戯の限りを楽んでゐた。すると、いつのほどからか店さきで飲んでゐた井月が、いつものぼろ姿にいつもの振り分け〔荷物〕を肩にして現はれた。そして何か訣りにくい底（低）音で、――さういふ無慈悲なことをするものではない、イヽ児だから逃がしてやりなさい。といふ意味らしいが、井月坊主のいふことなんか耳にも入れず、なほ執拗に弄んでゐるところへ〔中略〕収税属〔＝税金を徴収する役人のこと〕がやつて来て、これも井月と同じやうなことをいふから、しぶ〳〵その亀の子を井月に呉れてやつた。（『随筆・富岡鉄斎其の他』24頁）〔まるで浦島太郎のような話である。このあと井月は竜宮城へ行ったのだろうか。〕

《俳諧師としての腕前》

俳諧師という職業は、機知（＝ウイット）で場を和ませる才能がなければ、つとまらなかったでしょう。井月も、機転の利いた戯れ句を詠むのが得意だったと思われます。また、連句を付けるスピードが驚くほど速かったようなので、速吟の達人だったのでしょう。次のような話が伝わっています。

・下牧の加納豹太郎氏とは平生心易い間柄であった。或る時井月がやって来たので「井月の色の黒さや時鳥」と戯れたが、井月は直に「豹太郎真向に見れば梟かな」と酬いて笑ったと云う。（『井月全集』『新編井月全集』奇行逸話　十五）〔豹太郎氏の俳号は有隣、書簡十五・十六に登場。〕

・農蚕多忙の時期であった。梅月氏〔書簡十九に登場〕の内君〔＝妻〕が只一人蚕室で蚕の世話をしていると、井月がやって来て、「お留守か」と声を掛けたので、「居ります」と返辞をした。すると、井月が「御留守かえ居ります茲に桑くれて」と、戯れたとのことである。（『井月全集』『新編井月全集』奇行逸話 十八）〔ただ返事をしただけなのに、それが直ちに五七五の俳句になって返ってきたので、おかしかったのだろう。〕

・「はづれねば当るに近き蚕かな」こんな句を作って皆を笑わせることもありました。（『郷土読み物 井月さん』4頁）〔蚕の当たりはずれは、養蚕農家にとって死活問題であった。井月は、繭の出来の良かった家には「繭の出来不破の関屋の霰かな」「繭自慢蚕玉祭の手がらかな」といった句を詠んで祝っている（『井月全集』発句篇50頁、『新編井月全集』97頁）。一方で、出来の悪かった家には、「まあ、はずれじゃなかったですね、当たりに近いということですかね」という戯れ句を詠んで、場を和ませたのだろう。〕

・或る陽春の頃、井月が〔中略〕対酌中、阿呆陀羅経読みの乞食が来たので一盞を与えたその時、「乞食にも投げ盃や花の山」の吟があったと云う。（『井月全集』『新編井月全集』奇行逸話 十九）〔井月はユーモアとして詠んだのか、それとも大まじめで詠んだのか。まわりの者からすれば、乞食井月と呼ばれるような人が乞食に酒を与える句を詠むなんて、なんとなく可笑しく思われたのだろう。〕

・霞松氏が井月の入籍を祝いて「心よき水の飲み場やさし柳」と云いしに〔井月は〕「雁の帰らぬうちに乙鳥」と附けたが、其速度の速かったのに驚いたとのことである。（『井月全集』『新編井月全集』

奇行逸話　十六）〔霞松の句は、よそからやってきて美篶村に根付くことになった柳の家（＝井月）を、柳の挿し木にたとえたのだろう。柳は水辺を好む植物である。それに対して井月は、「渡り鳥（＝井月）も水を飲みに来ていますね」と付けたのだろう。「雁の帰らぬ」は、もちろん井月が越後へ帰らなかったことを暗示している。〕

井月の教養の高さについては、次のように伝えられています。

・玉篇〔＝中国の漢字辞典〕から特に難字を抜き出して問うたとき、「ははは、これは字引から出して試すのだな、これは」と言って、悉く正答したという。（『高津才次郎奮戦記』38頁）

・井月は阿呆のように見えてその実案外の学者で、俳道はもとより書が中々に優れていると聞かされて、世の中には見かけによらぬ不思議な人間があるものだと、感心させられたのであります。（『井月全集』巻頭1頁、『新編井月全集』4頁）

・私の父などはよく――姿を見ると乞食だが、書を見ると御公卿さんだといつてゐました。（『人犬墨』55頁）

・世間ではいろいろといわれていますが、私どもでは加園以来、井月先生を尊敬しております。先生がなさることをとやかく申し上げるものはございません。ああいう天才の先生ですから、世間さまとちがったこともなさったでしょう。(『漂鳥のうた』32頁。加園は、井月が足しげく来ていたという駒ヶ根市東伊那大久保にあった造り酒屋の主人。『伊那路』昭和62年3月号・中村宗雄氏の記事には、加園ではなく花園と書かれている)

書道の腕前については、次のような話が伝わっています。

・硯紙を用意して御願いすると黙考すること暫く、草稿もせず例の達筆で認めると言う詩句書道の達人、曽祖父はいつも真底(心)から驚嘆の声を漏らして居たとのこと。(『伊那路』昭和62年3月号・中村宗雄氏の記事)

・〔奉納額を揮毫する際〕、酒を飲んでは一二句書き、また飲んでは寝てしまう、と云うようなことで一向出来上らぬ。四五日目には村の世話役から大変な苦情が出て来たが、井月はそれがために急いで書き上げようともしず(せ)、相変らずの態度なので、皆々愛想をつかして放置して置いたが、漸く八日目の晩に出来上った。その立派な芸術は今に光っているのである。(『井月全集』『新編井月全集』奇行逸話 十二)〔『井月全集』後記403頁や『新編井月全集』後記607頁によれば、明治二年七月、伊那市富県南福地の日枝神社での出来事だという。明治二年ということは晩年ではなく、すでに伊那谷定着の当初から、だらしない酒の飲み方をしていたことがうかがえる。〕

・土蔵の建てまえの日、飄然井月が来たので、棟木へ祭詞の揮毫を頼んだ。井月も快諾はしたが、祝い酒に泥酔して書くことが出来ず、仕方がないので白木の儘上げてしまった。二三日過ぎてから再びやって来て〔中略〕今日書くと云うので急に足場を造ってやった。仰向きの姿勢で書いた「天長地久　千歳棟　万歳棟　福寿財棟　明治九年三月二十九日〔中略〕」の大文字が頗る立派なもので、今は有名になっているとのことである。（『井月全集』『新編井月全集』奇行逸話　二十二）〔中川村四徳の思耕の家での出来事。井月のアクロバティックな筆さばきを伝える面白いエピソードである。棟木は下伊那郡松川町に現存、『漂泊の俳人　井月の日記』67頁に写真あり。〕

・或る時廻って来たので酒を飲ませて、何か書くかと聞けば、書くと云うので唐紙を提供した。筆も道具も店の帳面附け用のものであった。一盃飲んでは書き、二盃飲んでは書いたものが、芭蕉翁幻住庵記である。無論記憶の儘を書いたもので、その頭脳の確かなのに驚いたとのことである。（『井月全集』『新編井月全集』奇行逸話　二十。駒ヶ根市中沢本曽倉の竹村氏（書簡一・書簡二十一に登場）の家での出来事だという）

・ものを書くときは、天保銭を文鎮がわりに唐紙の左右にたら〳〵と並べてした〻めたという。衣食の足しに幻住庵記を書いて、ある時は巻物にして米銭に替えることもあったらしい。（『伊那路』昭和33年12月号・宮脇昌三氏の記事）〔道具

天保銭（天保通宝）

にはこだわらなかったのだろう。〕

『幻住庵記』は、唐紙に書けばびっしり四枚分の量がある、けっこうな長文です（『井月全集』巻頭写真、『新編井月全集』28頁）。井月は芭蕉の俳諧七部集を所持しており（『井月全集』『新編井月全集』奇行逸話 二十四）、きっと『幻住庵記』を暗記するくらいに精読していたのでしょう。

プロ意識は高かったようで、次のような話も伝わっています。

・字はよく夜中に書いたそうだ。一緒に寝て目を覚(さま)して見ると、よく起きて書いて居(い)る。曰(いわ)く、「これは俺の持ち分だ、お前方(がた)は寝ておいで」と。〔中略〕字を書く時や、印を押す時は酒のあとでも必ず端坐(たんざ)〔＝正座〕して苟(いやしく)もせず、そして人の居(おら)ぬ所で書くようにしたと。（『井月全集』『新編井月全集』奇行逸話 三十）

自分で印鑑を彫ることができたようですから、篆書(てんしょ)の心得もあったのでしょう。

・八幡神社境内(けいだい)に這入(はい)ると、鳥居脇の処(ところ)に座を占めて何か頻(しき)りに細工をしている井月を見出(みいだ)した。何をして居(い)るかと覗(のぞ)いて見れば、印を刻している。印材の一つは角形の粗末に削った木材、一つは南(かぼ)

瓜の蒂である。また道具は洋傘鉄骨の短くしたものへ尖刃を付けたのであった。（『井月全集』『新編井月全集』奇行逸話　九）

・〔落款の印は〕多く彼の手製という。顴化とか富如雲とか、桜の花形や、いろいろ面白いものがある。（『高津才次郎奮戦記』12頁）

なお、書道の腕前をもったいぶったりすることもなく、誰にでも心やすく書いてやったようで、「唐紙を小さく幾枚にも切ったのへ俳句を書きはじめたが、通り懸りの好き者も立ち停まって、私にも一枚私にも一枚と云うので、紙のある丈け書いてしまった」（『井月全集』『新編井月全集』奇行逸話　二十二）という話が伝わっています。一方で、「井月が来ると、「紙をかくせ」といったものだそうだ。やたらに書かれて困ったからである」とも伝えられています（『井月全集』『新編井月全集』奇行逸話　三十一、梅月の子・梅玉の話）。

《無頓着》

無欲だったのか、それとも無頓着だったのか、次のような話が知られています。

・衣類が余りに薄くて寒そうであるからと云うので、祖母が古い綿入羽織を着せてやった。〔中略〕三日許り遊んでの帰途、〔中略〕井月に出逢うたが、着せてやった筈の羽織を着ていない。不思議に思うて如何したのかを聴いてみると、乞食が余り寒そうに見えたから呉れてやったと平気なので、祖母も殆んど呆れていた。(『井月全集』『新編井月全集』奇行逸話 四)

・おふくろの話では、井月はきまいのいい人〔＝気前の良い人〕だった、というよ。〔中略〕よそで貰ったものをつぎの家の土産にして歩いた。すぐに困ることがわかっていてもやってしまう。おふくろなんか、小さいときによく小遣をもらった、というよ。(『漂鳥のうた』63頁、宮下一郎氏による証言)

おそらく、俳諧以外のことには無頓着だったのではないでしょうか。身なりに無頓着、お金に無頓着。人からどう思われようとお構いなし。それゆえにボロをまとい、「奇行」と言われるような行動をしたのではないでしょうか。

ただし、衣服を貰う時は、「これがよろしい。おあかつき」といって中々新しいものは貰わなかった、とも伝えられているので(『井月全集』『新編井月全集』奇行逸話 二十九)、単に無頓着だったのではなく、意識的に遠慮深さ・清貧さを心がけていたのかも知れません。

また、井月の日記には「昼前針糸」「終日針糸」といった記述があります(『井月全集』拾遺篇461頁・

463頁、『新編井月全集』日記篇414頁・417頁)。いかに無頓着といえども、着物が破れれば繕(つくろ)ったのでしょう。衣物(きもの)の綻(ほころ)びなどを縫ってやろうというと「よし〳〵(よし)お待ちよ、今脱いでやる」といった調子だったとも伝えられています(『井月全集』『新編井月全集』奇行逸話 二十九)。

なお、井月の日記は、俳諧集を作るための備忘録だったと思われます。小まめに訪問記録をつけていたようなので、根は几帳面(きちょうめん)だったのでしょう。しかも日記には、「酒佳」「そば佳」「風呂有(あり)」「肴(さかな)絶品」とか、「酒無(なし)」「風情無(ふぜいなし)」「馳走(ちそう)不佳」「粗末」などなど、もてなしの良し悪しを手厳しく率直に記録しています。無頓着でありながら、そんなことを細かく記録していたなんて、不思議な感じがします。

《漂泊生活》

井月がやって来ると、必ず座敷に招き入れて、酒に肴、次に汁や飯というように、次々に御馳走を出す家もあったようですが、囲炉裏端で草鞋履(わらじばき)のままで馳走する家が多かったとも伝えられています(『伊那路』昭和62年3月号・中村宗雄氏の記事)。

井月は、漂泊生活をしながら、引墨(ひきずみ)(=門人たちの俳句の添削)や揮毫(きごう)の仕事をしていました(『井月全集』拾遺篇449~450頁、『新編井月全集』日記篇358頁など。また『井月真蹟集』91頁や『井上井月真筆集』146頁には、井月による引墨が載っている）。

井月の俳句指導の実態がわかるエピソードが伝わっていますので、読んでみましょう。

・熊吉氏〔書簡一・書簡二十一に登場する竹村氏〕の言うのに——私も一時は一寸熱心に句作して井月に見て貰ったものだが、点が辛いというよりも、わからんことを言って滅多に採ってくれない。たまたま直したものは丸で別のようなものにされているというようなわけで、ウンザリして止めてしまったと言っていました。父なども一つも採ってくれないといって腹を立てたり、ある時酒を飲みながら議論をふっかけたりしているのを知っています。（『伊那路』昭和51年9月号・下島 勲氏の記事、宮下一郎氏筆写）

添削でがらりと句を変えられてしまうようなことは、俳句の世界ではよくありますし、選句というものは、やはり撰者の主観によるところが大きいですから、何がいけないのか「わからん」と思うことも多々あったでしょう。井月が特別に辛い人だったわけではないと思うのですが、添削や選句に納得できない人がいたことは事実のようです。

句会も開いていたようで、次のような証言が伝わっています。

・夕方になると、近隣の俳諧好きが集って来て、井月を先生に、句をはじめるというわけ。そのあとはいつものことで酒盛り。いつだったか、そうした集まりのとき、私の作った句を、当夜第一といって井月がほめてくれたんですよ。天といいましたかね。十五、六の娘のときのことなので、ほんとにうれしかった。(『伊那路』昭和46年8月号・伊沢幸平氏の記事、「とう」おばあさんの証言)〔優秀作品に「天」「地」「人」の評価を付けていたことがうかがえる。年寄りばかりではなく、ときには十代の若者も参加したのであろう。〕

なお、「井月の訪れた家は皆金持で、貧家へは行かなかった」と伝えられていますが(『井月全集』『新編井月全集』奇行逸話　三十四)、べつに金持ちの家をねらって行ったのではなく、単に「柳家連」のメンバーの家々を訪問していたのでしょう。

・「井月」の村内への往来は、祭りなどに行う句会のほか、発句読みの人家に寄食するのが常で、普通の乞食のように、誰彼かまわず物乞いをすることはなかったことと、寄食する家の人以外と話す姿も見かけなかったとのことであった。(『伊那路』昭和62年3月号・久保村文人氏による記事。祖父から聞いた話だという)

人の家を訪問するときには、手土産を持っていくことがあったようです。書簡七に、干し柿を持ってきた様子が書かれていますが、ほかにもたとえば次のようなエピソードが知られています。

・袂を探って何やら恭しく紙包を差出した。それが土産のつもりらしいので、主人が早速開いて見れば山椒の若芽であった。（『井月全集』『新編井月全集』奇行逸話 十四）

・落ちてる柿の葉を拾い、しきりに着物で擦って埃を落して居る。何をするかと見て居たら、やがて家に入って妻女の前へそれを出して、「ハイお土産」。（『井月全集』『新編井月全集』奇行逸話 二十六）

・天竜河原を通行の折り、偶然井月の奇行を発見したのである。それは夏羽織を掬い網に代用して頻りに水溜りの雑魚を漁っているのであった。〔中略〕試みに何をしているかと尋ねてみた。「イヤ好い雑魚がおるので某家の土産に掬うている」と平気な答えであったと云う。（『井月全集』『新編井月全集』奇行逸話 十）

年上の山圃（書簡十二に登場）に対しては、「往訪の度毎に必ず丁寧に礼をするので、傍から妻女が「そんなに丁寧にせんでも」というと「礼儀というものはしなければならないから」といって止めなかった」という話が伝わっています（『井月全集』『新編井月全集』奇行逸話 二十九）。

そうかと思えば、「井月は来る時も往く時も別段に挨拶もしなかった」「人が居なくても黙って上り込み、又黙って出て行ったりした」といいますから（『井月全集』『新編井月全集』奇行逸話二十八）、なんとも図々しい人だったような気がしてきます。

・久蘭堂は伊那里村（現伊那市長谷の内）杉島の旧家で、〔中略〕殊にその離れ座敷は風流を凝らしたもので、井月の垂涎したのは勿論である。或る年の蛭子講の夜中である。内祝いの酒宴酣なるところ、何処から井月がやって来たのか、「コッソリ」無断で例の離れへ這入り込んで寝てしまったのである。翌朝手を拍つ音が聞えるので、庭に遊んでいた子供が覗いてみると、井月が居るのでびっくりした。（『井月全集』『新編井月全集』奇行逸話 十二）

・東京の千両役者が来たといふので、〔中略〕私の家では留守を命じた筈の女中まで居なくなり、唯馬と猫のみがといふわけだつたらしい。そのあき家同然のところへ井月がやつて来たのだ。するとまた祖母の姪の夫といふのが、〔中略〕通りがゝりに昼食でもするつもりで立ち寄つて〔中略〕戸棚を探せば好物の甘酒があるではないか、〔中略〕また井月には酒と肴をとり出してこれを勧め、一人は甘酒をたひらげ、井月はたらふく飲み食ひして、〔中略〕附け木（＝火をつけるのに使う薄い木片）に発句を書いて膳の上にのせ、手を携へて行つてしまつたさうであるが、やがて母と祖母が帰つてこの杯盤狼藉の状景に且つ駭き且つ笑つたりしたのを覚えてゐる。（『随筆・富岡鉄斎其の

他』27頁）

「彼処に一泊此処に二泊、気に入れば三泊も五六泊もする。また随処で昼寝もすれば野宿もする」といった様子でしたが（『井月全集』略伝344頁、『新編井月全集』略伝557頁）、長居をすることもあり、「ちと何処かへ行って来たらどうです」と追い立てるようにするまでは平気で十日も二十日も居た、という話も伝わっています（『井月全集』『新編井月全集』奇行逸話　二十八）。「井月を帰すには金銭では駄目で、瓢箪に酒をつめてやると「千両々々」で帰った」（『井月全集』『新編井月全集』奇行逸話　三十四）とも伝えられています。

　路傍で井月が動かなくなってしまった、というエピソードが二つ伝わっており、「平常すら酔ているのか醒めているのか、時として死んでいるのか、生きているのか訣の分らぬことさえあった」といいます（『井月全集』略伝347頁、『新編井月全集』略伝559頁）。

・午後五時頃「トボ〳〵」出掛けるので、今時分何処へ行くかと見ていれば、〔中略〕萱原へ坐り込んで、何を見ているのか考えているのか、日が暮れても動く様子がない。そこで塩握飯と酒を持せてやったが、握飯を一つ食うて酒を飲んで寝てしまうた。（『井月全集』『新編井月全集』奇行逸話　五）

・井月が路傍の小溝の中へ横さまに落ち込んでいた。如何にして起き上るかと暫く見ていたが、一向身動きもしない。そこで〔中略〕引き上げて下駄まではかせてやったが、礼のつもりか千両々々と言うていた。大分酔ってたらしい。（『井月全集』『新編井月全集』奇行逸話　六）

井月の最期

以上のようなありさまで、村から村へ泊まり歩く暮らしを、行き倒れになるまで続けたのです。戸籍を作ってもらっても、自分の社中（柳家連）を巡回する暮らしをやめませんでした。古くからの仲間たちはだんだん亡くなったりして、井月を温かく迎えてくれる家は減っていたでしょう。もはや社中として機能していなかったのかも知れません。

・晩年の井月は乞食も乞食、余程極端な状態であったらしい。例えば、以前は比較的理解のあった処でさえ、門前払いをするやら、僅かに軒下で酒食を与えて戸を閉じてしまうというような処もあって、相手どころか、気味の悪い乞食として忌み嫌ったとのことである。（『井月全集』略伝345頁、『新編井月全集』略伝558頁）

・当時、井月なんて何が目あてであのような惨めな暮しをしているのだろう、首でも縊るか水にでも這入ってひと思いに死んだ方が増しであろうに……などというのを耳にしたことがありました。

（『伊那路』昭和51年9月号・下島 勲氏の記事、宮下一郎氏筆写）

しかし巡回をやめれば、「柳家連」は自然消滅してしまいます。俳諧師としての生き方を貫くために、井月は家々を巡回する必要があったと思われます。はたから見れば、物乞いが回って来た、としか見えなかったでしょう。

それでは、井月の最期を記録した文章を読んでみましょう。

下島空谷による略伝より（『井月全集』略伝348頁、『新編井月全集』略伝560頁、日付は訂正してある。※のところ）

・時は明治※十九年師走某の日、信州上伊那郡伊那村（現駒ヶ根市東伊那）の路傍乾田の中に、身には襤褸を纏い、糞まみれとなって倒れている井月を発見した。多分死んでいるのであろうと近寄って見れば、生きてはいたが、最早身動きもならぬ病態であった。そこで当惑の結果が、成る可く村の厄介にならぬようにと、村人数名が戸板に載せ、芭蕉の松茸の句碑で有名な火山峠を越え、隣村富県村（現伊那市富県）字南福地の某地点に置いて帰ったのである。福地の村人某これを見つけて、旧交の深かった竹松竹風という老人に告げた。〔芭蕉の松茸の句碑は、井月の門人が明治二〜三年ごろ建てたもの（書簡五のところで言及）。竹風は井月より二十一歳年下（『井月全集』発句篇42頁、『新編井月全集』発句篇86頁）。明治十九年の時点では四十二歳のはずで、「老人」ではなかっただろう。〕

・竹風老人はまた村人三四人（さんよにん）を頼み、縁故の深い隣村河南村（かなみむら）（現伊那市高遠町の内）字押出（あざおしだし）の六波羅（ろくはら）霞松氏の処（ところ）へ担（にな）い込んだそうである。霞松氏は予（かね）て井月入籍の家を知っていたので、また若い人達の肩を借りて三峰川（みぶがわ）を渡り、美篶村（現伊那市美篶）末広の太田窪（おおたくぼ）、塩原（しおはら）梅関氏方へ送り届けたのである。即ち「落栗（おちぐり）の座（ざ）を定（さだ）めるや窪溜（くぼだま）り」の家である。〔川の中を、じゃぶじゃぶと担（かつ）がれて渡ったのだろうか。ただし、『井月全集』日記篇227頁や『新編井月全集』日記篇382頁には「橋渡り、押出し」と書かれている。おそらく付近に橋はあったのだろう。東伊那→富県→押出→美篶と、たらい回しにされたような印象を受ける文章だが、かつては「村送り」といって、病気の旅人を村伝いに送り届けるシステムがあったというから、格別にひどい扱いを受けたわけではないような気もする。〕

・茲（ここ）で腰も立たず、口もきけぬ悲惨な病軀（びょうく）を横たえていたが、翌※二十年三月十日、即ち旧暦二月十六日、霞松氏の勧めた一盞（いっさん）の焼酎（しょうちゅう）を飲み、眠るが如く往生を遂げたそうである。（この説は竹風、霞松の両古老（ころう）より出（い）づ）年齢は六十七八歳（ろくじゅうしちはっさい）位の推定であったが、高津氏の研究により、文政五年生れの六十六歳と確(たしか)められた〔中略〕。〔旧暦の二月十六日は、西行法師の命日と同じ。井月は、芭蕉と並んで西行も敬愛していたようである。〕

・また死去二時間ばかり前、俳友六波羅霞松氏が辞世の一句を請うてみたが、僅(わず)かに頭を左右に動かすのみであった。併(しか)し強(しい)て筆を握らせ白紙を顔面の空間へ拡げてやって、辛(かろ)うじて書いたのが「何(ど)処(こ)やらに鶴(たづ)の声(こえ)きく霞(かすみ)かな」の句だそうである。この句は、以前の吟詠で辞世ではない。唯此時(ただこのとき)偶(たま)ま浮(うか)んで来たので書いたものとみえる。〔「春霞の中、どこかで鶴の声が聞こえたような気がする。北へ帰る日が来たのだろう、自分もあの世へ旅立つことにしよう」といった解釈ができる句。鶴の白さと霞の白さの取り合わせが素晴らしい。筆跡は『井月全集』巻頭写真、『新編井月全集』32頁に載っている。〕

・井月の墓碑は、死後間もなく梅関氏の建てたもので、高さ一尺八寸幅一尺一寸厚さ六寸の三峰川赤(あか)御影(みかげ)の自然石で、碑面には井月の「降(ふる)とまで人(ひと)には見(み)せて花曇(はなぐもり)」の一句を刻してあるが、浅刻(せんこく)のため肉眼で一寸(ちょっと)読めない〔後略〕。〔本来は墓碑ではなく、句碑だという。死後間もなくではなく、大正九年、井月の三十三回忌に建てられたという説もあるが（『井月全集』後記407頁、『新編井月全集』後記612頁、『漂鳥のうた』8頁）、大正九年は塩原家の墓地に「塩翁斎柳家井月居士（ほか三名の戒名）明治十九甲戌年二月十五日塩原清助」〔ただし没年も干支も日付も誤り〕と刻まれた四角い墓石が建てられた年であり（『みすゞ～その成立と発展～』708頁）、自然石の句碑が建てられたのは明治三十年で、梅関が三峰川から石を拾ってきて、梅関の弟の娘の婿である庄治という石工が「降とまで…」の句を彫ったという説がある（『伊那路』昭和41年2月号・上島喜智朗氏による記事）。竹入弘元先生は、明治二十四年という説を支持している（『伊那路』2015年月5号）。玉斎（書簡三十一に登場）が描いた井月の肖像画に、「柳の家井月居士碑命の塚建立に対　辛卯〔明治二十四年〕中春井月存命者　玉斎思出の像ヲ記」と書かれているからである（『伊那路』平成3年9月号・竹村進氏の記事、『井上井月展の記録』39頁、『漂鳥のうた』179頁）。

下島空谷による奇行逸話より（『井月全集』『新編井月全集』奇行逸話 二十四）

・富県村（現伊那市富県）字南福地の竹松銭弥氏（号竹風）は、〔中略〕無類の温厚実直家で、至極井月のお気に入りでもあり、また非常な井月崇拝者であったのだ。故に俳道の教を受けた許りか、晩年井月から遺物を貰うた程の、深い因縁を生んだ人である。その遺物とは、一、芭蕉陶像一体一、七部集一部（井月の朱註入り）一、歳時記一部　一、自著一部（中折紙四枚綴にて、雅俗の言葉を分けたもの）以上であったが、惜いことに今何れへか紛失しているとのことである。〔陶器の像は、翁講のときに使ったのだろう。歳時記は、俳人なら誰でも持ち歩いているものだが、井月も案外、ふつうに歳時記を持ち歩いていたのかも知れない。〕

・井月が伊那村〔駒ヶ根市東伊那〕で野倒れになって、南福地に送られて来て逢ったとき微かな声で、

「竹風ヤイ……己れは明日死ぬぞ……辞世は三枚ある、どれでも出せ」云々と、譫語のように言うたとのことである。〔倒れても意識はあったのだろう。この「三枚ある」と言った辞世はどの句なのか、残念ながら分かっていない。なお、井月の死後に「涅槃会に一日後る丶別れ哉」という句碑を建てる計画があったらしい（『井月全集』後記407〜408頁、『新編井月全集』後記612頁）。また、梅関は「闇き夜も花の明りや西の旅　井月代筆梅関」と書いた短冊を、井月に縁のある人々の所へ配ったという（『井月全集』後記408頁、『新編井月全集』後記613頁）。これらが辞世か。〕

駒ヶ根市中沢・梅月の日記より（『俳人井月』134頁）

・二十年二月十日（〔新暦の〕三月四日）晴天なり。六道地蔵尊奉額面につき、梅関と云ふ人、井月病気に付き句貰ひに廻るとのことにて入花三銭。梅玉（梅月の子）の句を出す。〔書簡十九に登場する梅月が書き記した、井月が亡くなる六日前の出来事である。六道地蔵尊は美篶村にあり、井月は病床にありながら奉納額を書こうと計画していたのだろうか。俳諧師としての執念は、死の直前まで持ち続けていたのであろう。〕

馬島律司氏による異説（『伊那路』昭和49年3月号）

・井月は明治拾六年五月弐拾五日、中沢村からの帰途、押田〔＝押出か？〕河原にて発病、路上に呻吟中を、村人に助けられ、同日夕方太田久保〔＝美篶村末広太田窪〕の小屋に帰り着いたが、夜半再び発作に襲われ、誰一人のみとりもなく淋しく死んでいった。翌朝六平〔＝美篶村笠原、柳沢六平〕方に通知があり、六平夫婦と塩原家の人等七人で同家裏に埋葬した。明治拾八年夏、井月の三回忌にあたり、六平は井月の跡を残したい一念で、上大島の河に降り、手頃の河原石を拾い、下大島の石工に依頼して墓碑を立てたのだった。〔そもそも井月の没年が間違っているが、このような異説にも、慎重に検証すれば何らかの事実が含まれている可能性があるかも知れないと思い、ここに引用した。この記事が事実なら、墓所に井月の遺骨はないことになる。たしかに井月の野辺送りに参列したという話は、どこからも聞かない。近親者だけで埋葬した可能性はあるだろう。〕

高津才次郎氏による異説（『井月全集』後記406頁、『新編井月全集』後記611頁）

・井月の終焉の有様については異説が有る。富県村の医師酒井氏が祖父の露鶴翁から聞いた所では、彼が病んで伊那村方面〔現在の駒ヶ根市東伊那〕から来て幾日か静養した後、美篶村へ行って死にたいと云うのでその義弟宮下三子と二人で送ったが、同村桜井の井ブチ「川天白」の辺で井月は固辞して一人となった。そして彼が三峰川を渡り終る迄堰土堤に二人は見送って居たという。〔行き倒れになったはずの井月が、自分の足で渡ったというのだから驚かされる。なお、三子は書簡十八に登場している。〕

川天伯（＝桜井天伯社）付近の三峰川。現在の上伊那クリーンセンターのあたりで、けっこうな川幅がある。この地域には、月遅れの七夕の日に神輿を担いで川の中を渡る「さんよりこより」という祭りがあるけれども、病体の井月が渡ったのは師走であり、さすがに冬の川に入るのは命取りだろう。押出の橋まで行って渡ったのだろうか。『伊那路』昭和62年４月号・真壁 貴氏の記事によれば、「当時三峰川は押出から対岸へ並べ石や二本丸太の粗末な橋であった」という。

・又塩原梅関の三女なる老婦〔『俳句雑誌科野　井月特輯号』12頁によれば、井月を看取った当時十四五歳であったという〕に私が質した所に依ると、師走の三夜に病みほうけた井月が門口に倒れて居たので、早速家の中に入れて介抱する事五十余日、死亡の前日坂下（今の伊那町現伊那市の内）から饅頭を買って来て分けてやった。翌朝九時頃、食べ物を持ってこの人が病床（高津云、病床といってもそれはお粗末なものであったという）を訪れると、井月は昨日の饅頭を胸の上に持ったまゝ仰向に眠って居た。声をかけるとパチリと一旦眼を開いて、再び閉じた時はもうこと切れた時であったと言う。この人の話では、その頃は井月を尋ね寄る人も無かったとの事だが、「何処やら」の句の衰えた筆跡は現存して居る。〔後略〕〔「師走の三夜」は、旧暦十二月三日の夜のことだろうか（新暦に直すと十二月二十七日）。井月の病床は、塩原家の納屋だったという説もあるが（『漂鳥のうた』251頁）、ちゃんと玄関と二間がある「離れ」だったという説もある（書簡二十四のところで言及）。「今の伊那町現伊那市の内」は変な記述だが、『井月全集』の記事に『新編井月全集』で加筆したためであろう。ただし、現在でも伊那市中心部のことを「伊那町」と呼ぶ人は多い。〕

絶筆「何処やらに…」についての霞松の添え書き（『井上井月真筆集』170頁、『高津才次郎奮戦記』42頁。実物に従って一部手直しをした）

・封筒

塩翁斎柳家井月居士　越後長岡藩士井上勝蔵　明治二十年三月十日示寂〔過去を語りたがらなかった井月だが、霞松は、はっきりと「長岡藩士」と書いている。〕

・添え書き

人は一代名は末代との古語も誠なる哉。左の一詠は故井月翁臨終の吟なり。其際予は病床に伺ひ酒を進めたるも最早一、二杯に不過。句を乞ひしに出来ざると答ふ。種々になぐさめ強て筆を執らせし作なるが、其夜空しく相果たり。如斯の際といへども好く真情を穿ちしは流石に俳傑といふべし。依って其事情を添へて置ものは　霞松〔このとき霞松のほかに、美篶の上島不六という人物がいたという。当時十五歳の少年だったようだ（『伊那路』2011年9月号・矢島太郎氏の記事）。〕

・掛軸

何処やらに隺の声きく霞かな　井月

霞松が営んでいた雑貨店「みなとや」の跡地。三峰川橋からほど近いところにある。芭蕉・霞松・井月の句碑が並んで建っているが、かつては土蔵が建っていて、その一階を改造して店にしていたらしい（『漂鳥のうた』211頁）。たばこや駄菓子を所狭く並べていたという（『高津才次郎奮戦記』76頁）。晩年の井月は、足しげくここに立ち寄っていたようで、日記に頻出する。霞松は越後出身と言われており、年は離れていたが同郷の井月と過去を語り合うこともあったのではなかろうか。

井月は生前、「俺が死んだら俵へでもつめ込め。寒い時はよす。菜種の花の咲く時分だナ」と言っていたようですが（『井月全集』『新編井月全集』奇行逸話 二十九）、戒名がありますから、ちゃんとお坊さんに供養してもらったのでしょう。高遠の龍勝寺が菩提寺となっています。

龍勝寺の過去帳より（『俳人井月』135頁）

・塩翁斎柳家井月居士　明治二十年三月十日示寂　美篶村字末広塩原折治之世話、越後国長岡藩士族井上勝蔵ト申者、発句師 柳 家井月 行年六十六才歿。

絶筆「何処やらに雀の声きく霞かな」は句碑になっており、その消え入るような最後の筆跡を見ることができる。
（上）伊那市美篶、六道の堤。
（下）伊那市高遠町、龍勝寺。

『井月の句集』題句・跋

伊那谷の片田舎でひっそりと没した井月が、なぜ世の中に知られるようになったのでしょうか。すべては大正十年の『井月の句集』の刊行から始まりました。編者の下島勲氏（空谷）は駒ヶ根市中沢の出身で、かつて井月に石を投げつけた、まさにその少年です。やがて家を出て医師になり、東京で芥川龍之介（空谷より二十三歳年下）の主治医になりました。

芥川は、空谷から「井月」という人物のことを聞かされ、非常に興味を持ったのでしょう。「駒ヶ根に日和定めて稲の花　井月」（『井月全集』発句篇87頁、『新編井月全集』発句篇145頁）の真筆を愛蔵していたようですし（『井月の句集』『井月全集』巻頭写真）、井月を題材にした俳句も詠んでいます。

「鯉が来たそれ井月を呼びにやれ」（『芥川竜之介俳句集』114頁）
「井月の瓢は何処へ暮の秋」（『芥川竜之介俳句集』117頁）
「井月ぢや酒もて参れ鮎の鮨」（『芥川竜之介俳句集』126頁）

そんな芥川の全面協力もあって『井月の句集』は作られたようで（『井月句集』332頁からの記事）、

本が完成したときの喜びを詠んだ俳句もあります。

「井月の句集成る　月の夜の落栗拾ひ尽しけり」（『芥川竜之介俳句集』128頁）

のちに芥川は、『庭』という短編小説に井月を登場させていますから、単なる興味で終わらず、かなりほれ込んでいたのかも知れません。少し読んでみましょう。

・それはこの宿の本陣に当る、中村と云ふ旧家の庭だつた。〔中略〕

・家督を継いだ長男は、〔中略〕文室と云ふ、癇癖の強い男だつた。病身な妻や弟たちは勿論、隠居さへ彼には憚かつてゐた。唯その頃この宿にゐた、乞食宗匠の井月ばかりは、度々彼の所へ遊びに来た。長男も不思議に井月にだけは、酒を飲ませたり字を書かせたり、機嫌の好い顔を見せてゐた。「山はまだ花の香もあり時鳥、井月。ところどころに滝のほのめく、文室」――そんな附合も残つてゐる。〔中略〕

・庭は二年三年と、だんだん荒廃を加へて行つた。池には南京藻が浮び始め、植込みには枯木が交るやうになつた。〔中略〕

・当主はそれから一年余り後、夜伽の妻に守られながら、蚊帳の中に息をひきとつた。「蛙が啼いてゐるな。井月はどうしつら?」――これが最後の言葉だつた。が、もう井月はとうの昔、この辺の風景にも飽きたのか、さつぱり乞食にも来なくなつてゐた。〔後略〕

大正十一年『庭』より(『現代日本文學大系43芥川龍之介集』189頁)

文室という人物は『井月の句集』141頁や『新編井月全集』連句篇 六十七に出てきますが、どこの人かわかりません。「山はまだ…」の句は井月の作ではなく、四徳の思耕の作です(『井月全集』後記385頁、『新編井月全集』後記591頁)。なお、この小説のモデルは四徳ではなく、塩尻市の洗馬宿の旧家をモデルにしたものだそうです。洗馬といえば高遠藩の飛び地であり、井月が戸籍を作った塩原家も洗馬から来た一族だそうですから(『漂鳥のうた』245頁)、まるっきり無関係な土地ではないのですが、芥川はあくまでフィクションとして井月を登場させたのでしょう。「荒廃した旧家の庭」と、「来なくなった井月」を取り合わせて、移ろいゆく世の無常を描いたものと思われます(物語の中盤では、次男が庭の修復を試みるが、終盤では庭が壊され、鉄道の停車場が建てられてしまう)。

さて、井月が泊まり歩いた家々で書き散らした俳句を、一つ一つ集めて一冊の本にするのは、大変な作業だったでしょう。空谷は東京にいたため、伊那谷で実際に俳句の収集にあたったのは、弟の下島富士氏(五山)だったようです(『井月の句集』緒言5頁)。

高浜虚子・内藤鳴雪・寒川鼠骨・小沢碧童の四人が、『井月の句集』の巻頭に句を寄せていますので、読んでみましょう（『井月全集』『新編井月全集』にも載っているが、詞書が略されている）。

井月賛　丈高きをとこなりけん木枯に　虚子

｛井月の孤高の生き方を詠んだ句なのだろう。なお、井月の身長は百七十センチ前後で、当時としては背の高い男だった。虚子は井月に会ったことがないはずだが、不思議に一致している。｝

井月句集に題す　秋涼し惟然の後に惟然あり　鳴雪

｛芭蕉の弟子・惟然は「風狂の俳人」といわれ、かなりの変わり者だったらしい。井月は、そんな惟然のあとを継ぐような人物だ、といった意味だろう。実際に井月は惟然の弁慶庵を訪問しており、「笠石に寂をしれとや秋の風」の句を詠んでいるが（『井月全集』続補遺篇540頁、『新編井月全集』発句篇124頁）、しかし『井月の句集』には、この句はまだ載っていない。鳴雪が知っていたはずはないのだが、不思議に一致している（中島秋挙の『惟然坊句集』に「惟然以前惟然なし、惟然以後惟然なし」という賛辞があり、それを下敷きにして詠んだのだろう）。｝

井月句集に題す　露けさを米貰はずに帰られし　鼠骨

｛物乞い同然の暮らしぶりを思って詠んだ句なのだろう。「井月に米を手づかみで与えたところ、怒っ

て受け取らなかった」というエピソードを思わせるが（『井月全集』『新編井月全集』奇行逸話三十）、しかし『井月の句集』にはこのエピソードはまだ載っていない。鼠骨が知っていたはずはないのだが、不思議に一致している。〕

井月翁の句集成る。翁と著者下島先生とは世を隔つと雖も同郷の人、因縁のふかさ、ありがたさ、なみだこぼるるばかりなり。

空がはれゆき日影さす雲
朝の光り消えゆき日影さくる身　碧童

〔「日影」は日光のこと。雲は晴れ、すがすがしい朝が終われば、日中の猛暑が身にこたえる。日光を避けながらトボトボ歩く井月の様子を思って詠んだのだろう。〕

『井月の句集』のあとがきは、芥川が書いています。読んでみましょう。

跋

空谷下島先生の「井月の句集」が出るさうである。何しろ井月は草廬さへ結ばず、乞食をしてゐたと云ふのだから、その句を一々集めると云ふ事は、それ自体容易な業ではない。私はまづ編者の根気に、敬服せざるを得ないものである。

井月の句集を開いて見ると、悪句も決して少なくはない。天明の遺音は既に絶え、明治の新調は未起らなかつた時代は、彼にも薫習を及ぼしたのである。しかし山嶽の高さを云ふものは、最高峯の高さを計らなければならぬ。〔天明俳諧（蕪村など）の余韻はすでに絶え、明治の新調（子規など）はまだ起こらなかった時代、いわゆる「俳諧史の暗黒時代」は、井月にも影響を及ぼした。しかしその道に生きようとする者は、その最高峰を目指さなければならない、といった意味だろう。なお、『井月全集』『新編井月全集』では「遺音」となっているが、『井月の句集』では「遺音」になっているので、それに従った。〕

井月は時代に曳きずられながらも古俳諧の大道は忘れなかつた。「咲いたのは動いてゐるや蓮の花」以下、集中に散見する彼の佳句は、この間の消息を語るものである。〔句集の中に散見される佳句は、暗黒時代に生きながら芭蕉の道を忘れなかった井月のありさまを物語っている、と言っているのだろう。しかし「咲いたのは…」の句は、実は井月ではなく、井月の肖像画を描いた玉斎の息子・山洲の句であった（『井月全集』後記385頁、『新編井月全集』後記591頁）。句集には間違いが数多く含まれていたのである。芥川はそれを知らないまま世を去った。〕

しかも亦彼の書技は、「幻住庵の記」等に至ると、入神と称するをも妨げない。私は第二に烱眼の編者が、この巨鱗を網にした事を愉快に思はずにはゐられないのである。が、私の編者に負ふ所は、これのみに尽きてゐるのではない。【しかもまた、井月の書道の技は、『幻住庵記』などを見ると、神憑りと言っても過言ではない。私は第二に、鋭い眼力を持った空谷先生が、この大物（＝井月）を網に収めたことを愉快に思わずにはいられないのである。だが私は、空谷先生のお手柄はこれだけではないと思う。】

昔天竺の鹿頭梵志は、善く髑髏を観察し、手を以て之を撃つては、死の因縁を明らかにした。たとへば「是男子なり。衆病集つて百節酸痛し、命終を取る。是人死して三悪趣に堕つ」の類である。【その昔、インドの鹿頭というバラモンは、どくろをよく観察し、手に持ってたたくと、その死因を明らかにすることができた。たとえば「これは男である、いろんな病気が集まって節々が痛み、死んだのである。この人は死んで、地獄界・餓鬼界・畜生界に落ちた」などである。】〔ここからいきなり仏教説話になる。『増一阿含経』の一節。〕

しかし世尊が試みに、優陀延比丘の髑髏を与へて見たら、彼は唯茫然として、「男に非ず女に非ず。

亦生を見ず。亦断を見ず。亦同胞往来するを見ず。」と、殆答へる所を知らなかつた。無余涅槃に入つてゐた比丘は、「無終無始、亦生死無く、亦八方上下適くべき所無し」だつた為、梵志の神識も及ばなかつたのである。【しかしお釈迦さまが、ためしに優陀延という修行者のどくろを与えてみたところ、バラモンはただ茫然として、「男にあらず、女にあらず、また生を見ず、また断を見ず、また同胞往来を見ず」と、ほとんど答えることができなかった。完全な悟りに入った修行者は、「始まりもなく、終わりもなく、また生死もなく、また、どこにも行くべき所がない」からで、バラモンの神通力も通じなかったのである。】〔同胞往来ではなく「周旋往来」ではなかろうか（『国訳一切経　阿含部　八』348頁）。〕

これは優陀延に限つた事ではない。井月の髑髏を撃たせて見ても、梵志はやはり喟然として、止むより外はなかつたであらう。このせち辛い近世にも、かう云ふ人物があつたと云ふ事は、我々下根の凡夫の心を勇猛ならしむる力がある。編者は井月の句と共に、井月を伝して謬らなかつた。私が最後に感謝したいのは、この一事に存するのである。【これは優陀延に限ったことではない。井月のどくろをたたかせてみても、バラモンはため息をついて、やめるよりほかはなかったであろう。この生きづらい近世にも、井月のような人物がいたということは、われわれ凡人の心を強くさせる力がある。空谷先生は、井月の句とともに、井月という人物をよく伝えてくれた。私が最後に感謝したいのは、こ

の一事である。】〔井月の生きざまは、悟りに入った者のようだ、と言っているのだろう。〕

大正十年十月二日　芥川龍之介筆記

〔芥川にとって空谷は、単に主治医というだけでなく、親子ほどに年が離れていながらも文学を語り合い、書画を語り合うことができる相手だったようだ（『井月句集』331頁）。『芥川龍之介の回想』7頁によれば、芥川は自殺する際に辞世の句を空谷に贈っており、いかに空谷を慕っていたかが窺える。「自嘲　水洟や鼻の先だけ暮れ残る」（『芥川竜之介俳句集』196頁）。また空谷は、医師として芥川の検死をし、一句を詠んでいる。「芥川龍之介逝く　枕べのバイブルかなし梅雨くもり」（『随筆・富岡鉄斎其の他』170頁）〕

上の写真は『井月の句集』。ちなみに筆者所蔵品には「井泉水先生恵存　編者」と朱書きされている。つまり空谷が文人たちに配ったものなのだろう（荻原井泉水の門下には種田山頭火がいる）。下の写真は『井月全集』初版〜五版と『新編井月全集』。

『井月の句集』は、空谷による自費出版で、発行部数もわずかだったようですが、その後、昭和五年の『井月全集』にも、平成三十年の『新編井月全集』にも、芥川のあとがきが脈々と受け継がれています。

のちに、自由律俳人・種田山頭火は『井月全集』を読んで深い感銘を受け、昭和九年に山口県からはるばる墓参りにやって来ましたが、雪の峠越えで肺炎になり、飯田まで来たところで断念。昭和十四年、二度目の訪問でようやく墓参りを果たし、次の四句を詠んでいます。

井月の墓前にて　山頭火
お墓したしくお酒をそゝぐ
お墓撫でさすりつゝ、はる〴〵まゐりました
駒ケ根をまへにいつもひとりでしたね
供へるものとては、野の木瓜の二枝三枝

伊那市美篶末広、井月終焉の地に建てられた山頭火の句碑。

あとがき

井月については、いろんな楽しみ方ができると思います。

（1）俳句や書を、鑑賞して楽しむ。
（2）ゆかりの地や、句碑を訪ね歩いてみる。
（3）どんな人物だったのか、資料から推理してみる。

本書は、このうち（3）に取り組んだものですが、井月はわりと時代が新しい俳人ですから、今後もきっと新資料が見つかるでしょう。まだまだこれからが楽しみな人物です（そして新資料が見つかるたびに、本書に書いたことは改めなければならなくなるでしょうが、それは仕方ありません）。

さて、井月を知るためには、俳句作品や逸話だけを読んでいても限界があり、やはり井月を取り巻く人間模様を知る必要があると思いました。連句・日記・手紙・雑文・俳諧集には実に多くの人物が登場しており、これらを読むことが、彼の人生を解き明かす近道と考えられます。

特に手紙からは、人間模様が読み取れるはずです。いわゆる候文（そうろうぶん）で書かれているので、なかなか読みづらいのですが、そこを我慢してひとつひとつ読み下し、解釈してみた結果、ようやく自分なりに納得できる井月の人物像を得ることができました。すなわち、

・彼は「俳諧集作成」「芭蕉堂建設」「俳額の奉納」「歳旦帖」「翁忌の催し」「開庵披露」「書画展観会」など、さまざまなイベントを企てている。決して世捨て人ではなく、むしろ野心的であったと言えよう。

・彼は寡黙な人だったと伝えられているが、手紙は雄弁であり、ときには率直に、ときにはずうずうしく、言い訳がましいことも書いている。

・寡黙な彼が、どうやって仲間を増やしていったのか不思議だが、特に寺子屋師匠（のちの学校教師）と多く交流している。初めて訪れた土地では、まず寺子屋師匠のところへ行き、そこから人脈を広げていったのではなかろうか。

・彼の人生を転落に追いやったのは、戊辰戦争であり、戸籍法だったのかも知れない。しかしそれ以上に、彼の金銭に対する甘さや無頓着さが、人からの信用を失う原因となったのだろう。

・時代に流され、信用を失い、芭蕉堂建設計画は潰えた。それでも井月は「草庵の再興」「上京拝命」という夢を捨てず、あがき続けたのである。「終に無能無才にして此ひと筋につながる」という、芭蕉の言葉をいつも心に念じながら。

・「柳家連」という社中（勝手に社中だと思っていただけなのかも知れないが）を維持するため、村から村へ巡回するのが、彼の生活そのものだった。決して放浪者ではなかったし、物乞いをしていたわけではない。

・念願の戸籍ができても、彼は歩き続けた。石を投げられても、門前払いになっても、家々を泊まり歩く暮らしをやめなかった。俳諧師としての生き方を貫き通したのだろう。たとえそれが行き倒れという結末になろうとも。

井月の人生を考えるとき、いつも疑問に思うことがありました。「井月さん、あなたの人生は、これで良かったのですか？」と。そもそも井月のどこがいいのか、後世に語り継ぐほどの価値ある俳人なのでしょうか。何か革新的なことを成し遂げたわけではありませんし、とびぬけて素晴らしい業績を遺したわけでもありません。

しかし本書を書き終えた今、はっきりと確信しています。井月は誰にも真似できない生き方を実践した「稀有（けう）の俳人」であったと。決して上手な生き方ではなかったと思いますが、井月は自分の道を愚直に貫き、俳諧に全人生を捧げ、それで良しとしたのだと。井月より格上の俳人は当時いくらでもいましたが、そのほとんどが忘れ去られても、井月の生きざまは語り継がれてゆくでしょう。

井月は文政五年（1822年）の生まれですから、令和四年（2022年）で生誕二百年を迎えました。この記念すべき年に、まことに拙い研究ではありますが、本書を世に送り出すことができるのをうれしく思います。皆様の検証に耐えうるよう、できるかぎり典拠を示しながら執筆しましたが、至らない点につきましては何とぞご指摘・ご教授をお願いいたします。

筆末になりましたが、井月研究の第一人者として常に導いて下さった故・竹入弘元先生、井上井月顕彰会の北村皆雄会長をはじめ、下島大輔様、平澤春樹様、矢島信之様、宮澤宏治様、唐木孝治様、快く取材に応じていただいた岐阜県関市の弁慶庵様、伊那市手良の清水庵様、長野市立博物館様、駒ヶ根市立博物館様、伊那市創造館様、高森町歴史民俗資料館様、小布施町高井鴻山記念館様、糸魚川歴史民俗資料館様、お手数をおかけした伊那市立図書館様、駒ヶ根市立図書館様、長野県立図書館様、岡山市立中央図書館様、山圃の御親族にあたる正木屋酒店様、山好の御親族にあたる飯島様、柳川の御親族にあたる翁 悦治様、玉斎の御親族にあたる橋爪剛健様、「井月さんの歌」を歌いオペレッタを演じてくれた小学生たち、ほか関係するすべての皆様に感謝申し上げます。

子どもたちに井月のことを知ってもらおうと、「井月さんの歌」を作って全校で歌っていたところ、書家の池上信子先生が、額装の作品にして下さった。思いがけないことであり、大変恐縮している。美篶小学校玄関。

巻末年譜

本書に収録した資料（○印）を、わかる範囲で時系列に並べ替えれば、次のようになるでしょう。この順序で読み直してみると、井月の人生の流れをたどることができると思います。

【越後に生まれる（文政五年）】

・長岡の出身らしい。高田で生まれて長岡へ養子に来たという説もある。

・江戸で学んだか。東北方面を行脚したか。時期は一切不明。

【北信濃で活動】

・「泥くさき子供の髪や雲の峰」（嘉永元年ごろ、中野市）

・「乾く間もなく秋くれぬ露の袖」（嘉永五年、長野市）

・「稲妻や網にこたへし魚の影」（嘉永六年、長野市）

・小布施の高井鴻山と交流。

伊那谷Ⅰ期

【伊那谷に現れる（安政五年ごろ）】

・羽織袴、深編笠に木刀という浪人姿で、史山と一緒だったらしい。

・このころは四徳（中川村）を拠点としたようだ。野外や桂雅など先輩俳人と交流。

【東海・関西方面を行脚（文久元年ごろ）】

・須磨まで行き、史山と別れて信濃へ帰ってきたか。「後の月須磨から連れに後れけり」

○書簡十九「十三夜前には配呈仕度」（文久二年閏八月二十日）

○飯田で『紅葉の摺もの』完成（文久二年九月）。

・関市の弁慶庵を訪問して句を書いている（文久二年秋）。「笠石に寂をしれとや秋の風」

・このころ何らかの嫌疑をかけられたらしい。「身にかゝりし去年のぬれ衣も着更る日とはなりにければ」

○高遠で『越後獅子』を作成。「ほとゝぎす旅なれ衣脱日かな」。序文は高遠藩老職の菊叟に書いてもらう（文久三年五月）。

・北信濃へ戻り、善光寺の梅塘を訪問（元治元年六月末）。長野市戸隠や西山地域などを行脚。「みな清水ならざるはなし奥の院」

○『家づと集』の序文を梅塘に書いてもらう（元治元年九月）。序文に「越の井月、入道の姿となり前年我草庵を敲て」とあるのは、いつのことか。

・『家づと集』の巻末に「ちりそめてから盛なりはぎの花」。改訂本を作ったか。

・元治二年の正月を中条で過ごしている。同じ年（慶応元年）、知月・墨芳の追善集に句が載る。

このあと井月の消息はいったん途絶える。

【越後へ帰郷】

・母の喪を果たしたのだろう（長岡か、それとも高田か）。

伊那谷Ⅱ期

【戊辰戦争勃発、長岡を焼かれる。再び伊那谷へ】

○書簡二十七「久々にて又御当国へ参り」（明治元年冬）

・日枝神社俳額を揮毫（明治二年七月）。すでにだらしない酒の飲み方をしていた。「酒を飲んでは一二句書き、また飲んでは寝てしまう、と云うようなことで一向出来上らぬ」

○書簡十二「飯田版木相後れ」（明治三年一月十三日）、山圃と歳旦摺を作成。

【殿島（伊那市東春近）に草庵を持つ】

○書簡十七「開庵披露席上俳諧并書画会」（これが「弥生の会宴」か）

○書簡十八「諸方かけ廻り大繁多にて」

・このころ殿島を拠点として活動。

【下牧（伊那市西春近）の芭蕉堂建設計画、寄付金を集める】

○春近開庵勧請文

○書簡二十二「唐紙何か被仰付候様」（寄付金帳のお願いが書かれている）

○書簡八「勧化の義に付明日帳ひらき」（寄付金帳の集計をしたのだろう）

・このころ宮田村の書記をしていたらしい。「来る度に一度に米一合を与える約束で、絶えず来ては風呂敷の四隅を縛っては持帰った」（明治四年）

・戸籍の問題が生じる（壬申戸籍、明治五年）。

【東伊那（駒ヶ根市）で送別書画展観会】

○書簡二十八「暇乞の印小摺にても一葉」（越後へ戸籍を取りに行くと書いてある）

○書簡三十一「御所蔵の銘品御持参」（明治五年九月二日）

○送別書画展観会のちらし（明治五年九月八日〜九日）、三日間に延長されたか。

【送別書画展観会で多額の借金を抱える】

○書簡九「風流の上にて証文等」（明治五年十二月十五日）

○書簡十「例の拝借金の処は」（明治六年一月七日）

○書簡十六「我友は川のあなたぞ時鳥」（殿島に居づらくなったらしい）

【殿島の草庵を離れ、流転】

・厳寒の折に命を落としかけ、本曽倉（駒ヶ根市中沢）の竹村氏に助けられる。

○書簡一「心の目算忽ち変じて」（蔵六を頼って赤穂へ来たのだろう）

○書簡二「活計に道を失ひ住居不定」

○書簡三「御内々御願上候事」

・このころ、東京で教林盟社が設立される（明治七年四月）。教林盟社の代表・為山が、東春近の俳額の選句をしている（明治七年七月）。井月は東京へ行って為山に選句を頼んだか。このとき北相木村を通ったか。「美しくつよみ持けり糸柳」

・明治九年ごろをピークに精力的に活動。書道家として脂が乗っていた時期であろう。

・清水庵俳額を揮毫、「旅人の我も数なり花ざかり」（明治九年三月）

・四徳で思耕の土蔵の棟木を揮毫、「仰向きの姿勢で書いた大文字が頗る立派なもので、今は有名になっているとのことである」（明治九年三月二十九日）

○菊詠集序（明治九年九月）「香に誇る私はなし残り菊」

○柳の家宿願稿（明治九年）。越後へ戸籍を取りに行き、草庵を再興したいと書いてある。

○書簡三十四「東京教林盟社よりの報にて」

・このころ凌冬夫妻と親しく、連句が多数あり（明治十年ごろ）、一緒に白骨温泉へも行っている。凌冬と仲たがいしたのは、もっと後のことか。

○書簡二十四その二「足袋一足右代料の内」（明治十年二月二十九日）

・空谷少年（十歳ごろ）に石を投げつけられたのは、明治十一～十二年ごろか。

北信濃歴訪／伊那谷Ⅲ期

【長野市中条で草庵を開こうとする】

○「暇乞の訳」その四は、北信濃へ出発する前に書いたものか。「薬煉る窓下ぬくし冬の蝿」

・伊那谷で詠んだ連句（明治十二年二月）を、長野市中条の盛斎の家へ持って行く。

・盛斎の家で「俳諧正風起証」を書き写す（明治十二年三月）。

○書簡二十一「そこはかとなくさまよひ」（明治十二年閏三月七日、北信濃から伊那谷へ書き送ったものか）

○書簡二十五「一の瀬庵の義に付」（明治十二年四月二十三日）

○書簡二十六「開庵披露差急ぎ修覆其外」（明治十二年五月九日）

・このあと中条には定着せず、下高井へ行っている（明治十三年晩夏、明治十三年春四月）。この間に越後へも足を踏み入れたか。

【いったん伊那谷へ戻る】

○幻住菴記に「東京教林盟社中　柳の家　井月」と署名（明治十三年晩秋、箕輪）。

・明治十四年は井月の足跡が特に少ない。五月に山圃が没す。「東西も分らぬ雁の名残かな」

・凌冬が教林盟社の分社を伊那に作る（明治十四年九月）。井月は入らなかったのだろう。

・下牧の有隣を相手に、両吟百二十句と連句一編を詠む（明治十五年三月一日、旧暦一月十二日）。

老いても即吟の腕前は健在だった。

・殿島橋で髪も鬚も伸びた青白い顔の井月が目撃されている（明治十五年三月末）。

【再び北信濃へ】

・山好に連れられて善光寺の御開帳を見に行く（明治十五年四月か五月）。

・長野市豊野の白斎追善句集『花の滴』に参加（明治十五年五月上旬）。このあと、山好よりも先に伊那谷へ帰ってしまう。

【三たび北信濃へ】

○「暇乞の訳」その一〜その三は、このころに書いたか。「立そこね帰りおくれて行乙鳥」。

・宮田村の湯沢家へ、羽織袴姿で「越後へ帰るから」と挨拶に来る。

・「まかれた井月」はこのときの出来事であろう（明治十五年晩秋）。山好は善光寺まで井月を送り、先に帰ったようだ。「秋経るや葉にすてられて梅もどき」

・中野でさまよっていたところ、景斎の家に拾われて長期滞在（明治十五年晩秋以降）。

・景斎の家で厚遇を受け、村の若者たちにも慕われるが、隣村で無銭飲食、衣服をとられてしまう（明治十六年三月か）。

【結局は伊那谷へ】

・伊那谷へ逃げ帰る（明治十六年の新暦五月）。稲谷の家で連句。

・宮田村の湯沢家へ、単衣物一枚でぶるぶる震えながら戻って来る（十月末）。

・殿島橋の架け替えのときに句を詠んでいる（明治十六年）。「礎（いしずえ）は亀（かめ）よはしらは鶴（つる）の脛（はぎ）」

・晩年の日記が遺されている（明治十六年十二月〜明治十八年四月）。

【伊那市美篶に戸籍を作る（明治十七年七月二十五日）】

◯書簡十三「生涯（しょうがい）の風流（ふうりゅう）を催（もよお）し大摺物（おおすりもの）」（明治十七年十月十二日）

◯書簡三十七「近日（きんじつ）御孫様（おまごさま）御七夜（おしちや）にて」（明治十八年夏）

◯『余波（なごり）の水（みず）くき』出版（明治十八年晩秋）。「落栗（おちぐり）の座（ざ）を定（さだ）めるや窪溜（くぼだま）り」

◯書簡二十四「此度（このたび）聟養子（むこようし）曬（もら）ひ請度（うけたく）」（明治十九年夏）

【東伊那で行き倒れになる（明治十九年十二月）】

・戸板にのせられて、火山峠を運ばれたという。美篶の梅関亭にたどりつく（旧暦十二月三日の夜か）。

・病床にありながら美篶の六道地蔵尊（ろくどうじぞうそん）に奉納額を計画。死の六日前、梅関に句集めをしてもらっている。

【美篶で没す（明治二十年三月十日、旧暦二月十六日）】

・絶筆「何処（どこ）やらに寉（たづ）の声（こえ）きく霞（かすみ）かな」（死の二時間前だという）

典拠一覧

『歌の中山東物語　全』（作者不明／筆者所蔵品／江戸後期）
『たびぶくろ』（史山編／岡山市立中央図書館所蔵品／江戸後期）
『紅葉の摺もの』（井月編／筆者所蔵品／1862）
『越後獅子』（井月編／伊那市創造館所蔵品／1863）なお1980年に宮脇昌三氏によって復刻版が作られている。
『家づと集』（井月編／筆者所蔵品・糸魚川歴史民俗資料館所蔵品／1864）
『諸国俳偕雷名競』（在下總梅隠香以／筆者所蔵品／江戸後期）
『かきね塚』（潮堂編／筆者所蔵品・糸魚川歴史民俗資料館所蔵品／1865）
『花の滴』（鶩雄編／長野市立博物館所蔵品／1882・5）
『明治十七年略本暦』（神宮司庁／国立国会図書館デジタルコレクション／1884）
『明治十八年略本暦』（神宮司庁／国立国会図書館デジタルコレクション／1885）
『結社名員録』（教林盟社／国立国会図書館デジタルコレクション／1885・9）
『余波の水くき』（梅関・霞松編／伊那市創造館所蔵品／1885）
『井月の句集』（下島勲氏／空谷山房／1921・10・25）
『伊那の俳人』（小林郊人（保一）氏／邦文堂／1927・7・15）
『国訳一切経　阿含部　八』（大東出版社／1929・3・10）
『井月全集』（下島勲氏・高津才次郎氏／白帝書房・伊那毎日新聞社・井上井月顕彰会／1930・10・15／1974・11・25／1989・11・18／2009・9・20／2014・3・10）
『俳人井月』（長谷川亮三氏／信濃毎日新聞社／1930・12・15）

『人犬墨』（下島勲氏／竹村書房／１９３６・８・15）

『郷土読み物　井月さん』（上伊那郡東部教育会・上伊那東部教員会・上伊那教育会・ほおずき書籍／１９３８・12・５／１９８７・３・５／２００１・12・５／２００７・５・13）この本には著者名が書かれていないが、美篶尋常高等小学校の職員だった下島八束（やつか）氏・唐沢和雄氏・木下衛氏・飯島謙一氏・井口敏夫氏の五名が執筆したという（『井月全集』拾遺篇481頁、『新編井月全集』にはない）。なお、１９７３年に下島大輔氏によって復刻本が作られている。

『俳人白斎』（新井一清氏／俳人白斎研究会／１９３９・４・30）

『随筆・富岡鉄斎其の他』（下島勲氏／興文社／１９４０・12・28）

『俳句雑誌科野　井月特輯号』（栗生純夫氏／科野発行所／１９４７・３・１）

『芥川龍之介の回想』（下島勲氏／靖文社／１９４７・３・５）

『伊那路』（上伊那郷土研究会／月刊誌・１９５７～現在）なお、平成六年までは元号、平成七年（１９９５）からは西暦で標記されている。

『流浪の詩人　井月の人と作品』（前田若水氏／井月会／１９６５・３・10）

『長野県上伊那誌　歴史篇』（上伊那誌編纂会／上伊那誌刊行会／１９６５・10・１）

『現代日本文學大系43芥川龍之介集』（芥川龍之介氏／筑摩書房／１９６８・８・25）

『長野県上伊那誌　人物篇』（上伊那誌編纂会／上伊那誌刊行会／１９７０・12・１）

『近代陰陽暦対照表』（外務省／原書房／１９７１・１・25）

『明治大正俳句史年表大事典』（大塚毅氏／世界文庫／１９７１・９・10）

『東春近村誌』（東春近村誌編纂委員会／東春近村誌刊行委員会／１９７２・１・10）

『みすゞ～その成立と発展～』（美篶村誌編纂委員会／文理／１９７２・７・10）

『赤穂小学校百年史』（赤穂小学校百年史編纂委員会／赤穂小学校百年史刊行会／１９７２・10・

20）

『中澤學校百年誌』（中沢学校開校百年記念事業実行委員会／１９７２・11・17）

『駒ヶ根市誌　現代編　下巻』（駒ヶ根市誌編纂委員会／駒ヶ根市誌刊行会／１９７４・11・30）

『東春近小学校沿革誌』（長野県伊那市立東春近小学校／東春近小学校創立百年記念事業実行委員会／１９７４・12・25）

『中条村誌』（中条村誌編さん委員会／中条村役場／１９８０・２・１）

『井月真蹟集』（宮脇昌三氏／伊那毎日新聞社／１９８０・５・１）

『四徳誌』（小松谷雄氏／四徳人会／１９８０・12・10）

『宮田村誌　上巻』（宮田村誌編纂委員会／宮田村誌刊行会／１９８２・５・31）

『漂鳥のうた（何処やらに、井上井月）』（瓜生卓造氏／牧羊社・河出書房新社／１９８２・７・１／２０１１・８・30）

『伊那市史　現代編』（伊那市史編纂委員会／伊那市史刊行会／１９８２・11・１）

『伊那市石造文化財』（伊那市文化財審議委員会／伊那市教育委員会／１９８２・11・30）

『美篶小学校八十年誌』（美篶小学校八十年誌編集委員会／美篶小学校八十年誌刊行委員会／１９８２・12・１）

『俳人　井月探求』（宮脇昌三氏／伊那毎日新聞社／１９８２・12・１）

『宮田村誌　下巻』（宮田村誌編纂委員会／宮田村誌刊行会／１９８３・２・25）

『志登久誌』（編集委員会／四徳人会／１９８３・７・31）

『井月の俳境』（宮脇昌三氏／踏青社／１９８７・８・20）

『無能の人』（つげ義春氏／日本文芸社／１９８８）

『中条村の石造文化財』（中条村文化調査委員会／中条村教育委員会／１９８８・３・30）

『東伊那学校百年誌』(東伊那学校百年誌編集委員会/東伊那学校百年誌刊行委員会/1989・11・12)
『長野県俳人名大辞典』(矢羽勝幸氏/郷土出版社/1993・10・17)
『駒ヶ根市の石造文化財』(駒ヶ根市立博物館/駒ヶ根市教育委員会/1997・3)
『飯山市の石造文化財』(飯山市石造文化財編集委員会/飯山市教育委員会/1998・10・28)
『高津才次郎奮戦記』(信州井月会/ニシザワ書籍部/2001・3・27)
『画俳柳川　菊日和』(堀内功氏・矢島太郎氏/柳川句画集刊行会/2002・3・23)
『新編　井月俳句総覧』(矢島井聲(太郎)氏/日本文学館/2004・1・15)
『井上井月展の記録』(井月研究会/2004・3・10)
『俳人五律』(北野直衛氏・野畑博之氏/信濃毎日新聞社/2004・7・10)
『中川村誌　下巻』(中川村誌編纂刊行委員会/中川村/2005・3・25)
『伊予の俳人たち　―江戸から明治へ―』(池内けい吾氏/愛媛県文化振興財団/2005・3・25)
『一茶ゆかりの白斎と文虎』(金井清敏氏/2005・4)
『井上井月真筆集』(井上井月顕彰会/新葉社/2007・9)
『中条村の神さま仏さま』(中条村教育委員会/2009・11・30)
『芥川竜之介俳句集』(加藤郁乎氏/岩波書店/2010・8・19)
『井上井月研究』(中井三好氏/彩流社/2011・3・10)
『井月編　俳諧三部集』(竹入弘元氏/井上井月顕彰会/2012・3・24)
『井月句集』(復本一郎氏/岩波書店/2012・10・16)
『手良誌』(手良誌編集委員会/手良誌刊行委員会/2012・12・10)
『漂泊の俳人　井月の日記』(宮原達明氏/ほおずき書籍/2014・8・6)

『伊那の放浪俳人　井月現る』（今泉恂之介氏／同人社／2014・8・15）
『俳人井月　幕末維新　風狂に死す』（北村皆雄氏／岩波書店／2015・3・18）
『新編井月全集』（下島勲氏・高津才次郎氏・竹入弘元氏／井上井月顕彰会／2018・9・1）

俳号などの固有名詞の読み方については、わからないものが多く、便宜的に音読みをするしかないのが実情です。そんな中、『郷土読み物　井月さん』は、当時の尋常小学校・高等小学校向けに書かれたため、ふりがなが数多く振られており、参考になります。

『郷土読み物　井月さん』に載っている固有名詞のふりがな
塩原梅関、竹松竹風、六波羅霞松、久蘭堂、吉村隼人、木鵞、田村梅月、清水庵、日枝神社、井上勝蔵、柳の家井月、岡村菊叟、鶯老人、亀の家蔵六、呉竹園凌冬、飯島山好、清助、竹松銭弥、下島勲、竹村富吉、加納豹太郎、田村甚四郎、湯沢文太郎、小松桂雅、葎窓、宝勝院主梅塘、酒井康斎、翠山、培樵、山浦山圃、基角亭、下平松風、湯沢亀石、加納五声、月松、布精、春鶴、矢沢文軽、橋爪玉斎、飯島有実、井上題治郎、三沢富哉、禾圃、宮下笛吹、加納有隣、小沢思耕、唐木菊園、向山田畝、野溝素人、祖丸、山の庵、久保田盛斎、山本亀遊、梅春、浦野昌雄、真居庵、可春、福沢稲谷、塩原折治（以上、登場順。本書に登場しない人もいる）

なお、梅関については「ばいせき」「ばいかん」の両説があります。地元では塩原を「しおばら」ではなく「しおはら」と発音します。

《著者紹介》

一ノ瀬武志（いちのせ たけし）

一九七一年、長野県上伊那郡辰野町生まれ。音楽教師。伊那に赴任してから郷土教材の魅力に憑りつかれ、次代を担う子どもたちに井月をどう教えたらよいか、研究および授業実践に没頭。

また、学習指導の業績により文部科学大臣優秀教職員表彰（平成三十年度）を受けたり、美篶小学校・赤穂南小学校のブラスバンドを長野県代表に育て上げるなど、各方面で活躍している。一般社団法人井上井月顕彰会監事。

生誕二百年記念

手紙で読み解く 井月（せいげつ）の人生

2022年12月28日　第1刷発行

著　者　一ノ瀬 武志

発行者　木戸 ひろし

発行所　ほおずき書籍株式会社

〒381-0012　長野県長野市柳原2133-5

☎026-244-0235

www.hoozuki.co.jp

発売所　株式会社星雲社（共同出版社・流通責任出版社）

〒112-0005　東京都文京区水道1-3-30

☎03-3868-3275

ISBN978-4-434-31558-9

乱丁・落丁本は発行所までご送付ください。送料小社負担でお取り替えします。

定価はカバーに表示してあります。